W9-ARP-008

达·芬奇密码

DAN BROWN

THE DA VINCI CODE

世纪出版集团 上海人民出版社

北京世纪文景文化传播有限公司　出品

写在前面

郇山隐修会是一个真实的组织，它是一个成立于1099年的欧洲秘密社团。

1975年巴黎国家图书馆发现了被称作《秘密档案》的羊皮纸文献，才知道包括艾撒克·牛顿爵士、波提切利、维克多·雨果和列昂纳多·达·芬奇等众多人物均为郇山隐修会成员。

人们所知的“天主事工会”是一个属于罗马教廷的自治社团——一个极度虔诚的罗马天主教派。该教派近来引起了诸多争议，因为有报道说它实施了洗脑、高压统治和一种称作“肉体苦行”的危险修行方法。天主事工会耗资47,000,000美元刚刚在纽约市莱克星顿大街243号建成了自己的全国总部。

本书中所有关于艺术品、建筑、文献和秘密仪式的描述都确有其事。

楔　子

巴黎卢浮宫美术博物馆，夜10时46分。

卢浮宫拱形大陈列馆内，德高望重的博物馆馆长雅克·索尼埃跌跌撞撞地扑向眼前离他最近的一幅画——一幅卡拉瓦乔的画作。这位七十六岁的老人猛地抓住镀金的画框，用力把它拉过来。画框终于从墙上扯了下来，索尼埃向后跌作一团，被盖在画布的下面。

果然如他所料，附近的一扇铁门轰然落下，封住了通往陈列馆的入口。镶木地板震颤着。远处响起了报警声。

馆长在地上躺了片刻，边喘气边寻思。*我还活着。*他从画布下爬了出来，在这洞穴般幽暗的地方四处觑视着，想找个藏身的地方。

一个阴森森的声音从不远处传来："不许动！"

馆长手膝并用爬行中一楞，缓缓转过头去。

在封住的门外，仅十五英尺远的地方，侧影高大的攻击者正透过门上的铁栏杆盯着里面。他身材高大，面色苍白，一头稀疏的白发。他眼睛虹膜呈粉红色，瞳孔为暗红色，看去是个白化病人。他从外套中拔出手枪，将枪管透过铁栏杆瞄准了馆长。"你本不应该跑。"听不出他是哪里口音。"这回该告诉我那东西在哪里了吧？"

"我已跟你说过——我，我不明白你在说什么。"馆长无助地跪在地上，结结巴巴地说。

"你在撒谎。"那人死勾勾地盯着他，身子一动不动，只有那幽灵般的眼睛骨碌碌地转个不停。"你和你的弟兄们占有了不属于你们的东西。"

馆长猛地一惊。*他怎么会知道这些。*

"今夜它将物归其主。要想活命，就乖乖地告诉我那东西藏在哪。"那人把枪对准了馆长的头。"你想为了这个秘密而送命吗？"

索尼埃吓得连气都不敢喘。

那人歪着头，目光沿着枪管望下去。

索尼埃终于举起手告饶了。“等一等。”他慢吞吞地说：“我告诉你这一切。”接下去的话馆长讲得非常谨慎。这是他事先演练了许多遍的谎言，每次都祈祷着永远不要用上这套谎言。

馆长说完后，袭击他的那人得意地笑了。“不错。跟其他人讲的一模一样。”

其他人？馆长心猛地一缩。

“我也找到了他们，三个都找到了。他们证实了你刚才所讲的话。”那大个子嘲笑道。

*这不可能！*馆长和他的三个主管的真实身份就如同他们所保护的那个古老的秘密一样神圣。索尼埃现在知道他的同伴都严格遵循程序，在死前都说了同样的谎言。这是一个约定。

那攻击者再次举枪瞄准。“你完蛋后，我就是惟一知道秘密的人。”

馆长立即意识到了真正可怕的情形：*如果我死了，真情将永远无人知晓*。他本能地想找东西做掩护。

枪响了，馆长感到钻心的灼热，因为子弹射中他的肚子。他扑倒在地，痛苦地挣扎着，接着缓缓地翻过身，透过栅栏盯着攻击者。

那人瞄准了索尼埃的头，这一枪会让他立即毙命。

索尼埃闭上眼睛，脑子一片混乱，极度恐惧和懊悔。

空弹膛的“咔嚓”声在长廊里回响。

馆长猛地睁开了眼睛。

那人扫了一眼自己的武器，几乎被逗乐了。他伸手去取另一只弹夹，但似乎想了想后，又对着索尼埃的肚子得意地冷笑道：“反正这家伙也活不成了。”

馆长向下望去，他看到自己白色亚麻衬衫上的枪眼。枪眼在胸骨下方几英寸的地方，四周都是血。*我的肚子！*够残酷的，子弹没打中他的心脏。作为一名阿尔及利亚战争的老兵，馆长以前目睹过这种可怕的被延缓的死亡。因为在胃酸腐蚀他的胸腔而致死之前，他还能活十五分钟。

“疼痛对人有好处，先生。”那人道。

然后他离开了。

现在只有雅克·索尼埃一个人了。他转过头再次盯着铁门。他被困在里面了，至少二十分钟内门是无法打开的。等到有人找到他时，他早就没命了。然而，现在令他更恐惧的倒不是死。

我必须把这个秘密传下去。

他摇摇晃晃地站起来，被谋害的三位兄弟的形象浮现在他脑海里。他想到了他们的先辈们，想到了他们被委托的重任。

一个未曾中断的知识链条。

尽管有所有的预防措施……，尽管有确保万无一失的方案，雅克·索尼埃现在突然成了惟一存在的一环，成了多年来保守的秘密中的那个最重要秘密的守护者。

他颤栗着，站了起来。

我必须想出办法来……

他被困在大陈列馆里，在这个世界只有一个人可以接过他传递的火炬。索尼埃凝望着这大牢的墙壁，一组世界名画像好朋友似的朝他微笑着。

他在痛苦地抽搐，但他还是竭力稳住自己。他知道眼前这令他孤注一掷的任务，需要他抓住余下生命的每一秒钟。

第 一 章

罗伯特·兰登慢慢醒来。

黑暗中电话铃响了起来——一种微弱的、不熟悉的响声。他伸手去摸床头灯,把灯打开。他眯着眼打量了一下环境,发现这是一间文艺复兴风格的豪华卧室,路易十六风格的家具,装饰有手工干壁画的墙面,还有一张宽大的四柱红木床。

我到底是在什么地方?

挂在床柱上的提花浴衣上写着:巴黎丽兹酒店。

雾在慢慢散去。

兰登拿起听筒,"您好!"

"兰登先生吗?"一个男人的声音问道,"但愿我没有吵醒您!"

他睡眼惺忪地看了看床边的钟。午夜12时32分。他刚睡了一个小时,但感觉如昏死过去似的。

"我是酒店接待员,先生。打扰您了,很抱歉,但是有位客人要见您。他坚持说事情非常紧急。"

兰登还是丈二和尚摸不着头脑。客人?这时他的目光汇聚到床头柜上一页皱皱巴巴的宣传单:

巴黎美国大学

竭诚欢迎

哈佛大学宗教符号学教授

罗伯特·兰登今晚将莅临赐教

兰登哼了一声。今晚的报告——一幅有关隐藏于沙特尔大教堂基石上的异教符号幻灯片很可能激怒了哪位保守听众了。极有可能是有宗教学者上门找碴儿来了。

"对不起,我累了,而且……"兰登说。

"可是,先生,"接待员赶紧打断了他,压低了声音,急迫地耳语道:"您的客人是位重要人物。”

毫无疑问，他的那些关于宗教绘画和教派符号学的书使他不太情愿地成了艺术圈子里的名人。去年他与一个在梵蒂冈广为流传的事件有牵连，此后他露面的频率提高了上百倍。打那以后，自命不凡的历史学家和艺术迷们便源源不断地涌向他家门口。

兰登尽量保持礼貌的言语：“麻烦您记下那人的姓名和电话号码，告诉他我在周二离开巴黎前会给他打电话的。谢谢。”接待员还没来得及回话，他便挂上了电话。

兰登坐了起来，对着旁边的《客人关系手册》蹙着眉头。手册封面上自吹自擂地写道：*如婴儿般沉睡于灯火辉煌的城市，酣睡于巴黎丽兹酒店*。他转过头疲倦地凝视着对面的大镜子。回望着他的是个陌生人，头发乱蓬蓬的，疲惫不堪。

你需要休假，罗伯特。

去年他可元气大伤，憔悴了许多。但他不愿意在镜子里得到证明。他本来锐利的眼睛今晚看起来模糊呆滞。硕大干瘪的下巴上满是黑黑的胡茬儿。在太阳穴周围，花白的毛发显得与日俱增，正侵蚀他那浓密的又粗又黑的头发。虽然他的女同事们一直说花白的头发使他显得更儒雅，可兰登不那么想。

但愿《波士顿杂志》现在能看到我的样子。

颇使兰登感到尴尬的是，上个月《*波士顿杂志*》把他列为该市十大最有魅力的人物，莫名其妙的荣誉使他不断成为哈佛同事的首当其冲的调笑对象。今晚在离家三千英里的地方，他作报告时，那种赞扬再度出现，令他惴惴不安。

女主持人向巴黎美国大学的海豚馆里满满一屋子人宣布道：“女士们，先生们，我们今晚的客人不需要介绍。他写了好多本书，如：《秘密教派符号学》、《光照派的艺术》和《表意文字语言的遗失》等。我说他写了《宗教圣像学》一书，其实我也只是知道书名，你们许多人上课都用他的书。”

人群中的学生们拼命点头。

“我本打算介绍他令人难忘的履历，然而……”，她以调侃的眼神瞥了一眼坐在台上的兰登。“一位听众刚递给我一个……什么呢？……可以说是*更有趣的*介绍。”

她举起了一本《波士顿杂志》。

兰登缩了缩身子。她到底从哪搞到的那玩意?

女主持人开始从那篇空洞的文章中朗读已选取的片断。兰登感到自己在椅子上越陷越深。三十秒钟后,人们龇着牙笑了起来,而那女人还没有停下来的意思。“兰登先生拒绝公开谈及去年他在梵蒂冈选举教皇的秘密会议上所起的非凡作用,这使人们对他越发产生了兴趣。”女主持人进一步挑逗听众说:“大家想不想多听一些?”

大家一齐鼓掌。

但愿能有人让她停下来。兰登默默祈祷道。但她又继续念那篇文章。

“虽然兰登教授可能不像有些年轻的崇拜者认为的那样风流倜傥,可这位四十几岁的学者却拥有他这个年龄不多见的学术魅力。他只要露面就能吸引很多人,而他那极低的男中音更是使他魅力大增,他的女学生把他的声音描述为‘耳朵的巧克力’。”

大厅内爆发出一阵大笑。

兰登有些尴尬,只能强装笑脸。他知道她马上又会说出“哈里森·福特穿着哈里斯花格呢”这样不着边际的话,因为他穿着哈里斯花格呢裤子和柏帛丽高领绒衣。他原以为今晚终于可以安全地这么穿而不致惹出那样荒谬的说法来。他决定采取措施。

“谢谢您,莫尼卡。”兰登提前站了起来,并把女主持挤下讲台。“《波士顿杂志》显然非常会编故事。”他转向听众并发出了窘迫的叹息声。“如果我知道你们谁提供了那篇文章,我就请领事把他驱逐出境。”

听众又大笑起来。

“好喽,伙计们,你们知道,我今晚到这儿是要谈谈符号的重要作用。”

兰登房间的电话铃再一次打破沉寂。

他拿起电话,迟疑地咕哝道:“喂!”

不出所料,正是接待员。“兰登先生,真抱歉,又打扰您。我打电话是想告诉您,您的客人正在去您房间的路上,我想我应该提醒您一下。”

兰登现在一点睡意也没有了。“是你把那个人打发到我房间的?”

“抱歉,先生,但像他这样的人……,我想我不敢冒昧地阻止他。”

“到底是谁?”

但是门房接待员已挂断了电话。

话音未落,已有人用拳头重重地敲门。

兰登感到一阵不安。他匆忙下床,感到脚趾头深深地陷到地上的萨伏纳里地毯里。他穿上酒店的睡衣朝门口走去。“哪一位?”

“兰登先生吗?我需要和您谈谈。”对方以尖利的、颇具权威的口吻大声喊道。他说的英语有很重的口音。“我是中央司法警察局的杰罗姆·科莱侦探。”

兰登怔了一下。司法警察局?这大致相当于美国的联邦调查局。

没把安全链取下,兰登把门开了几英寸宽的小缝。盯着他望的那个人的脸消瘦而苍白。那人极瘦,身着蓝制服,看样子像个当官的。

“我可以进来吗?”那特工问道。

那陌生人灰黄的眼睛打量着兰登,使他感到局促不安。“到底是怎么回事?”

“我们的警务探长在一件私事上需要您发挥一下您的专长。”

“现在吗?深更半夜的。”兰登挤出一句话来。

“你本打算今晚和卢浮宫博物馆长会面的,是吧?”

兰登突然感到一阵不安。他和那位德高望重的博物馆长雅克·索尼埃本来约定在今晚的报告后见一面,小酌一番,可索尼埃根本就没露面。“你怎么知道的?”

“我们在他的‘日记本’中看到了你的名字。”

“出什么事了。”

侦探沉重地叹了一口气,从窄窄的门缝里塞进一张宝丽莱快照。

看了照片,兰登浑身都僵住了。

“照片是不足半小时前拍的——在卢浮宫内拍的。”

凝望这奇怪的照片,他先是感受到恶心和震惊,继而感到怒不可遏。“谁竟然干出这种事!”

“鉴于你是符号学方面的专家,且你原打算见他,我们希望你能帮助我们回答这个问题。”

兰登看着照片,既恐惧又担心。那景象奇怪得让人不寒而栗,他有一种不安的、似曾相识的感觉。一年多以前兰登也看到过一具尸体的照片,也遇到了类似的求助。二十四小时后,他险些在梵蒂冈城丧了命。这幅照片和那幅完全不同,但情景却是那样相似,使人不安。

侦探看了看表说:“探长正在等您,先生。”

兰登没太听清他说什么。他的眼睛还在盯着那张照片。“这个符号,尸体如此奇怪地……”

“放置。”侦探接着说道。

兰登点了点头,又抬起头来,感觉到有一股逼人的寒气袭来。“这是谁,竟会对人干出这等事来。”

侦探似乎面无表情。“您不知道,兰登先生,你在照片上看到的……”,他顿了顿说道,“那是索尼埃先生自己干的。”

第 二 章

一英里外，那位叫塞拉斯的白化病人一瘸一拐地走入位于拉布律大街的一座豪华的褐砂石大宅的门口。他束在大腿上的带刺的苦修带扎进了肉里。然而，由于他侍奉了上帝，所以他的灵魂在心满意足地歌唱。

疼痛对人有好处。

走进大宅时，他红红的眼睛迅速扫视了一下大厅。空无一人。他蹑手蹑脚地上了楼梯，不想吵醒任何一位同伴。他卧室的门开着，因为这里门不许上锁。他进了屋，顺手关了门。

房间陈设简单——硬木地板，松木衣橱，拐角处有一张当床用的帆布垫子。这一周他都住在这里。他还算运气，多年来，他一直在纽约市享用着这样的栖身之所。

天主给了我庇护所，为我指出了生存的目的。

今夜，塞拉斯感到他终于得以回报了天主。他匆忙走向衣橱，从最底部抽屉里找到藏在里面的手机拨打电话。

“喂?”接电话的是个男的声音。

“导师，我回来了。”

“讲”，那声音命令道，感觉他听到这消息似乎很高兴。

“四个全完了。三个主管……再加上那个大师本人。”

对方停了一会，好像是在祷告。“那么，我想你是搞到情报了。”

“四个人说的都一样。分别说出的。”

“你相信他们?”

“他们说的都一样，不可能是巧合。”

他听到一阵激动的呼吸声。“好极了。他们一般会严守秘密，他们可是名声在外。我原来还担心他们会保守修士会的秘密而不讲的。”

“逼近的死神是会令他们开口的强大动因。”

“那么，弟子，快把我该知道的情况告诉我。”

塞拉斯知道从他那几位受害者那里搞到的情报会令人震惊不已。

“导师,四个人都证实了*拱顶石*——那个传奇的*拱顶石*的存在。”

通过电话,他听到对方立刻倒吸了一口气,他能感觉到导师的激动心情。“*拱顶石*,正如我们原来猜想的一样。”

据传,郇山隐修会制作了一个石头地图,即拱顶石,或曰塞缝石。这是一块石板,上面雕刻着郇山隐修山会最大的秘密被隐藏的地方。这秘密太重要了,郇山隐修会就是为了保护它而存在。

“一旦我们拥有拱顶石,我们离成功就只有一步之遥。”导师道。

“我们比你想像的更接近。拱顶石就在巴黎。”

“巴黎?真令人难以置信,简直太容易了。”

塞拉斯继续描述那晚上早些时候发生的事情:那四名受害者如何在临死前试图通过告密来买回自己罪恶的生命。每个人对塞拉斯所说都一模一样:拱顶石被巧妙地藏在一个巴黎古教堂——圣叙尔皮斯教堂内一个确切的地方。

“就在天主的圣所内,”导师惊叹道。“他们真会嘲弄我们!”

“已好几个世纪了!”

导师突然非常肃静,似乎是要让此刻的胜利永驻心间。最后他说:“你侍主有功,做了件了不起的事情。我们已苦等了好几百年。你必须找到那块石板——立刻——就在今夜。你知道这事事关重大。”

塞拉斯知道这事至关重要,可导师的命令似乎无法执行。“但那教堂看管甚严。尤其是现在,是夜间,我怎么进去?”

导师以权威人士的口吻开始面授机宜。

塞拉斯挂上电话,期待着,激动得连皮肤都发红了。

一个小时。他告诉自己,同时感谢导师给了他时间,让他在进入天主的圣所之前有时间作苦修。*我必须清除今日我灵魂中的罪恶*。今天的犯罪目的是神圣的。反抗天主之敌的战争已进行了百年了。肯定会得到原谅的。

塞拉斯知道,即便如此,获得赦免的同时,也须作出奉献。

他取下墨镜,脱得赤条条地跪在房子中央。他低下头,仔细看着紧紧束扎在大腿上的带刺的*苦修带*。《路》的全部真正的信徒们都戴这种东西。这是一根皮带,上面钉有锋利的金属倒钩刺,倒钩刺扎进肉里,以永远提醒人们不要忘记耶稣所受的苦难。这种东西引起的刺痛也有助于压制肉体的欲望。

虽然塞拉斯今天戴苦修带的时间已超过规定的两小时，但他知道今天非同寻常。他抓住扣环，又缩紧了一扣。当倒钩刺扎得更深时，他的肌肉本能地收缩着。他缓缓地吐出一口气，品味着这给他带来疼痛的净化仪式。

疼痛对人有好处，塞拉斯小声嘀咕着。他是在重复他们神父何塞玛利亚·埃斯克里瓦神圣的祷文，他是导师中的导师。虽然埃斯克里瓦1979年就仙逝了，他的智慧永存。当全世界成千上万的信徒跪在地上进行被人称作“肉体苦行”的神圣仪式时，信徒们还在小声重复着他的话语。

塞拉斯此时将自己的注意力转向他身旁地板上的一根卷得工工整整打着很笨重的结的大绳。*要克制*。绳结上涂有干血。由于急于想得到因极度痛苦而获得的净化效果，塞拉斯很快地祷告完毕。然后，他抓住绳子的一头，闭上眼睛，使劲地将绳子甩过肩膀。他能感到绳结在击打他的后背。他再次将绳子甩过肩膀抽打自己，抽打自己的肉体。就这样，他反复鞭打着自己。

我是改克己身(Castigo corpus meum)。

终于，他感到血开始流了出来。

第　三　章

当雪铁龙 ZX 向南急驰掠过歌剧院，穿过旺多姆广场时，清冷的四月风透过车窗向车内袭来。罗伯特·兰登正坐在客座上，试图理清思绪，却只感到城市从他身旁飞驰而过。他已匆匆地冲了淋浴，刮了胡子，这使外表看上去倒也说得过去，但他无法减轻自己的焦虑感。那令人恐惧的博物馆长尸体的样子一直锁定在他的脑海里。

雅克·索尼埃死了。

对于馆长的死，兰登禁不住有一种怅然若失的感受。尽管大家都知道索尼埃离群索居，但他对艺术的那份奉献精神却很容易使人们对他肃然起敬。他有关普桑和特尼尔斯画中隐藏密码的书籍是兰登上课时最喜欢用的课本。对今晚的会面，兰登抱有很大的期望，馆长没来他非常失望。

馆长尸体的那幅图景再次在他脑海闪过。*雅克·索尼埃把自己弄成那样？*兰登转身向窗外望去，使劲地把那景象从脑子中挤出去。

车外，城市街道曲曲折折地延伸。街头小贩推着车沿街叫卖桃脯，服务生正提着垃圾袋要把它们放在路边，一对深夜恋人在溢满茉莉花香的微风里拥抱在一起留住最后的温存。雪铁龙昂然穿过这一片混乱，那刺耳的双声调警笛像刀子一样把车流划开。

"探长发现你今晚还在巴黎后非常高兴。"那侦探说道。这是他离开酒店后第一次开口。"真凑巧，太幸运了。"

兰登一点也不觉得幸运。他不十分相信机缘巧合这种说法。作为一个终生都在探索孤立的象征符号或观念之间隐含的相关性的人，兰登把这个世界视为一张由历史和事件相互交织而成的深不可测的大网。他经常在哈佛的符号学课上鼓吹说，*各种关联性也许看不到，但它们却一直在那儿，伏在表层下面。*

"我想是巴黎美国大学告诉你们我的住处的。"兰登说。

开车人摇摇头说："国际刑警组织。"

国际刑警组织，兰登心里想。当然。他忘了，所有欧洲酒店都要求看客人的护照。这无关痛痒的请求其实不仅仅是一个老套的登记手续，那是法律。在任何一个晚上，在整个欧洲，国际刑警组织都能准确地定位谁睡在什么地方。弄清楚兰登住在丽兹酒店恐怕只花了五秒钟时间。

雪铁龙继续加速向南穿越城区。这时被照亮的埃菲尔铁塔的轮廓开始显现出来。在车右边铁塔直插云霄。看到铁塔，兰登想起了维多利亚，想起了他一年前玩笑般的承诺。他说他们每六个月都要在全球范围内换一个浪漫的地方约会。兰登想，当时埃菲尔铁塔一定是上了他们的名单的。遗憾的是，他一年前是在罗马一个喧闹的机场和维多利亚吻别的。

"你上过她吗？"侦探看着远方问。

兰登抬头看了他一眼，确信自己没听懂他的话。"对不起，你说什么？"

"她很可爱，不是吗？"侦探透过挡风玻璃指向埃菲尔铁塔。"你上过她吗？"

兰登的眼珠转了转。"没有，我还没爬过那铁塔。"

"她是法国的象征。我认为她完美无瑕。"

兰登心不在焉地点了点头。

符号学家常说，法国是一个因那些有男子汉气概、沉溺于女色的、像拿破仑和矮子丕平那样危险的小个子领袖而出名的国家。它选择一个一千英尺高的男性生殖器作为国家的象征再合适不过了。

他们到里沃利路口时遇到了红灯，但雪铁龙并未减速。侦探加大油门驰过路口，快速冲入卡斯蒂哥亚诺路有林荫的那一段。这一部分路段被用作著名的杜伊勒里花园——法国版的中央公园的北入口。许多游客都误以为"杜伊勒里"这个名字和这里几千株盛开的丁香有关，因为二者发音有相似的地方。但"杜伊勒里"字面意思的确指的是多少有些浪漫的东西。这个公园曾经是一个被污染的大坑。巴黎承包商从这里挖黏土烧制巴黎著名的房顶红瓦——这个词的法语语音为"杜伊勒里"。

他们进入这空无一人的公园时，侦探把手伸到仪表板下面把吵人的警笛关掉。兰登出了口气，体味着这瞬间到来的宁静。车外，泛白的车头晕光灯一晃一晃地照着前方的碎砂砾停车道，轮胎发出难听的、有节奏的沙沙声，使人昏昏欲睡。

兰登一直把杜伊勒里当作一块圣地。正是在这个花园里，克劳德·

莫奈对形式和颜色作了实验,实际上是催生了印象派运动。然而,今晚这个地方被不祥的氛围笼罩着。

雪铁龙现在开始左拐,沿公园的中心大道向西驰去。轿车沿着一个环形池塘在奔驰,穿过了一条废弃的大道驶进远处的一块四边形场地。兰登现在可以看到杜伊勒里花园的边界,边界处有一块巨大的石拱门——小凯旋门。

尽管在小凯旋门曾举行过狂欢节,但艺术迷们是出于另一个完全不同的原因而对其景仰不已。从杜伊勒里花园尽头处的空地上可以看到全球四个最好的艺术博物馆——指南针的四个方向上各有一个。

在右车窗外边,朝南跨过塞纳河和凯·伏尔泰大道,兰登可以看到灯火通明的老火车站,即现在著名的奥赛博物馆的正面。他往左一瞥,看到了那超级现代的蓬皮杜中心的顶部。蓬皮杜中心是现代艺术博物馆所在地。在他身后的西面,他看到古老的高过树顶的拉美西斯方尖碑,那是网球场美术馆的标志。

但朝正东,透过石拱门,兰登可以看到耸立着独石柱碑的文艺复兴时的宫殿,现在已成为举世闻名的艺术博物馆。

卢浮宫美术馆。

当兰登的眼睛徒劳地试图看完整整个大厦时,他感觉到一些似曾有过的惊奇。在极宽大的广场对面,宏伟的卢浮宫正面在巴黎的天空映衬下像个城堡一样矗立着。卢浮宫形如一个巨大的马掌,它是欧洲最长的建筑,其长度比三个平放的对接起来的埃菲尔铁塔都要长。就是在美术馆翼楼之间的百万平方英尺开放广场,在宽度上也无法和它正面的宽度相比。兰登有一次曾漫步于卢浮宫的各个角落,令人吃惊的是,竟然有三英里的路程。

尽管要想好好地欣赏馆藏的653,00件艺术品估计需要五天,大部分游客都选择一种被兰登称作"小卢浮宫"的不完全游的方式——急匆匆地去看宫里最有名的三样东西——蒙娜丽莎、米罗的维纳斯和飞翔的胜利女神。阿特·布奇华德曾骄傲地说他曾在五分五十六秒内就看完了这三大杰作。

开车人拿出手提式步话机用法语连珠炮式地说:"先生,兰登到了。两分钟。"

步话机传回对方尖利急促的回话声,别人听不懂他在说什么。

侦探收好步话机后转向兰登说："你会在大门口见到探长。"

开车人丝毫不理会广场上禁止车辆通行的标志牌，把雪铁龙发动起来，快速驶过路缘。此时能看到卢浮宫的大门很显眼地立在远方，正门被七个三角形的水池围住，水池射出的喷泉被灯光照得通体发亮。

金字塔。

巴黎卢浮宫的这个新入口现在几乎和卢浮宫美术馆一样有名。这座由生于中国的美国建筑家贝聿铭设计的引起诸多争议的全新的现代玻璃金字塔，现在仍受到传统派的嘲讽。因为他们觉得它破坏了这个文艺复兴时期王宫的尊严。歌德曾把建筑描述为凝固的音乐，批评贝聿铭的人把这金字塔描述为光洁黑板上的指甲划痕。然而激进的崇拜者们认为贝聿铭这七十一英尺高的透明金字塔将古老的结构和现代方法结合起来，艳丽多姿，二者相得益彰——它是一种连接新与旧的象征，它有助于将卢浮宫推进下一个千年。

"你喜欢我们的金字塔吗？"侦探问。

兰登皱起了眉头。好像法国人很喜欢问美国人这个问题。这当然不是一个轻而易举就回答得了的问题。承认你喜欢这个金字塔，别人倒觉得你是个很没品位的美国人，说你讨厌它，这又是对法国的大不敬。

"密特朗是个很大胆的人。"兰登回答道，也避开了两难的回答。这位授权建造这个金字塔的前总统据说患有"法老情结"。弗朗索瓦·密特朗独自负责把巴黎填满埃及的尖塔、艺术和工艺品。他很喜欢那些耗资费时的埃及文化，所以现在法国人还称他为司芬克斯。

"探长叫什么？"兰登改换话题问道。

"贝祖·法希，"开车人道。他们已接近金字塔的大门口。"我们叫他Le Taureau。"

兰登瞥了他一眼，心想是不是每个法国人都有个奇怪的动物名称。"你们叫探长公牛？"

那人皱起了眉头。"你的法语比你自己承认的要好，兰登先生。"

*我的法语很臭，兰登心里想。可我对星座图谱很了解。*Taurus*是金牛座。全世界的占星术符号都是一致的。*

侦探把车停了下来，从两股喷泉中间指向金字塔一侧的大门说："入口处到了。祝您好运，先生。"

"你不去？"

“我奉命把你送到这儿,我还有其他任务。”

兰登叹了一口气下了车。你得自己来对付这热闹了。

那侦探迅速地把车发动起来,一溜烟地开走了。

兰登独自站在那里,望着渐渐远离的汽车尾灯。他知道他可以轻易地重新策划一下,走出这院子,拦一辆出租车回家睡觉。但隐约中他又觉得这很可能是下策。

当兰登走向喷泉发出的水雾时,他惴惴不安地感到自己正穿越一个虚幻的门槛而步入另一个世界。在这种夜的氛围中,他犹如做梦一般。二十分钟以前他还在酒店酣睡。此刻他却在司芬克斯建造的透明金字塔前等待一位被他们称作公牛的警察。

他心想,我这仿佛是被困在萨尔瓦多·达利的一幅画中了。

兰登大步流星迈向正门——一个巨大的旋转门。远处的门厅里灯光昏暗,空无一人。

我要敲门吗?

兰登不知道是否曾有德高望重的哈佛大学的埃及学专家敲过金字塔的前门并期望有人开门。他举手去拍玻璃,但在黑暗中,一个人影从下面出现了,大步走上旋转楼梯。那人矮胖身材,皮肤黝黑,差不多就像原始的尼安德特人。他身着黑色的双胸兜套装,套装扯得很紧,罩住了他宽厚的肩膀。他迈着短粗有力的腿,带着不容质疑的权威向前走去。他正在用手机通话,但到兰登面前时正好通话完毕。他示意兰登进去。

兰登穿过旋转门时他自我介绍说:“我是贝祖·法希,中央司法警察局探长。”他说话的语气倒与他的长相挺相称——从喉头处发出低沉的声音,像正在聚集的风暴。

兰登伸手和他握手。“罗伯特·兰登。”

法希的大手紧裹着兰登的手,那力量似乎能把兰登的手攥碎。

“我看到了相片。”兰登说。“你的侦探说雅克·索尼埃自己把自己弄成——”

法希的黑亮的眼睛看着兰登。“兰登先生,你在照片上看到的才只是索尼埃所作所为的开始。”

第 四 章

贝祖·法希探长外表像一头发怒的公牛。他宽厚的肩膀向后倾，下巴向内伸得很厉害。他乌黑的头发向后梳得整整齐齐，油光可鉴，像战舰舰头一样的V形发尖与突出的前额隔开来，看起来更像是个箭头。往前走时，他黑色的眼睛似乎能把面前的地面烤焦。他眼里喷射出的火清澈透明，使人感到他有一股干什么事都决不含糊的认真劲。

兰登跟随着法希沿着那个有名的大理石台阶往下走，进入深藏在金字塔下面的正厅。在他们往下走的过程中，他们从两个握有机枪的武装司法警察中间穿过。这传递的信息非常明了：没有法希探长的批准，今夜谁也进不来，出不去。

来到地下层，兰登就和不断袭来的惶恐作斗争。法希的态度一点也没欢迎的意思。此刻的卢浮宫本身似乎有种墓穴的气氛。楼梯像黑暗中的电影院通道一样，每迈一步都有反应灵敏的脚踏灯照亮。兰登能听到他自己的脚步声回响在头顶的玻璃上。朝上望去，他可以看到从喷泉散出的带着些许亮光的水雾正在透明房顶外散去。

“你赞成这种做法吗？”法希边问边用他宽大的下巴指向上方。

兰登叹了口气，他太累了，不想演戏了。“你们的金字塔真宏伟。”

法希咕哝了一声，然后说：“巴黎脸上的一块疤。”

忽然觉得兰登感到他的主人不好取悦。他不明白法希是否知道，在密特朗总统明确要求下，这个金字塔正好由666块玻璃构成。这种奇怪的要求一直是喜欢研究阴谋事件的人们的一个热点话题。他们说666恰好是撒旦的代码。

兰登决定不提这事。

他们继续往下走，来到地下的正厅，一个宽大的空间渐渐从阴影中显露出来。卢浮宫新落成的70,000平方英尺的大厅建于地平面57英尺以下，就像一个向前无限延伸的大岩洞。地下大厅是用暖色的赭色大理石建成，以便和上面卢浮宫正面的蜜色石头相协调。这地下大厅平日都因日光和游人而热闹。今夜则不然，大厅空无一人，漆黑一片，整个大厅笼罩在阴冷的、墓穴般的气氛里。

“美术馆常规保安人员呢？”兰登问道。

“隔离起来了。”法希答道，听口气他好像认为兰登怀疑他手下人员的诚实。显然，今晚有不该进来的人进来了。卢浮宫所有的看守人员都在绪利馆里接受询问。“我的人已接管了卢浮宫今晚的安全保卫工作。”

兰登点点头，快步跟上法希。

“你对雅克·索尼埃有多少了解？”法希问道。

“事实上，一点也不了解，我们从未见过面。”

法希显得非常吃惊。“你们今晚才要初次会面？”

“是的。我们原计划在我作完报告后的巴黎美国大学举行的招待会上见面的，可他一直就没露面。”

法希在他的小本本上草草记下一些文字。他们继续往前走。这时兰登看到了卢浮宫那个名气稍小一些的金字塔——倒金字塔。它是一个巨大的倒置的天窗，好像钟乳石一样在楼面夹层处悬着。法希领着兰登走上一段楼梯，来到拱型隧道的洞口。洞口上方用大写字母写着“德农”两个字。德农馆是卢浮宫三个主区中最著名的一区。

“谁提出要今晚见面的？是你，还是他？”法希突然问道。

这个问题似乎有点怪。“是索尼埃先生。”兰登在进洞时回答道。“他的秘书几周前通过电子邮件和我取得联系。她说馆长听说我本月要来巴黎讲学，希望在我在巴黎期间和我讨论一些事情。”

“讨论什么？”

“我不知道。艺术，我想。我们有共同的兴趣。”

法希将信将疑。“你不知道你们见面后要谈些什么？”

兰登的确不知道。他当时有些好奇，但觉得问得过细不太合适。人们都知道备受尊敬的雅克·索尼埃喜欢深居简出的生活，很少答应和别人见面。兰登因这次见面的机会简直对他感激不尽。

“兰登先生，你能不能至少猜一猜我们这位受害者在被害的晚上想和你讨论些什么？这对我们可能有些帮助。”

这个直截了当的问题使兰登感觉很不自在。“我无法想像。我没问过。他和我联系，我倍感荣幸。我很欣赏索尼埃先生的作品。我上课把它当教材。”

法希在本子上记下了这些。

二人此刻刚好处在通往德农馆的隧道的一半的路程上。兰登看到了尽头的一对向上的手扶电梯，但两个手扶电梯都一动不动。

"你和他有共同的兴趣？"法希问。

"是的。事实上我去年花了许多时间写一部书的初稿。书中涉及索尼埃先生的主要专业领域。我期待着能够从他身上获得东西。"

法希往上看了一眼。"对不起，我没听懂。"

这俗语显然没传达清楚意思。"我期待着在那方面向他学习。"

"我明白了。哪个方面？"

兰登犹豫了一下，拿不准该怎样确切地表达它。"书稿主要是关于女神崇拜的圣像研究——一种女性崇拜的概念以及与其相关的艺术和象征符号。"

法希把一只肥嘟嘟的手插进头发。"索尼埃在这方面很有学问？"

"没有谁比他更有学问。"

"我明白了。"

兰登认为法希一点也不明白。雅克·索尼埃被认为是全球有关女性崇拜圣像研究的第一专家。索尼埃不仅自己非常喜爱与生育、女神崇拜、巫术崇拜和圣女相关的文物，还帮助卢浮宫收集了全世界大量的女神艺术品——从德尔菲古老的神殿中女祭司手中的交叉斧头、金质的墨丘利节杖、成百件有如站立的天使的印有小圆环的T型的代表伊希斯生殖器官的器物，到古希腊用来驱鬼神用的叉铃，还有一大堆描述何鲁斯被女神伊希斯哺育的情景的小雕像，简直令人难以置信。

"或许雅克·索尼埃听说过你的书稿吧？"法希说道。"他想约见你，为你写书提供帮助。"

兰登摇摇头。"事实上，没人知道我的书稿。现在还只是草稿，除了我的编辑外，我从未给人看过。"

法希不说话了。

兰登没有说明他未将手稿给任何人看的原因。这三百页的草稿题目初步定为《遗失的神圣女性的符号》。它提出要对约定俗成的宗教圣像学作出非传统解析，这肯定会引起争议。

快到静止的手扶电梯时，兰登停了下来。他意识到法希已不再在他身边。转身回望，兰登发现法希站在几码远处的电梯旁。

“我们乘电梯，我相信你知道步行去大陈列馆挺远的。”法希在电梯门打开时说道。

虽然兰登知道乘电梯去德农馆要比爬两层楼梯快得多，他还是站着没动。

“怎么啦?”法希按着门不让它关上，显得很不耐烦。

兰登喘了口气，充满期待地看了一眼手扶电梯上面的开放空间。一切都好。他骗自己，慢吞吞地走回电梯。还是个孩子时，兰登掉进了一个废弃的深井里，他在那狭窄的空间踩水好几个小时后才获救，差点死在那里。打那以后，他就对封闭的空间，如电梯、地铁、壁式网球场等充满恐惧。电梯是极安全的机器。兰登反复这样告诫自己，却一点也不相信它安全。它是个悬在封闭的筒子中的小小的金属箱子！他屏住呼吸，走进电梯。当电梯关上时，他心中感到一阵熟悉的冲动的颤栗。

二楼。十秒钟。

电梯开动时法希说：“你和索尼埃先生，你们从未说过话吗？从未通信？有没有互相寄过东西?”

又是一个古怪的问题。兰登摇摇头。“没有。从没有过。”

法希扬起头，好像要把这事实记在脑子里。他一言不发，死盯着眼前的铬钢门。

在上升过程中，兰登尽力把注意力集中到其他东西上，他不敢想他周围的四面墙。光洁的电梯门能照出人影，从反射的影像中，兰登看到探长的领带夹——一个镶有十三颗黑色缟玛瑙的银质十字架。兰登感觉到有一些说不清道不明的惊奇。这种标志被称作宝石十字架——带有十三颗宝石的十字架——是基督教代表耶稣和他的十二个门徒的表意符号。这位法国探长这么公然地宣告自己的宗教信仰，倒有点出乎兰登的预料。而且，这是在法国，基督教并不是那么一个一生下来就得信奉的宗教。

“这是宝石十字架，”法希突然说。

兰登吓了一跳，抬头看了一眼，从反射中可以看到法希的眼睛正盯着他。

电梯一顿，停了下来。门开了。

兰登迅速走出电梯，走进厅廊。他渴望享受卢浮宫陈列馆高得出名的天花板下那宽敞的空间。然而，刚才他所步入的那个狭小空间可一点也不是他想要的那种。

兰登怔住了，突然停了下来。

法希扫了他一眼。“兰登先生，我想你从未在卢浮宫不开放的时候进来过。”

是没有。兰登心里想，尽量使自己不失态。

卢浮宫大陈列馆通常光线极充足，但今夜却是惊人的黑暗。今夜没有平常从上面倾泻而下的柔和的灯光，只有踢脚线处似乎有微微的红光发出，这一处，那一处，断断续续照在地板上。

兰登怔怔地望着阴森森的走廊，他意识到他本该预想到这种情形。几乎所有的主要大陈列馆夜间都用这种耐用灯照明。这些灯放的位置很巧，都在低处，不刺眼，有利于工作人员夜间走过廊道，同时也使这些画作处于相对阴暗的地方，避免因强光照射而致褪色。今夜，这地方简直使人压抑得透不过气来，到处是长长的阴影，原来高高拱起的天花板今夜却像是一片低垂的穹窿。

“这边走，”法希说。他向右急转身，走进一个段段相互联接的画廊。

兰登紧跟着，他的视力慢慢适应了黑暗。四周的巨幅油画变得清晰具体了，它们好像是在一个巨大的暗室里冲洗出的照片，展现在他面前……他在房间里走到哪里，它们的眼睛就跟到哪里。他能闻到博物馆里常有的干燥剂、除湿剂的刺鼻的气味。除湿剂带有些微的碳的气味。碳是一种工业用品，是一种过滤煤用的除湿装置，以消除游客呼出的二氧化碳所产生的腐蚀作用。高高安置在墙上的安全摄像机赫然可见，它向游客清楚地传达这样的信息：*我们看着你呢，别动任何东西。*

“真的开着吗?”兰登边问边指向摄像机。

法希摇头说：“当然没有。”

兰登一点也不觉得奇怪。在这么大的美术馆实施录像监视，成本太高，很难做到，而且效果也不好。要监视这数英田的大陈列馆，单负责信息传输的技术人员，整个卢浮宫就得要好几百人。大多数大型的博物馆现在都使用一种叫“封闭保护”的防范措施。*别想着不让贼进来，要让他们出不去。*封闭装置在闭馆后启动。如果侵入者拿走一件艺术品，自动封闭的出口就会将大陈列馆封死，即便在警察没赶来之前，贼就已被挡在栅栏里面出不去了。

声音在上面的大理石走廊内回响。嘈杂声好像是从右前方隐蔽处的小房间里传出来的。那里有一束亮光倾泻在走廊里。

“馆长办公室。”探长说。

和法希走近那个小室后，顺着一条又低又短的走廊望去，兰登能看到索尼埃豪华的书房 —— 暖色木材的家具，从前的大师们的画作，还有一个巨大的古色古香的写字台，写字台上立着个两英尺高的全身铠甲的武士模型。房间里几个警察正在忙碌着，其中一个坐在索尼埃的桌子前正往手提电脑里输入东西。显然，馆长的私人办公室已成了中央司法警察局今晚的临时指挥部了。

“先生们，”法希用法语大声喊道。人们转向他。“不要以任何理由来打扰我们，听到了吗？”

办公室里的人都点头表示明白。

兰登在宾馆的门上曾多次挂过法语写的“请勿打扰”的牌子，所以刚才大致听懂了探长“请勿打扰”之类的话。无论如何都不许打搅法希和兰登。

法希把一帮警察抛在身后，带着兰登沿着黑暗的走廊继续向前走。三十码开外的地方出现了通往卢浮宫大陈列馆的入口。大陈列馆是卢浮宫最受欢迎的地方 ——像个走不到头的长廊。长廊里藏有卢浮宫最有价值的意大利杰作。兰登发觉索尼埃的尸体卧躺之地正是此处。大陈列馆里的镶木地板明白无误地显现在宝丽莱快照里。

他们走近后，兰登看到入口被一个巨大的钢铁栅栏堵住了。铁栅栏看去像是中世纪城堡中人用来把强盗挡在外面的防御工具。

“封闭保护，”法希走近栅栏后说。

即使是在黑暗中，这道封锁线看上去也能抵挡住一辆坦克。到了外边，兰登透过铁栅栏往昏暗的、硕大的洞穴般的大陈列馆里探视。

“你先进，兰登先生，”法希说。

我先进？进哪儿？兰登转过身来。

法希指向铁栅栏基部的地板。

兰登低头望去。在黑暗中他什么也没有看到。封锁栅栏被抬起了两英尺，下面有个进出很不方便的间隙。

“卢浮宫的保安现在还不能进入这个区域，我手下的科技侦查处的探员刚刚在这调查完毕。”法希说。“从底下爬进去。”

兰登盯着脚下窄窄的空隙，又抬眼看着那巨大的铁栅栏。他是开玩笑吧？那铁栅栏像个断头台一样，时刻等待着把入侵者压碎。

法希用法语咕哝了一句，又看了看表。然后他双膝跪下，挪动着肥胖的身子从栅栏下爬了进去，站起身，透过栅栏回望着兰登。

兰登叹了口气。他把手掌平放在光滑的镶木地板上，肚子趴上去，使劲往前挪。他爬到栅栏底下时，他的哈里斯花格呢上衣的背部被栅栏的底部挂破了，后脑勺碰到了铁栅栏上。

真优雅啊，罗伯特，他想。他伸手摸了摸，最后终于把自己挪进去了。兰登站起后便意识到这一夜可短不了。

第五章

默里山广场——天主事工会新的全球总部和会议中心,位于纽约市的莱克星顿大街 243 号。这个耗资超过 47,000,000 美元、面积达 133,000平方英尺的塔楼是用红砖和印第安那石灰岩砌成的,由著名的梅与品斯卡建筑事物所设计。大楼里有一百多间卧室,六个餐厅,有图书馆、起居室、会议室和办公室。第二、第八、第十六层有装饰着木饰品和大理石的小教堂。第十七层全部为居住房。男人从莱克星顿大街上的正门进,女人从侧面的一条街的侧门进。在这座大楼里,男人女人始终是分开的,彼此看不见也听不着。

今晚早些时候,在顶层豪华客房里,曼努埃尔·阿林加洛沙主教已收好一个小旅行包,穿上了传统的黑色教士长袍。通常他会在腰间系一条紫色束带,但今晚他是和普通大众一道旅行,他不想让人注意到他如此高的职位。只有眼尖的人才会注意到他 14 克拉的主教金戒指。戒指上嵌有紫水晶、大钻石和手工制作的主教冠和主教牧杖嵌花。他把旅行包往背后一甩,默默祷告后,便离开了公寓,下了楼。他的司机正在大堂里等他,要把他送到机场。

此刻阿林加洛沙正坐在飞往罗马的客机上。他凝视着窗外黑暗的大西洋。太阳已经落山了,但阿林加洛沙知道自己的星星正在升起。今晚这一仗是会打赢的,他心里想。想起几个月前他对那些威胁要摧毁他帝国的家伙束手无策时,他还心有余悸。

作为天主事工会的总会长,阿林加洛沙主教已经花了十年时间传播"天主的事业"的音讯——即天主事工会要遵循的训示。这个教派于 1928 年由西班牙牧师何塞马利亚·埃斯克里瓦创立,倡导回归到保守的罗马天主教价值观上来,鼓励信徒作出巨大的牺牲以便能做"上帝的善行"。天主事工会中的传统主义者的哲学在弗朗哥王朝以前就在西班牙扎下了根。但在 1934 年,随着何塞马利亚·埃斯克里瓦神圣的《路》一书的出版——书中记载着人一生中做"天主的事业"时的 999 则沉思录——

埃斯克里瓦的思想顿时风靡全球。现在，由于有四十二种语言的四百万册《路》的发行量，天主事工会成为全球性的力量。它的宿舍、教学中心、甚至大学，遍及世界各大主要城市。天主事工会是全世界发展最迅速、经济最有保证的罗马天主教组织。不幸的是，阿林加洛沙了解到，在一个充斥着宗教的玩世不恭主义、邪教和电视传教的年代，天主事工会迅速增长的财富和影响力成了人们怀疑的焦点。

经常会有记者尖锐地问："许多人称天主事工会是一个给人洗脑的邪教组织。有人称你们是一个极端保守的基督教秘密社团。你们到底是哪一种？"

主教会耐心地回答说："天主事工会不是其中的任何一种，我们是罗马天主教。我们是罗马天主教信徒，我们把在日常生活中恪守天主教教义这一点视为头等重要的事情。"

"'天主的事业'非得包括要对自己的贞洁起誓、征收什一税和通过自我鞭笞，还有戴苦修带来赎罪这类东西吗？"

"你所描述的只是天主事工会中的少数人，"阿林加洛沙说，"可以有多种层次的参与。成千上万的天主事工会会员都结婚、生子，并在他们的社区内推动天主的事业。有些人自愿选择住在我们修道院里做苦行主义者。这些都是个人意愿，但每位会员都把做'天主的事业'和使这个世界更美好作为自己的目标。这当然是一种值得钦佩的追求。"

然而，这些解释却无济于事。媒体总喜欢盯着丑闻不放。而且，像其他任何规模宏大的组织一样，天主事工会内部总有几个迷途的灵魂往整个团体身上投下些阴影。

两个月前，有人发现中西部的一所大学的一帮天主事工会成员让新入教者服用一种叫仙人球碱的致幻剂，以达到欣快异常的状态。新入教者可能会将这种状态视为一种宗教经历。还有一个大学生使用带倒钩刺的苦修带的时间要比推荐的一天两小时长得多，结果差点感染致死。不久前，在波士顿，一位幻想破灭的年轻投资银行家在试图自杀之前把自己终生的积蓄都转签给了天主事工会。

迷途的羔羊，阿林加洛沙这样认为。他很同情他们。

当然，最令他们尴尬的还是一桩广为流传的审判事件。被审判的是联邦调查局特工罗伯特·哈桑，他不单单是天主事工会会员中的知名人士，而且还是个性变态狂。审判过程中发现的证据表明，他还在自己的卧室里安装摄像机以便让他的朋友看他与老婆做爱的情形。“远远不是一个虔诚的天主教徒应该有的快乐，”法官说。

不幸的是，这些事件促成了一个名为“天主事工会观察网”的新观察组织的产生。这个组织在其颇受欢迎的网站上 www.odan.org 不断发布原天主事工会会员讲述的骇人听闻的事件。这些前会员们还警告人们不要加入天主事工会。现在，媒体称天主事工会为“天主的黑手党”或“基督的邪教”。

我们对自己不了解的东西总是很恐惧，阿林加洛沙这样想。他不知道那些批评者是不是明白天主事工会曾使多少人的生活多姿多彩。天主事工会得到了梵蒂冈的完全认可和恩准。天主事工会是一个隶属于教皇个人的教区。

近来，天主事工会发现自己被一种比媒体威力更大的力量威胁着。阿林加洛沙躲都躲不开这突然冒出来的敌人。虽然五个月前，这股不稳定的力量被粉碎了，但阿林加洛沙现在还感到心有余悸。

“他们不知道他们已挑起了战争，”阿林加洛沙一边望着机窗下黑暗的大西洋一边小声嘀咕着。突然，他的目光停在机窗反射的自己的那张难看的面孔上，那张脸又黑又斜，还有一个又扁又歪的大鼻子。那是他年轻时在西班牙做传教士时被人用拳头打的。这种身体上的缺陷现在基本上无所谓了。因为阿林加洛沙的世界是心灵的世界，不是肉体的世界。

在飞机飞越葡萄牙海岸时，阿林加洛沙的教士服里的手机在无声状态震动起来。虽然航空公司禁止在飞机飞行期间使用手机，但阿林加洛沙知道这个电话他不能不接。只有一个人有这个号码，这个人就是给阿林加洛沙邮寄手机的人。

主教一阵激动，轻声回话：“喂？”

“塞拉斯已经知道拱顶石在什么地方了。在巴黎。在圣叙尔皮斯教堂里。”打电话的人说。

阿林加洛沙主教微笑着说：“我们接近成功了。”

“我们马上就能得到它。但我们需要你施加影响。”

“没问题。说吧，要我做什么？”

关掉手机后，阿林加洛沙心还在怦怦跳。他再次凝望那空洞洞的黑夜，感到与他要做的事相比自己非常渺小。

在五百英里外的地方，那个叫塞拉斯的白化病人正站在一小盆水前。他轻轻擦掉后背上的鲜血，观察着血在水中打旋的方式。他引用《旧约·诗篇》中的句子祷告：求你用牛膝草洁净我，我就干净；求你洗涤我，我就比雪更白。

塞拉斯感到有一股以前从未被激起过的期待。这使他震惊又令他激动。在过去的十年中，他一直按《路》的要求行事，清除自己的罪恶，重建自己的生活……抹去过去的暴力。然而，今夜，这一切又突然回来了。他极力压抑的恨又被召回了。看到过去这么快地浮现起来，他觉得非常震惊。当然，和过去一同回来的还有他的功夫。虽然有些"生疏"，但尚且能用。

耶稣传播的是和平……是非暴力……是爱。从一开始，塞拉斯就被这样教导，并将教诲铭记在心。可这是基督的敌人威胁要毁掉的训戒。用武力威胁天主的人定会受到武力的回击，坚定不移的回击。

两千年来，基督教卫士们一直保卫着他们的信仰，抗击着企图取代它的各种信仰。今夜，塞拉斯已应征参战。

擦干了伤口，他穿上了齐踝长的有兜帽的长袍。在平纹织的黑羊毛料子做的长袍的映衬下，他的皮肤和头发被衬托得更白。他系紧了腰间的袍带，把兜帽套在头上，只露出双睛来欣赏镜子中的自己。车轮已经转起来了。

第六章

从封锁门下挤过去后，罗伯特·兰登此刻正站在通往大陈列馆的入口处。他正在朝一个长长的大陈列馆入口凝望，两边像又长又深的峡谷。画廊两边，空荡的墙壁有三十英尺高，往上消失在黑暗之中。微红的耐用灯光向上散开，把些许不自然的暗光投射到许多挂在墙上的达·芬奇、提香和卡拉瓦乔的画作上。

静物画、宗教场面、风景画伴着贵族和政治家的画像。

虽然大陈列馆里藏有卢浮宫最负盛名的意大利艺术品，但不少游客认为这个馆所奉献的最令人惊叹不已的东西却是它著名的镶木地板。它是由橡木条按一种令人眼花缭乱的几何图案铺制而成的，能使人产生一种瞬间的视角幻觉，感觉它是一个立体网络，游客每移动一步都觉得是在大陈列馆里漂游。

兰登开始观看地板的镶饰。他的眼睛突然停留在他左边几码远处的地板上被警察用条带围起来的一个物体上。他没想到会看到这个。他匆忙跑向法希。“那，那地板上是一幅卡拉瓦乔的画作吗？”

法希点了点头，却并没看它。

兰登猜想这幅画作的价值可高达两百万美元，可现在它却像被丢弃的海报一样躺在地上。“见鬼，怎么会在地上！”

法希看了一眼，显然是无动于衷。“这是犯罪现场，兰登先生。我们什么也没动。那画是馆长自己扯下来的。他就是那样启动安全系统的。”

兰登转身看看大门，努力想像当时的情形。

“馆长在办公室里受到了袭击，他逃往大陈列馆，从墙上扯下这幅画，启动了防护门。防护门立刻落下，谁也无法进出，这是进出大陈列馆的惟一出口。”

兰登被弄糊涂了。“那么馆长实际上抓住了袭击他的人，把他关在大陈列馆里面啰？”

法希摇摇了头说：“防护门把索尼埃和袭击者隔开了。杀手被关在外面的走廊里，他通过这个门开枪打死索尼埃。”法希指着悬挂在他们刚爬过的那个门上的一个桔黄色的碎片说：“技术警察发现了枪回火时的残留物。他是透过栅栏射击的。索尼埃临终前，这里没有别人。”

兰登想起了索尼埃尸体的照片。*他们说索尼埃自己把自己弄成那样。*兰登望着前方的巨大的陈列馆说：“那么尸体在哪里？”

法希扶正了自己的十字架领带夹开始往前走。“你很可能知道，陈列馆很长。”

如果兰登没记错的话，确切的长度是约1,500英尺，是三个华盛顿纪念碑对接后平放的长度。同样令人惊异的是陈列馆的宽度，可以轻而易举地容纳两列平行的火车客车。走廊的中央间或点缀着雕像和巨大的瓷瓮，这些雕像和瓷瓮正好形成一条很有品位的分界线，把人流分开，一边沿墙向内走，一边沿墙向外走。

法希不说话，沿着走廊右边大步疾行，两眼盯着正前方。这么匆匆忙忙地从如此多的杰作旁走过，都没停下来看一眼，兰登觉得有失恭敬。

因为在这种光线下，反正我什么也看不到，他想。

很不幸，暗红的灯光使兰登回忆起他上次在非侵害性灯光的梵蒂冈秘密档案室的经历。今晚和上次他险些丧命罗马一样使人忐忑不安。维多利亚又闪现在他脑海里。他已好几个月没有梦到维多利亚了。兰登不敢想在罗马的那桩子事过去才一年；他觉得恍如几十年。*又活一辈子。*他最后一次收到维多利亚的邮件是十二月份，那是一张明信片，她说她正动身去爪哇海以便继续在量子纠缠物理学方面的研究——用卫星追踪蝠鲼的迁徙情况。兰登从未幻想像维多利亚那样的女人会和他一起生活在校园里，但他们在罗马的邂逅激发了一种他以前从未感受过的渴望。他多年来对单身生活的好感以及单身生活带来的自由感都被击得粉碎，取而代之的是过去的一年中与日俱增、始料未及的空虚感。

他们继续快步向前，但兰登还没看到尸体。“索尼埃跑这么远？”

“索尼埃腹部中弹后过了一段时间以后才死去的，或许十五到二十分钟。他显然是个很坚强的人。”

兰登吃惊地转过身。“保安十五分钟才赶到这儿？”

“当然不是。卢浮宫的保安听到警报后，立即作出了反应，但发现入陈列馆的门被封住了。透过门，他们能听到有人在长廊的那一头挪动，但他们看不清到底是谁。他们大声喊，但没人应答。他们想惟一可能是罪犯，于是他们按规定叫来了司法警察。我们到达后把封锁门抬高了一些以便人能爬过去。我派了十来个警察进去。他们迅速搜遍长廊,希望抓住罪犯。"

"结果呢?"

"他们发现里面没人。除了……"他朝长廊远处指去,"他"。

兰登抬起头顺着法希的食指望去。起初他以为法希在指长廊中间的巨型大理石雕像。但他们继续往前走时,兰登能够看清比雕像更远的东西。在三十码开外的廊厅里,一只挂在便携式灯杆上的聚光灯照在地板上,形成了这暗红色陈列馆里一座极为光亮的"岛屿"。在光环的中央,索尼埃赤裸的尸体躺在镶木地板上,像显微镜下的一只昆虫。

"你看到过照片,所以不太吃惊了吧。"法希说。

兰登走向尸体,感到一股刺人的寒意。眼前所见是他一辈子见到的最奇怪的景象之一。

雅克·索尼埃苍白的尸体躺在镶木地板上,和照片上看到的一模一样。兰登站在尸体旁,在强光下眯着眼观察着。在惊愕中,他提醒自己,索尼埃在生命的最后几分钟把自己的身体摆成了这个奇怪的样子。

就他这个年龄的人而言,索尼埃看起来健康极了,他所有的肌肉系统层次分明。他已脱下了身上的每一件衣服,并把它们整齐地放在地板上,躺在走廊的中央,和房间的长轴线完全处于同一条线上。他的手臂和腿向外张开,像一只完全展开的鹰,又像孩子们做的雪天使那样手腿叉开,或许更准确地说是像一个人被看不见的力量向四个方向拉扯着。

在索尼埃的胸骨稍下一点有一块血渍,子弹从这里穿过了他的肌肉。奇怪的是,伤口流血极少,地下只淤积着一小片已变黑的血液。

索尼埃食指也有血迹,显然他把食指插进了伤口,来创造他那最令人毛骨悚然的临死前的状态。用自己的血作墨,以赤裸的腹部作画布,索尼埃画了非常简单的符号——五条直线相交而成的五角星。

五芒星符号。

这颗血星以索尼埃的肚脐为中心,这使尸体更显得令人恐怖。照片已令兰登不寒而栗,现在亲自到了现场,兰登更是吓得魂不附体。

他自己弄成这样的。

"兰登先生?"法希的黑眼睛又在盯着他。

"这是五芒星,"兰登说。他的声音在这么大的空间里显得有些沉闷。"这是世界上最早的一个符号,公元前四千年以前使用的。”

“它代表什么?”

在回答这个问题时兰登总是有些犹豫。告诉一个人一个符号“意味”着什么就如同告诉人家听一首歌时感受如何一样不好说——各人的感觉都不一样。三K党的白头巾在美国是仇恨和种族主义的形象,而在西班牙同样的服饰则表示一种宗教信仰。

“符号在不同的环境下表示的意思也不一样,”兰登说。“五芒星主要是一种异教符号。”

法希点点头。“魔鬼崇拜。”

“不对,”兰登纠正道。他马上就意识到自己的用词应该更准确一些。

当今,表示异教的词pagan几乎成了“魔鬼崇拜”的同义词——这是一种完全错误的观念。这个词的词根可以追溯到拉丁语的paganus,它指的是住在乡下的人。“异教徒”本来的字面意思是指那些没有接受任何宗教熏陶,还恪守古老的自然神崇拜的乡下人。事实上,教会非常害怕那些住在乡下村镇(villes)里的人,以至于原本那个表示村民的词vilain后来竟用来表示“恶人”了。

“五芒星”,兰登解释说,“是一个在基督教产生之前,有关自然崇拜的符号。古人认为世界由两部分组成——一半雄性,一半雌性。神和女神共同作用保持力量平衡,即阴阳平衡。当阴阳平衡时,世界就处于和蔼的状态下。不平衡时,世界就一片混乱。”然后兰登又指向索尼埃的肚子说:“这个五角形代表万物中阴性的那一半——一个宗教史学家称为‘神圣女性’或‘神圣女神’的概念。索尼埃应该知道这个。”

“索尼埃在自己肚子上画了女神符号?”

兰登必须承认,这似乎有点怪。“最具体的解释,五芒星象征维纳斯——代表女人性爱和美的女神。”

法希看了看那裸体男人,咕哝了一声。

“早期宗教都是基于大自然神性的秩序之上的,女神维纳斯(Venus)和金星(Venus)是同一的。女神在夜空中也有一席之地,夜空中的女神有许多名字——金星、东方之星、伊师塔、阿斯塔蒂等,都是些充满活力的与自然和大地母亲密切相关的阴性概念。”

兰登决定不告诉他五角星形最令人吃惊的特征——它的形状源于金星。当兰登还是个初出茅庐的天文学专业的学生时,他就吃惊地了解到金星每八年在空中的运行轨迹正是一个正五角形。古人观察到这种现象,对之敬畏之至，于是金星和五芒星便成了至善至美和周期性的性爱的象征。为礼赞金星的神奇，希腊人以八年为一个循环来组织奥林匹克运动会。现今很少有人知道现在每四年一届的现代奥林匹克运动会是沿袭了金星的半个周期。更少有人知道五芒星差点成了奥运会的正式标志，只是到了最后一刻才将五个尖角换成了五个相互联结的环以更好地体现奥运会包容与和谐的精神。

法希突然说："兰登先生，五芒星显然也和恶魔有关。你们美国的恐怖电影清楚地表明了这一点。"

兰登皱起了眉头。*真谢谢你，好莱坞。*在系列恶魔杀手电影中，五芒星几乎每次都出现，它通常和其他被指责为恶魔符号的东西一道被胡乱地画在某些恶魔杀手住所的墙上。每当在这种情形下看到这个符号，兰登就感到非常不快。五芒星真正的起源是神圣的。

"我可以肯定地告诉你，"兰登说，"尽管如你在电影中所见，把五芒星解读为恶魔，但从史学的角度讲，这并不准确。它起初的女性含义是正确的。但一千年来，五芒星的象征意义被歪曲了。在这个案子上，还流了血。"

"我不敢肯定我听懂了。"

兰登看了一眼法希的十字架。他下面的表达有些语无伦次。"教会，先生，象征符号是很弹性的，五芒星符号的意义被早期的罗马天主教会给更改了。作为梵蒂冈清除异教并使大众皈依基督教的运动的一部分，天主教会掀起了一个污蔑异教神和异教女神的运动，把他们的神圣的象征符号重新解释为邪恶的符号。"

"讲下去。"

"这种现象在混乱年代也是常见的，"兰登接着说，"一种新出现的力量会取代现存的象征符号并长期贬损它们以图彻底抹掉它们的意义。在异教象征和基督教象征的争斗中，异教徒输了。海神波塞冬的三叉戟成了恶魔的草叉，智慧老太婆的锥形尖顶帽成了女巫的象征，维纳斯的五芒星形成了邪恶的象征。"兰登停了停。"不幸的是，美国军方也曲解了五芒星，现在它成了最重要的战争符号。我们把它涂在战斗机上，挂在将军们的肩膀上。"*爱与美女神竟承受这么多不幸。*

"有意思。"法希边说边朝像展开的鹰一样的尸体点了点头。"那么，尸体的放置？你从中看到了什么？"

兰登耸耸肩。"这种放置只是巩固了五芒星和阴性神灵的关联。"

法希一脸茫然。“对不起，我没明白。”

“复制。重复一个符号是强化它的意义最简单的方法。雅克·索尼埃把自己放置成了五芒星的形状。”

一个五芒星代表很好，两个代表更好。

法希又把手插进了油光光的头发里，眼睛朝索尼埃的五个角看去——胳膊、腿和头。“有意思的分析，”他停了一下又说：“那为什么裸体？”他咕哝地说道，好像不喜欢看到一个老年男人的裸体。“他为什么把衣服都脱了？”

兰登心想，*真是好问题*。从第一眼看到宝丽莱快照，他就一直对这个问题疑惑不解。他最接近的猜测是，裸体是性爱女神维纳斯赞许的事情。虽然现代文化已基本清除维纳斯与男女身体结合的关联，但对词源有研究的人，仍然可以敏锐地发觉“维纳斯(Venus)”本意中有与“性交”(Venereal)有关联的蛛丝马迹。不过，兰登不打算讨论那些。

“法希先生，虽然我说不出为什么索尼埃在自己身上画那样的符号，也说不清为什么他那样放置自己，但是我可以告诉你，像雅克·索尼埃那样的人会视五芒星符号为一种阴性神灵。这个符号和阴性神灵之间的关联是广为艺术史家和符号象征学专家所知的。”

“好的。那么他为什么用自己的血当墨？”

“但显然，他没有别的东西可供写字。”

法希沉默了片刻。“我认为事实上他使用血和警察履行某些法医检查程序有相似之处。”

“我不明白。”

“看他的左手。”

兰登顺着馆长苍白的手臂一直看到他的左手，但什么也没有看到。他不敢肯定是否的确什么也看不到，于是围着尸体转了一圈，最后蹲下了，这时他才吃惊地发现馆长手里抓着一支很大的毡头标记笔。

“我们找到索尼埃时，他手里就攥着它，”法希边说边离开兰登，走过几码，走到一张摊满调查工具、电线和配套的电子设备的便携式桌子旁。“我给你讲过，”他边说边在桌子上翻弄东西，“我们什么都没动。你熟悉这种笔吗？”

兰登跪得更近一些，以便能看清笔的牌子。笔上有法文：*黑光笔*。

他吃惊地向上看了一眼。

黑光笔或曰水印笔是一种特殊毡头标记笔，原由博物馆、修复专家或反赝品警察设计用来在物品上作隐形标记用的。这种笔用的是一种非腐蚀性的，以酒精为主料的荧光墨水。这种墨水只有在紫外线、红外线等“黑光”下才可见。现在博物馆的维护人员在日常工作中也常带这种笔，以方便在需要修复的画作的画框上打个勾，作个标记。

兰登站起来后，法希走到聚光灯前把它关掉了。画廊顿时一片漆黑。

一时间，兰登什么也看不见，一种莫名的感觉突然袭来。法希的轮廓在强烈的紫光下显现出来。他拿着一个手提式光源走来，浑身裹在紫罗兰色的薄雾中。

“你也许知道，”法希说。他的眼睛在微暗的紫罗兰光中发着光。“警察用黑光照明，在犯罪现场找血渍和其他法医证据。所以你可以想像得出我们是多么吃惊……”突然他把灯指向尸体。

兰登低头看了一眼，吓得往后一跳。

当他看到拼花地板上奇怪的发光现象，他的心脏怦怦直跳。馆长潦潦草草用荧光笔最后写下的字在尸体旁冷冷地发着紫光。

兰登看着发着光的文字段落，感到今晚笼罩在他周围的迷雾更浓了。

兰登又一次读完那些文字后抬头看法希。“见鬼，这到底是什么意思？”

法希的眼睛发着白光。“先生，那正是你今晚到这儿来要回答的问题。”

在不远处索尼埃的办公室里，科莱侦探正倚着一个架在馆长的大办公桌上的录音架。要不是有怪异的、机器人似的中世纪骑士玩具在盯着他，科莱会感到很舒服。他调整好自己的高传真头戴式耳机，检查了硬盘录音系统上的输入电平情况。所有系统一切正常，麦克风半点毛病也没有，声音传输极为清晰。

关键时刻到了，他思忖着。

他面带微笑，闭上双眼，坐下来欣赏今天在大陈列馆内正在被录进去的谈话。

第 七 章

圣叙尔皮斯教堂内那个不大的寓所位于教堂二楼，在唱诗厅的左侧。这是一套二居室的住所，石地板，极简单的装修，桑德琳·比埃尔修女已在那儿住了十多年了。附近的女修道院才是她正式的住所，可能有人要问，她怎么住在这里？因为她喜欢这个教堂的宁静，这里只有一张床、一部电话和一个简易灶，但她觉得生活得很自在。她是教堂的后勤事务负责人，负责督管教堂的所有非宗教性事务——维修、雇用临时工作人员和导游，负责每天教堂圣工后的安全以及定购圣餐所用的酒和圣饼等物品。

今夜，刺耳的电话铃声突然把熟睡在小床上的她惊醒。她有气无力地拿起听筒。

"我是桑德琳修女。这是圣叙尔皮斯教堂。"

"你好，桑德琳，"那人用法语说。

桑德琳坐了起来。*几点钟了？*虽然她听出了是她上司的声音，但十五年来他从未在夜间打电话把她叫醒过。那位修道院院长非常虔诚，弥撒过后立即回家睡觉。

"对不起把你吵醒了，桑德琳，"修道院院长说。从声音听他本人也有些昏头昏脑，心烦意乱。"我得请你帮个忙，我刚刚接到美国一位颇有影响的主教的电话。你可能知道他，曼努埃尔·阿林加洛沙，知道吗？"

"是天主事工会主教吗？"*我当然听说过他。教会中人谁会不知道他？*阿林加洛沙保守的教派近年来愈来愈有势力。1982 年教皇约翰·保罗二世出人意料地将天主事工会提升为自己的个人直辖教派，正式恩准了他们所有的行为。从此，他们的地位突然飙升了许多。令人起疑的是，天主事工会地位提升的这一年，正是这个富有的教派被指控划拨给通常被称作梵蒂冈银行的梵蒂冈宗教事务研究院十亿美元，并将其从破产的窘境中挽救出来的那一年。第二件让人蹙眉的事是，教皇把天主事工会创始人圣徒化的过程推上了"快车道"，把获得"圣徒"的时限从通常的一个世纪缩短至二十年。桑德琳禁不住要怀疑天主事工会为什么在罗马有这么高的地位，但一般人是不与神圣的罗马教皇发生龃龉的。

"阿林加洛沙主教打电话要我帮忙，"修道院院长声音紧张地告诉她说。"他的一个手下今晚到巴黎……"

桑德琳听着这个古怪的请求，感到丈二和尚摸不着头脑。"对不起，你是说这个天主事工会客人连天亮也等不及？"

"恐怕等不及。他的飞机很早就起飞了。他正期待着见到圣叙尔皮斯教堂。"

"但是白天看教堂要有意思得多。太阳的光线透过眼洞窗照射进来，逐渐倾斜的阴影落在圭表上，这些才是使圣叙尔皮斯教堂与众不同之处呀。"

"桑德琳，这我知道，就算你帮我私人一个忙，今晚让他进去。他可能差不多一点钟到。也就是二十分钟后。"

桑德琳修女蹙起眉头。"当然。我很乐意。"

修道院院长对她表示了感谢，挂上了电话。

桑德琳还是疑惑不解。她又在暖和的被窝里躺了一会儿，同时又尽力赶走睡意。她六十五岁的身体不如从前醒得快，虽然今晚的电话无疑已唤醒了她的感官。天主事工会一直令她心里不舒服。且不说这个教派固守着肉体惩罚的秘密仪式，他们对女人的看法充其量也只是中世纪的。她曾非常吃惊地了解到男会员在作弥撒时，女会员得被迫无偿地为他清洁住所；女人睡在硬木地板上，而男人却有干草床垫；女人被迫做额外的肉体惩罚——都是为了抵赎原罪。似乎夏娃在智慧树上咬的那一口成了女人注定要永远偿还的债务。令人伤心的是，虽然世界上大多数天主教堂都朝着尊重妇女权力的正确方向发展，而天主事工会却威胁要将这趋势逆转过来。即使有这些想法，桑德琳修女还是接受了命令。

她抬腿下床，慢慢站起来，光着脚踩在冰冷的石头上，觉得刺骨的凉。这冷意沿着她的身体上升，一种突如其来的恐惧感向她袭来。

女人的直觉吗？

作为上帝的信徒，桑德琳修女已经学会从自己灵魂的冷静的声音中找到安宁。但今夜，那些声音全没了，像她周围空空的教堂一样寂静。

第 八 章

兰登无法使自己的眼睛从拼花地板上微微发着紫光上的文字上移开。兰登似乎不可能弄懂雅克·索尼埃的离别留言。文字是这样的：

13—3—2—21—1—1—8—5

啊，严酷的魔王！(O,Draconian devil!)

噢，瘸腿的圣徒！(Oh,Lame Saint !)

虽然兰登一点也不明白这到底是什么意思，但他倒理解了为什么法希的直觉告诉他五角星形与魔鬼崇拜有关。

啊，严酷的魔王！

索尼埃写下了"魔王"这两个字。同样奇怪的是这一组数字。"有点像数字密码。"

"是的，"法希说。"我们的密码人员正试图破译它。我们相信这些数字或许能告诉我们谁杀了他。或许是电话号码或某种社会编码。你觉得这些数字有什么象征意义吗？"

兰登又看了看这些数字，知道一时半会儿是猜不出什么象征意义的，即便是索尼埃的确预设了象征意义。对兰登而言，这些数字看起来没有任何规律。他习惯于解释那些意义相关的、有一定规律的象征，但这里的一切——五芒星、文字、数字等似乎一点也不相干。"你刚才断言，"法希说。"索尼埃那样做是在试图传达某种信息……女神崇拜或类似的东西，是吗？这种说法讲得通吗？"

兰登知道这个问题并不需他作答。这种怪异的信息显然和女神崇拜的情形对不上号。

啊，严酷的魔王？噢，瘸腿的圣徒？

法希说："这些文字似乎是一种指责？你同意吗？"

兰登试图想像馆长被困在大陈列馆里的最后几分钟，知道自己要死时的情形。这似乎合乎逻辑。“说这是对谋杀者的指责，我想这合乎情理。”

“我的任务当然是找到那个人的名字。请问，兰登先生，在你看来，除了这些数字，有关这个信息，最奇怪的是什么？”

最奇怪的？一个濒临死亡的人把自己封在画廊里，用自己的身体画个五芒星，在地板上写下神秘的控告，这哪一样不奇怪？

“严酷的(Draconian)这个词，”他试探着说出他脑子里想到的第一样东西。兰登相当肯定，一个人在临死前不太可能想到德拉古(Draco)——一位公元前17世纪残酷的政治家。“‘严酷的魔王’似乎是一个很奇怪的措辞。”

“严酷的？”法希的语气中带着一点不耐烦。“索尼埃的措辞似乎不是最重要的问题。”

兰登拿不准法希在考虑什么问题，但是他开始觉得德拉古和法希是一路货色。

“索尼埃是法国人，”法希硬邦邦地说。“他住在巴黎，而写这些东西时，却选择用……”

“英语。”兰登接过话说。此时他明白了法希的意思。

法希点点头。“对极了。知道为什么吗？”

兰登知道索尼埃的英语说得极漂亮，但索尼埃选择用英语写临终遗言却没引起兰登的注意。他耸耸肩。

法希又指着索尼埃肚子上的五芒星说：“与魔鬼崇拜没关系？你还这么肯定？”

兰登现在什么也肯定不了。“符号学似乎无法解释这段内容。对不起，我帮不了你。”

“也许这样能解释清楚，”法希从尸体旁向后退了退身，再次高举起黑光灯，使光线从更大的角度散发出来。“现在怎么样？”

这令兰登惊呆了，一个基本成形的圆圈围着馆长的尸体微微发光。显然是索尼埃倒地后用笔在自己四周划了几个长弧，大致把自己划在一个圆圈里。

突然，意思变得清晰了。

“《维特鲁威人》，”兰登急促地说。索尼埃用真人复制了那幅列昂纳多·达·芬奇的名画。

达·芬奇的《维特鲁威人》被认为是当时在生理结构上最准确的画作，现在已成为一个现代文化的偶像而出现在世界各地的招贴画上、鼠标垫上和T恤衫上。这幅名画上有个极圆的圆圈，圆圈里面是一个裸体男人……胳膊和腿向外展开像一只被拔光了羽毛的鹰。

达·芬奇。兰登惊得打了个寒颤。不可否认，索尼埃有明确的意图。在人生的最后时刻，馆长脱光了衣服，明白无误地用自己的身体摆成了达·芬奇《维特鲁威人》的样子。

这个圆圈是起初被漏掉的关键因素。圆圈是一个女性保护符号，它围在了裸体男人躯体周围。这实现了达·芬奇想表达的信息——男女之间的和谐。然而，现在的问题是，索尼埃为什么模仿这样一幅名作。

"兰登先生，"法希说，"像你这样的人当然知道列昂纳多·达·芬奇喜欢画比较神秘隐晦的作品。"

兰登没想到法希这么了解达·芬奇。要解释清楚为什么法希探长认为那是魔鬼崇拜，不是三言两语就说得清的。历史学家们，尤其是遵循基督教传统的历史学家们一直认为达·芬奇是个尴尬的角色。他是个绘画天才，但他也是一位非常惹眼的同性恋者和自然的神圣秩序的崇拜者，这两点使他永远背上冒犯上帝和作奸犯科的罪名。另外，这位艺术家的怪异行为无疑也投射出恶魔色彩：达·芬奇偷盗尸体来作人体解剖学研究；他神秘的笔记是用别人看不懂的颠倒的字母记下的；他相信自己拥有一种点石成金的本领，可以把铅变成黄金，甚至可以靠研制出一种灵丹妙药推迟死亡而欺骗上帝；他所发明的东西中包括可怕的、前人想都未敢想过的带来如此多痛苦的战争武器。

误解滋生不信任，兰登心里想。

达·芬奇那些多得令人称奇的基督教画作也只能使画家"假虔诚"的名声更广为流传。他从梵蒂冈接受了数百项赢利性的工作。在画基督教题材的画时，他并不是要表达自己对它的信仰，而是将其视为商业行为——一种可以支付他奢侈生活的手段。不幸的是，达·芬奇喜欢恶作剧，他常默默地在递给他食物的手上咬一口以取乐。他在许多基督教画作中塞进了与基督教一点不相干的符号以表达对自己的信仰的礼赞，也巧妙地表达了对基督教的蔑视。兰登曾在美国国家美术馆作过一次题为"达·芬奇的秘密生活：基督教画作中的异教符号学"的讲座。

"我理解你的想法，"兰登现在这样说，"但达·芬奇从未将那些神秘阴暗的东西付诸实践，虽然他和教会冲突不断，是注重灵修的人。"说着说着，一个怪异的想法从他脑子里突然蹦了出来。他又低头看了看地板上的文字内容。啊，严酷的魔王！噢！瘸腿的圣徒！

"真的吗？"法希说。

兰登谨慎地说："我刚才在想，索尼埃和达·芬奇的精神观念有许多共通之处，包括对教会把神圣女性从现代宗教中驱逐出去这类事情的看法。或许，通过模仿达·芬奇的名画，索尼埃只是想回应达·芬奇对教会把女神妖魔化的不满和恼怒。"

听到这个，法希的眼都直了。"你是说索尼埃把教会称作瘸腿的圣徒和严酷的魔王？"

兰登不得不承认这有些牵强，而且五芒星符号在某种程度上似乎要表示一个什么思想。"我只是说索尼埃先生一生致力于女神历史的研究，在清除女神历史方面，没有什么比天主教会做得更过分了。索尼埃先生在和这个世界道别时想表达一下自己的失望，这倒是可以理解的。"

"失望？"法希问道，语气中充满敌意。"这些文字表达更多的是愤怒，而不是失望，你不觉得是这样吗？"

兰登也没了耐心。"探长，你想就索尼埃在试图表达什么这一点征求我本能的想法，我能告诉你的就这些。""那是控告教会，是吗？"法希咬紧牙关，从牙缝里挤出一句话来。"兰登先生，因工作关系，我见到过许多死亡的情形。你听我说，当一个人被别人谋杀时，我想他最后的想法不是写一句谁也弄不懂的纯精神方面的句子。我相信他只考虑一件事情 ——"法希低沉的声音透过空气传来，"复仇。我相信写下这些是要告诉我们谁杀了他。"

兰登瞪着他，"可这种解释根本站不住脚。"

"站不住脚？"

"站不住脚，"他回击道，显然非常厌倦和恼火。"你跟我说过索尼埃在办公室里遭到一个显然是他邀请来的人的袭击。"

"没错。"

"那么我们理应得出结论，馆长认识攻击他的人。"

法希点点头。"继续讲下去。"

"因此，如果索尼埃认识杀死他的那个人，还用这种方式这么指控？"他指着地板说，"数字密码？瘸腿的圣徒？严酷的魔王？肚子上的五芒星？这也太有点不可思议了吧。”

法希皱起眉头，似乎以前从未想到这一点。“你说的有道理。”

“鉴于当时的情况，”兰登说，“我认为如果索尼埃想告诉我们谁杀了他，他应该写那个人的名字。”

当兰登说这些时，法希的嘴角今晚第一次掠过一丝得意的笑意。“对极了，”法希说，“对极了。”

在扭动调音轮听到法希的声音从耳机里传来时，科莱侦探想，*我在见证一位大师的杰作*。这位警官知道在这种情况下，他们的警务探长会以极端的手段把法国法律执行到极致。

法希敢干别人不敢干的事情。

在现代执法过程中，那种巧妙的诱导谈话技巧已经不存在了，这种技巧需要人在重压下有极好的心理准备。很少有人拥有从事这项工作所必需的沉着，但法希天生是干这个的料。他的节制和耐心几乎全能自动控制。

法希今晚惟一的情感似乎是一种坚定的决心，今晚的行动好像是他的私事一样。法希一小时以前对手下的通令也非常简洁、肯定。“我知道谁谋杀了雅克·索尼埃，”法希说，“你们知道该怎么办。今晚不许出错。”

到目前为止，还没有出过任何差错。

科莱并不知道是什么证据让法希认定嫌疑人有罪，但他知道不要质疑公牛的直觉。法希的直觉几乎是超自然的。有一次，在法希展示了那令人敬佩的第六感觉以后，一位探员坚持说，*有上帝在法希耳畔嘀咕*。科莱不得不承认，如果有上帝的话，贝祖·法希肯定会上他的甲等选民名单。探长以极大的热情定期参加弥撒和忏悔——与从事公共事务的其他官员只在假日必须参加时才参加相比，法希去得要经常、有规律得多。几年前教皇莅临巴黎时，作为听众，法希使出浑身解数得到了一个殊荣。法希和教皇的合影现在就挂在他的办公室里。侦探们暗地里称那幅照片为教皇公牛。颇具讽刺意味的是，在最近几年中法希难得的与大众相同的一个立场是他对天主教恋童癖丑闻的直率的反对。*这些神父应该被处绞刑两次。一次为那些孩子们，另一次是因他们让上帝的威名蒙羞*。科莱有个怪念头，总是感觉到还是后者更让法希气愤。

科莱转向笔记本电脑，他得履行他今晚的另一半职责——操纵全球卫星定位跟踪系统。屏幕上的图像可清楚地显示出德农馆的地面设计。在屏幕上，德农馆像一个叠加在卢浮宫安全保卫部上的结构图。科莱的视线穿梭在迷宫般的陈列馆和廊道内，他发现了他要找的东西。

在大陈列馆中心地带有一个小红点在闪烁。

那个记号。

法希今晚把自己的猎物拴得很紧。这样做很高明。罗伯特·兰登被证明是个沉着冷静的家伙。

第九章

为了确保他和兰登先生的谈话不被打断，贝祖·法希已关掉了手机。不幸的是，这个昂贵的机型装备有双向无线通讯功能，而他一个手下违反命令，正在使用这个功能呼他。

“探长吗？”电话里传来像步话机那样的“噼噼啪啪”的声音。

法希气得牙齿都要咬碎了。他不能想像出到底有什么重要的事情可以让科莱中断这个秘密监视 —— 尤其是在这个关键时刻。

他沉着而充满歉意地看了兰登一眼。“请稍等片刻。”他从腰带上拔出电话，摁下了无线传输键，用法语说：“谁？”

“探长，密码破译部的一位探员到了。”对方用法语说。

法希把怒火暂时压了下去。*一位密码破译人员？*尽管来得不是时候，但这很可能是个好消息。法希发现了索尼埃写在地板上的神秘文字后，就把大堆的犯罪现场照片都送到了密码破译部，希望有人能告诉他索尼埃到底想说什么。如果是来了一位密码破译者，很可能是那个人已弄懂了索尼埃的意思。

“我现在正忙着呢，”法希回话说，他的语气明白无误告诉对方，他在忙着应付另一部电话。“告诉密码破译者在指挥部等着。等我忙完了再和他说话。”

“她”，对方纠正道。“是奈芙警官。”

电话那头越说，法希越没兴致。接收索菲·奈芙是中央司法警察局最大的错误之一。奈芙是一个年轻的破译员，她是巴黎人，曾在英国伦敦大学皇家霍洛威学院学习过密码破译技术。两年前，部里尝试在警察队伍中多加入些女性，因此，索菲·奈芙被塞给了法希。部里要达到“政治正确”的尝试还在进行之中，但法希争辩说这其实是弱化这个部门。女人不仅缺乏从事警察工作所需要的体力，而且她们的出现往往使这个行当的男人们心猿意马，这是很危险的。正如法希所担心的那样，事实证明，奈芙最不让人省心。

她三十二岁，意志坚定得几近固执。她太急于盲目相信英国的新方法，所以总是惹恼她上面那些老资格的法国密码破译人员。当然最令法希心烦的是那个放之四海而皆准的公理：在一群中年男人的办公室里，一位颇有魅力的年轻女郎总是把人们的眼球从手边的工作上吸走。

无线通讯中的那个男人说："奈芙警官非要立刻和您谈话，探长。我尽最大的努力阻止她，但她现在已经朝陈列馆这边走来了。"

法希心头一缩，简直不敢相信会是这样。"简直令人无法容忍，我已讲清楚——"

罗伯特·兰登感觉法希好像在瞬间中了风。探长的下颌突然不动了，眼球突出，只能说半截句子。他鼓起的水泡眼好像固定在兰登肩后的什么东西上。兰登还没来得及转身看是怎么回事，就听到一个女人的声音在他背后响起。

"对不起，先生们。"她用法语说。

兰登转过身，发现是一位年轻女郎，正迈着矫健的步伐大步流星地朝他们走来，随意穿着的齐膝的乳白色爱尔兰毛衣，罩着下身黑色的裹腿裤。她很有魅力，看起来三十来岁。她浓密的勃艮第葡萄酒色的头发自然地飘落在肩头，却露出了温和的面部。与贴在哈佛大学宿舍墙上的那些弱不禁风的甜姐儿不同，这个女人有一种不加粉饰的健康美，浑身散发出惊人的自信。

兰登没想到的是，那女人直接朝他走来并礼貌地伸出手来。"兰登先生，我是中央司法警察局密码部的奈芙警官。"她说起话来抑扬顿挫，从她的英语中能听出法国口音。"很高兴见到您。"

兰登握住她柔软的手掌，发现对方正使劲看着自己。她的眼睛是橄榄绿色的——锐利而清澈。

法希使劲吸了一口气，显然是准备开始批评她。

"探长，"她急忙转身，先发制人地说，"请原谅我打断了你们的谈话，但——"

"现在不是时候！"法希气急败坏地用法语说。

"我本想给你打电话，"好像是出于对兰登的礼貌，她还继续用英语说。"但是你电话关机了。"

"我关机是有原因的，"他愤怒地朝她嘘了一声。"我在和兰登先生谈话。”

“我已经破译了那个数字密码。”她干脆地说。

兰登顿时兴奋起来。她破译了那个密码?

从法希的表情看,他有点拿不准该对此作出何种反应。

“在我解释之前,”索菲说。“我得先给兰登先生递个紧急的口信。”

法希的表情显得越来越焦虑。

“给兰登先生的口信?”

她点点头,转回兰登。“您得和美国大使馆联系一下,兰登先生。他们有从美国来的消息给您。”

兰登很吃惊,他刚才因密码引起的激动现在突然变成了一阵不安。来自美国的消息?他使劲想到底会是谁想找到他,只有很少几位同事知道他在巴黎。

听到这个消息,法希也惊得嘴巴张得老大。“美国大使馆?”他很怀疑地问了一声。“他们怎么知道到这儿来找兰登先生?”

索菲耸耸肩。“显然,他们把电话打到兰登先生住的酒店,但接待员告诉他们兰登先生被一个中央司法警察局的警察给叫走了。”

法希显得更不解了。“难道大使馆和中央司法警察局密码部联系上了?”

“不是,先生,”索菲语气坚定地说。“我在给中央司法警察局总机打电话联系您时,他们正好有一个口信要传给兰登先生。他们说如果我能接通您的电话,就让我把口信传给他。”

法希眉头紧锁,一脸困惑。他想说话,但索菲已经转向兰登。

她从衣袋里拿出一张小纸条大声说:“兰登先生,这是你们大使馆提供的留言服务号码。他们要求你尽可能早地打进电话。”她把纸条递给他,又意味深长地看了他一眼。“在我向法希探长解释密码时,你得打电话。”

兰登仔细看了纸条。上面有一个巴黎的电话号码和分机号。“谢谢。”他感到非常担忧。“我到哪里找电话呢?”

索菲从毛衣口袋里取出手机,但法希示意她不要给他用。现在看起来他就像即将爆发的维苏威火山。他盯着索菲,拿出自己的手机递了过去。“这个电话比较安全,兰登先生,你可以用这个。”

兰登对法希向索菲发火这事感到疑惑不解。他很紧张地接过探长的电话。法希立即把索菲推开几步远，开始低声严厉责备她。兰登越来越讨厌法希，他转身避开另两人之间令人不解的冲突，打开了手机。他核对了一下索菲给他的号码后开始拨号。

电话里传来了拨号声。

一声……两声……三声……

终于接通了。

兰登原想自己会听到大使馆接线员的声音，没想到自己听到的却是一个语音信箱的录音。奇怪的是，录音带上的声音很熟悉。是索菲·奈芙的声音。

“您好，这里是索菲·奈芙家，”一个女人用法语说道，“我现在不在家，但……”

兰登被弄糊涂了，他转向索菲。“对不起，奈芙小姐，我想你可能给我——”

“没错，就是那号码，”索菲迅速插话，好像已经预测到了兰登的困惑。“大使馆有自动留言服务系统，但您得先拨进入系统的号码，然后才能接收您的留言。”

兰登怔住了。“但是 ——”

“是我给您那张纸上的三位数号码。”

兰登想开口解释这个滑稽的错误，但索菲向他递了一个只持续片刻的、严厉的、让他沉默的眼色。她绿色的眼睛发出了一个非常明了的信息。

别多问。按要求做。

兰登疑惑不解地拨了纸上的分机号 454。

索菲的语音信箱里的话立刻中断了。兰登听到电脑录制的声音用法语说：“你有一条新的留言。”显然，454 是索菲不在家时接听留言的远程进入密码。

我要收听这个女人的留言?

兰登能听到录音带倒带的声音。它终于停下来了，语音信箱也开始工作了。兰登听到机器开始播放的留言了。这次又是索菲的声音。

“兰登先生，”留言里传出令人恐惧的低语声。

“听到留言后，千万不要有什么反应。只管冷静地听。您现在处境危险。请严格遵守我的指令。”

第 十 章

塞拉斯坐在导师早已为他安排好的黑色奥迪轿车的驾驶座上，看着窗外的圣叙尔皮斯教堂。几排泛光灯从下面照射上去，教堂的两个钟楼像两个威武高大的哨兵矗立在教堂长长的躯体之上。两翼阴影处各有一排光滑的扶垛突出来，像一个漂亮野兽的肋骨。

*异教徒利用天主的圣所来藏匿他们的拱顶石。*他们的“兄弟会”再次证实了他们的确如人们盛传的那样欺世盗名。塞拉斯期待着找到拱顶石并把它交给导师，以便他们可以重新找到兄弟会很早以前从信徒那里偷走的东西。

那会使天主事工会多么强大啊！

塞拉斯把奥迪车停在空无一人的圣叙尔皮斯教堂的广场上，喘了口气，并告诫自己要清除杂念，一心一意地完成手头上的这个任务。由于他今天早些时候承受的“肉体惩罚”，所以他宽大的后背现在还在痛，但这与他未被天主事工会拯救之前所受的煎熬相比太微不足道了。

在他灵魂深处依然有挥之不去的记忆。

放弃你的仇恨，塞拉斯命令自己，宽恕那些冒犯你的人。

仰望着圣叙尔皮斯教堂的石塔，此时他又在和那股回头浪抗争，那是一股把他的思绪拉回过去的力量，使他想起曾被关进的监牢——他年轻时的世界。痛苦的记忆总是像暴风雨一样冲击着他的思想……腐烂的大白菜的臭气，死尸、人尿和粪便的恶臭，无望的哭泣和着比利牛斯山脉咆哮的狂风，还有被遗忘的人们的抽泣声。

*安道尔，*他想起来了，感到肌肉也绷紧了。

塞拉斯当时整日在一个石头牢房里颤栗，惟一的念头就是死。令人难以置信的是，正是在这个介于西班牙和法国之间的荒凉的、无人关注的大公国里，塞拉斯被拯救了。

当时他并没有认识到这一点。

巨变过后很久，才能有所领悟。

他的名字当时还不叫塞拉斯，虽然他也记不起父母给他起的名字。他七岁时就离开了家。他的醉鬼父亲，一个粗壮的码头工人，看到这个白化病儿子的降生很恼火，经常打孩子母亲，埋怨她使儿子处于窘境。当儿子试图保护她时，他连儿子一起打。

一天夜里，家里的架打得很凶。母亲永久地躺下了。他站在死去的母亲身边，感到一种无法遏制的内疚感升腾起来，因为他觉得自己没能阻止这一切发生。

都是我的罪过。

好像有个恶魔在他体内控制着他。他走到厨房抄起一把切肉刀，精神恍惚地走到醉得不省人事的父亲床边，一句话也没说，照着父亲的背部捅去。他父亲痛得大叫，想转过身下床，但儿子一刀一刀地捅过去，直到房内寂静无声。

这孩子逃离了家，但发现马赛的街头同样不友好。其他流浪的孩子嫌弃他奇怪的外表，因此把他撂在一边。他被迫住在一个工厂破旧的地下室里，用偷来的水果和从码头偷来的生鱼果腹。他惟一的伙伴就是那些从垃圾堆里捡来的破烂杂志。他通过自学来阅读这些杂志。时间一天天过去，他长得越来越壮实。十二岁那年，另一个流浪者——一个二十四岁的女孩子取笑他并想偷他的食物。结果这女孩子差点被打死。有关当局把他从那个女孩子身上拉起来，给他下了最后通牒——要么离开马赛，要么进少年犯监狱。

这孩子转移到沿海的土伦市。久而久之，人们脸上的怜悯变成了恐惧。他已长成了一个彪形大汉。人们从他身旁走过时，他能听到他们彼此小声嘀咕。鬼！他们会说，而且当他们看着他那浑身发白的皮肤时，他们会吓得眼睛睁得老大。一个长着妖魔眼睛的鬼魂！

而且他自己也感觉自己像个鬼……一个很易被觉察的鬼魂，从一个港口游荡到另一个港口。

人们似乎看穿了他。

十八岁那年，在一个港口小城，他在从一艘货船上偷一箱腌火腿时，被两个船员当场拿获，那两个喷着酒气的海员开始打他，就像他父亲当年一样。恐惧和仇恨的记忆像海怪一样从海底浮现出来。年轻人赤手空拳就扭断了一个海员的脖子。幸亏警察及时赶到，第二名海员才免遭类似的厄运。

两个月以后，他拖着脚镣手铐来到了安道尔的一座监狱。

当狱卒将冷得哆哆嗦嗦、赤身裸体的他推进牢房时，他同狱房的犯人对他说，你白得像个鬼。看这个鬼魂啊！或许他能钻过这些墙！

十二年过去了，他终于发现他是这么惹眼，他的灵魂和肉体都要枯萎了。

我是一个鬼魂。

我没有分量。

我是幽灵……如鬼一样面无血色……走向东方太阳的世界。

一天夜里，"鬼"被同牢犯人的惊叫声惊醒。他不知道到底是什么无形的力量在摇晃着他睡觉的地板，也不知道是怎样的一双有力的大手在抖动他石头牢房的泥灰板，但当他站起来时，一块巨石正好落在他原来睡觉的那个地方。他抬头看看石头是从哪里落下的，结果看到抖动的墙上有个洞，洞外有一个他十多年都没看到的东西——月亮。

当地还在摇动时，"鬼"挤出一个窄窄的地道，跌跌撞撞地进入了开阔地带，然后他又沿着光秃秃的山坡滚进了森林。他一直往下跑了一整夜，又饿又累，精神恍惚。

黎明时，就在他差不多要失去知觉时，他发现自己到了铁路旁的空地上。他梦游似地沿着铁轨方向走下去。他看到一节空的货车车厢便爬进去避避风，休息一下。他醒来时，火车正在运行中。过了多长时间？走了多远？他肚子开始疼了起来。我会死吗？他跳下了货车。他浑身是血，走到了一个小村边，希望能找点吃的，可是没找到。最后，他身体太虚弱了，一步也走不动了，在路边倒下，失去了知觉。

光慢慢地来了，"鬼"在想他已死了多久。一天？三天？这都不重要。他的床像云朵一般柔软，周围的空气散发出蜡烛的香甜味。耶稣在此，正凝望着他。我在你身边，耶稣说。石头已被推滚到一边了，你再生了。

他醒了睡，睡了醒。他的知觉被一团雾裹着。他从未相信过上帝，然而耶稣一直在天上看着他。食物出现在他旁边，"鬼"把它吃掉，几乎能感到骨头上在长肉。他又睡着了。他再次醒来时，耶稣还在微笑着看着他，正对他说话。孩子，你得救了。保佑那些跟随我的人们。

他又睡着了。

是一阵痛苦的尖叫声把"鬼"从沉睡中惊醒。他跳下床，沿着走廊踉踉跄跄地朝有喊叫声传来的地方走去。走进厨房，发现一个大块头在打一个小个子。"鬼"不分青红皂白地抓住大个子,使劲把他向后推,抵住墙。那人逃跑了,留下"鬼"站在穿着神父服的年轻人的躯体旁。神父的鼻子被打伤得非常严重。"鬼"抱起浑身是血的神父,把他放在一个长沙发上。

"谢谢你,朋友,"神父用不熟练的法语说。"做礼拜时得的捐款很招引贼。你睡梦中说法语。你也会说西班牙语吗?"

"鬼"摇摇头。

"你叫什么名字?"他还继续用不连贯的法语问。

"鬼"已记不住父母给他起的名字。他所听到的都是狱卒的嘲骂声。

神父笑了。"别担心。我叫曼努埃尔·阿林加洛沙。我是来自马德里的一名传教士。我被派到这里为天主事工会建一座教堂。"

"我这是在哪儿?"他声音低沉地问。

"奥维尼德。在西班牙南部。"

"我怎么到这里的?"

"有人把你放在我门口。你病了,我喂你食物。你到我这儿好多天了。"

"鬼"认真打量着这位照顾他的年轻人。已好多年没有人这样关爱过他了。"谢谢您,神父。"

神父摸了摸自己满是血迹的嘴。"该道谢的是我,朋友。"

当"鬼"翌日醒来时,他的世界变得清朗了许多。他凝望着床上方墙上的十字架,虽然十字架是无声的,但它的出现却让他感到一种慰藉。他起身坐起来,吃惊地发现床头柜上有一张剪报。是一周以前的报纸,文章是用法语写的。他读了那个故事,心里恐惧得要死。它讲的是山区的一场地震震坏了监狱,跑了许多危险的犯人的事。

他的心怦怦直跳。*神父知道我是谁!*他有一种许久不曾有过的感觉。羞耻。内疚。羞耻、内疚和怕被抓的恐惧伴着他。他从床上跳了下来。*我往何处去?*

"《使徒行传》,"一个声音从门口传来。

"鬼"转过身来,吓坏了。

年轻的牧师微笑着走进来。他的鼻子包扎得很难看。他手里捧着一本旧的《圣经》。"我为你找到一本法文版的。那一章已做好记号。"

"鬼"将信将疑拿起《圣经》,开始寻找牧师作过记号的那一章。

《使徒行传》第 16 章。

这一章讲的是一个名叫塞拉斯的囚犯被剥光了衣服遭毒打后躺在牢房里向上帝唱着赞美诗的故事。当“鬼”读到第 26 节时，他惊得倒吸一口凉气。

“……突然地大震动，甚至监牢的地基都摇动了。监门立刻全开，众囚犯的锁链也都松开了。”

他往上瞟了一眼牧师。

牧师温和地笑了。“朋友，从今往后，如果你没有别的名字，我就叫你塞拉斯。”

“鬼”茫然地点了点头。塞拉斯。他有了肉体。我名叫塞拉斯。

“该吃早饭了，”牧师说，“你要是帮我建教堂，可得恢复气力啊。”

在地中海上空两千英尺，意大利航空公司 1618 号航班因空气湍流的出现而上下颠簸，乘客都紧张得不停地抖动着。但阿林加洛沙主教几乎没注意到这些。他始终在考虑着天主事工会的未来。他非常想知道巴黎的计划进展得如何了。他非常想给塞拉斯打个电话。但他不能，因为导师负责这事。

“这是为你的安全考虑，”导师曾用带法国口音的英语解释道。“我很了解电子通讯设备，我知道它们是可以被截获的，那样的结果对你而言可是灾难性的。”

阿林加洛沙知道导师是正确的。导师似乎是一个极为谨慎的人。他没有向阿林加洛沙透露自己的身份，但事实证明他的命令是值得遵守的。不管怎么说，正是他获得了这个秘密情报。郇山隐修会四个上层人物。这次行动只是导师的许多干得干脆利落的漂亮行动之一。这使主教深信导师的确能得到那个他宣称能找到的、令人震惊的战利品。

导师曾告诉他，“主教，我已一切安排就绪。为了使我的计划成功，你必须允许塞拉斯这几天只和我联系，听我调遣。你们两个不许交谈。我将通过安全讯道和他联系。”

“你会尊重他，善待他吗？”

“一个诚信的人应该得到最高的敬重。”

“好极了，我明白了。这次行动不结束，我和塞拉斯就不相互交谈。”

“我这样做是为了掩护你的身份，还有塞拉斯的身份和我的投资。”

“你的投资?”

“主教,如果你因太急于同步了解事情的进展而进了监狱,那么你就没法付给我费用。”

主教笑了。“正是。我们的愿望是一致的,愿我们成功。”

两千万欧元。主教望着机窗外,思忖着。这个数目和美元数目差不多。

对如此重大的事情相比,这点钱根本微不足道。

他又一次确信导师和塞拉斯不会失败。金钱和信仰是强有力的动因。

第十一章

“只是一个数字玩笑?”贝祖·法希脸色铁青,怒视着索菲·奈芙,一点也不相信这种说法。一个数字玩笑?“你对索尼埃密码所作出的职业判断就是一种数学恶作剧?”

法希一点也不明白为什么这个女人如此莽撞。她不仅不经允许擅自闯入陈列馆来找法希,而且还在试图让他相信索尼埃在生命的最后时刻还突发灵感,为世人留下一个数学玩笑?

“这个密码,”索菲很快用法语解释道,“简直容易到荒唐的地步。雅克·索尼埃一定知道我们很快就会破译它。”她从羊毛衫口袋里取出一张小纸片递给法希。“这是破译结果。”

法希看了看纸片。

1 — 1 — 2 — 3 — 5 — 8 — 13 — 21

“就这个”,他厉斥道。“你只是把这些数字按升序排列起来。”

索菲却满不在乎地、满意地微笑道:“正是这样。”

法希压低了嗓门,声音如滚滚闷雷似的说:“奈芙警官,我不明白这究竟能说明什么问题。赶紧讲重点就是了。”他焦虑地看了兰登一眼。兰登正站在附近,手机紧贴着耳朵,显然还在听美国大使馆的留言。从兰登煞白的脸色,法希能感觉到消息不妙。

“探长,”索菲冒险以挑战性的语气说,“你手里的这一组数字正好是数学史上最著名的一个数列。”

法希不知道竟然还有称得上“著名”的数列,而且他当然不喜欢索菲简慢的语气。

“这是斐波那契数列。”她朝法希手里的纸片点头说。“这是一个整数数列,其中每个数等于前面的两数之和。”

法希研究了一下这些数字。每个数字的确是前两项之和,但法希想像不出这和索尼埃的死有什么联系。

"数学家列奥那多·斐波那契在13世纪创设了这个数列。索尼埃写在地板上的所有数字都属于斐波那契数列，显然，这绝非巧合。"

法希盯着这位年轻女人看了一会儿。"好极了，如果不是巧合，那么请你告诉我，雅克·索尼埃为什么非要那样做？他到底想说什么？这表示什么？"

她耸耸肩。"什么也不表示。问题就在这儿。它只是一个极简单的密码玩笑。这正如把一首名诗的词重新随机打乱看看是否有人能辨认出这些词原来属于同一首诗一样。"

法希威胁性地向前迈了一步，他的脸离索菲的脸只有几英寸远。"我真希望你能给出一个比这更令人满意的解释。"

索菲也同样倾斜着身子，本来温柔的面孔变得异常严峻。"探长，鉴于你今夜在此的窘境，我本以为你或许乐意知道雅克·索尼埃可能在和你玩游戏。看来，显然你不喜欢这个解释。我会告诉密码部主任你不再需要我们的服务。"

说完这些，她转身往她来的方向走了。

法希呆住了，看着她消失在黑暗之中。*她疯了吗？*

索菲·奈芙刚刚重新定义了什么叫"自毁前程"。

法希又转向兰登。兰登还在认真听电话留言，看起来比刚才更焦虑。*美国大使馆*。贝祖·法希讨厌很多东西，但没有比美国大使馆更令他恼火的了。

法希和美国大使经常在涉及双方的事情上较劲——最常见的"战场"是在美国游客的执法问题上。法国司法警察几乎天天都会逮捕私自拥有毒品的美国留学生、勾引雏妓的生意人、偷窃或毁坏财物的游客。从法律上来讲，美国大使馆可以干预并将犯罪的美国公民引渡回国，而在美国他们只受到些轻描淡写的惩罚。

大使馆老是这么干。

这是阉割司法警察，法希总是这样说。《巴黎竞赛画报》最近曾登载了一幅漫画，把法希描绘成一条狗，它试图咬一名美国罪犯，可是够不着，因为它被拴在美国大使馆。

今夜可不是这样，法希这样告诉自己。*今天我会是个大赢家。*

兰登挂上电话后显得很不自在。

"一切都好吗？"法希问。

兰登微微地摇摇头。

从国内传来的坏消息，法希想。他在拿回手机时注意到兰登在微微冒汗。

“一个事故，”兰登表情不自然地看着兰登说，“一个朋友……”他犹豫了一下。“我明天一大早就得飞回国内。”

法希一点也不怀疑兰登脸上的震惊之情是真的，但他还有另一种感觉。他感觉到好像这个美国人的眼里有一丝不愿流露出来的恐惧感。“听到这个消息我很难过。”法希边说边密切地观察着兰登。“请坐。”他指向大陈列馆内供人坐在上面休息看画的长凳。

兰登茫然地点点头，迈步朝长凳走去。他停了下来，显得越来越不知所措。“事实上，我想用一下洗手间。”

法希皱起眉头，对这种拖延有些不悦。“洗手间。当然，咱们休息几分钟吧。”他指向身后他们刚才走过的走廊。“洗手间在后面，在馆长办公室方向。”

兰登犹豫了一下，指向大陈列馆另一端说：“我想，那边的洗手间近得多。”

法希意识到兰登说得对。他们已经走过大陈列馆三分之二的距离，大陈列馆尽头有两个洗手间。“我陪你好吗？”

兰登摇头。他已经往陈列馆更深处走去了。“不必了。我想我得单独在那儿呆上几分钟。”

法希对兰登要独自沿着走廊走下去倒不恼火，他很放心，因为他知道大陈列馆那一端是死路一条，没有出口。大陈列馆惟一的出口在另一端——他们刚刚钻过来的那个门。虽然法国消防法要求像这么大的空间必须有好几个楼梯井，但当索尼埃启动安全防护系统后，那些楼梯井就自动封闭了。就算安全防护系统现在被解除，打开楼梯井，那也没关系——那些外边的门一旦打开，就会弄响警报，门就会被司法警察守卫起来，兰登不可能在法希不知情的情况下离开。

“我得回到索尼埃先生的办公室呆一会，”法希说，“请直接来找我，兰登先生。我们还有很多东西要讨论。”

兰登静静地挥一下手，消失在黑暗之中。

法希转身气哼哼地朝相反方向走去。到铁栅处，他从底下钻了过去，出了大陈列馆，径直沿大厅气冲冲地冲向设在索尼埃办公室的指挥部。

“谁批准让索菲·奈芙进来的?”法希咆哮道。

科莱回答道:“她告诉外面的警卫说她已破译了密码。”

法希四处打量了一番。“她走了吗?”

“她不是和你在一起吗?”

“她走了。”法希望了望远处阴森森的走廊。索菲显然没兴趣停下来和她在外出路上碰到的其他探员聊天。

一时间,他考虑要呼叫入口处的卫兵,告诉他们在索菲离开卢浮宫之前把她拖回到指挥部来。但又一想,他放弃了这个念头。那只是他的大话……想要摆摆架子而已。他今晚够烦的了。

以后再找奈芙算账,他这么说,心里已经想着要炒她鱿鱼了。

法希把索菲抛到脑后。他盯着索尼埃桌子上的骑士小雕像看了一番。过一会他转向科莱问:“他还在吗?”

科莱急忙点头并把手提电脑转向法希。一个红点在地板图饰上分明地显现出来,在标有“公共厕所”的房间有条不紊地闪烁着。

“很好,”法希说。他点燃一支香烟大步走进大厅。

“我得打个电话。要确保兰登不能去除洗手间之外的其他任何地方。”

第十二章

罗伯特·兰登深一脚浅一脚地朝长廊尽头走去,他感到头重脚轻。索菲的电话留言在他脑子里一遍遍地重复。在长廊的尽头,亮着灯的牌子上有国际通行的用来标示卫生间的线条人物符号,他沿着这些指示牌走过一系列迷宫一样的分隔区。这些分隔区一面展示意大利画作,同时也把洗手间遮藏于人们看不见的地方。

兰登找到男卫生间的门,进去打开了灯。

卫生间里空无一人。

他走到水盆旁往自己脸上溅冷水,想使自己清醒些。刺眼的灯光从光滑的瓷砖上反射出耀眼的光芒,卫生间里一股氨味。他擦手时,卫生间的门突然"吱呀"一声开了。他吓得急忙转过身。

索菲·奈芙进来了,她绿色的眼睛里闪着担心和恐惧。"谢天谢地,你来了!我们时间不多了。"

兰登站在水盆旁,疑惑不解地望着中央司法警察局的密码破译员索菲·奈芙。几分钟前,兰登听了她的电话留言,认为这位新来的密码破译员一定是脑子不正常。然而,他越听越觉得索菲·奈芙语气恳切。"听到留言后,千万不要有什么反应。只管冷静地听。您现在处境危险。请严格遵守我的指令。"兰登虽然将信将疑,但他还是决定严格按索菲建议的那样做。他告诉法希留言是关于国内的一个受伤的朋友。后来他又要求使用大陈列馆尽头的卫生间。

索菲此刻站到了他面前,因为折回到卫生间的缘故,她还在上气不接下气地喘着。在日光灯下,兰登惊异地发现她强有力的气息实际上是从那极温柔的嘴唇和鼻孔里散发出的。只是她目光锐利,这些五官的组合使人想起雷诺阿的有朦胧效果的肖像画……罩着纱,但又依稀可见,大胆开放却又保留着一层神秘。

"我刚才想提醒您,兰登先生……"索菲开始说话,不过还是上气不接下气,"你被秘密监视了——在严密监视之下。"说话时,她有口音的英语在贴着瓷砖的墙上有回声，使她的声音显得有些沉闷。

“但是……为什么？”兰登追问道。索菲已经在电话留言里向他解释过了，但他还是想听到她亲口说出来。

“因为，”她向前迈一步说，“法希把你列为这个谋杀案中的首要嫌疑犯。”

兰登听到这话后愣住了，但那听起来太荒谬了。索菲讲，兰登今晚并不是作为一个符号学家而是作为嫌疑犯被召进卢浮宫的。这是中央司法警察局的人当前最喜欢使用的一个审讯方法。嫌疑犯在不知情的情况下被监视。这种秘密监视是一种巧妙的骗局。警察若无其事地把嫌疑犯邀请到犯罪现场和他面谈，希望嫌疑人紧张失色，无意中暴露自己的罪行。

“掏掏你上衣的左衣袋，你就能找到他们监视你的证据。”索菲说。

兰登突然感到一股恐惧从他心头升起。掏掏我的衣袋？听起来像某种低劣的咒语。

“你掏掏呀！”

兰登满腹狐疑地把手伸进花格呢上衣的左衣袋——他从未用过这个衣袋。他在里边摸了摸，什么也没摸到。你到底指望得到什么？他开始怀疑索菲是不是真的疯了。可就在这时，他的手指头碰到了一个他意想不到的东西——又小又硬。兰登用手指把那小玩意儿捏了出来，惊恐地盯着它。那是一个金属的、纽扣状的小圆盘，大约和手表电池那般大小。他以前从未见过这东西。“这是……？”

“全球卫星定位跟踪器，”索菲说，“它能不停地把它的位置传输给中央司法警察局的人可以监控的全球卫星定位系统。在全球任何地方，它的误差不会超过两英尺。他们已经把你拴在这个电子绳索上了。去酒店接你的那个警察在您离开房间之前就把它塞进了你的上衣衣袋里。”

兰登回忆起了他在酒店客房里的情形……他很快地冲了淋浴，穿上衣服，中央司法警察局的人在出门时礼貌地把他的花格呢上衣递给他。外面很冷，兰登先生。警察说。巴黎的春天一点也不像你们那首歌中赞叹的那样好。兰登谢了他，把上衣穿上了。

索菲橄榄色的眼神显得很敏锐。“我之所以没有告诉您这个跟踪器，是因为我不想让您当着法希的面检查您的衣袋。法希不可能知道你现在已经发现了它。”

兰登不知道该作何应答。

"他们用卫星定位系统把你锁定,因为他们认为你或许会逃跑,"她停了停又说,"事实上,他们倒希望你逃跑;那样会使他们感到罪证更确凿。"

"我为什么要逃跑?"兰登问。"我是无辜的!"

"法希可不这样想。"

兰登生气地走向垃圾筒,想把跟踪器扔掉。

"不行!"索菲抓住他的胳膊。"把它留在你衣袋里。如果扔掉,信号就会停止运动,他们就会知道你已发现了这个跟踪器。法希让你在这里的惟一原因是因为他可以监控你的行动。如果他发现你已经知道了他所做的……"索菲没把话说完,而是把那金属小圆盘从兰登手里夺过来,把它塞到他的花格呢外套衣袋里。"把这个跟踪器放在你身上,至少目前得这样。"

兰登感到非常不解。"法希怎么就认定是我杀死了雅克·索尼埃!"

"他有极具说服力的理由来怀疑你。"索菲表情严肃。"有一条证据你还没看到。法希已谨慎地把它藏了起来,没让你看到。"

兰登只能睁大眼睛,无话可说。

"你还能记起索尼埃写在地上的那三行东西吗?"

兰登点点头。那些数字和文字已深深地印在他的脑海里。

索菲的声音现在低得像耳语一样。"不幸的是,你所看到的并不是信息的全部。法希的照片上本来有第四行,但在你来之前被彻底清除掉了。"

虽然兰登知道那种黑光笔的可溶性墨水可以很容易被清除掉,他还是不能想像出为什么法希要擦掉证据。

"那遗言的最后一行,"索菲说,"法希不想让你知道。"索菲稍停了一下又说:"至少在他把你拿下之前是这样。"

索菲从她的毛衣衣袋里取出一张电脑打印的照片后开始把它展开。"法希今晚早些时候给密码破译部送去一堆犯罪现场的照片,希望我们能破译出索尼埃的文字到底试图说明什么。这是一幅有完整信息的照片。"她把照片递给了兰登。

兰登不解地看着图片。这张特写照片上显示出拼花地板上发光的文字。看到最后一行,兰登感觉犹如肚子上被人踹了一脚。

13 — 3 — 2 — 21 — 1 — 1 — 8 — 5

啊,严酷的魔王!(O,Draconian devil!)

噢,瘸腿的圣徒!(Oh,Lame Saint!)

附言:找到罗伯特·兰登。(P. S. Find Robert Langdon)(译者注:附言的英文缩写是P. S.)

第十三章

兰登惊愕地看着有索尼埃附言的照片，半晌无语。附言：找到罗伯特·兰登。他感到脚下的地板在倾斜。索尼埃在附言中留下我的名字。任凭他怎么想像，兰登也弄不懂为什么。

“现在你明白为什么法希今晚把你叫到这儿，为什么你是首要嫌疑犯了吧？”

此刻，兰登惟一明白的，是为什么当兰登说索尼埃写下的应该是谋杀者的名字时，法希看起来是那么得意。

找到罗伯特·兰登。

“索尼埃为什么要这样写？”兰登问道。此时他的困惑已经变成了愤怒。“我为什么要杀雅克·索尼埃？”

“法希还没有找到作案动机，但他已经把今晚你们谈话的全部内容都录了音，他希望你能泄露出动机。”

兰登张大了嘴，却说不出话来。

“他身上带着一个微型麦克风，”索菲解释说。“麦克风和他衣袋里的无线发报器相连接，无线发报器把无线电信号发回指挥部。”

“这不可能，”兰登结结巴巴地说。“我有不在场的证据，讲座过后我就立即回酒店了，你可以问酒店服务台。”

“法希已经询问过了。他的报告表明你在大约十点半从门房那里取回你房间的钥匙。不幸的是，谋杀的时间更接近十一点钟。你可以在别人看不到的情况下轻易地离开酒店。”

“胡说八道！法希没有证据！”

索菲的眼睛睁得老大，似乎在说：没有证据？“兰登先生，你的名字写在尸体旁的地板上，而且索尼埃的日记本上也说他大约是在谋杀发生的那段时间和你在一起。”她停了停。“法希有足够的证据拘留你，审问你。”

兰登突然意识到他需要一名律师。“我没干这事。”

索菲叹了一口气。“这不是美国电视秀，兰登先生。在法国，法律保护警察而不是犯人。不幸的是，在这个案子中，还得考虑媒体。在巴黎，雅克·索尼埃是一位杰出的、深受爱戴的人物，他被谋杀的消息明天一早就会传开去。法希将在重压之下陈述案情。有一个嫌疑犯可拘押，他现在看起来好过多了。不管你是否有罪，你都肯定要被中央司法警察拘押，一直到他们弄清事实真相。”

兰登感觉自己像一只笼中兽。“你为什么给我讲这些？”

“因为，兰登先生，我相信你是无辜的。”索菲转过脸望着别处，片刻后又看着他说：“而且也部分是由于我的过错给你惹了这麻烦。”

“你说什么？索尼埃圈定我是你的过错？”

“索尼埃并不是要圈定你。这是个误会。地板上的那段文字是写给我看的。”

兰登花了好一段时间也没弄懂这句话的意思。“我没听懂！”

“那段文字并不是给警察看的，他是写给我的。我想他在匆忙中只能这么做，他根本没想到警察看到会怎么想。”她歇了口气，“那些数字没有意义。索尼埃那样写是想确保案件调查中会找密码破译人员，确保我会尽快知道他出了什么事。”

兰登感觉自己实在弄不明白其中复杂的关系，马上就糊涂了。姑且不论索菲·奈芙这会儿是不是真的疯了，但至少兰登明白为什么她在尽力帮助他。附言：找到罗伯特·兰登。她显然是相信馆长给她留下的一个秘密附言，告诉她去找兰登。“但为什么你认为那段文字是写给你的？”

“《维特鲁威人》，”她干脆地说，“那幅画是达·芬奇画作中我最喜欢的一幅，今晚他用它来引起我的注意。”

“停一下，你说馆长知道你最喜欢的艺术品是什么？”

她点点头。“对不起，一切都乱了套。雅克·索尼埃和我……”

索菲哽咽了，兰登听得出有一段伤感、痛苦的过去在她内心深处炙烤着她。索菲和雅克·索尼埃显然有某种特殊的关系。兰登又仔细打量了站在他面前的这个年轻女人。他非常清楚法国上了些年纪的男人经常找年轻的情人。即使是这样，索菲·奈芙看起来也不像是一个“被包养的女人”。

“我们十年前闹翻了。”索菲声音低得像耳语。“从那以后，我们几乎没说过话。今夜，密码破译部接到电话说他被谋杀了，我看了他的尸体的照片和地板上的文字，就意识到他在试图给我传达一个信息。”

“因为《维特鲁威人》?”

“是的,还有字母 P.S.。”

“Post Script——附言?”

她摇摇头。“P.S.是我的名字的缩写。”

“但你的名字是索菲·奈芙——Sophie Neveu。”

她把脸转到一边。“P.S.是我和他住在一起时他给我起的绰号。”她红着脸说,“它代表 Princess Sophie——索菲公主。”

兰登默不作声。

“很傻的,我知道,”她说,“但那是多年以前的事了。我那时还是个小姑娘。”

“你还是个小姑娘时就认识他?”

“太熟悉他了,”她动了感情,泪水夺眶而出。“雅克·索尼埃是我祖父。”

第十四章

“兰登在哪里?”法希吐掉最后一口烟,回到指挥部时问道。

“还在洗手间,长官。”科莱侦探已料到他会问这个问题。

法希咕哝道:“看得出,他在磨时间。”

探长从科莱肩头上方观察那个卫星定位点。科莱几乎能听到车轮已经转了起来。法希努力克制住自己,不去找兰登。最理想的是,观察的对象被给予充足的时间和自由,以便引诱他获得一种虚假的安全感。兰登得自愿回来。然而,差不多有十分钟了。

太长了。

“兰登有可能发觉我们了吗?”法希问。

科莱摇头说:“我们还可以看到男卫生间里有些小小的移动,所以卫星定位跟踪器显然还在他身上。或许他感到不舒服? 如果他发现了跟踪器,他会扔掉它,试图逃跑的。”

法希看了一下表说:“很好。”

法希还是显得非常专注。整个晚上,科莱都感到探长有一种不同于往常的紧张心情。通常在压力下,他都显得事不关己的样子,非常冷漠,但今晚法希似乎是动了感情,好像是他私人的事情。

也难怪,科莱心里想。*法希太需要拘捕这个家伙了*。最近部长们和媒体越来越公开批判法希太过分的策略、与美国使馆的冲突以及对新技术的投入大大超过预算等。今夜,他将利用高科技准确地逮捕一位美国人。这将会让那些批判他的人闭嘴,也有助于他在退休前稳坐自己的位置,以便退休时可以拿到不菲的退休金。*老天爷知道,他需要这份退休金*,科莱想。法希对高技术的狂热使他在职业上和自身上都受到了很大的伤害。谣传在几年前的技术热门股投资中,法希把自己所有的积蓄都投了进去,结果血本无归。但法希是最要面子、最不认输的人。

今夜还有足够的时间。索菲·奈芙的莫名其妙的干扰,虽然算倒霉,但只是一个小波折,很快就过去了。她现在已经走了。法希还有牌出。

他会告诉兰登他的名字被写在受害者身旁的地板上。附言:找到罗伯特·兰登。那美国人对这个小小证据的反应将会说明一切。

"探长,"一个中央司法警察从办公室里喊道,"我想你还是接一下这个电话。"他正拿着听筒,显得非常不安。

"谁打的?"法希问。

那警察皱了一下眉。"是我们密码破译部主任。"

"说了什么?"

"是关于索菲·奈芙的,长官,好像出了点问题。"

第十五章

正是时候。

从黑色奥迪车里出来后，塞拉斯感到胜券在握，晚风轻拂着他宽大的教士服。大有山雨欲来之势。他知道他手头的这个任务需要更多的精细而不是暴力，所以把手枪留在了车里。这把十三发的USP40型手枪是导师提供的。

致命的武器不应该出现在天主的圣所里。

教堂前广场上这个时候没有什么人了，惟一能见到的是圣叙尔皮斯教堂广场远处的一两个向夜游客们展示本钱的十几岁的妓女。她们已发育的身体引得塞拉斯两股间产生一种放肆的冲动，他的大腿也本能地收缩了一下，结果使得那带倒钩刺的苦行带扎进肌肉里，非常疼痛。

那种欲望转眼便烟消云散。十年了，塞拉斯完全克制住自己的性欲，甚至连自慰也不曾有过。这是路途。他知道为信守天主事工会教义，他牺牲了许多东西，但他得到的回报更多。宣誓要独身和放弃个人的全部财产几乎算不上什么牺牲。如果考虑到他以前的贫穷和在狱中忍受的性恐怖，独身实在是没什么不好。

此刻，自从被捕、被押送到安道尔的监狱以来，他还是第一次回到法国。塞拉斯感到他的祖国在考验着他，正从他被救赎的灵魂中拉扯出狂乱的记忆来。*你已经再生*，他提醒自己。今天，因要侍奉天主，他不得不犯谋杀之罪。塞拉斯知道这个牺牲他将永远默默地藏在心中。

你能忍耐多少痛苦，你就有多虔诚，导师曾经这样告诫过他。塞拉斯可没少忍受痛苦，他非常急于向导师证明自己。导师曾告诉他，他的所作所为都是经一个更高的力量授权的。

"天主事工会，"塞拉斯用西班牙语小声唠叨着，并开始向教堂入口处走去。

他在门廊巨大的阴影里停了下来，深深地吸了一口气。直到此时此刻他才真正意识到自己要做什么，里面有什么在等着他。

拱顶石！它将引导我们走向我们最终的目标。

他举起煞白的拳头，在门上猛捶了三下。

过了好一会儿，那巨大的木门的门栓开始松动。

第十六章

法希什么时候才能揣度出自己并没有离开卢浮宫，索菲不得而知。看着兰登的窘态，她也开始怀疑把他逼到男厕所的一角，是否是恰当之举。

我还应该做些什么呢？

她的脑海中浮现出祖父尸体的样子，以一只展翅的老鹰之态赤裸躺在地上。曾几何时，祖父是她生活中最重要的人，但奇怪的是，她现在却并不为祖父之死感到悲伤。他们已成了陌路人，他们的关系在一个三月的夜晚就决裂了。那件事发生在十年前，当时索菲二十二岁。正在英国一所研究生院读书的索菲提前几天回到了家，目睹了祖父所做的一些事情，而这些事是她不应看到的。那天她几乎无法相信自己的眼睛。

如果不是我亲眼所见……

震惊而蒙羞的索菲不接受祖父煞费苦心的辩解，立即带着自己的积蓄搬了出去，找了间小公寓与几个人合住在一起。她发誓永远也不向别人提起她的所见所闻。祖父又是寄明信片又是寄信，想尽一切办法要与她取得联系，乞求索菲给他一个当面解释的机会。如何解释？

索菲仅做了一次回复——让祖父不要再打电话给她，也不要在公众场合等她。索菲担心他的解释会比事情本身更可怕。

令人难以置信的是，祖父一直没有放弃努力。如今，索菲衣橱抽屉里还原封不动地存放着十年来祖父写给她的信。祖父恪守承诺，满足索菲的要求，再也没有打电话给她。

直到今天下午。

"索菲吗？"祖父的声音从留言机中传来显得格外苍老。"很久以来，我一直尊重你的意愿……我也不愿打这个电话，但我必须告诉你，可怕的事情发生了。"

这么多年以后，又一次听到祖父的声音，索菲站在公寓的厨房里不寒而栗。祖父温柔的声音带回了许多童年的美好回忆。

“索菲，请听我说。”祖父用英语说道。索菲小时候，祖父就对她说英语。在校练法语，在家练英语。“你应该理智起来。读过我给你写的那些信了吗？你还不明白吗？”他停了一下，接着说，“我们必须立刻谈一谈。请满足祖父的这个愿望。立刻打电话到卢浮宫来找我。我认为你我的处境都极其危险。”

索菲目不转睛地望着留言机。*危险？他在说什么？*

“公主……”不知是出于什么样的感情，祖父的声音哽咽了。“我知道我对你隐瞒了一些事情，这让我失去了你的爱。但这次是为了你自身的安全。现在，你必须知道真相。求你了，我必须告诉你关于你家庭的事实。”

突然，索菲紧张得可以听见自己的心跳。*我的家庭？*索菲四岁的时候就失去了双亲。他们乘坐的汽车从桥上掉入水流湍急的河里。索菲的祖母和弟弟也在车上。这样，索菲的整个家庭在刹那间就不复存在了。她有一箱的剪报可以证明这件事。

索菲没有料到，祖父的话在她内心深处激起了一阵渴望。我的家庭！转瞬间，无数次将儿时的索菲惊醒的梦又浮现在她眼前：*我的家人还活着！他们要回家了！*但这个梦已经渐渐地消失，渐渐地被淡忘了。

索菲，你的家人死了。他们再也不会回来了。

“索菲……”留言机中传来祖父的声音，“为了告诉你真相，我等了很久。我等待着一个合适的时机，可是现在不能再等了。你听到留言后，立即打电话到卢浮宫来找我。一整晚我都会在这里等你。我担心我们的处境都很危险。你需要知道很多东西。”

留言结束了。

索菲默默地站在那里，几分钟后才停止了颤抖。她琢磨着祖父的留言，猜测着他的真正意图，想到了一种可能。

这是个圈套。

显然，祖父迫切地想见到她，并动用了一切伎俩。索菲对他更加厌恶起来。索菲怀疑是因为他患了绝症，而不择手段地让索菲去见他最后一面。如果真是这样，他找这样的理由倒是很聪明。

我的家庭。

索菲没有打电话，也根本没有这个打算。但是现在，她的想法受到了质疑。祖父在其掌管的博物馆里被谋杀了，还在地板上写下了一串密码。

她可以肯定，这是为她留下的密码。

索菲虽然还不清楚密码的含义，但她肯定密码的神秘性本身就可以证明这是为她而留的。雅克·索尼埃是个密码、拼字游戏和谜语的爱好者，由他抚养长大的索菲自然对密码学充满了热情，并且在这方面颇具天赋。无数个星期天，他们曾在一起做报纸上的密码游戏和拼字游戏。

十二岁的时候，索菲已经可以独立地完成《世界报》上的拼字游戏了。祖父让她做更难的英语拼字游戏、数字谜语和密码替换，索菲也将它们统统完成。后来，索菲将她的爱好变成了职业，成为了司法部门的一名密码破译员。

今晚，作为密码破译员，索菲佩服祖父仅用一个简单的密码就把两个完全陌生的人联系在了一起——他们就是索菲·奈芙和罗伯特·兰登。

可他为什么要这样做呢？

不幸的是，从兰登那迷惑的眼神中，索菲看得出这个美国人也和她一样，为此大惑不解。

她再次逼问道："你和祖父计划在今晚会面，你们打算谈些什么？"

兰登摸不着头脑。"他的秘书安排了这次会面，但没有告诉我有什么特别的原因，我也没问。我估计，他听说我要做有关法国大教堂里异教圣像学的讲座，对这个论题很感兴趣，认为讲座之后和我聊聊天也是件乐事。"

索菲不接受这样的解释。这样的联系太牵强。祖父比任何人都了解异教圣像学。再说，他是个注重隐私的人，不会随便找个美国教授就聊上天，除非有什么重要的原因。

索菲深深地吸了一口气，进一步试探道："今天下午祖父打电话给我，说他和我的处境都极其危险。你知道这是什么意思吗？"

兰登那双蔚蓝的眼睛笼罩上了一层忧虑。"我不知道，但从已经发生的事情看来……"

索菲点了点头。想到今晚发生的事情，她当然会很害怕。她绞尽脑汁，也不能理解今晚发生的一切。她向厕所尽头那扇装着小块平板玻璃的窗户走去，默默地透过嵌在玻璃中的警报网向外望去。他们离地面很远——至少有40英尺。

她叹了口气，举目凝望窗外巴黎眩目的景色。左边，在塞纳河的对岸，耸立着灯光闪耀的埃菲尔铁塔；正前方，是凯旋门；右边，在蒙马特高地的上方，可以看见圣心堂别致的圆形屋顶，那光滑的石头闪耀着白色的光芒，使整个建筑看上去像一座华丽的圣殿。

这里是德农馆的最西端。卡尔赛广场上南北向的交通干线与这里平行，它们与卢浮宫的外墙之间只隔着一条人行道。德农馆下方的街道上，夜间送货的卡车队停在那里，悠闲地等候着信号灯变绿。那些闪亮的车灯似乎在用嘲弄的眼神冲索菲眨眼。

"我不知道该说些什么，"兰登说着，走到她的身后。"很显然，你的祖父试图告诉我们些什么。很遗憾，我帮不上什么忙。"

索菲从兰登低沉的声音中感觉到了他内心的遗憾。虽然他遇到了许多麻烦，但很显然，他希望助索菲一臂之力。索菲转过身来，想道：*他果然具备教师的素养*。索菲是从警署的嫌疑人调查记录中了解到他的基本情况的。他是尊重事实的学者。

我们有共同点，索菲想道。

作为一名密码破译员，索菲的工作就是从那些看似杂乱无章的数据中提取出含义。今晚，索菲所能作出的最好猜测就是兰登拥有她迫切想得到的信息，无论兰登本人是否意识到这一点。*索菲公主，去找罗伯特·兰登*。祖父所传达的信息非常明了。索菲需要更多与兰登共处的时间，需要思考问题的时间，需要与他一起破解这个谜团的时间。不幸的是，没有时间了。

索菲凝视着兰登，终于想出了个主意。"贝祖·法希随时都可能将你逮捕。我能帮你逃出博物馆。但我们必须现在就行动。"

兰登吃惊地睁大眼睛："你想让我逃跑？"

"这是明智之举。如果现在法希逮捕了你，你就得在法国监狱呆上几个星期。与此同时，法国警署和美国大使馆会开始争论由哪个国家来审判你。但如果我们现在逃出去，设法逃到美国大使馆，美国政府就可以保护你的权利。与此同时，我们可以想办法证明你与这桩谋杀案无关。"

兰登毫不动摇。"算了吧！法希在每个出口都布下了警卫！就算我们不被打死，逃了出去，这也只会更让人觉得我是有罪的。你应该告诉法希，地上的信息是为你而留的，你祖父写下我的名字并不是为了告发我。"

"我会这样做，"索菲急切地说，"不过那要等你安全地进入美国使馆。使馆距这里只有一英里，我的车就停在博物馆外面。在这里与法希周旋几乎没有胜算。你没看到吗？法希将找出你的罪证作为今晚的任务。他之所以推迟逮捕，是想观察你的行为，希望你的某些言行能让他的指控更有力。”

“不错。就比如说逃跑！”

索菲毛衣口袋里的手机突然响了起来。可能是法希。她把手伸进口袋，关掉了手机。

“兰登先生，”她急切地说，“我问你最后一个问题。它将决定你的整个未来。地板上的文字显然不是你的罪证，但法希已经宣称你就是他要抓的人。你能找出他为你定罪的理由吗？”

兰登沉默了片刻，说道：“不能。”

索菲叹了口气，显然法希故意说谎。索菲无法想象这是为什么，但这不是眼前的问题。事实就是贝祖·法希决定不惜一切代价，要在今晚将兰登投入大牢。但是，索菲需要兰登。这样的两难境遇使索菲得出了一个结论。

我得让兰登去美国大使馆。

索菲转向窗户，透过平板玻璃中镶嵌的警报网，从令人晕眩的40英尺高处俯视马路。要是兰登从这么高的地方跳下去，至少也会摔断腿。

但不管怎样，索菲已经做了决定。

无论兰登是否情愿，他必须逃出卢浮宫。

第十七章

“你说她不接听是什么意思?”法希看上去并不相信。“你打的是她的手机,没错吧?我知道她带着呢。”

科莱已经打了好几分钟电话,试图找到索菲。“可能手机没电了,或者是她把铃声关了。”

接到密码破译部主任的电话后,法希就一直忧心忡忡。挂上电话,他大步走到科莱跟前,要他打电话找到奈芙警官。现在,科莱没有打通电话,法希急得像头困兽,在屋里踱来踱去。

“密码破译部说什么?”科莱冒昧地问。

法希转过身来:“告诉我们他们没有找到‘严酷的魔王’和‘瘸腿的圣徒’的出处。”

“就讲了这些?”

“不,还告诉我们他们刚刚确认那串数字是斐波那契数列,但他们怀疑那串数字并无含义。”

科莱迷惑了。“但他们已经派奈芙警官来告诉过我们了。”

法希摇了摇头:“他们没有派奈芙警官来。”

“什么?”

“主任说,接到我的命令后,他叫来全队的人看我电传过去的图片。奈芙警官赶来后,看了一眼索尼埃和密码的照片,就一言不发地离开了办公室。主任说,他没有对奈芙的行为产生疑问,因为她的不安情绪是可以理解的。”

“不安?她没有看过死者的照片吗?”

法希沉默了片刻。“众所周知,索菲·奈芙是雅克·索尼埃的孙女。我原来并没有意识到这一点,主任也是在一名同事的提醒下才想起来的。”

科莱无言。

“主任说,奈芙从来没有向他提起过索尼埃,这可能是因为她不想因为有这样一位有名的祖父而受到优待。”

无疑，她为那张照片感到不安。让一个年轻女子去破解死去的家人所留下的密码——科莱简直无法相信还有这样不幸的巧合。而且，她的行为也不合常理。“但她显然认出了那串数字是斐波那契数列，因为她这样告诉过我们。但我不明白她为什么默默地离开办公室，而不把她的发现告诉任何人。”科莱想，这件怪事只有一种解释：索尼埃在地板上写下一串数字密码以期让密码破译员也参与到案件的调查中来，这样他的孙女也自然有机会参与其中。其余的信息，索尼埃是否会通过某种特殊的方式与其孙女交流？如果是这样，索尼埃要告诉她些什么呢？兰登又是如何被卷入的呢？

科莱还没来得及深思，一阵警报打破了博物馆的沉寂。警报声听上去是从大陈列馆中传来的。

“警报！”一名警官看着卢浮宫安全中心的反馈信息，叫道。“艺术大陈列馆！男厕所！”

法希迅速转向科莱，问道：“兰登在哪里？”

“还在男厕所！”科莱指着电脑屏幕上闪烁的小红点说道。“他一定打破了窗户玻璃！”科莱知道兰登不会走远。虽然，巴黎消防法规规定公共建筑离地 15 米以上的窗户要安装可以打破的玻璃，以备火灾时人们逃生之用，但如果不借助钩子或梯子，从卢浮宫二楼的窗户跳出去则无异于自杀。再说，德农馆最西端的下方既没有树也没有草可以起缓冲作用。厕所的下方，距卢浮宫外墙几米远，就是两车道的卡尔赛广场。“我的天哪！”科莱看着屏幕叫道：“兰登在向窗沿移动！”

这时，法希已经开始行动了。他从肩上的枪套里抽出马努汉 MR93 左轮手枪，冲出了办公室。

科莱仍大惑不解地盯着屏幕。小红点移动到了窗户的边缘，然后出人意料地移出了建筑的边界。

将会发生什么？他感到很惊奇。兰登是站到了窗沿上还是——

“我的天！”看着小红点迅速远离了建筑物边界，科莱吃惊得跳了起来。信号抖动了一阵，忽然停在了距建筑物约十码远的地方。

科莱手忙脚乱地操作着电脑，调出了一幅巴黎街区地图，又重新调整了一下“全球定位系统”。这样，只要把画面拉近放大，他就可以看到信号所在的确切地点。

小红点不动了。

它停在卡尔赛广场的中心一动也不动。

兰登跳了下去。

第十八章

法希往大陈列馆深处全速奔跑。这时，科莱的声音从无线电对讲机中传来，盖过了远处的警报声。

“他跳下去了！”科莱喊道，“我这里的显示表明信号已经到卡尔赛广场上去了！出了厕所的窗户！现在它一动也不动！天哪，兰登刚才自杀了！”

法希听到了科莱的喊话，但觉得这不合常理。他继续奔跑。陈列馆似乎没有尽头。当飞奔过索尼埃的尸体时，他把目光投向了远处德农馆尽头的隔板。警报越来越响了。

“等一下！”科莱的声音又从对讲机里传来，“他在动！天哪，他还活着！兰登在动！”

法希一边继续奔跑，一边埋怨着陈列馆太长。

“兰登的动作更快了！”科莱继续叫道。“他正沿着卡尔赛广场的街道逃跑。等一等……他正在加速。他跑得太快了！”

来到隔板前，法希蜷身从间隔中钻了过去。他看到了厕所门，冲那里跑了过去。

此时，对讲机的声音几乎被警报声盖过了。“他一定是在车上！我想他是在车上！我无法——”

当法希最终举枪冲进男厕所时，科莱的声音完全被警报声淹没了。顶着刺耳的警报声，他扫视了一下这里。

隔间都是空的。厕所里没有人。法希立即将目光转向了厕所尽头那扇被打碎的玻璃窗。他跑到玻璃缺口处，顺着窗沿向下望去，兰登已经无影无踪了。法希无法想像有人可以冒险表演出这样的特技。真的有人从这么高的地方跳下去，那么他不死也得重伤。

警报声终于停了下来，法希又可以听见对讲机里的声音了。

“向南移动……更快了……正由卡鲁索桥横穿塞纳河！”

法希扭头向左看，只见卡鲁索桥上惟一的车辆是一辆拖挂着两节车厢的大卡车,它正朝南行驶,远离卢浮宫而去。车厢没有顶,上面覆盖着塑料布,整个卡车就像一台大吊车。法希恍然大悟。几分钟前,这辆卡车可能正停在厕所窗户的下方等红灯。

一次疯狂的冒险,法希想。兰登不可能知道塑料布下放的是什么。如果卡车运送的是钢铁,怎么办?要是水泥呢?或者是垃圾?从40英尺高处跳下?简直是疯了。

"红点改变方向了!"科莱叫道。"它向右转,上了圣佩勒斯桥。"

显然,卡车过了卡鲁索桥后减速右拐,上了圣佩勒斯桥。果真如此,法希心想。他用惊异的目光看着卡车消失在转弯处。科莱已通过无线电对讲机将警员调出了卢浮宫,派他们用巡逻车追击。与此同时,他向所有人播报卡车的变动方位,就像在进行一次古怪的赛事报道。

法希知道,一切都该结束了。几分钟内,他手下人就会将卡车包围。兰登无处可逃。

法希收起枪,走出厕所,通过对讲机对科莱说:"把我的车开过来。逮捕他时,我要在现场。"

法希一边沿着大陈列馆向回小跑,一边猜想着兰登跳下去后是否还活着。

但这无关紧要。

兰登逃跑,罪名成立。

在距厕所约十五码远的地方,兰登和索菲站在大陈列馆的黑暗中。他们的背紧紧地靠着分隔厕所与陈列馆的隔板。当法希拿着枪从他们身边冲过,奔向厕所的时候,他们差点儿被发现。

六十秒之前的那一幕。

兰登站在男厕所里,拒绝为了莫须有的罪名而逃跑。索菲则看着窗户,审视着镶嵌在平板玻璃里的警报网。然后,她向下瞅了一眼,好像在估摸着厕所到地面的距离。

"瞄准一个小目标,你可以离开这里,"她说。

目标?兰登不安地朝窗外望去。

街道上,一辆拖着两节车厢的八轮大卡车正在窗户的正下方等待信号灯变绿。卡车装载的巨大货物上松松垮垮地覆盖着蓝色的塑料布。兰登猜想索菲是想让他跳下去,真希望她能断了这样的念头,想些别的办法。

"索菲,我不可能跳下去——"

"把跟踪器拿出来。"

迷惑不解的兰登伸手在口袋里摸索了一阵,找出了那个小金属扣。索菲拿过跟踪器,大步走向水池。她抓起一块厚厚的肥皂,把跟踪器放在上面,然后用拇指将跟踪器压入了肥皂。跟踪器嵌入肥皂后,她将洞口捏上,把跟踪器严严实实地封在了肥皂里。

索菲将肥皂递给兰登,从水池的下方取出一个圆柱形的垃圾桶。还没等兰登提出异议,索菲就抱着垃圾筒,像公羊一般向窗户冲去。她用垃圾桶的底部猛击窗户的中心部位,将玻璃砸碎。

震耳欲聋的警报声响了起来。

"把肥皂给我!"索菲的声音在刺耳的警报声中依稀可辨。

兰登迅速地将肥皂递给她。

索菲拿着肥皂,看了看停在下面马路上的八轮卡车。目标是一块大而静止的塑料布,离建筑物的外墙还不到十英尺。信号灯即将绿的时候,索菲深吸了一口气,将肥皂向窗外扔去。

肥皂落向卡车,掉在塑料布的边缘,又滑到了货箱里面。正在这时,绿灯亮了。

"恭喜你,"索菲边说边把兰登朝门口拉。"你刚刚逃出了卢浮宫。"

索菲和兰登离开男厕所后,就躲在隔板边的阴影中,而法希就从他们的身边跑过。

现在,警报声停了,兰登可以听见警车拉响的警笛声正离卢浮宫远去。全体警察都离开了。法希也已经匆匆地离去。卢浮宫空荡荡的。

"大陈列馆里有一段大约 50 米长的紧急楼梯通道,"索菲说,"现在警卫走了,我们可以离开这里了。"

兰登决定保持沉默,因为他看出索菲要比他聪明得多。

第十九章

据说,在巴黎,圣叙尔皮斯教堂的历史最为奇异。它是在一座古庙的废墟上建立起来的,而那座古庙原先是为埃及女神伊希斯而修建的。圣叙尔皮斯教堂的建筑风格与巴黎圣母院的风格极其相似。这座教堂曾主持过萨德侯爵和波德莱尔的洗礼仪式和雨果的婚礼。它的附属修道院见证过一段异教发展史,并且曾被作为许多秘密团体的地下集会场所。

今晚,圣叙尔皮斯教堂那洞穴般幽深的中殿寂静得好似一座坟墓。傍晚人们进行弥撒焚香时残留的气味,是这里惟一的一丝生气。当桑德琳修女将塞拉斯领进教堂时,塞拉斯从她的举止中感觉到了不安。他并不感到奇怪。人们看见他的样子都会觉得不舒服,塞拉斯对此早已习以为常了。

“你是美国人吧,”她说。

“我出生在法国,”塞拉斯回答道,“在西班牙入教,现在在美国学习。”

桑德琳修女点了点头。她身材矮小,目光安详。“你第一次来这个教堂吧?”

“以前没来过,我想这就是个罪过。”

“白天时,她看上去更美丽。”

“我相信。无论如何,感谢您这么晚还让我进来。”

“院长下了命令。你肯定有一些有权势的朋友吧。”

你一无所知,塞拉斯想。

当塞拉斯在桑德琳修女的引导下沿着走道前行时,他为中殿的朴素感到惊讶。这里没有巴黎圣母院里那种色彩缤纷的湿壁画,也没有光彩夺目镀金的圣坛,更没有用来取暖的柴火。圣叙尔皮斯让人感到荒凉而寒冷,让人回想起西班牙禁欲者的大教堂。由于缺乏装饰,大殿显得更加空旷。塞拉斯仰望着拱顶,觉得自己仿佛置身于许多倒扣着的船身下。

这个样子正合我意,塞拉斯想。隐修会的人就要翻船了,他们都将永

沉海底。塞拉斯迫不及待地想开始执行他的任务，希望把桑德琳修女支开。虽然塞拉斯可以轻而易举地废了这个矮小瘦弱的女人，但他已经发过誓不在迫不得已时绝不使用暴力。她也不知情，隐修会将拱顶石藏在她所在的教堂，这也不是她的错。她不应该为别人的罪过而受到惩罚。

“真不好意思，我把您吵醒了。”

“没关系。你刚来到巴黎，不应该错过到这里的机会。你对教堂的建筑感兴趣，还是对教堂的历史感兴趣呢？”

“修女，其实我只是为信仰而来的。”

修女高兴地笑了起来。“这还用说？不过，带你从哪里开始参观呢？”

塞拉斯注视着圣坛。“不用参观了。您不必这么客气。我可以自己逛逛。”

“没关系，反正我已经醒了。”修女说。

这时，他们已走到了教堂的前排座位，距圣坛不足十五码远了。塞拉斯停住了脚步，转过庞大的身躯，面对着修女。他可以感觉到修女正畏惧地看着他那发红的眼睛。“修女，请原谅我的粗鲁。我不习惯走进教堂这样神圣的地方就四处闲逛。我想在参观前独自做一下祷告，您不介意吧？”

桑德琳修女犹豫了一下，说：“哦，当然不介意。我在后排座位上等你。”

塞拉斯将他那柔软而又厚重的大手放在修女身上，俯视着她，说道：“修女，把您吵醒我已经很不好意思了，再不让您去睡觉更是过意不去。请您回去睡觉吧！我可以独自欣赏一下您的圣殿，然后自己离开。”

修女看上去很不安。“你肯定自己不会有种被遗弃般的孤独吗？”

“不会的。祷告是一个人享受的快乐。”

“那你就自便吧。”

塞拉斯将手从她的肩膀上移开。“睡个好觉，修女。愿上帝保佑你平安。”

“也保佑你平安。”桑德琳修女朝楼梯走去。“走的时候一定要把门关紧。”

“我一定会的。”塞拉斯看着桑德琳修女爬上了楼梯，消失在他的视线中。然后，他转过身来，跪在前排的座位上，感觉苦修带刺在腿上。

亲爱的天主，我今晚的工作是为您而做的……

桑德琳修女蹲在圣坛上方的唱诗班站台的阴影中,透过栏杆,静静地注视着独自跪在下方的那个伪装的修道士。突然袭上她心头的恐惧使她难以平静。刹那间,她觉得这个神秘的来访者可能就是郇山隐修会提醒她要注意的敌人,可能今晚她必须执行多年来她一直肩负着的使命。她决定躲在黑暗中,观察他的一举一动。

第二十章

兰登和索菲从阴影中走了出来，蹑手蹑脚地沿着空荡荡的大陈列馆向紧急楼梯通道走去。

兰登边走边觉得自己好像在做一个智力游戏。眼前的问题很棘手：*法希探长要给我扣上凶手的罪名。*

他低声问索菲："你认为地上的信息会不会是法希留下的？"

索菲头也不回地说："不可能。"

兰登没有她那么肯定，又说道："看上去他一心想把罪名加在我身上。也许他认为在地上写上我的名字会有助于他的指控？"

"那么斐波那契数列呢？还有P.S.？还有达·芬奇的画作和女神的象征意义？那一定是我祖父留下的。"

兰登知道她说得对。五芒星、《维特鲁威人》、达·芬奇、女神以及斐波那契数列——这些线索的象征意义完美地结合在一起。圣像学研究者会把这称为一个连贯的象征系统。所有的一切结合得天衣无缝。

索菲补充说："今天下午，祖父打电话给我。他说有重要的事情要告诉我。我肯定，为了让我知道这些重要的事情，他临死时在卢浮宫留下了这些信息。他认为你可以帮助我弄清这些重要的事情。"

兰登皱起了眉头。*啊，严酷的魔王！噢，瘸腿的圣徒！*他真希望，为了索菲也为了自己，他可以破解这则密码的含义。毫无疑问，从他第一眼看到密码起，事情就变得越来越不妙。他从厕所的窗户"假跳"出去，会给法希留下更坏的印象。不过，也许可以让这位法国警察局的探长感受一下追逐并逮捕一块肥皂的幽默。

"我们离楼梯口不远了。"索菲说。

"密码中的数字是否是破解另几行信息的关键呢？有这种可能吗？"兰登曾经研究过一系列培根的手稿，那里边记录的一些密码就为破译其他的密码提供了线索。

"一整晚，我都在想这些数字。加、减、乘、除，都得不出什么有含义的结果。从纯数学的角度来看,它们是随机排列的。这是一串乱码。”

“但它们是斐波那契数列的一部分。那不会是巧合。”

“当然不是巧合。祖父要借助斐波那契数列给我们一些提示——就像他用英语来书写信息、模仿他最喜爱的艺术作品中的画面和摆出五芒星形状的姿势一样。这只是要引起我们的注意。”

“你知道五芒星形状的含义吗?”

“知道。我还没来得及告诉过你,小时候,五芒星在我和祖父之间有特殊的含义。过去,我们常玩塔罗牌,我的主牌都是五芒星的。我知道那是因为祖父洗牌时作弊,但五芒星成了我们之间的小笑话。”

兰登打了个冷战。*他们玩塔罗牌?*这种中世纪意大利的纸牌隐含着异教的象征符号,兰登曾在他的新手稿中花费了整章的篇幅来讲述塔罗牌。塔罗牌由二十二张纸牌组成,包括“女教皇”、“皇后”、“星星”等。塔罗牌原本是用来传递被教会封禁的思想的,现在的占卜者们沿用了塔罗牌的神秘特质。

*塔罗牌用五芒星花色来象征女神,*兰登想道,如果索尼埃通过洗牌作弊来和小孙女逗乐,选择五芒星真是再合适不过了。

他们来到了紧急楼梯通道口,索菲小心翼翼地打开了门。没有警报声,只有通往卢浮宫外面的门连着警报网。索菲领着兰登顺着Z字形的楼梯往一楼走。他们加快了脚步。

兰登一边急匆匆地跟上索菲的脚步,一边问道:“当你祖父谈论五芒星的时候,他有没有提及女神崇拜或对天主教会的怨恨?”

索菲摇了摇头。“我更倾向于从数学的角度来分析它——黄金分割、PHI(*PHI为第十一个希腊字母的英文拼音,通常小写为Ø,在数字上用来代表某个定值;类似以希腊字母π代表圆周率之值——编者注*)、斐波那契数列那一类东西。”

兰登感到很惊奇。“你祖父教过你PHI吗?”

“当然。黄金分割。”她有点儿害羞地说,“其实,他曾开玩笑说我有一半符合黄金分割……那是因为我名字的拼写方法。”

兰登想了片刻,嘀咕着:

“s—o—PHI—e.(索菲)”

兰登一边下楼,一边再次琢磨起PHI。他开始意识到索尼埃留下的线索比他想像中更有整体性。

达·芬奇……斐波那契数列……五芒星。

令人难以置信,所有这些都通过一个艺术史上的概念联系在一起,兰登经常花费好几个课时来讲解这个非常基本的概念。

PHI

他忽然产生了一种幻觉,仿佛自己又回到了哈佛,站在教室的讲台上讲解"艺术中的符号学",在黑板上写下他最喜爱的数字。

1.618

兰登转向台下众多求知若渴的学生,问道:"谁能告诉我这是个什么数字?"

一个坐在后排的大个儿的数学系学生举起手。"那是PHI。"他把它读做"fee"。

"说得好,斯提勒,"兰登说,"大家都知道PHI。"

斯提勒笑着补充道:"别把它跟PI(π)弄混了。我们搞数学的喜欢说:PHI多一个H,却比PI棒多了!"

兰登大笑起来,其他人却不解其意。

斯提勒"咚"地一声坐了下去。

兰登继续说道:"PHI,1.618在艺术中有极其重要的地位。谁能告诉我这是为什么?"

"因为它非常美?"斯提勒试图挽回自己的面子。

大家哄堂大笑起来。

兰登说道:"其实,斯提勒又说对了。PHI通常被认为是世上最美丽的数字。"

笑声戛然而止。斯提勒则沾沾自喜。

兰登在幻灯机上放上图片,解释说,PHI源于斐波那契数列——这个数列之所以非常有名,不仅是因为数列中相邻两项之和等于后一项,而且因为相邻两项相除所得的商竟然约等于1.618,也就是PHI。

兰登继续解释道,从数学角度看,PHI的来源颇为神秘,但更令人费解的是它在自然界的构成中也起着极为重要的作用。植物、动物甚至人类都具有与这个比率惊人相似的特质。

兰登关上教室里的灯,说道:"PHI在自然界中无处不在,这显然不是巧合,所以祖先们估计PHI是造物主事先定下的。早期的科学家把

1.618称为黄金分割率。”

“等一下，”一名坐在前排的女生说，“我是生物专业的学生，我从来没有在自然界中见到黄金分割。”

“没有吗？”兰登咧嘴笑了，“研究过一个蜂巢里的雄蜂和雌蜂吗？”

“当然。雌蜂总是比雄蜂多。”

“对。你知道吗？如果你将世界上任何一个蜂巢里的雄蜂和雌蜂分开数，你将得到一个相同的比率。”

“真的吗？”

“是的，就是PHI。”

女生目瞪口呆。“这不可能。”

“可能！”兰登反驳道。他微笑着放出一张螺旋形贝壳的幻灯片。“认识这个吗？”

“鹦鹉螺，”那个学生回答。“一种靠吸入壳内的空气调节自身浮力的软体动物。”

“说得对。你能猜想到它身上每圈罗纹的直径与相邻罗纹直径之比是多少吗？”

那名女生看着螺旋形鹦鹉螺身上的同心弧圈，说不出确切的答案。

兰登点了点头，说道：“PHI。黄金分割。1.618。”

女生露出惊讶的表情。

兰登接着放出下一张幻灯片——向日葵的特写。“葵花籽在花盘上呈相反的弧线状排列。你能猜想到相邻两圈之间的直径之比吗？”

“PHI？”有人说。

“猜对了。”兰登开始快速地播放幻灯片——螺旋形的松果、植物茎上叶子的排列、昆虫身上的分节——所有这些竟然都完全符合黄金分割。

“真不可思议！”有人叫了起来。

“不错，可这和艺术有什么关系呢？”另外一个人说。

“啊！问得好。”兰登说着，放出另一张幻灯片——列昂纳多·达·芬奇的著名男性裸体画《维特鲁威人》。这幅画画在一张羊皮纸上，羊皮纸已微微泛黄。画名是根据罗马杰出的建筑家马克·维特鲁威的名字而取的，这位建筑家曾在他的著作《建筑十书》中盛赞黄金分割。

“没有人比达·芬奇更了解人体的精妙结构。实际上，达·芬奇曾挖掘出人的尸体来测量人体骨骼结构的确切比例，他是宣称人体的结构比例完全符合黄金分割率的第一人。”

在座的人都向兰登投来怀疑的目光。

“不相信?”兰登说,“下次你们洗澡的时候,带上一根皮尺。”

几个足球队的学生窃笑起来。

“不仅是你们几个开始坐不住的运动员,”兰登提示道。“你们所有人,男生和女生,试试看。测量一下你们的身高,再用身高除以你们肚脐到地面的距离。猜一猜结果是多少。”

“不会是PHI吧!”一名体育生用怀疑的口吻说。

“就是PHI,”兰登回答道。“正是1.618。想再看一个例子吗?量一下你肩膀到指尖的距离,然后用它除以肘关节到指尖的距离,又得到了PHI。还想看一例?用臀部到地面的距离除以膝盖到地面的距离,又可以得到PHI。再看看手指关节、脚趾、脊柱的分节,你都可以从中得到PHI。朋友们,我们每个人都是离不开黄金分割的生物。”

虽然教室里的灯都关了,但兰登可以看得出大家都很震惊。一股暖流涌上他的心头,这正是他热爱教学的原因。“朋友们,正如你们所见,纷繁复杂的自然界隐藏着规则。当古人发现PHI时,他们肯定自己已经偶然发现了上帝造物的大小比例,也正因为这一点他们对自然界充满了崇拜之情。上帝的杰作可以在自然界中找到印证,直至今日还存在着各种崇拜大地母亲的异教。我们中的许多人也像异教徒一样赞颂着自然,只不过我们自己没有意识到。比如说我们庆祝五朔节就是一个很好的例证。五朔节是赞颂春天的节日,人们通过它来庆祝大地复苏,给予人类馈赠。从一开始,黄金分割的神秘特质就已经被确定了。人们只能按自然规则活动,而艺术又是人们试图模仿造物主创造之美的一种尝试,所以这学期我们将在艺术作品中看到许多黄金分割的实例。”

在接下来的半个小时中,兰登给学生们播放了米开朗基罗、阿尔布莱希特·丢勒、达·芬奇和许多其他艺术家作品的幻灯片,这些艺术家在设计创作其作品时都有意识地、严格地遵循了黄金分割比率。兰登向大家揭示了希腊巴特农神殿、埃及金字塔甚至纽约联合国大楼在建筑设计中所运用的黄金分割率,并指出PHI也被运用在莫扎特的奏鸣曲、贝多芬的《第五交响曲》以及巴托克、德彪西、舒伯特等音乐家的创作中。兰登还告诉大家,甚至斯特拉迪瓦里在制造他那有名的小提琴时也运用了黄金分割来确定f形洞的确切位置。

兰登边走向黑板，边说："最后，让我们回到象征符号上面来。"他在黑板上画了个由五条直线组成的五芒星。"这是本学期中你们将学习到的最具象征意义的图形。五角星——古人称*五芒星*——在许多文化中被看作是神圣而神奇的。谁能告诉我这是为什么？"

斯提勒——那个数学专业的学生——又举起了手。"因为如果你画一个五角星，那么那几条线段会自动将它们自己按黄金分割的比率截为几段。"

兰登冲那小伙子点了点头，为他感到骄傲。"回答得好。五角星中线段的比率都符合黄金分割率，这使得它成为了黄金分割的首要代表。正是因为这个原因，五角星总是被作为美丽与完美的象征，并与女神和神圣的女性联系在一起。"

班上的女生都满脸笑容。

"大家注意，今天我们只提及了一点儿关于达·芬奇的内容，在本学期中我们还将对他作更多的探讨。列昂纳多确实以古老的方式信奉着女神。明天，我将会给你们讲解他的湿壁画《最后的晚餐》，这将是你们所见过的奉献给神圣女性的最惊人的杰作。"

"你在开玩笑吧？"有人说，"我想《最后的晚餐》是关于耶稣的！"

兰登挤了挤眼睛，说道："有一些象征符号藏在你无论如何也想不到的地方。"

"加油，"索菲小声说。"怎么了？我们快到了。快一点！"

兰登仰起头，从那遥远的想象中又回到了现实。

他在楼梯上停了下来，一动不动，恍然大悟。

啊，严酷的魔王！噢，瘸腿的圣徒！

索菲回头望着兰登。

不可能这么简单，兰登想。

但他肯定应该是那样。

置身于卢浮宫，反复回想着有关 PHI 和达·芬奇的画面，兰登忽然出乎意料地破解了索尼埃的密码。

"啊，严酷的魔王！"他嘀咕着，"噢，瘸腿的圣徒！这是最简单的密码！"

索菲停住了脚步,不解地看着兰登。

密码?她一整晚都在思考地板上的字,并没有发现任何密码,更不用说简单的密码了。

“你自己说过的。”兰登兴奋得声音都颤抖了。“斐波那契数列的各项只有按顺序排列才有意义。”

索菲不解其意。斐波那契数列?她肯定祖父写下这个数列只是为了让密码破译部门也参与到今晚的侦破工作中来,别无他意。难道祖父还有其他的用意?她伸手从口袋中掏出祖父所留信息的打印稿,再次端详。

13—3—2—21—1—1—8—5
啊,严酷的魔王!(O,Draconian devil!)
噢,瘸腿的圣徒!(Oh, Lame Saint!)

这些数字怎么了?

“这被打乱的斐波那契数列是一条线索,”兰登边说,边接过打印稿。“这些数字是破译其他信息的线索。他将数列的顺序打乱,是想让我们用同样的方法去破译信息中的文字部分。信息中的文字只是一些次序被打乱的字母。”

索菲立刻明白了兰登的意思,因为这样的解释简单得可笑。“你认为信息是……一个字谜?”她盯着兰登,说道,“就像报纸上的重排字母组词的字谜游戏?”

兰登从索菲的表情中可以看出她的怀疑,但对此他完全可以理解。很少人知道字谜——这种老套的现代游戏还有与神圣的象征符号有关的历史。

犹太卡巴拉教派传统神秘教义中,曾用大量字谜——将希伯来词语中的字母重新排序,从而得出新的意义。文艺复兴时期的法国国王们都深信字谜有神奇的魔力,所以他们任命皇室字谜家来分析重要文件中的词语,以便作出更好的决策。实际上,罗马人将字谜的研究工作称为“大术办”,即“伟大的艺术”。

兰登抬眼看着索菲,目不转睛。“你祖父的信息就快被我们破解了,他给我们留下了许多破解的线索。”

兰登不再多言,从夹克衫的口袋中掏出一支钢笔,将每行的字母重新排列起来。

O,Draconian devil!(啊,严酷的魔王!)
Oh, Lame Saint!(噢,瘸腿的圣徒!)

恰好可以被一字不差地拼成:

Leonardo da Vinci!(列昂纳多·达·芬奇!)
The Mona Lisa!(蒙娜丽莎!)

第二十一章

《蒙娜丽莎》。

半晌，索菲愣在楼梯上，完全忘记了要逃出卢浮宫的事儿。

她对这个字谜感到极为震惊，同时也为自己没有能够亲自破解信息感到万分尴尬。索菲精通复杂的密码分析，而这却让她忽略了那些简单的文字游戏，其实她知道她早就该破解出这则信息的。毕竟，她对字谜并不陌生，特别是英文字谜。

索菲小时候，祖父经常用字谜游戏来锻炼她的英文拼写能力。有一次，他写下了英文单词“planets”，并告诉索菲排列重组这几个字母就可以得到六十二个不同长度的英文单词。索菲花了三天时间查英文词典，将这些单词全部找了出来。

“真难以想象，”兰登盯着打印稿说道，“你祖父在死前的几分钟内竟能想出这么复杂的字谜。”

索菲知道这其中原由，但这使她更加不好受。*我早该想到的！*现在，她回忆起来，祖父既是个文字游戏迷又是个艺术爱好者，他年轻时常通过创作有关艺术名作的字谜自娱自乐。索菲小时候，祖父还曾因为他所创作的一个字谜遇上了麻烦。在接受一家美国艺术杂志采访的时候，索尼埃提出毕加索的名画《亚威农少女》(Les Demoiselles d'Avignon)做成字谜游戏正好可以得出“讨厌而无意义的蠢人”(vile meaningless doodles)，表明他对“现代立体派运动”并不欣赏。此举引起了毕加索迷的不满。

“祖父可能早就想好这个‘蒙娜丽莎’的字谜了，”索菲看着兰登，说道。*今晚他迫不得已用它作为密码。*祖父的声音从天际传来，清晰得让人不寒而栗。

列昂纳多·达·芬奇！

《蒙娜丽莎》！

索菲不知道为什么祖父在最后的遗言中要提到那幅名画，但她可以想到一种可能——一种让人不安的可能。

那不是祖父的最后遗言……

祖父是不是想让她去看一看《蒙娜丽莎》？他是不是在那里留下了什么信息？这个想法似乎非常合理。毕竟，这幅名画挂在国家展厅中——那是一间只有穿过艺术大陈列馆才能到达的独立展厅。实际上，索菲现在才意识到，通往那间展厅的门距祖父的尸体只有二十米远。

他完全可能在死前去过名画《蒙娜丽莎》那里。

索菲扭头望了一眼紧急楼梯通道，感到非常为难。她知道她应该立即将兰登带出博物馆，但她的本能却阻止她这样做。回忆起儿时第一次参观德农馆的场景，索菲意识到，要是祖父有秘密要告诉她，没有什么比达·分奇的《蒙娜丽莎》那里更合适的地方了。

"再走一点儿就到了，"祖父搀着索菲稚嫩的小手，在空荡荡的博物馆中已经穿行了几个小时。

那时索菲只有六岁。她仰望巨大的屋顶，俯视眩目的地板，觉得自己很渺小。空旷的博物馆使她感到害怕，但她不想让祖父看出来。她咬紧牙关，放开了祖父的手。

他们走近卢浮宫最著名的那间展厅，祖父说："前面就是国家展厅。"虽然此时祖父变得非常兴奋，但索菲却只想回家。她已经在书中看过了《蒙娜丽莎》，但一点儿也不喜欢那幅画。她不明白为什么所有人都那么喜爱这幅画。

"无聊，"索菲用法语低声嘀咕着。

"无聊，"祖父用英语纠正道。"在校说法语，在家说英语。"

"这里是卢浮宫，不是家。"索菲用法语反驳道。

祖父无奈地笑了笑，说："你说得对。那么我们就说英语玩。"

索菲噘着嘴，继续往前走。来到国家展厅后，索菲扫视了一下这个狭窄的房间，目光停留在了展览馆引以为骄傲的地方——右边墙的中间，防护玻璃之后悬挂着的那幅肖像画。祖父在门口停住了脚步，转身面向那幅画。

"往前走，索菲。很少人有机会单独参观这幅画。"

索菲压抑着心中的不安，慢慢地走进房间。由于听说过种种关于《蒙娜丽莎》的事，她觉得自己仿佛在走近一样无比神圣的东西。她来到防护玻璃前，屏住呼吸，抬头望去，一下子就喜欢上了这幅画。

索菲忘了自己预期的感觉是怎样的，但她肯定那与她的实际感觉不同。她没有丝毫惊奇和赞叹，因为那张大名远扬的脸庞看上去就和书中的一模一样。不知过了多久，她一直默默地站在那里，等待着什么将要发生的事。

“怎么样？”祖父来到她身后，轻声说道：“很美，对吗？”

“她太小了。”

索尼埃微笑着说：“你很小，但你很美丽。”

我不美丽，索菲想。索菲讨厌自己的红发和雀斑，她还比班上的所有男孩儿都高大。索菲回头看看《蒙娜丽莎》，摇了摇头。“她比书上的还糟。她的脸上……”索菲顿了顿，用法语接着说，“好像有一层雾。”

“雾蒙蒙的，”祖父把这个新英文单词教给她。

“雾蒙蒙的，”索菲跟读道。她知道只有她把这个新单词再读一遍，祖父才会继续说下去。

“那是晕染法，”祖父告诉索菲，“那是一种很难掌握的手法。达·芬奇运用得最好。”

索菲还是不喜欢那幅画。“她好像知道些什么……就像学校里的小朋友知道一个秘密那样。”

祖父大笑起来。“这就是她如此著名的原因之一。人们喜欢猜她为什么而微笑。”

“您知道她为什么而微笑吗？”

“也许吧。”祖父挤了挤眼睛说，“有一天我会告诉你。”

索菲跺着脚说：“我说过我不喜欢秘密！”

“公主，”祖父微笑着说，“生活中充满了秘密。你不能一下把它们全部解开。”

“我要回到上面去，”索菲大声宣布，她的声音在楼梯通道中回响。

“到《蒙娜丽莎》那里？”兰登反问道，“现在吗？”

索菲掂量着此举的危险性。“我不是谋杀案的嫌疑人，我要抓住机会。我要知道祖父想告诉我的事。”

“那么还去大使馆吗？”

把兰登变成了逃犯，又把他抛下，索菲为此感到内疚，但她别无选择。她指着楼梯下方的一扇金属门，说道：“穿过那扇门，然后看那些亮着的出口指向牌。祖父过去就是从这里把我带下去。按照指向牌的提示，你会发现装着一个旋转栅门的安全出口。它单向旋转，通向宫外。”说着，她把车钥匙递给兰登，“我的车是一辆红色的‘都会精灵’，停在公务停车区。就在这堵墙的外面。你知道去大使馆的路吗？”

兰登看着手中的钥匙，点了点头。

“听我说，”索菲柔声说，“我想祖父在《蒙娜丽莎》那里给我留下了信息——关于杀人凶手的信息，或是能解释为什么我处境危险的信息，或是关于我家庭的信息。我必须去看看。”

“但如果他想告诉你为什么你处境危险，为何不直接写在地板上？为什么要做复杂的文字游戏？”

“无论祖父想告诉我些什么，他都不会愿意让旁人知道，甚至包括警察。”显然，祖父是想抓住主动权，把机密直接传达给她。他将对索菲的秘密称呼的首字母写在密码中，并让她去找兰登。从这位美国符号学专家已经破译了密码的事实来看，这确实是个明智之举。“听起来奇怪，”索菲说，“我认为他想让我赶在别人之前去看一看《蒙娜丽莎》。”

“我也去。”

“不！我们不知道什么时候会来人。你必须走。”

兰登犹豫不决，似乎他对学术问题的好奇心有可能战胜理智的判断，把他拖回到法希的手中。

“赶快走。”索菲的微笑中充满了感激之情，“兰登先生，使馆见。”

兰登看上去有点儿不高兴。他严肃地答道：“只有在一种条件下，我才会见你。”

索菲愣了一下，吃惊地问：“什么条件？”

“除非你不再叫我兰登先生。”

索菲觉察出兰登的笑有点儿不自然，自己也笑不出来了。“祝你好运，罗伯特。”

兰登走下了楼梯，一股亚麻油和石膏粉的气味扑鼻而来。前方，有一块亮着的出口指向牌，牌上的箭头指向一条长长的走廊。

兰登步入那处长廊。右边是一间昏暗的文物修复室，隐约可见其中有一个外表破损严重、需要修复的士兵塑像。往左，有一排工作间，类似哈佛大学的艺术教室——成排的画架，画作，调色板，装裱工具，组成一条艺术装配线。

兰登走在长廊中，怀疑他是否会随时从这场梦中醒来，发现自己还躺在剑桥镇的床上。整个夜晚就像一场奇异的梦。*我将飞快地跑出卢浮宫……作为一名逃犯。*

索尼埃那设计巧妙的信息还留在他的脑海中，他想知道索菲是否会在《蒙娜丽莎》那里发现些什么。显然，她坚信祖父要让她再去看一次《蒙娜丽莎》。虽然她的想法看上去很合理，但兰登却为一个与此相反的想法困扰着。

公主：去找罗伯特·兰登。(P. S. Find Robert Langdon.)

索尼埃在地板上写下兰登的名字，让索菲去找他。为什么呢？难道仅仅是为了让他帮助索菲破解一个字谜？

好像并非如此。

毕竟，索尼埃不会认为兰登擅长字谜游戏。*我们素未谋面。*更重要的是，索菲曾坦言她自己应该可以解开那个字谜。是索菲认出了斐波那契数列，毫无疑问，如果再花一点儿时间，她可以独立地破解密码。

*索菲本应独立地破解密码。*兰登忽然更加确信这一点，但这样的结论与索尼埃的行为逻辑似乎不太吻合。

*为什么要找我呢？*兰登边走边思量着。*为什么索尼埃的遗愿是让与他失和的孙女来找我？他认为我会知道些什么？*

兰登忽然一惊，停下了脚步。他把手伸进口袋，猛地掏出那张电脑打印稿，瞪大眼睛盯着那最后一行信息。

公主：去找罗伯特·兰登。(P. S. Find Robert Langdon.)

他的目光停在两个字母上。

P. S.

那一刻，兰登感到索尼埃留下的所有令人费解的象征符号有了明确的意义。符号学和历史研究的意义顷刻间呈现出来。雅克·索尼埃的所作所为得到了完全合理的解释。

兰登在脑海中快速地将所有符号的象征含义联系在一起。他转过身，看着来时的方向。

还有时间吗？

他知道这并不重要。

他毫不犹豫地冲着楼梯跑了回去。

第二十二章

塞拉斯跪在前排的座位上，一边假装祷告，一边扫视着圣殿的结构布局。与大多数教堂一样，圣叙尔皮斯教堂呈巨大的十字形。中间的较长的区域——中殿——直接通向圣坛，在圣坛处有较短的区域与中殿垂直交叉，这一区域叫做翼部。中殿与翼部在教堂圆顶中心的正下方相交，相交处被视为教堂的心脏——教堂中最为神圣和神秘的一点。

今晚例外，塞拉斯想。圣叙尔皮斯把秘密藏在了其他地方。

塞拉斯扭头向教堂的南翼望去，看着座位那头的地板——遇害者们所描述的目标。

就在那里。

一根光滑而又细长的铜条嵌在灰色的花岗岩地面中闪闪发光——这条金线斜穿教堂地板。这条线上标有刻度，就像一把尺。有人告诉过塞拉斯，这是日晷仪，是异教的一种天文仪器，与日规相似。全世界的旅游者、科学家、历史学家和异教徒都来到圣叙尔皮斯教堂参观这条著名的金属线。

玫瑰线。

塞拉斯的目光慢慢地随着铜条的轨迹移动，铜条在地面的石砖中从他的右侧延伸至左侧，在他的面前折成一个难看的角，完全与教堂的对称设计格格不入。在塞拉斯看来，那穿越过圣坛地面的铜条，就像美丽的脸庞上的一道疤痕。铜条横贯教堂，将纵向的走道截为两段，最终延伸至教堂北翼的角落。在那个角落，树立着一座碑，这让人颇感意外。

一座巨大的埃及方尖碑。

闪闪发光的玫瑰线在方尖碑的基石处向上转了个九十度的弯，顺着碑面继续向上延伸了三十三米，终结于石碑的尖顶处。

玫瑰线，塞拉斯想，隐修会的人将拱顶石藏在了玫瑰线的下面。

傍晚，当塞拉斯告导师，修道院的拱顶石藏在圣叙尔皮斯教堂里时，导师似乎有点儿不相信。但当塞拉斯补充说隐修会的人已经交代了确切地点，那地点与横贯教堂地面的一条铜线有关时，导师立即明白过来。“你说的是玫瑰线。”

导师告诉塞拉斯，圣叙尔皮斯教堂有一奇异处赫赫有名——在南北轴线上的一根铜条分割了中殿。那是一种古代的日晷，是异教古庙的遗迹。每天，太阳光通过南墙上的洞眼照射进来，光束会顺铜线上的刻度一点一点地移动，这样就可以计量时间了。

这条南北向的铜线被称为玫瑰线。几个世纪以来，玫瑰的象征意义一直与地图或为灵魂指引方向有关。例如，每张地图上都会有“罗盘玫瑰”，指明东、南、西、北。它由“风向玫瑰”演变而来，那是一种可以指明三十二种风向的仪器，可以辨别八个主要方向，八个次要方向及十六个更次要方向的来风。罗盘图上有个圆圈，圈上有三十二个点，酷似玫瑰花的三十二片花瓣。直到今天，最基本的航海工具依然被叫做“罗盘玫瑰”，它的正北方向一般会有一个法国百合的标志，当然，有时是一个箭头的标志。

地球仪上的玫瑰线——也叫做子午线或经线——是想像中连接南北两极的线。当然，玫瑰线有无数条，因为经过地球仪上的任意一点都可以画出条连接南北两极的经线。于是，早期的航海者就遇到了这样一个问题——如何确定玫瑰线，即零度经线，并依此来确定其他的经线的度数。

现在，玫瑰线在英国的格林威治。

但过去并非如此。

在将格林威治天文台确定为本初子午线所经过的一点之前，零度经线正好穿过巴黎，穿过圣叙尔皮斯教堂。为了纪念那根铜条的制作者，本初子午线最初被这样确定。虽然，格林威治于1888年从巴黎手中夺走了这项殊荣，但当初的玫瑰线依然可见。

导师告诉塞拉斯：“据说，修道院的拱顶石被藏在有玫瑰标志的东西下面。看来，这个传闻属实。”

塞拉斯依旧跪在那里，他环视了一下教堂，又竖起耳朵听了听周围的动静，以确定周围是否真的没人。忽然，他好像听见唱诗班站台上有“沙沙”的响动。他转过头，盯着那里看了好几秒钟，但什么也没看见。

只有我一个人。

他这才起身，又向圣坛曲膝三次。接着，他向左转身，沿着铜线向北面的方尖碑走去。

此刻，在列昂纳多·达·芬奇机场，阿林加洛沙主教被飞机轮胎撞击跑道的震动惊醒了。

我飘了下来，他想着，还清楚地记得自己刚才放松得睡着了。

“欢迎您来到罗马，”飞机的扬声器里传来这样的语句。

阿林加洛沙坐直身体，拉了拉他的黑色长袍，露出了他那难得一见的微笑。他很乐意做这次旅行。*我处于守势很久了*。但今晚，规则改变了。五个月前，阿林加洛沙还在为这个宗教的前途而担忧，但现在，好像如有神助，出路自动呈现在他面前。

这是神的介入。

如果巴黎那头的事态发展顺利，阿林加洛沙很快就会拥有他想要的东西，那东西可以让他成为基督教界中最有权力的人。

第二十三章

索菲气喘吁吁地来到国家展厅的那扇大木门外——这就是收藏《蒙娜丽莎》的地方。她忍不住向大厅方向望去，在大约二十码远的地方，祖父的尸体静静地躺在聚光灯下。

她忽然感到深深的悔恨——那是一种伴随着负罪感的悲伤。在过去的十年中，祖父无数次主动与她联系，但索菲一直无动于衷——她将信件和包裹都原封不动地放在衣橱最下面的抽屉里，并拒绝与祖父见面。*他对我说谎！他有不可告人的秘密！他想让我做什么？*索菲抱着这样的想法将他拒之于千里之外。

现在，祖父死了，他死后还在对索菲说话。

《蒙娜丽莎》。

索菲伸手推开了那扇巨大的木门，入口展现在她的眼前。她在门口站了片刻，扫视了一下眼前这个长方形的展厅。整个展厅沐浴在柔和的红色灯光下。国家展厅只有一个出入口，这样的结构在博物馆中很少见，而且它也是惟一在艺术大陈列馆中单独辟出的展厅。木门是进入这个展厅的惟一入口，它对着远处墙上那幅高达十五米的波提切利的名画。在那下面，拼花地板上放着一个巨大的八边形沙发，供成千上万的游客在欣赏卢浮宫的镇馆之宝前小憩片刻。

索菲还没有进入展厅，就想起她忘了带一样东西。*黑光灯。*她朝远处祖父的尸体望去，那尸体周围放置着电器装置。如果祖父在展厅里写了些什么，那么他一定是用黑光笔写的。

索菲深吸了一口气，急匆匆地走到被灯光照得通亮的谋杀现场。她不忍将目光投向祖父，强迫自己将注意力集中在寻找科技侦察处的工具上。她找到了一支小巧的紫外线手电筒，将它放入毛衣的口袋中，又匆忙沿着陈列馆向国家展厅那敞开的大门走去。

索菲刚转身跨过门槛，就意外地听见展厅中有低沉的脚步声，那脚步声正离她越来越近。*里面有人！*在如雾一般的红色灯光中忽然出现了一个鬼影。索菲吓得倒退几步。

“你来了!”兰登嘶哑的声音打破了恐怖的气氛,他那黑色的身影滑到索菲跟前,停了下来。

索菲松了口气,又担心起来:“罗伯特,我让你离开这里!如果法希——”

“你刚才到哪里去了?”

“我必须去拿一个黑光灯,”索菲低声说着,掏出那支紫外线手电筒。“如果祖父给我留了信息——”

“索菲,听我说。”兰登屏住呼吸,用蔚蓝色的眼睛凝视着索菲。“你知道字母 P. S. ……的其他含义吗?一点儿也想不起来吗?”

索菲生怕他们的声音会在长廊中回响,便把兰登向展厅内部推去,然后轻轻地关上那敞开的巨大木门,并将门从里面栓好。“我告诉过你,这是索菲公主(Princess Sophie)的首字母缩写。”

“我知道,但你有没有在其他地方见到过它?你祖父是否曾经以其他的方式用过它?比如说作为写在文具或私人物品上的花押字?”

这个问题让索菲颇感震惊。*兰登怎么会知道?*索菲确实曾经见过首字母缩写 P. S. 被用作花押字。那是在她九岁生日的前一天,她悄悄地在家四处寻找被藏起来的生日礼物。*祖父今年会送给我什么呢?*她翻腾着壁橱和抽屉。*他会送我想要的娃娃吗?他把它藏哪儿了?*

在翻遍了整座房子却一无所获之后,索菲鼓足勇气溜进祖父的房间。这间房本来是不允许进入的,但当时祖父在楼下的长沙发上睡着了,不会知道索菲的所作所为。

我就迅速地偷看一下!

索菲踮着脚向壁橱走去,地板在她的脚下嘎嘎作响。她看了看被祖父的衣物挡住的搁板,却什么也没有发现。索菲又走向祖父的书桌,将抽屉一一打开,仔细地翻看。这里一定有为我而藏的东西!可她一直没有看到玩具娃娃的影子。她沮丧地打开最后一个抽屉,翻动着一些祖父从来没有穿过的黑衣服。正当她要关上抽屉的时候,她看见在抽屉的深处有一样闪闪发光的东西。这东西看上去像一根怀表链,但她知道祖父从不带怀表。当她猜想到这是什么的时候,她的心狂跳了起来。

一条项链!

索菲小心翼翼地从抽屉中把这条链子取出,并惊奇地发现链子末端还挂坠着一把金钥匙。金钥匙沉甸甸的，闪闪发光。索菲恍恍忽忽地握住这把与众不同的钥匙。大多数钥匙都是扁平的，钥匙边参差不齐，但这把钥匙却呈三棱柱形，上面布满小孔。金色的大钥匙柄呈十字形，但交叉的两条线段一样长，像一个加号。在十字的中心镶嵌着一个奇特的标志——两个相互交织在一起的字母和一朵花的图案。

"P.S.，"索菲皱着眉头轻声念道。这到底是什么呢？

"索菲？"祖父的声音从门口传来。

索菲吓得一愣，钥匙"当"的一声掉落在地。她盯着地板上的钥匙，不敢抬头看祖父。"我……在找我的生日礼物，"索菲低着头说，她知道自己辜负了祖父的信任。

祖父在门口站了良久，一言不发。最后，他终于不安地叹了口气，说："索菲，把钥匙捡起来。"

索菲捡起钥匙。

祖父走了进来。"索菲，你应该尊重别人的隐私。"祖父蹲下身，轻轻地从索菲手中拿过钥匙，"这把钥匙很特别，要是你把它弄丢了……"

祖父轻柔的声音让索菲觉得更加难受，"对不起，祖父。我真的……以为这是一条项链，是我的生日礼物。"

祖父凝视着索菲，"我再说一遍，索菲。它非常重要。你应该学会尊重别人的隐私。"

"知道了，祖父。"

"我们有时间再谈这件事。现在，去给花园除草吧。"

索菲赶紧出去做杂务。

第二天早晨，索菲没有收到祖父的生日礼物。做了错事，索菲也没有指望会得到生日礼物，但祖父竟然一整天都没有祝她生日快乐。晚上，她伤心地去睡觉，刚爬上床，就在枕头底下发现了一张卡片，卡片上写着一条谜语。还没有解开谜语，她就笑了。我知道这是什么！去年圣诞节的早晨，祖父也这样做过。

寻找财宝的游戏！

索菲如饥似渴地破解这个谜语，最后终于得到了答案。谜底指引她到房子的一处地方去，在那里她发现了另外一张写着谜语的卡片。她解开了那则谜语，又向下一张卡片跑去。索菲依照一条条线索在房中奔跑穿梭，最后她发现了一条线索指引她回到卧室。索菲冲上楼，奔向她的房间。她忽然停住了脚步,因为她看见房间中央正停着一辆崭新的红色自行车,车把上还系着丝带。索菲兴奋得尖叫起来。

"我知道你想要个玩具娃娃,"祖父站在角落微笑着说,"但我想你会更喜欢这个。"

第二天,祖父教索菲如何骑车。索菲坐在车上,祖父则在一边沿着车道跑。索菲不小心将车龙头歪向了厚厚的草坪,失去了平衡,祖孙俩就一起摔倒在草坪上,一边打滚,一边大笑。

"祖父,"索菲抱着祖父说,"真对不起,我看了那把钥匙。"

"我知道,宝贝儿。原谅你了。我不能一直对你生气。祖父和孙女总是互相谅解的。"

"那是用来开什么的?我从来没有见过那样的钥匙。真漂亮。"索菲忍不住要问。

祖父沉默了许久。索菲知道一定是他不知道如何回答。祖父从来不说谎。最后,他终于开口说道,"它是用来开一个盒子的,在那盒子里藏着我的许多秘密。"

索菲噘着嘴说:"我讨厌秘密。"

"我知道,但它们是非常重要的秘密。有一天,你会学会像我一样欣赏它们。"

"我看见钥匙上有两个字母,还有一朵花。"

"那是我最喜欢的花。它叫法国百合(fleur－de－lis)。我们的花园中就有,白色的那种。英语中叫'lily'。"

"我知道那种花!那也是我最喜欢的!"

"那么我们做个交易。"祖父抬起眉头——这是他向索菲提出挑战时的一贯表情。"如果你保守这个秘密,再也不向我和任何人提起这把钥匙,有一天,我会将它给你。"

索菲不敢相信自己的耳朵,"你会把它给我?"

"我发誓。到时候,我会把钥匙给你。那上面有你的名字。"

索菲皱起眉头:"不,那上面没有。那上面写的是 P. S.,不是我的名字。"

祖父环顾了一下四周,好像是要确认没有人在听他们的谈话。他压低声音说道,"好吧,索菲,如果你一定要问,我就告诉你,P. S. 是一个密码,是你的秘密称呼的缩写。"

索菲瞪大了眼睛,“我有秘密称呼的缩写?”

“当然。孙女总是有秘密称呼的缩写,那只有祖父才会知道。”

“P. S. ?”

“索菲公主(Princess Sophie)。”祖父呵索菲痒。

索菲咯咯地笑着:“我不是公主!”

祖父挤了挤眼睛,“你是我的公主。”

从那天起,他们再也没有提起过钥匙,索菲也变成了祖父的“索菲公主”。

索菲站在国家展厅中,默默地承受着失去祖父的剧痛。

兰登不解地望着她,说道:“你见过这个首字母缩写吗?”

索菲仿佛感到祖父的低语从博物馆的走廊那头传来。再也不向我和任何人提起这把钥匙。她知道自己没有谅解祖父,她不知道自己是否应该再次辜负他的信任。P. S. :去找罗伯特·兰登。祖父希望兰登能提供帮助。索菲点了点头,“在我很小的时候,我曾看到过一次。”

“在什么地方看到的?”

索菲犹豫了一下,答道:“在一件对祖父来说很重要的东西上。”

兰登盯着索菲,“索菲,这很关键。这个缩写字母旁边是否还有其他标志?是否有一朵法国百合?”

索菲惊讶得倒退了两步,“你……你是怎么知道的?”

兰登呼了口气,压低声音说,“我非常肯定你祖父是一个秘密团体的成员。一个古老而隐秘的修会。”

索菲觉得心被揪得更紧了。她也可以肯定这一点。十年来,她一直想忘记那个能确认这一事实的事件。她目睹过一件出人意料的、让人无法原谅的事。

兰登说:“法国百合和 P. S. 放在一起,是他们的组织标志,是他们的徽章和图标。”

“你是怎么知道这些的?”索菲真不希望兰登回答说他自己也是其中的一员。

“我曾经写过有关这个组织的书,”兰登兴奋得声音都有些颤抖,“秘密团体的标志是我的一个研究方向。它自称‘郇山隐修会(prieuré de sion)’,英文是 priory of sion。它以法国为基地,有实力的会员遍及欧洲。实际上,它是世界上现存的最古老的秘密团体。"

索菲从来没有听说过这些。

兰登已加快了语速:"历史上许多著名的人物都是隐修会的成员,像波提切利、牛顿、雨果等。"他顿了一下,"还有列昂纳多·达·芬奇。"他的话语中饱含着对学术研究的热情。

索菲盯着兰登:"达·芬奇也是秘密团体的成员?"

"1510年到1519年,达·芬奇担任大主教主持隐修会的工作。这也正是你祖父酷爱列昂纳多的作品的原因。他们虽然身处不同的历史时期,但都是教会的兄弟。他们都酷爱女神圣像学,信异教偶像崇拜、女神,蔑视天主教。对于隐修会信奉神圣的女神,有详细的历史记载。"

"你是说这个团体是异教女神狂热崇拜者的组织?"

"很像异教女神狂热崇拜者的组织。但更重要的是,据说他们保守着一个古老的秘密。这使得他们有无比巨大的力量。"

虽然兰登的眼神无比坚定,但索菲打心眼儿里怀疑这种说法。一个秘密的异教狂热崇拜者组织?曾以达·芬奇为首?这听起来十分荒唐。她情不自禁地回想起十年前的那个夜晚——她无意的早归让祖父惊讶万分,她看到了那令她至今无法接受的事实。难道这就是为什么——

"还活着的成员的身份是机密,"兰登说,"但你小时候所见到的P.S.和法国百合图案是一个有力的证明。它只可能与隐修会有关。"

索菲这才意识到兰登对她祖父的了解超乎她的想像。这个美国人可以告诉她许多东西,但这里显然不是说话的地方。"我可不能让他们把你抓走,罗伯特。我们还有很多东西要谈。你必须离开这里!"

索菲的声音在兰登的脑海中变得模糊。他哪儿也不想去。他又陷入了沉思。古老的秘密浮现在他的眼前,那些被人遗忘的历史又呈现在他的脑海中。

兰登慢慢转过头,透过红色的光雾凝视《蒙娜丽莎》。

法国百合(the fleur—de—lis)……法国百合(the flower of lisa)……《蒙娜丽莎》(the Mona lisa)。

这一切交织在一起,像一支无声的交响曲,是有关郇山隐修会和达·芬奇的古老秘密的回响。

几英里外，荣军院前的河畔，拖挂卡车的司机大惑不解地站在警察的枪口前，看着探长怒吼着将一块肥皂投入水位正高的塞纳河中。

第二十四章

塞拉斯抬头看着圣叙尔皮斯方尖碑，估量着巨大的大理石碑面的高度。他身上的肌肉因为兴奋绷得紧紧的。他再次环视了一下教堂，确认四周无人。然后，他跪倒在石碑的基座前。当然，这并非是出于尊敬，只是出于实际需要。

拱顶石藏在玫瑰线下。

在圣叙尔皮斯方尖碑的基座处。

所有隐修会的成员都这么说。

塞拉斯跪在地上，双手在石块铺就的地面上摸索着。他没有发现哪块地砖上有表明可以移动的裂纹或标记，于是就开始用指关节敲击地面。他沿着铜线敲击着方尖碑附近的每一块地砖，最后终于发现有一块地砖的回音与众不同。

地砖下是空的！

塞拉斯笑了起来，看来他杀的那几个人都说了实话。

他站起身来，在圣殿里寻找可以用来撬开地砖的东西。

桑德琳修女蹲在塞拉斯上方那高高的唱诗班站台上，屏住了呼吸。她最担心的事终于发生了。这个来访者的身份与他的表现不符。这个神秘的天主事工会的僧侣另有所图。

为了一个秘密的目的。

有秘密的又何止你一人呢，她想。

桑德琳修女不仅是这所教堂的看守人，还是一名卫士。今晚，那古老的隐修会机制又开始运行了。陌生人来到方尖碑的基座边是教友们发出的信号。

那是无声的求救讯号。

第二十五章

巴黎的美国大使馆设在一幢综合楼内，它位于香榭丽舍大街北面的一条加布里尔大道上。这块三英亩的土地被视为美国的领土，也就是说这块土地上的人与在美国国土上的人受同样的法律的约束和保护。

大使馆的晚间接线员正在阅读《时代周刊》杂志的国际版，忽然电话铃声响了起来。

“美国大使馆，”她接起电话。

“晚上好。”打电话的人用带着法国口音的英文说道，“我需要一些帮助。”那人虽然措辞有礼，但语调生硬，官腔十足。“有人告诉我你们的电话自动操作系统中有我的电话语音信息。我叫兰登。但不巧的是，我忘记了进入语音信箱的三位数密码。如果您能帮助我，我将万分感激。”

接线员迷惑地愣在那里。“对不起，先生。您的语音信息一定是很久以前的了。那个系统已经在两年前为了安全防范而撤销了，而且所有的密码都是五位数的。是谁告诉您有语音信息的？”

“你们没有电话自动操作系统？”

“没有，先生。信息都由我们的服务部笔录下来。可以再说一下您的姓名吗？”

那人挂上了电话。

贝祖·法希在塞纳河边踱步，一言不发。他明明看见兰登拨了个当地的区号，又键入了三位数的密码，然后接听了录音留言。*如果兰登没有打电话到大使馆，那么他到底打电话给谁了呢？*

法希看着自己的手机，忽然意识到答案就在自己的手中。*兰登是用我的手机打的那个电话。*

法希打开手机菜单，调出新近拨出的号码，找到了兰登拨的那个电话。

一个巴黎的交换台，接着是三位数密码 454。

法希重拨了这个号码。铃声响了起来，法希等待着。

终于电话那头传来了一个女人的声音。“您好，索菲·奈芙。”那是录音留言，“我现在不在……”

法希再拨 4……5……4 的时候，觉得全身的血液都沸腾了。

第二十六章

虽然《蒙娜丽莎》大名远扬，可它实际上只有三十一英寸长，二十一英寸宽，比卢浮宫礼品店中出售的《蒙娜丽莎》招贴画还小。它被挂在国家展厅西北墙那两英寸厚的防护玻璃框内。这幅画画在一块白杨木板上，达·芬奇的晕染法使它看上去飘逸而朦胧，事物的边界相互交融在一起。

自从被卢浮宫收藏以来，《蒙娜丽莎》法国称之为"若孔德夫人"已经两次被盗。最近的一次是在1911年，它从卢浮宫的"难以穿透之室"——正方形展厅中消失了。巴黎人在街道上哭泣，在报纸上发表文章，乞求窃贼将画还回来。两年后，在佛罗伦萨饭店的一个房间中，有人在一个旅行箱的夹层中发现了这幅画。

现在，兰登已经向索菲表明他根本就不打算离开，他和索菲一起向国家展厅深处走去。在距离《蒙娜丽莎》还有二十码的时候，索菲打开了紫外线手电筒。紫外线手电筒在他们前方的地板上投射出一片扇形的青色光亮。索菲将光束在地板上前后晃动，寻找着感光墨水的痕迹，就像一艘扫雷艇在搜寻着水雷。

兰登走在索菲身边，为能与伟大的艺术作品面对面而兴奋不已。他瞪大眼睛，把目光投向紫外线灯的光影所不及的地方。在他们的左边，拼花地板上放着供参观者小憩的八边形大沙发，看上去就像广阔的海洋中有一座黑暗的孤岛。

此时，兰登已经可以看见那深色的防护玻璃框了。他知道，在那后面，悬挂着世界上最著名的油画。

兰登明白，《蒙娜丽莎》之所以成为世界艺术名品，并不是因为蒙娜丽莎拥有神秘微笑，也不是因为众多艺术史家对它作出了神秘的说明，而仅仅是因为列昂纳多·达·芬奇声称这是他的得意之作。无论到哪里，他都带着这幅画，他说自己无法与它分离，因为它是对女性美的最完美表达。

尽管如此，许多艺术史家认为达·芬奇对于《蒙娜丽莎》的喜爱与其艺术技法无关。实际上,它不过是一幅运用了晕染法的普通肖像画。许多人认为达·芬奇对于这幅画的喜爱源于更深层的原因:它隐藏着信息。事实上,《蒙娜丽莎》是世界上很多文章讨论的内行的玩笑之一。尽管多数艺术史的大部头专著都揭示了它那巧妙的影射和含义,但令人难以置信的是,大多数人还是认为她的微笑非常神秘。

一点儿都不神秘,兰登边想,边朝那幅画走去,那模糊的轮廓在他的眼中变得渐渐清晰起来。根本不神秘。

最近,兰登刚与一群人分享了《蒙娜丽莎》的秘密。这群人的身份出人意料——他们是十二个埃塞克斯县监狱的囚犯。兰登的这场狱中研讨会是哈佛大学"送教育进监狱"项目的一个组成部分,兰登的同事们把这个项目称为"囚犯文化课"。

收容所图书馆的灯都熄灭了。兰登站在幻灯机前与前来上课的囚犯们一起分享《蒙娜丽莎》的秘密。这些人的专注出乎他的意料——他们虽然长得粗壮,但很敏锐。兰登将《蒙娜丽莎》的图片投射到图书馆的墙壁上,说道,"你们可以发现蒙娜丽莎身后的背景不在一条水平线上。"兰登指着这明显的差异说:"达·芬奇所画左边的地平线明显低于右边的。"

"他失手了?"一个囚犯问道。

兰登暗自发笑。"不,达·芬奇可不失手。实际上,这是他玩的一个小把戏。他把左边乡村景色的地平线画得低一些,这样就使得蒙娜丽莎的左侧看上去比右侧大一些。这是达·芬奇开的小玩笑。历史上,人们曾给男女指定了方位——左边代表女性,右边代表男性。因为达·芬奇是女性主义的信仰者,所以他让蒙娜丽莎从左边看上去更庄重美丽。"

"我听说达·芬奇是个同性恋男人,"一个留着山羊胡子的小个子男人说。

兰登不得不承认,"虽然历史学家们通常不提,但达·芬奇确实是一个同性恋者。"

"这就是他全身心投入女性崇拜中的原因吗?"

"实际上,达·芬奇也赞同男性与女性之间的和谐。他相信,只有男性元素和女性元素共存,人的心灵才能被照亮。"

"就像妞儿身上长的那活儿吧?"有人喊道。

这一问引得众人捧腹大笑。兰登本想指出单词"阴阳人(hermaphrodite)"的词根划分,并说明它与赫尔墨斯(Hermes)和阿芙洛蒂忒(Aphrodite)的联系，但他看出大家似乎无法接受，于是作罢。

“嗨，兰登先生，”一个肌肉发达的男人问，“《蒙娜丽莎》画的就是达·芬奇，这是真的吗？听说是真的。”

“很有可能，”兰登答道，“达·芬奇是个爱搞恶作剧的人。电脑分析显示，《蒙娜丽莎》和达·芬奇自画像在人物的脸部有许多相似之处。无论达·芬奇是怎么想的，他的蒙娜丽莎既不是男性也不是女性。她巧妙地隐藏着双性信息。她是两性的融合体。”

“你肯定，那些认为蒙娜丽莎是个丑妞的说法不是哈佛大学的什么屁话。”

兰登笑了起来。“说得对。其实，达·芬奇留下了一条重大的线索暗示人物是双性的。有没有人听说过有一个埃及传说中的神叫做阿蒙(Amon)?”

“知道!”那个大高个儿说，“代表男性生殖的神!”

兰登颇为吃惊。

“每一盒阿蒙牌避孕套上都这么写着。”那个肌肉发达的男人咧嘴笑了，“盒子上画着一个长着公羊头的家伙，还写着他是埃及传说中代表男性生殖的神。”

兰登对这个牌子并不熟悉，但他还是很高兴，因为生产厂家没把象征意义弄错。“说得对。阿蒙的形象是一个长着公羊头的男人。我们现在所说的‘性冲动’(horny) 的俚语，就与他那卷曲的羊角(horns)和性乱交行为 (horny)有关。”

“他妈的，真想不到!”

“他妈的，想不到吧，” 兰登说，“你们知道谁是与阿蒙对应的神吗?谁是埃及传说中代表女性生殖的神?”

好几秒钟的沉默。

“是伊希斯(Isis)”, 兰登告诉众人。他拿起一支水笔，边说边把话写了下来，“代表男性生殖的神叫阿蒙(Amon)。代表女性生殖的神叫伊希斯(Isis)，古代文字曾将其读做 L'ISA。”

兰登写完，退到幻灯机后。

AMON L'ISA(阿蒙·丽莎)

“得到些什么启发?” 兰登问。

“蒙娜丽莎(Mona Lisa)……老天爷,”有人低声说。

兰登点点头。“先生们,不仅蒙娜丽莎的脸看上去是双性的,就连她的名字也是由男性元素和女性元素结合而成的。朋友们,这就是达·芬奇的小秘密,也是蒙娜丽莎为何总在会意地微笑的原因。”

“祖父来过这里,”索菲突然在距《蒙娜丽莎》只有十英尺处蹲下身来。她将紫外线手电筒指向地板的一点。

起初,兰登什么也没看见。当他在索菲身边蹲下后,发现地板上有一小滴已经干掉的感光液体。墨水?忽然他意识到紫外线手电筒的用处。血。他激动起来。索菲说得对,雅克·索尼埃死前确实来过这里。

“他不会无缘无故地来到这里,”索菲轻声说着站起身来。“我知道他一定给我留下了信息。”她大步走到《蒙娜丽莎》跟前,用灯照亮画的正前方的地板。她将光束在画前的地板上来回晃动。

“这儿什么也没有!”

正在这时,兰登发现《蒙娜丽莎》前面的防护玻璃框上有一个模糊的紫色亮点。兰登抓住索菲的手腕,将光束向上移,指向《蒙娜丽莎》本身。

两人都愣住了。

在蒙娜丽莎脸部前方的防护玻璃上,有六个潦草的单词闪着紫色的光。

第二十七章

科莱侦探坐在索尼埃的桌前，吃惊地将电话紧紧贴在耳朵上。我没有听错法希的话吧？“一块肥皂？可是兰登是怎么会知道有全球定位系统跟踪器的？”

“索菲·奈芙，”法希说道，“是索菲·奈芙告诉他的。”

“什么？怎么会这样？”

“他妈的，问得好，我刚刚听了一段电话录音，证实是索菲教唆的。”

科莱惊讶得说不出话来。奈芙到底是怎么想的？法希已经掌握了她妨碍警务的证据，她不仅将被开除，而且将被投入监狱。“探长……兰登现在在哪里呢？”

“火警有没有响起过？”

“没有，先生。”

“没有人走出大陈列馆的大门？”

“没有。按您的吩咐，我们已经派了一个卢浮宫的保安人员守住大门。”

“好的，那么兰登一定还在大陈列馆里面。”

“还在里面？可他在里面做什么呢？”

“卢浮宫的保安人员有武器吗？”

“有，先生。他是一名高级保卫人员。”

“让他进来，”法希命令道，“我无法在几分钟之内将我的人调回来，我可不想让兰登夺路而逃。”法希顿了顿，接着说，“你最好告诉那个保卫人员，索菲·奈芙说不定正和兰登在一起。”

“我想，奈芙警官已经走了。”

“你确实看见她走了吗？”

“没有，但是——”

“也没有警卫看见她离开。他们只看见她走了进去。”

科莱被胆大妄为的索菲蒙住了。她还在卢浮宫里？

“你去办这件事，”法希命令道，“我希望回来的时候可以看到兰登和奈芙都在枪口下。”

拖挂卡车开走后，法希探长将手下人集合起来。今晚的事已经证明了兰登是个难以捉摸的追捕目标，现在他又得到了奈芙警官的帮助，追捕工作将比想像中困难得多。

法希决定一切行动要稳扎稳打。

他把赌注一分为二，将一半人派回卢浮宫把守出口，将另一半人派往兰登在巴黎可以找到的惟一的避风港。

第二十八章

国家展厅里，兰登惊讶地望着防护玻璃上那闪着紫光的六个单词。这文字像是飘荡在天际，在蒙娜丽莎那神秘的微笑上投下了依稀可见的阴影。

“郇山隐修会，”兰登低声说，“这证明你的祖父是郇山隐修会成员。”

索菲大惑不解地望着他。“你看得懂？”

“一点都不差，”兰登点头说着，思绪万千。“这宣扬了郇山隐修会的最基本理念。”

索菲困惑地看着蒙娜丽莎脸上那潦草写就的信息。

男人的骗局是多么黑暗(SO DARK THE CON OF MAN)。

兰登解释说：“索菲，郇山隐修会违规崇拜女神是基于这样一个信念：早期基督教中的掌权的男人散布贬低女性的谣言惑众，唆使大众偏爱男性。”

索菲看着那几个单词，保持沉默。

“隐修会认为，君士坦丁大帝和他的男性继承人们通过将女性神灵邪恶化的宣传活动，成功地将基督教转变为男性统治的宗教，将女神的地位从现代宗教中抹去了。”

索菲还是将信将疑。“祖父让我到这里来发现这些文字，他一定不仅仅想告诉我这些。”

兰登明白她的意思，她认为这又是一个密码。兰登无法立即判断出这里面是否还有其他什么意义，他的注意力还在那清晰明了的字面意义上。

男人的骗局是多么黑暗，他想，的确是很黑暗。

不可否认，现代的基督教为当今麻烦重重的世界做了许多有益的事，但它却有一段充满欺骗和暴力的历史。他们对异教和女性崇拜宗教组织的残忍十字军战争延续了三个世纪，采用的手段既鼓动人心，同时又是耸人听闻的。

由天主教裁判所发行的《巫婆之锤》无疑堪称人类历史上最血腥的出版物。它向人们灌输“自由思考的女人们给世界带来威胁”的思想，并教导神职人员如何去识别、折磨并消灭她们。教会所指认的“女巫”包括所有的女学者、女祭司、吉卜赛女人、女巫师、自然爱好者、草药采集者以及任何“涉嫌对自然世界过于敏感的女性”。助产士们也被杀害，因为她们用医学知识来缓解分娩的疼痛被视为异教徒的做法——教会声称，生育的痛苦是上帝为夏娃偷食禁果而给予她的正当惩罚，这样生育和原罪的思想就紧密地联系在一起了。在追捕女巫的三百年中，被教会绑在柱子上烧死的女性多达五百万。

传教活动和流血手段见效了。

今天的世界就是活生生的例证。

女性曾被认为对文明开化作出了不容忽视的贡献，发挥了与男性同等的作用，但世界各地的神庙却将她们抹去了。犹太教、天主教和伊斯兰教中都没有女性神职人员。就连每年产生春季生殖力的圣婚——巴比伦生殖神塔模斯教派的宗教礼仪，即男女通过肉体上的结合实现心灵的融合——也被视为是羞耻之举。曾经把与女性进行性融合视为遵从上帝旨意的男性们，现在则担心这是性冲动魔鬼在作祟，而这些魔鬼的最好帮凶就是……女人。

甚至就连与女性有关联的方位“左”也难逃教会的诽谤。法语和意大利语中表示“左”的单词——gauche 和 sinistra——都包含着贬义，而表示“右”的单词则包含着褒义，暗示着“正直”、“机敏”、“正确”。直到今天，激进的思想被称为左翼，大凡邪恶、阴险、不理智的东西都与“左(sinister)”有关联。

女神的时代结束了。随着时间的推移，大地母亲(Mother Earth)已经变成了男人的世界(man’s world)，毁灭和战争之神正在夺去无数人的生命。男性时代已经延续了两千多年，而没有受到女性的阻挠。郇山隐修会认为，正是由于女性的神圣地位在现代生活中的被剥夺才造成了“生活的不平衡”——即霍皮族印第安人所说的“koyanisquatsi”。这种“不平衡”状态的显著表现是由睾丸激素诱发的战争不时打响，各种神秘组织团体泛滥，人们对于大地母亲愈发不敬。

“罗伯特！”索菲的低语将兰登从沉思中唤醒。“有人来了！”

兰登听到走廊里的脚步声在向这里逼近。

"到这儿来!"索菲熄灭了紫外线手电筒,消失在兰登的视线中。

好几秒钟,兰登两眼一片漆黑。到哪儿?兰登适应了黑暗后,他看见索菲的影子朝展厅中央跑去,躲到了八边形长沙发的后面。他正想跟着跑过去,有人冷冷地喝住了他。

"站住!"那个人站在门口,叫道。

卢浮宫的保卫人员举枪进入国家展厅,用枪口直指兰登的胸口。

兰登本能地将双手高举过头。

"趴下!"保卫人员命令。

兰登立即脸冲地板趴在地上。保卫人员匆忙走过来,将他的双腿踢分开,让兰登四肢伸展。

"你想错了,兰登先生,"他用枪顶着兰登的背,"你打的主意不错嘛。"

兰登脸冲地板,四肢伸展着趴在那里,觉得这样的姿势颇具幽默感。《维特鲁威人》,他想道,不过是脸冲下的。

第二十九章

圣叙尔皮斯教堂中，塞拉斯从圣坛上取下烛台，走回方尖碑前。烛台正好可以用来敲碎地砖。塞拉斯瞅了瞅那块下面有空洞的大理石地砖，意识到要想敲碎它而不发出声音是不可能的。

用铁家伙敲大理石，一定会在这圆拱屋顶下产生很大的回响。

会不会让修女听见？她现在一定睡着了。即使这样，塞拉斯也不想冒险。他环顾四周，想找块布把铁烛台的前头包起来。他所能发现的，只有圣坛上的那块亚麻遮布，但那是他不愿玷污的。我的披风，他想道。塞拉斯知道这里没有旁人，于是解下了披风。当他脱下披风时，羊毛纤维刺痛了他背部的新伤口。

此时，塞拉斯赤裸着身体，只系着一条裹腰布。他将披风包在烛台的前头上，然后瞄准那块地砖的中心，将铁烛台砸了下去。一声闷响。地砖并没有破。他又砸了一下。这次的闷响伴随着石块开裂的声音。当他砸到第三下时，地砖终于碎了，碎石片纷纷落入下面的空洞中。

一个小密洞！

塞拉斯迅速地拨开残留在洞口的碎石，向空洞里张望。他跪在那里，热血沸腾，将赤裸的白手臂伸进了洞里。

起先，他什么也没有摸到。隔层是空的，只有光溜溜的石头。他又向深处摸去，在玫瑰线的下方，他摸到了些什么！一块厚厚的石板。他抓住石板边缘，轻轻地把石板抬了出来。他站起身来，仔细地打量自己的发现，只见这是一块边缘粗糙、刻着文字的石板。好一阵子，他觉得自己成了当代的摩西。

塞拉斯定睛看那文字，颇感惊奇。他本以为这上面会刻着一幅地图，或一系列复杂的指令或是一串密码，但实际上石板上所刻的文字再简单不过了。

Job 38:11

《圣经》中的一节？这也太简略了，塞拉斯惊讶不已。他们所追寻的那个秘密地点竟由《圣经》的一节来揭示。隐修会的教友们不顾一切地掩饰真相！

《约伯记》第三十八章，十一节。

虽然塞拉斯背诵不出第十一节的内容，但他知道《约伯记》讲述的是一个上帝的信徒经历了种种考验，生存下来的故事。很符合实际情况，塞拉斯想着，抑制不住兴奋之情。

他低头看着闪光的玫瑰线，忍不住笑了起来。圣坛上支着一个金光闪闪的书架，书架上放着一本巨大的皮革封面的《圣经》。

桑德琳修女在唱诗班站台上不住地颤抖。几分钟前，当那个男人脱掉披风时，她正想逃走，去执行她的任务。当她看见他那雪白的肌肉时，感到无比震惊。他那宽厚而又苍白的后背上布满血红的伤痕。即使相距甚远，她也可以看出那都是新伤。

那个人被无情地鞭打过！

她还看见他的大腿上缠着印着血迹的苦修带，苦修带下的伤口还在流血。什么样的天主想让人的肉体受到这样的惩罚？桑德琳修女知道，她永远也无法理解天主事工会的宗教礼仪。但那不是她现在要考虑的事。天主事工会在寻找拱顶石。他们是怎么知道的，桑德琳修女想不到答案，也没有时间去想。

那个浑身血淋淋的僧侣又穿上披风，拿着他的战利品向着圣坛，向着《圣经》走去。在一片死寂中，桑德琳修女离开了唱诗班站台，快速返回她的房间。她趴在地上，从木板床下摸出一个密封信封，拆开了封口。那个信封是她多年前就藏到那里的。

打开信封后，她发现了四个巴黎市内的电话号码。

她用颤抖的手开始拨打电话。

楼下，塞拉斯将石板放到圣坛上，迫不及待地伸手去取《圣经》。当他翻阅书页时，那细长而苍白的手指渗出汗来。他从“旧约”部分翻出了《约伯记》，又找到了第三十八章。他一边用手指顺行向下指，一边猜想着他将会看到的文字。

那些话会指引出方向！

找到了第十一节，可那里面只有七个词。他不解地重读了一遍，感到大事不妙。这一节中只写着：

你只可到这里，不可越过。（HITHERTO SHALT THOU COME, BUT NO FURTHER.）

第三十章

保安人员克劳德·格鲁阿尔站在《蒙娜丽莎》前，看着这个被制服的俘虏无比愤怒。这个杂种杀了雅克·索尼埃。对格鲁阿尔和整个保安队的队员来说，索尼埃就像一位慈爱的父亲。

格鲁阿尔想立即扣动扳机，对罗伯特·兰登的后背来上一枪。格鲁阿尔是为数不多的真正荷枪实弹的高级保安人员之一。但他提醒自己，如果不让兰登接受贝祖·法希的审问，也不经受牢狱之苦就杀了他，倒是便宜了他。

格鲁阿尔拔出腰间的对讲机，大声请求派人支援。但对讲机中只有嘈杂的静电干扰声。这间展厅中附加的安全装置总是对保安人员的通讯产生干扰。我必须到门口去。格鲁阿尔一边用枪指着兰登，一边向门口退去。刚退出几步，他察觉到了些什么，停了下来。

见鬼那是什么？

在展厅的中间出现了一个奇怪的幻影。一个人影。还有其他人在？一个女人快步地在黑暗中穿行，向远处左边墙走去。她拿着紫光手电筒在身前来回晃动，好像在找什么感光的东西。

“什么人？”格鲁阿尔大喝道，又极度紧张起来。他一时间不知道应该将枪指向谁，也不知道应该往哪里移步了。

“科技侦察处。”那个女人镇静地回答，仍晃动着紫光手电筒，扫视着地面。

科技侦察处。格鲁阿尔冒出了冷汗。我还以为所有的警察都走了呢！他这才想起来，那紫光是紫外线手电筒，科技警察总是带着那家伙，但他还是不明白为什么警署要在这里寻找证据。

“你叫什么名字？”直觉告诉格鲁阿尔，此事蹊跷。“快说！”

“我叫索菲·奈芙。”那人用法语平静地回答。

这个名字在格鲁阿尔记忆深处留有一点儿印象。索菲·奈芙？这不是索尼埃孙女的名字吗？她很小的时候曾经来过这里，但那是很久以前的事了。不可能是她！就算她是索菲·奈芙，也不能信任她，因为格鲁阿尔已经听说索尼埃和孙女的关系决裂了。

“你知道我是谁，”那个女人大声说道，“罗伯特不是凶手。请相信我。”

克劳德·格鲁阿尔可没打算把她的话当真。我需要支援！他又听了听对讲机，里面还是静电干扰声。他离出口还足有二十码，他仍用枪指着趴在地上的兰登，向后退去。他一边退，一边注意着索菲，她正举着紫外线手电筒细细地打量着挂在《蒙娜丽莎》对面的那张大幅油画。

格鲁阿尔意识到那是什么画，倒吸了一口凉气。

上帝呀，她到底想干什么？

索菲站在展厅的那头，额角直冒冷汗。兰登还趴在地上——像一只展翅的老鹰。坚持住，罗伯特，我快干完了。索菲知道格鲁阿尔不会向他们开枪，就又将注意力转到了手头的问题上。她特意用紫外线手电筒扫视达·芬奇的另一幅作品。她扫视了画前的地板，画周围的墙壁以及油画本身，但什么也没有发现。

这儿一定会有些什么！

索菲坚信她可以正确地理解祖父的意图。

他还可能会告诉我些什么呢？

她正在审视的这幅油画有五英尺高，上面画的是坐在那里抱着婴儿耶稣的圣母玛利亚、施洗者约翰和站在峭壁上的乌列天使。小时候，每次来看《蒙娜丽莎》，祖父都会把索菲拉到展厅这头也看一看这幅画。

祖父，我来了！可是我什么也没看见！

索菲听见格鲁阿尔又在通过对讲机请求支援了。

快点想！

她的脑海中又浮现出了《蒙娜丽莎》防护玻璃上的潦草字迹。男人的骗局是多么黑暗。眼前的这幅画前却没有可供写信息的防护玻璃，而索菲知道祖父绝不会直接在画上写字而损坏艺术品的。她愣了一下。至少不会在正面。她抬头看了看那从屋顶上垂下、用以悬挂油画的钢丝绳。

可能在画后面吗？她抓住油画木框，用力把画向自己身前拽。画很大，索菲将其从墙上掀起时，画布向前弯曲。索菲把头和肩膀都伸到了画布后面，举着紫外线手电筒审视画的背面。

很快，索菲就意识到自己想错了。油画背后一片空白，没有紫色的感光文字，只有陈旧画布上点点棕褐的色斑——

等一等。

索菲突然看见在靠近油画底部的木框上，有一个金属物发出耀眼的光。那个东西很小，嵌在木框与画布的空隙中，还拖着一条闪光的金链。

索菲极为震惊，那正是挂在那把金钥匙上的链子。钥匙柄呈十字形，上面还刻着法国百合的图案和首字母缩写 P. S.，这是索菲九岁以后第一次重见它。那一刻，索菲仿佛听见祖父的鬼魂在她耳边低语：有一天，我会将它给你。索菲的喉头像被什么东西哽住了，祖父死了，还不忘履行他的诺言。她听见祖父在说，它是用来开一个盒子的，在那盒子里藏着我的许多秘密。

索菲这才明白过来，今晚的那些文字游戏都是为这把钥匙而设的。祖父被害时，还带着那把钥匙。他不想让钥匙落入警方手中，所以将它藏到了这里，并精心设计了"寻宝"的密码，以确保索菲——也只有索菲——可以发现它。

"请求支援！"格鲁阿尔喊道。

索菲从油画背后拿起钥匙，将它连同紫外线手电筒一起放入口袋里。她向后瞟了一眼，发现格鲁阿尔还在拼命地试图通过对讲机找来支援。他背对着出口，仍然用枪指着兰登。

"请求支援！"格鲁阿尔再次大喊道。

只有静电的干扰声。

他无法与别人取得联系，索菲可以肯定，因为她知道，那些在这里想通过手机向家人炫耀自己看到了《蒙娜丽莎》的游客往往不能如愿。墙壁上特别附加的监控线路使移动通讯设备无法正常工作，要想通话，只有走出展厅，站到走廊中去。格鲁阿尔快步走出了展厅大门，这时索菲意识到她应该立即采取行动。

抬头望了望这幅遮住了她一部分身躯的大油画，索菲暗自思忖：看来今晚达·芬奇要帮我们第二次了。

再走几米，格鲁阿尔暗暗告诫自己，要把枪端稳。

"别动！否则，我就毁了它！"那个女人的声音在展厅中回响。

格鲁阿尔循声望去，停住了脚步。"我的上帝呀，不！"

透过那雾蒙蒙的红色灯光，他看见那个女人已经将大幅油画从吊绳上取下，支在她面前。那五英尺高的画几乎把她整个人都挡住了。起先，格鲁阿尔感到惊异——为什么吊绳上的电线没有接通警报呢？接着，他想起来今晚艺术展厅的警报系统还没有重新启动过。她在干什么！

格鲁阿尔看着眼前的一切，惊讶得血液都要凝固了。

画布中间开始鼓了起来，那勾勒圣母玛利亚、婴儿耶稣和施洗者约翰的细致线条开始扭曲了。

“不！”格鲁阿尔看着达·芬奇的无价画作被这样折腾，惊恐地叫道。那女人正用膝盖从背面抵着画布！“不！”

格鲁阿尔迅速转身，将枪对准索菲，但他又立即明白过来这是徒劳。画布虽然是纤维制成的，但实际上它是牢不可破的——它外面加了价值六百万美元的防护层。

我可不能对着达·芬奇的作品打一枪！

“把你的枪和对讲机都放下，”索菲用法语平静地说道，“否则我将用膝盖顶破这幅画。你一定知道如果祖父在天有灵的话，会有什么样的感受。”

格鲁阿尔不知所措。“求你……不要。那是《岩间圣母》！”他把枪和对讲机扔在了地上，把手举过头顶。

“谢谢，”索菲说道，“现在照我说的做，一切都会很顺利的。”

几分钟后，当兰登和索菲逃到紧急楼梯通道里时，兰登的心还在怦怦地狂跳。他们离开那浑身打颤的保安人员，逃出国家展厅后，一句话也没说。兰登还紧紧地攥着保安人员的手枪，不过他迫不及待地想把它扔掉，因为那又沉又危险，感觉怪怪的。

兰登一边三步并做两步地逃，一边暗自猜测索菲是否知道那幅差点儿被她毁掉的画有多大的价值。她选的那幅画倒是与今晚的历险颇有关联。她所拿的那幅画，就像《蒙娜丽莎》一样，由于隐藏着太多的异教象征符号，而遭致了历史学家们的许多负面评价。

“你选的‘人质’价值连城呀，”兰登边跑边说。

“《岩间圣母》(Madonna of the Rocks)，”索菲答道，“不是我选的，是祖父选的。他在那幅画后面给我留下了一个小东西。”

兰登吃惊地看了她一眼。“什么？你是怎么知道是那幅画的？为什么是《岩间圣母》?”

“男人的骗局是多么黑暗(So dark the con of man),”索菲得意地一笑,“罗伯特,我没解开前两个字谜,但我不会错过第三个。”

第三十一章

“他们都死了!”桑德琳修女在圣叙尔皮斯教堂的房间中结结巴巴地对着留言机说,“请接听电话! 他们都死了!”

桑德琳修女拨通了前三个号码,得到的结果却非常可怕——第一个接听的是一个歇斯底里的寡妇,第二个接听的是正在谋杀现场加班工作的侦探,还有一个是正在安慰死者家属的牧师。三个联系人都死了。现在,她又拨通了第四个——也是最后一个——的电话号码。只有在她找不到其他三个联系人时,才可以拨打那个号码。电话接通的是对方的留言机,留言机并没有说机主的姓名,只是让对方留言。

“地砖已经被打碎了!”她又补充解释道,“其他三个人都死了!”

桑德琳修女并不知道她要保护的那四个人是谁,但她知道只有在一种情况下,才能打开藏在床底下的那个信封。

那个没有露面的人捎信给她说,地砖一旦被打破,就说明上层组织遭到了破坏。我们其中的一个人受到了生命威胁,并被迫说了一个谎。你就拨打这些电话,提醒其他人。千万要帮我们办成。

起初,她听到这样的安排时,十分诧异,但后来明白这再简单不过了。如果一个教友的身份被发现了,他可以撒一个谎,这样可以启动警报机制。但今晚,被发现的教友不只一个。

“请回答,”她惊恐地问,“你在哪里?”

“把电话挂了,”一个低沉的声音从门口传来。

桑德琳修女惊恐地转过头,看见了那个身材魁梧的修士正手握着烛台站在门口。她颤抖着挂上了电话。

“他们死了,”修士说道,“他们四个都死了。他们把我当笨蛋耍。告诉我拱顶石藏在哪里。”

“我不知道。”桑德琳修女一脸坦诚,“他们保守着那个秘密。”他们死了!

那人上前几步,手里紧紧地握着铁烛台。“你是这个教堂的修女,为什么要为他们服务?”

“耶稣只传达了一个旨意,”桑德琳修女大胆地说,“天主事工会没有传达那个旨意。”

修士的眼中突然燃起了熊熊怒火,他冲上前去,以烛台当棍棒,猛抽桑德琳修女。桑德琳修女倒下了,最后在她脑中闪过的是一个不祥的预感。

四个人都死了。

那宝贵的真相将永远湮灭。

第三十二章

当索菲和兰登逃出卢浮宫,跑进巴黎的夜色中时,德农馆西侧的警报把杜伊勒里花园里的鸽子吓得四处飞散。他们穿过广场,向索菲的汽车跑去,兰登听见远处传来了警笛声。

"在那里,"索菲指着停在广场上的一辆红色平头双人座汽车喊道。

她不是在开玩笑吧?兰登还从来没有见过这么小的车。

"都市精灵,"她说,"一公升汽油可以开一百公里。"

兰登刚钻到乘客座上,索菲就把"都市精灵"发动了起来,而后又缓速驶过了碎石隔离线。他抓着前方的仪表板,看着汽车冲下了人行道,颠簸了一下,驶入了环行的卢浮宫卡尔塞广场。

索菲似乎一度想抄近路,冲破中间的树篱,从圆形草坪中间开过去。

"不!"兰登叫道,他知道卢浮宫卡尔塞广场周围的防护栏遮挡着草坪中心的一个危险的坑洞——倒置的玻璃金字塔。刚才,兰登已经在博物馆里看到了通过这个玻璃金字塔照射进去的光线。它就像一张大嘴,可以一口将他们的"都市精灵"吞下去。幸亏索菲又决定按常规路线行驶,她将方向盘向左猛转,又出了广场,然后向左拐进一条朝北的街道,向着里沃利街急速行驶。

后面传来的警笛声离他们越来越近了,兰登已经可以从后视镜中看到闪烁的警灯。索菲急着要加速离开卢浮宫的时候,都市精灵的发动机已经发出闷响开始抗议了。前方五十码的地方,里沃利街口又亮起了红灯。索菲轻声骂了几句,继续驾车向前冲。

"索菲?"

到达十字路口,索菲只稍微地放慢了一点车速,打亮了车灯,然后迅速地扫视了一下左右,又踩下了油门。汽车向左拐了个大弯,穿过空荡荡的十字路口,驶进了里沃利街。向西加速行驶了四分之一公里后,索菲将车开向右边绕过一个圆行高架。很快,他们从环行高架的另一边下来,驶入了宽阔的香榭丽舍大街。

汽车开始径直行驶，兰登转过身，伸长了脖子，透过后窗朝卢浮宫方向张望。好像警察并没有追他们。远处那蓝色的警灯都聚集在博物馆前。

他那颗悬在半空的心终于放了下来，他回过头来说道，“这还真有趣。”

索菲像是没有听见。她注视着前方长长的香榭丽舍大街。眼前这条有许多时尚小店的路段通常被叫做巴黎第五大道。离使馆大约只有一英里了，兰登在座位上放松了下来。

男人的骗局是多么黑暗。(So dark the con of man)

索菲敏捷的思维已经给兰登留下了深刻的印象。

《岩间圣母》(Madonna of the Rocks)。

索菲说她的祖父在油画后留下了些东西。*临终遗言？*兰登不禁为索尼埃能找到这样的藏宝之处而赞叹不已。《岩间圣母》那相互关联的象征符号之链上的又一个环节。看来，索尼埃在每个环节上都愈发表现出对达·芬奇的反叛和恶作剧的欣赏。

《岩间圣母》原本是达·芬奇受纯净受孕协会的委托为米兰圣方济教堂的礼拜堂所作的祭坛画。修女们事先确定了油画的尺寸和主题——山洞中的圣母玛利亚、施洗者约翰、大天使乌列和圣婴耶稣。虽然达·芬奇按照她们的要求来作画，但当他交上画作的时候，引起了该协会里的一片惊恐。这幅画作中充满了引发争议的、令人不安的细节。

画作描绘了身着蓝袍的圣母玛利亚抱着一个婴儿坐在那里，那个婴儿应该就是耶稣。乌列坐在玛利亚的对面，也怀抱着婴儿，那个婴儿应该就是施洗者约翰。奇怪的是，画作却一反常理，画的是约翰为耶稣祈福，而不是耶稣为约翰祈福……耶稣正服从于约翰的权威！更成问题的是，画中的玛利亚一手置于约翰头上，另一只手则做出一个威胁的手势——她的手指看上去像鹰爪，仿佛正抓着一个看不见的人头。最明显而又最令人毛骨悚然的画面要数玛利亚弯曲的手指下方的乌列——他做出一个砍东西的手势，仿佛要把玛利亚抓住的那个无形的人头从脖颈处砍下来。

后来，为了安抚协会，达·芬奇又为其画了第二幅“岩间圣母”，画面的安排比较正统。第二幅画现藏于伦敦国立美术馆，取名为《岩间的无玷圣母》。兰登的学生每每听到这里，就会一片哗然。不过，兰登还是比较偏爱卢浮宫里暗藏玄机的那一幅原作。

车飞奔在香榭丽舍大街上,兰登问索菲:"那幅画后面藏了什么?"

"我们安全进入使馆后,我会给你看的。"索菲仍注视着前方的道路。

"你会给我看?"兰登诧异地问,"那是一件物品?"

索菲点了点头,"上面刻着法国百合和首字母缩写 P.S. 的凸饰"。

兰登简直不敢相信自己的耳朵。

我们一定办得到,索菲想着,将方向盘向右打,驶过豪华的克里伦大饭店,进入巴黎树阴夹道的使馆区。离使馆不到一公里了。她终于感到自己又可以正常地呼吸了。

索菲一边驾车,一边惦记着口袋里的那把钥匙,她的脑海中浮现出许多年前关于那把钥匙的记忆,那等臂十字形的金色钥匙柄,那三棱柱形的匙身,那钥匙上的小孔,以及那雕刻在钥匙柄上的花纹和字母 P.S.。

这么多年来,她很少想起这把钥匙,但多年来在科技安全部门工作的经验告诉她这样的钥匙设计并不神秘。*激光塑模,无法复制*。那种锁不是靠钥匙上的锯齿来转动制动栓,而是通过一个电子眼来检测钥匙上用激光烧制而成的小孔。如果电子眼检测出匙身六个截面上的小孔是按要求旋转排列的,那么锁就会开启。

索菲想不到这把钥匙会打开什么,但她感觉到罗伯特一定能告诉她答案。毕竟,他还没有看到钥匙就可以描绘出那上面的图案了。那十字架形的钥匙柄暗示着钥匙一定与某个基督教组织有关,但据索菲所知,并没有哪个教堂在使用激光塑模的钥匙。

再说,祖父也不是基督教徒……

她十年前的所见所闻可以证实这一点。颇具讽刺意味的是,向她揭示出祖父本性的是另一把钥匙——比眼下的这把要普通得多的钥匙。

她到达戴高乐机场的那天下午,天气暖洋洋的。她拦了一辆出租车,*祖父看到我一定会大吃一惊的*,她想。她从英国的研究生院提前几天回家度春假,正迫不及待地想告诉祖父她新学到的加密方法。

当她赶到巴黎的家中时,却发现祖父不在家。她颇为失望。她知道祖父不知道她要回来,可能还在卢浮宫工作。*但现在是礼拜天晚上呀*,她想起来。祖父很少在周末工作。周末的时候,他一般都会——

索菲一笑,向车库跑去。可以肯定,他的车被开走了。现在是周末。雅克·索尼埃不喜欢在城市中开车,他驾车只会去一个地方,那就是他那位于巴黎北面的诺曼底的度假别墅。索菲已经在拥挤的伦敦呆了好几个月，正渴望去感受一下大自然的气息，于是决定到那里去度假。当时正值傍晚刚开始，索菲决定立即动身，给祖父一个惊喜。她向朋友借了一辆车，向北开，在克鲁里镇附近的盘山公路上行驶——那些寂静无人的小山丘上洒满了月光。当她到达别墅时，刚过十点钟。她将车开上一英里长的私家车道，向别墅驶去。当她开到一半，就可以透过树木看见那座房子了——那是一座用古老的石块搭建成的大房子，坐落在山腰上的树丛中。

索菲原本猜想祖父可能已经睡下了，当她看到屋里还闪烁着灯光时非常兴奋。随即，她的兴奋之情又被惊异所取代，因为她看见车道上停满了汽车——奔驰、宝马、奥迪，还有劳斯莱斯。

索菲瞧了瞧，忍不住笑出声来。*我的祖父，著名的隐士！*雅克·索尼埃这个隐士实在名不副实。显然，他趁索菲在校读书时在这里举行晚会，从车道上的车看来，一些巴黎名流也前来参加了。

索菲迫不及待地想给祖父一个惊喜，于是她急匆匆地来到前门。可是，前门却锁着。她敲了敲，没人应答。她迷惑不解地转到后门，推了推，后门也锁着。没有人开门。

索菲不解地站在那里，竖起耳朵倾听周围的动静。她只听到诺曼底那凉飕飕的空气在山谷中回旋，发出低沉的呻吟。

没有音乐。

没有说话声。

只有无边的寂静。

树林静悄悄的，索菲急匆匆地赶到房子的侧面，爬上了一个木材堆，将脸紧紧地贴在客厅的窗户上。她简直无法理解她所看到的景象。

“一个人也没有！”

整个一楼楼面都空荡荡的。

这些人都到哪里去了？

索菲的心怦怦直跳，她跑到柴房里，从引火炉底下取出祖父藏在那里的备用钥匙。她跑到前门，开锁进屋。当她走进空空如也的客厅时，安全系统控制板上的红灯闪烁了起来——那是在提醒来访者在十秒钟之内输入正确的密码，否则警报就会被拉响。

开晚会还用警报？

索菲迅速地键入了密码，不让警报拉响。

她再往里走，发现整幢房子，包括楼上，都空无一人。当她从楼上下来，回到空荡荡的客厅时，她默默地站了一会儿，思忖着这到底是怎么回事。

就在那时，索菲听见有声音传来。

沉闷的声音。那声音听上去是从索菲自己的脚下传来的。索菲大惑不解，趴在地板上，把耳朵紧紧地贴近地面。没错，声音就是从地下传来的。好像有人在唱歌或者……在唱赞歌？索菲觉得有点儿害怕。当她想起这幢房子并没有地下室的时候，更感到恐惧。

至少我没见有地下室。

索菲转身扫视了一下客厅，将目光锁定在那块欧比松挂毯上——那是祖父最喜爱的古董，但今天它是整幢房中惟一挪了位的东西。它原本是挂在火炉边的东墙上的，但今晚它却被拉到了挂竿的一边，把原本被挡住的墙壁暴露在外。

索菲朝那堵空白的木质墙壁走去，她感到赞歌的声音响了一些。她犹豫了一下，将耳朵贴近木墙。这下，声音变得很清晰。那些人一定是在唱赞歌……但索菲听不出曲调和歌词。

这堵墙后面有隔间！

索菲摸索着墙壁，发现了一个凹陷的、制作精致的扣指处。一扇滑门。索菲的心怦怦直跳，她将手指扣入那个小槽，移开了滑门。厚重的滑门悄无声息地向两侧移开了。赞歌在眼前的这一片黑暗中回响。

索菲闪进门内，站在了用石块搭建而成的盘旋而下的楼梯上。她小时候就常来别墅，可从来也不知道还有这么一个楼梯通道！

沿着楼梯，越往下走，空气就越凉，人声也越清晰。她现在可以分辨出那里面既有男人的声音，也有女人的声音。盘旋的楼梯挡住了她的部分视野，但她现在可以看到最后一级台阶了。台阶前，是地下室的一小块地面——石块铺就，被闪烁的橘红色火焰照得通亮。

索菲屏住呼吸，又向下走了几级台阶，俯身望去。好一阵子，她才明白过来自己看到了些什么。

地下室实际上是一个洞穴，是掏空了山坡上的岩体而形成的洞室。惟一的光源是墙上的火把。在那闪亮的火焰中，大约有三十个人围成一圈，站在洞室的中间。

我是在做梦吧，索菲自语道。这难道不是一个梦吗？

洞室里的每个人都戴着面纱。女人们穿着白色的游丝长袍，穿着金色的鞋子。她们的面具是白色的，她们手握着金色的宝珠。男人们则穿着黑色的及膝短袖衣，戴着黑色的面具。他们看上去就像一个大棋盘上的棋子。他们前后晃动着身体，充满敬意地对身前地板上的一样东西唱着赞歌……索菲看不见那是什么东西。

赞歌的曲调舒缓了下来，接着又渐渐激昂起来，最后节奏加快，非常高亢。那些人向前迈了一步，跪倒在地。那一刻，索菲终于看到了他们注视的东西。在她吓得倒退几步的同时，那场景也永远留在了她的记忆中。她感到强烈的恶心，站起身来，抓着墙上的石块，顺着楼梯往回走。她拉上了滑门，逃离了空空的别墅，泪汪汪地驾车返回了巴黎。

那天晚上，她感到生活的理想由于亲人的背叛而被打碎了。她收拾了自己的东西，离开了家。她在餐桌上留下了一张纸条。

我去过那里了。不要来找我。

她把从别墅柴房里取出的那把陈旧的备用钥匙放在了纸条旁边。

“索菲！”兰登打断了她的回忆，“停！停车！”

索菲这才回过神来，猛地踩下刹车，将车停了下来。“怎么了？发生什么事了？”

兰登指向前方那长长的街道。

索菲举目望去，心都凉了。前面一百码处，几辆警署的车斜堵在了十字路口，其意图显而易见。他们已经封住了加布里埃尔大街！

兰登板着脸，叹道，“看来今晚大使馆成了禁区了？”

街道尽头，站在车旁的警察们正注视着这个方向，他们显然发现了前方街道上有辆车突然停下，并对此产生了怀疑。

好吧，索菲，你慢慢调转车头吧。

索菲向后倒了一下车，转了个弯，将车头调转过来。当她开动汽车时，听见后方传来轮胎摩擦地面发出的尖锐声响，警笛声大作。

“该死。”索菲踩下了油门。

第三十三章

索菲的"都市精灵"与大使馆和领事馆飞速地擦肩而过，穿越了使馆区，最后冲上一条人行道，右转返回到宽阔的香榭丽舍大街。

兰登攥着拳头坐在乘客席上，扭身向后张望，看看是否有警察的踪迹。忽然，他希望自己没有做出逃跑的决定。实际上，你也没做过这样的决定，他提醒自己。当索菲将全球定位系统跟踪器扔出厕所时，她已经替兰登做出了决定。现在，他们正加速离开大使馆，穿行在车辆行人稀少的香榭丽舍大街上。兰登觉得他刚才选择返回国家展厅的决定，使事情变得更糟了。虽然眼下索菲甩掉了警察，但谁知道这好运能停留多久呢。

索菲一手操纵着方向盘，一手在毛衣口袋中摸索。她拿出了一个金属小玩意儿，递给兰登。"罗伯特，你最好看看这个。这是祖父留在《岩间圣母》后面的。"

兰登急切地接过那个东西，仔细端详起来。它是十字形的，沉甸甸的。兰登感觉自己仿佛拿着一个微型的墓前十字架——那种插在墓前，用来纪念死者的十字桩。但他又注意到，十字形钥匙柄下的钥匙身是三棱柱形的，上面随机排列着上百个精致的六边形小洞。

"这是一把激光塑模的钥匙，"索菲告诉他，"可供电子眼读取钥匙身上小洞的排列信息。"

一把钥匙？兰登从来没有见过这样的钥匙。

"看看另一面，"索菲将车开过一个十字路口，驶入另一条街道。

兰登将钥匙翻转过来，变得目瞪口呆，只见那十字形钥匙柄的中心刻着法国百合的花样和首字母缩写 P. S.！"索菲，"他说，"这就是我说过的那个图案，这是郇山隐修会的标志。"

索菲点了点头："我说过，我很久以前就见过这把钥匙。祖父让我不要再提起它。"

兰登仍死死地盯着那把刻着图案的钥匙。它运用高科技制造而成，却刻着古老的象征符号，反映了古今世界的奇妙融合。

“他告诉我这把钥匙可以打开一个盒子,盒子里藏着他的许多秘密。”

雅克·索尼埃这样的人会保守什么样的秘密呢?兰登想到这个问题,不禁打了个冷战。他无法理解为什么一个古老教会要使用如此现代化的钥匙。隐修会的存在只为了一个目的,那就是保守一个秘密——一个有巨大威力的秘密。这把钥匙会不会与此有关呢?兰登不禁要这样揣测。“你知道它是用来开什么的吗?”

索菲看上去很失望:“我指望你会知道。”

兰登不说话了,只是翻动、打量着手中的十字形钥匙。

“它看上去与基督教有关。”索菲接着说。

兰登无法确认这说法是否属实。钥匙柄并不是传统的基督教十字形,而是一个正方十字形——像交叉的两条线段那样长。这种符号的诞生比基督教的成立早了一千五百年。传统的基督教十字形源于罗马的一种刑具,但正方十字形则完全与此无关。兰登总是惊奇地发现,很少会有基督教徒知道他们的象征符号的名称反映了一段暴力的历史:英文单词十字“cross”、十字架“crucifix”源于拉丁文“cruciare”,而这个单词就表示“酷刑”、“折磨”。

“索菲,”兰登说道,“据我所知,这种正方十字形被视为‘和平’的十字。它的外形使得它不可能被用做刑具,交叉的两条线段一样长,暗含着男女自然融合的寓意。它的象征意义与隐修会的思想是一致的。”

索菲不耐烦地看了他一眼,“你不知道它是用来开什么的吗?”

兰登皱了皱眉头,“一点儿也看不出来。”

“好吧,我们必须把车停了。”索菲对车后镜看了看,“我们必须找个地方来想想这钥匙到底是用来开什么的。”

兰登非常渴望回到丽兹酒店的舒适客房中去,但很显然那是不可能的。“去找驻巴黎的美国大学接待人怎么样?”

“太容易暴露目标了。法希会去查他们的。”

“你一定认识人的。你住在这里呀。”

“法希会根据我的电话和电子邮件记录与我的同事取得联系,他们都会听法希的。找饭店也不行,那得要身份证。”

兰登再次觉得被法希在卢浮宫逮捕会比现在更好些。“那我们打电话给大使馆。我可以向他们解释情况,让大使馆派人到什么地方接应我们。”

“接应我们?”索菲扭头看着兰登,那眼神仿佛在问兰登是否在说疯话。

“罗伯特,别做梦了。你们的大使馆在领地之外没有司法权。派人来接应我们就等于援助法国政府的逃犯。那是不可能的。如果你走进大使馆请求临时避难,那另当别论,但要让他们在这方面采取行动对抗法国的法律?”索菲摇了摇头。“如果你现在打电话给大使馆,他们只会让你避免更大的损失,向法希自首。然后,他们会保证将通过外交途径让你受到公正的审判。”她看了看香榭丽舍大街上那排优雅的时尚店。“你带了多少现金?”

兰登看了看钱包。“一百美元。还有一点儿欧元。怎么了?”

“带信用卡了吗?”

“当然。”

索菲加快了车速,兰登凭直觉知道她又在构想一个计划。前面是尽头了,香榭丽舍大街的尽头矗立着凯旋门——那是拿破仑为炫耀其战果而建的高达164英尺的拱门。它被法国最大的环行公路围绕着,那有九车道宽。

当行驶到环行公路时,索菲又看了看后视镜。“我们暂时甩掉了他们,”索菲说,“但如果我们不下车的话,不出五分钟他们又会发现我们了。”

那就偷一辆车,兰登暗自思忖,反正我们是罪犯。

索菲踩下油门,将车开上环行公路。“相信我。”

兰登没有回答。“相信”让他今晚遇到了太多的麻烦。他拉起夹克衫的袖子,看了看表,那是一块珍藏版的米老鼠手表,是兰登十岁生日时父母送给他的生日礼物。虽然那儿童式的表盘经常引来怪异的目光,但这是兰登所拥有的惟一的一块手表。是迪斯尼的动画把他引入了形象和颜色的神奇世界,现在米老鼠还每天提醒兰登永葆一颗童心。此刻,米奇的两个手臂形成了一个不自然的夹角,表明的时间:

凌晨2∶51

“有趣的手表,”索菲边说,边让车顺着环行公路拐了一个逆时针的大弯。

“说来话长,”兰登把袖口拉了下来。

“我想也是,”她冲兰登一笑,把车开下了环行公路,又继续向北开去,离开了市中心。他们穿过两个亮着绿灯的十字路口，来到第三个十字路口时，他们向右急转弯，驶上了梅尔歇布大道。他们已经离开了优美的林荫夹道的使馆区，驶入了稍稍有点儿昏暗的工业区。索菲向左来了个急转弯，几分钟后，兰登方才辨认出他们的方位。

圣拉查尔火车站。

在他们前方，那像是融合了飞机库和玻璃温室的玻璃屋顶的火车终点站聚集着刚下火车的人群。欧洲的火车站是通宵开放的。即使是在此时，还有很多出租车在出口处接客。小贩们推着小车叫卖三明治和矿泉水，刚从车站里出来的被大人背着的小家伙眨巴着眼睛，似乎要努力地记住眼前的这个城市。在路口，有几个警察站在路沿上，为找不着北的旅游者们指路。

虽然街对面有足够的停车空间，索菲还是将“都市精灵”停在了那排出租车的后面。还没等兰登问这是怎么回事，索菲已经跳下了车。她急匆匆地跑到一辆出租车的窗前，和司机交谈起来。

当兰登跳下车时，看见索菲正将一大叠现金交给出租车司机。司机点了点头。令兰登大惑不解的是，司机并没有带上他们，而是自个儿把车开走了。

“怎么了？”兰登跨上路沿，站到索菲跟前。这时那辆车已经从他们的视线中消失了。

索菲又向火车站入口走去。“来，我们买两张票，搭下一班车离开巴黎。”

兰登急匆匆地跟在她身旁。现在，到美国使馆的一英里冲刺已经彻头彻尾地变成了从巴黎向外潜逃。兰登越来越不喜欢这个主意了。

第三十四章

到列昂纳多·达·芬奇国际机场来接阿林加洛沙的司机开来的是一辆不起眼的黑色菲亚特小轿车。阿林加洛沙想起了过去。那时,梵蒂冈的车都是大型的豪华轿车,散热气格栅上挂着教廷圆徽,插着印有梵蒂冈教廷标志的旗帜。那个时代一去不复返了。梵蒂冈的车辆现在已没有那么多的装饰了,有时候连标志都没有。梵蒂冈声称这是为了缩减开支,以便更好地为教区服务,但阿林加洛沙则认为这可能是为了求安全。整个世界都疯了,在欧洲的许多地方,公然表达对基督教的热爱,往往被视为在自己的车顶上漆上一个靶心。

阿林加洛沙裹着黑色教士长袍,爬到车的后座上,准备开始前往岗道尔夫堡的漫长旅途。五个月前他已经去过一次了。

他感叹道,*去年的罗马之行,是我有生以来经历的最漫长的一个黑夜。*

五个月前,梵蒂冈打来电话,让阿林加洛沙立即到罗马来,但没有做任何的解释说明。*已经为你订好了飞机票。*梵蒂冈竭力保持着一层神秘的色彩,即使对最高级的神职人员也不例外。

阿林加洛沙怀疑,这次神秘的聚会是为了让教皇和其他梵蒂冈的官员有一个机会,展示天主事工会最近的一项杰作——他们完成了纽约总部的建设。《建筑文摘》称天主事工会的建筑是"将天主教精神与现代风景精妙融合的光辉典范"。近来,梵蒂冈似乎对"现代"这个词沾边的,都极为注意。

阿林加洛沙别无选择,只好无奈地接受了这个邀请。阿林加洛沙像许多保守派的神职人员一样,并不是现任天主教廷的衷心拥护者,新教皇上任的第一年,他们就忧心忡忡地观望着教会的发展。在梵蒂冈历史上最有争议、最不同寻常的一次选举会议上,新教皇登上了宝座,这是一次史无前例的变革。现在,教皇并没有因为他的当选来得突然而表现谦逊,他立即与基督教最高管理者一起准备采取行动。新教皇获取了枢机团中革新力量的支持，宣布他任期中的使命是“更新梵蒂冈教义，使其适应时代，迈入第三个千禧年”。

阿林加洛沙担心这恐怕意味着新教皇会自以为可以重写上帝的旨意，将那些认为天主教旧戒律已经不合时宜的人重新吸引回来。

阿林加洛沙以他辖区的选民和选民的财力为后盾，竭力劝告教皇和他的顾问，告诉他们放宽教会的法规不仅是不忠于上帝的怯懦表现，而且是等于放弃一切权力的自杀。他提醒他们上次放宽教会法规的行动——第二次梵蒂冈会议——不仅遭遇了重大失败，而且留下了极坏的影响：来教堂的人比以往任何时候都少，捐赠物匮乏，甚至没有足够多的神父去主持教堂活动。

阿林加洛沙坚持认为，人们需要从教会得到教育和指导，而不是溺爱和纵容。

但几个月前的那个晚上，当那辆菲亚特汽车离开机场的时候，阿林加洛沙惊异地发现车不是开向梵蒂冈城的，而是向东开上了弯曲的山路。“我们这是要去哪儿？”他问司机。

“阿尔班山，”司机回答，“你们的会议在岗道尔夫堡举行。”

教皇的避暑山庄？阿林加洛沙从来没有去过，也没有想过要去。那座16世纪的古堡不仅是教皇的避暑山庄，而且也是梵蒂冈天文台——欧洲最先进的天文台——的所在地。阿林加洛沙一想到梵蒂冈的古迹要和科学沾上边，心里就觉得不舒服。把科学和信仰搀和在一起有何道理？人们没有对上帝的信仰，就找不到科学真理。信仰也不需要任何证据来证明自己。

尽管如此，它还是存在着，阿林加洛沙正想着，岗道尔夫堡已经浮现在眼前，它高耸在十一月的繁星密布的星空下。城堡坐落在悬崖的边缘，并向外倾斜着。从路上望去，它就像一个企图跳崖自尽的石怪。悬崖下面是意大利文明的发源地——罗马帝城创建前阿尔班的库里亚兹与罗马的奥拉齐这两个部族交战的谷地。

岗道尔夫堡的外形轮廓十分引人注目，那多层防御用的城墙，与它坐落在崖边的险要位置共同展现出古堡的威严。令阿林加洛沙难过的是，现在架在古堡顶上的两个巨大的圆顶天文观测台将梵蒂冈城堡的形象毁于一旦，使这个曾经威严的建筑就像一个顶着两顶怪帽子的骄傲骑士。

阿林加洛沙下车后，一位年轻的基督教神父急忙迎了上来，问候道："主教，欢迎您。我是曼古拉神父，也是这里的天文工作者。"

好极了。阿林加洛沙敷衍地打了个招呼，跟随着接待人进入了城堡的前厅——那是一个开阔的空间，但装修却并不高雅，那文艺复兴时期的艺术风格中还夹杂进了天文学的形象。他跟随着陪同者走上了宽阔的大理石台阶，看到了会议室的标牌、科学讲堂的标牌以及旅行服务台的标牌。没在转折点处提供连贯确实的精神指引的梵蒂冈教廷还会有时间为旅游者提供天体物理学的讲座。

"你说说看，"阿林加洛沙问那个年轻的神父，"尾巴什么时候开始摇狗了？"（这是英文俗话，指本末倒道。——编者注）

牧师用惊异的眼光看着他："先生，您说什么？"

阿林加洛沙摆手不再提这个话题，他决定今晚不再冒犯什么人。整个梵蒂冈都疯了。就像一些懒惰的父母，认为默许孩子的娇纵任性比对他严加管教来得省事，教会在每个转折点放宽法规，想重塑自己，去适应那堕落的文化。

顶楼的走廊很宽阔，两旁有许多房间。它通往一扇挂着铜牌的橡木门，铜牌上写着：

天文学图书馆

阿林加洛沙听说过这个地方——梵蒂冈城的天文学图书馆——据传那里有两万五千多卷藏书，其中包括哥白尼、伽利略、开普勒、牛顿和赛奇的（Secchi〔1818—1878〕，是意大利天文学家，天主教神父，他最早进行了恒星的光谱观测，并对它们按光谱型分级。——编者注）珍贵著作。据说那也是教皇的最高级官员召开秘密集会的地方……他们不想在梵蒂冈城内召开那种会议。

走向那扇门的时候，阿林加洛沙主教无论如何也想像不到他将会听到怎样令人震惊的消息，也想像不到那消息将引起怎样的连锁反应。一个小时不到，他跌跌撞撞地从里面走出来，脑海中回荡着那个可怕的消息。从现在算起还有六个月！他想着，上帝救救我们吧！

此时，坐在菲亚特轿车中的阿林加洛沙意识到自己正在回想那次会议，拳头都捏得咯咯作响。他吐了口气，又慢慢地吸了口气，放松了一下肌肉。

一切都会好起来的，他自语道，此时菲亚特轿车正沿着蜿蜒的公路向山上行驶。导师怎么还不打电话给我？现在塞拉斯应该已经找到那块拱顶石了。

为了缓解一下紧张的情绪，阿林加洛沙把玩着戒指上的那块紫水晶。抚摸着戒指上那教冠和权杖的花纹和宝石，他提醒自己，这个戒指所象征的权力可远远比不上他即将获得的大权。

第三十五章

圣拉查尔火车站和其他的欧洲火车站没有什么两样，一个入口大敞的洞里兼有室内与露天场所，散布着形迹可疑的人——无家可归者举着硬纸板标语，枕在背包上的睡眼朦胧的学生听着 MP3，还有一群群身穿蓝色制服的行李搬运工在抽烟。

索菲抬头看了看那块巨大的列车时刻牌。那白底黑字的表牌一直在刷新。当最新的信息显示在表牌上的时候，兰登举目搜寻可供选择的车次。表牌的最上方写着：

里昂——特快——3:06

“我希望它可以早点儿开，”索菲说，“但那是到里昂的最早一班车了。”

早点儿开？兰登看了看表——凌晨 2:59。还有七分钟车就要开了，可他们还没有买票。

索菲把兰登带到购票窗口前，说道，“用你的信用卡买两张票。”

“我想使用信用卡会为警察的追捕提供线索——”

“一点儿不错。”

兰登已决定不在索菲·奈芙面前显示聪明了。他用 Visa 卡买了两张去里昂的车票交给索菲。

索菲将兰登领向站台。站台上响起了熟悉的报时声，闭路广播中播报着开往里昂的特快即将发车的消息。他们眼前横着十六条铁轨。在远处右边的三号站台旁，开往里昂的特快正喷着蒸汽，准备出发。但是，索菲却挎着兰登的胳膊，领着他往相反的方向走。他们匆匆地穿过一条边廊，经过一个通宵营业的餐厅，最后从边门出站，来到了车站西侧一条僻静的街道上。

一辆出租车在门口等候着。

司机看见索菲，打亮了车灯。

索菲跳上车的后排座位，兰登也随后钻进车内。

出租车离开了车站，索菲拿出新买的车票，把它们撕得粉碎。

兰登感叹道，七十美元花得真是地方。

出租车开始在克里希街上平稳而单调地行驶，兰登这才感觉他们真正逃脱了追捕。透过右边的车窗，他可以看见蒙马特高地和圣心堂美丽的圆形屋顶。忽闪着的警灯打破这美丽的画面，几辆警车正朝着相反方向驶去。

索菲和兰登低下身，直到警报声渐渐消失。

索菲只告诉司机把他们送出城。兰登见她抿着嘴，知道她正在考虑下一步行动。

兰登将那把十字形的钥匙举到窗边，再次端详，试图找到产地的标记。路灯向车内投来忽闪忽闪的光亮，除了那隐修会的标志，兰登什么也没有发现。

“这不合常理，”最后，他说道。

“为什么？”

“你祖父想方设法地把钥匙留给你，而你却不知道这把钥匙的用途。”

“是呀。”

“你肯定他没有在画背后留下其他什么信息？”

“我查看过了，就发现了这个。这把钥匙是嵌在画框上的。我看见了上面的图案，把它放进了口袋，然后我们就离开了那间展厅。”

兰登皱着眉头，端详着三角形的钥匙尖。他又斜着眼睛打量了一下钥匙柄的边缘。还是没有发现什么。“我想这把钥匙最近被清洗过。”

“为什么？”

“它闻上去像被酒精擦拭过。”

索菲扭过头：“对不起，你说什么？”

“它闻上去像被用清洁剂擦洗过。”兰登把钥匙放到鼻子前面嗅了嗅。“另外一面味道更浓。”他把钥匙翻转过来。“是的，有股酒精的味道，就像被用清洁剂擦洗过或者——”兰登愣了一下。

“或者什么？”

兰登在灯光下转动着钥匙，端详着十字形较宽的那条边。那上面有些闪亮的地方……就像被弄湿了一样。“你在把它放入口袋前仔细看过钥匙的背面吗？”

“什么？没有仔细看。太匆忙了。”

兰登把头转向索菲：“你还带着紫外线手电筒吗？”

索菲将手伸进口袋，掏出了紫外线手电筒。兰登接过手电筒，打开开关，照了照钥匙背面十字形较宽的那条边。

在紫外线手电筒的照射下，钥匙背面立即显现出了文字。那文字匆匆写就，但仍可以辨认。

阿克索街24号

地址！祖父留下了一个地址！

“是什么地方？”兰登问。

索菲也不知道。她转向司机，身体前倾，兴奋地问：“您知道阿克索街吗？”

司机想了想，点点头。他告诉索菲那条街位于巴黎西郊网球馆附近。索菲让他立即开到那里去。

“要走最快的路，就得穿过布洛涅森林，”司机用法语问道，“行吗？”

索菲皱了皱眉头。她可以想到其他走法来取代那条讨厌的路线，但今晚她不想很挑剔。“好的。”我们可以让这位美国的来访者大吃一惊。

她又看了看那把钥匙，猜想着他们会在阿克索街24号发现些什么。一个教堂？隐修会的总部？

她又回想起十年前自己在地下洞室目睹的那个秘密仪式，长长地叹了口气。“罗伯特，我有很多事要告诉你。”她顿了顿，看着兰登。这时出租车开始向西行驶。“但首先，请把你对郇山隐修会的了解全部告诉我。”

第三十六章

贝祖·法希站在国家展厅外,火冒三丈地听着卢浮宫保安人员讲述他被索菲和兰登夺去手枪的经过。*你为什么不冲着那宝贝的油画开一枪呢!*

“探长,”科莱侦探从指挥部方向小跑了过来。“探长,我刚得到消息,他们找到了奈芙警官的车。”

“她进入大使馆了吗?”

“没有。在火车站发现的。他们买了两张票,那列火车刚刚开走。”

法希挥手示意保安人员格鲁阿尔离开,把科莱拉到附近一个墙角边,小声地问:“目的地是哪里?”

“里昂。”

“可能是个骗局。”法希吁了口气,想了个主意。“好吧,通知下一站,将火车拦下搜查,以防他们真上了火车。把他们的车留在原地,并派便衣监视,以防他们回头用车。派人搜查火车站附近的街道,以防他们步行逃跑。有从火车站开出的公共汽车吗?”

“这会儿没有,先生。只有出租车在排队接客。”

“好。去盘问司机,看看他们是否能提供些线索。然后,和出租车公司的调度取得联系,向他们解释情况。我现在打电话给国际刑警组织。”

科莱一脸惊异:“你要通报这件事吗?”

法希对这可能造成的尴尬也表示遗憾,但他别无选择。

收网要快,收网要紧。

追捕的第一个小时是很关键的。逃犯在逃跑后一小时内的行动是可以预测的。他们都有“交通、旅馆、现金”这三位一体的需要。国际刑警组织有能力在眨眼间使这些化为泡影。他们可以向巴黎的交管部门、饭店、银行传送索菲和兰登的照片,布下天罗地网,让他们无法离开这个城市,无处藏身,也无法顺利地提取现金。通常,惊恐的逃犯会做出些傻事,比如说偷汽车、抢商店或在绝望之中铤而走险使用银行卡。无论他们犯什么样的错误,都会向当地的警署暴露他们的行踪。

“只通缉兰登,是吗?”科莱说,“你不会通缉索菲·奈芙吧,她是我们自己人。”

“当然要通缉她!”法希打了个响指,“如果她能帮助兰登做所有的坏事,光通缉兰登有什么用?我要查看一下奈芙的人事档案,查找一下她可能求助的亲朋好友。我不知道她在干什么,但她的所作所为将不止让她丢了饭碗。”

“你想让我接听电话,还是出去?”

“出去。去火车站与警队合作。你有发布指令的权力,但事先要向我汇报。”

“是,先生。”科莱跑了出去。

法希站在墙角,浑身僵硬。窗外闪闪发光的玻璃金字塔倒映在微风拂过的水面。*他们从我的指缝中溜走了。*他告诫自己要放松。

即使是一个训练有素的干警也难以承受国际刑警组织即将施加的压力。

一个女密码破译员和一个教师?

他们坚持不到天亮。

第三十七章

“布洛涅森林”是一个树荫浓密的公园，它有许多绰号，巴黎人把它叫做“尘世乐园”。实际上，它与这样的溢美之辞毫不相符。大凡看过荷兰画家波希的同名油画的人，就会理解这颇具讽刺意味的命名原由：那幅颓废的油画就像这片树林一样，是一片黑暗而扭曲的景象，里面尽是些畸形变态和盲信者。夜晚，树林里蜿蜒的小径上聚集着上百个全裸或半裸的人待价而沽，这个“尘世乐园”是为满足肉体最深处难以言表的欲望——他们中有男人，有女人，也有非男非女的人。

正当兰登凝神要向索菲讲述郇山隐修会的情况时，出租车驶入了公园的树木繁茂的入口，开始在鹅卵石铺成的小径上向西行驶。此时，兰登无法再集中注意力了，因为一群公园里的“夜游鬼”从树丛里跳了出来，在车灯的光亮下展示他们的本钱。前方，有两个袒胸露乳的女孩正向车内投来挑逗的目光。在她们后面，一个满身抹油只用一根布条系在裆下的黑人男子转身扭动着臀部。在他身边，有一个迷人的金发女郎掀起了她的迷你裙，向人展示她实际上并不是一个女人。

我的天呀！兰登急忙将目光转进车内，深深地吸了口气。

“说说郇山隐修会，”索菲催促道。

兰登点点头，心想：这样的背景真是再合适不过了。他一时不知从何说起。隐修会有长达一千多年的历史……那里面有秘密、有敲诈、有背叛，甚至还有教皇一怒之下实施的酷刑。

他开始说道：“1099 年，法兰克国王布雍的戈弗雷攻占了耶路撒冷，并在那里创建了郇山隐修会。”

索菲点了点头，聚精会神地听着。

“据说，戈弗雷国王继承了一个具有极大威力的秘密——从基督时代起这个秘密就在他的家族中世代流传。国王怕他死后秘密失传，就指定了一个秘密的教会组织——郇山隐修会——来保守这个秘密，继续悄悄地一代代传下去。在耶路撒冷的时候，隐修会得知希律圣殿的废墟下埋藏着一批文献，而希律神庙则是在以前所罗门圣殿的废墟上建立起来的。据他们所知，这批文献可以用来确认戈弗雷国王的那个威力极大的秘密，正因如此，天主教会将不遗余力地要把它弄到手。”

索菲将信将疑。

“隐修会发誓无论过多久也要将这批文献挖掘出来，让它们永远流传下去。为了从废墟中取得文献，他们成立了一支武装队伍——由九名骑士组成的‘基督与所罗门圣殿的穷骑士团’。”兰登停了停，接着说，“就是众所周知的‘圣殿骑士团’。”

索菲用惊异的眼光看了看兰登，确实曾对此有所耳闻。

兰登经常在学术讲座中谈到“圣殿骑士团”，所以他知道几乎每个人都听过他们。在学术界，“圣殿骑士团”的历史几乎是不确定的世界，因为这方面的事实、理论和讹传交织在一起，使人无法弄清真相。现在，兰登甚至不怎么想在讲座中提及“圣殿骑士团”，因为那势必会诱导听众围绕那些别有用心的理论展开无休止的提问。

索菲看上去很困惑：“你是说郇山隐修会成立了‘圣殿骑士团’为了取得一份秘密文献？我原本以为‘圣殿骑士团’是保护圣地的。”

“这是一个常见的误解。‘圣殿骑士团’打着保护朝圣者的旗号，实则在完成他们的使命。他们的真正目标是取出埋藏在圣殿废墟下的文献。”

“他们找到文献了吗？”

兰登冷笑道：“没有人知道，但学者们一致认为：骑士团在废墟下发现了些什么……这一发现使他们变得极为富有，极为有权势，程度不可想象。”

兰登开始快速地用标准的学术观点向索菲介绍“圣殿骑士团”的历史。他解释道，骑士团参与了第二次十字军东征，他们告诉耶路撒冷国王鲍德温二世说他们是为了保护旅途中的朝圣者。他们分文不取并发誓清贫，但却向国王提出要基本的住处，请求国王允许他们住在圣殿废墟的马厩中。鲍德温国王答应了他们的要求，于是骑士团就住进了荒废的圣殿中。

兰登解释道，骑士团选择这样奇怪的驻扎地绝非偶然。骑士团相信隐修会所追寻的文献就深深地埋藏在废墟下面——在圣地下面一个神圣的密室内，这个密室既是上帝所在的地方，也是犹太教的中心圣地。九名骑士在废墟中住了近十年，秘密地在坚硬的石块中发掘文献。

索菲望着兰登。“你说过他们发现了些什么?”

“他们确实有所发现,”兰登说完又继续解释道,骑士们花了九年时间终于找到了他们所要搜寻的东西。他们带着发现的珍宝去了欧洲,在那里他们一夜之间就声名远扬。

不知是骑士团敲诈了梵蒂冈,还是天主教会想买通他们,英诺森二世教皇立即下达了一个诏书,赋予“圣殿骑士团”至高无上的权力,宣布“他们的意志就是律法”,国王、教士都不得以宗教或政治手段干涉这支有自治权的军队。这样的诏书是史无前例的。

有了这样的新的全权委托书,骑士团的人员迅速增加,政治势力急剧膨胀,在超过十二个国家都有数量惊人的财产。他们开始向破产的王室贵族借贷,从中渔利。这样他们不仅创建了现代银行业,而且进一步增强了自身实力。

到 14 世纪的时候,梵蒂冈已经为骑士团的扩张提供了极大的帮助,这让教皇克雷芒五世下定决心对此采取一些遏制措施。他与法国国王腓力四世联手策划了镇压骑士团、限制其财富扩张的一系列巧妙而有计划的行动,以便将秘密控制在梵蒂冈的手中。在一次秘密的军事演习中,克雷芒五世下达了一个密封的秘密命令给他欧洲各地的士兵预定在 1307 年 10 月 13 日——星期五——才能拆封这个命令。

13 日的清晨,士兵们拆封了命令,读到了可怕的内容教皇克雷芒五世声称他梦见了上帝,上帝警告他说“圣殿骑士团”是崇拜魔鬼的异教徒,同性恋者,他们玷污了十字架,并有鸡奸和其他渎神行为。上帝让教皇克雷芒五世清理世界,围歼圣殿骑士团并严刑逼供他们亵渎上帝的罪行。教皇克雷芒五世的阴谋按计划顺利进展。那一天,无数的骑士团成员被逮捕,被施以酷刑,而后又作为异端分子被绑在柱子上烧死。那场悲剧在现代文化中还留有印记:时至今日,人们还认为星期五和十三很晦气。

索菲满脸疑惑:“‘圣殿骑士团’被取缔了吗?我还以为现在还有骑士团的传教组织呢?”

“是的,他们还以各种名义存在着。虽然教皇克雷芒五世捏造了他们的罪行,并竭力要斩草除根,但圣殿骑士团有强大的同盟者,其中的一些成员逃过了梵蒂冈的屠杀。圣殿骑士团拥有的威力无比的文献——也是他们的力量之源——是教皇克雷芒五世真正想要得到的东西,但这些文献却从他的指缝中溜走了。长期以来,那些文献由圣殿骑士团的缔造者

——郇山隐修会——保管着，而郇山隐修会的神秘面纱使得它在梵蒂冈的屠杀中安然无恙。梵蒂冈封城的时候，隐修会偷偷用船将其在夜里从巴黎运往了拉罗谢尔的圣殿骑士团的船上。”

“后来文献到哪里去了？”

兰登耸了耸肩说道：“只有郇山隐修会知道这个神秘的答案。因为时至今日，人们还在调查、揣测这些文献的下落，并普遍认为这些文献已被转移，并被重新隐藏多次。现在它们可能被藏在英国的某个地方。”

索菲看上去有点儿不安。

兰登继续说道：“有关这个秘密的传说已经辗转流传了千年。所有的文献，以及它们所具有的威力，所包含的秘密都与一样东西有关——Sangreal 。有关 Sangreal 的书有几百册之多，很少有其他秘密让历史学家们有如此大的兴趣。”

“Sangreal？这个单词与法语和西班牙语中表示‘鲜血’的词‘sang’和‘sangre’有关吗？”

兰登点了点头。血是 Sangreal 的关键，不过那倒不是索菲想像中的那种关系。“这个传说很复杂，但最重要的是隐修会守护着这个秘密，并等待着一个恰当的历史时机来公布真相。”

“什么真相？那个秘密真的威力无比吗？”

兰登深吸了一口气，看着窗外巴黎阴暗的影子向他挑逗的瞥眼的景象。“索菲，Sangreal 是个古老的语词。随着时间的推移，它演变成了另外一个词——一个更加现代的名称。”他停了一下，“如果我告诉你它的现代名称，你就会意识到其实你很熟悉它。实际上，几乎所有的人都听说过 Sangreal 的故事。”

索菲不相信：“我就从来都没有听说过。”

“你一定听说过。”兰登微笑着说，“你习惯听到的叫法是圣杯（Holy Grail）。”

第三十八章

索菲在出租车后座上的盯着兰登。他一定是在开玩笑。“圣杯(Holy Grail)?”

兰登点了点头,表情严肃。“Holy Grail 就是 Sangreal 的字面意义。Sangreal 由法语词 Sangraal 演变而来,最后分解为两个单词‘San Greal’。”

圣杯。索菲为自己没能立即辨认出这几个词在语言学上的联系而感到惊奇。就算兰登所言不假,她还是难解其意。“我还以为圣杯是一个杯子。你刚才却说圣杯是揭示那些不可告人的秘密的文献。”

“是的,但那些文献只是圣杯宝藏的一部分。它们和圣杯埋藏在一起……它们可以揭示圣杯的真正意义。那些文献之所以能够赋予圣殿骑士团极大的威力,就是因为它们揭示了圣杯的真正本质。”

圣杯的真正本质?这下,索菲更加摸不着头脑了。她本以为圣杯是耶稣在“最后的晚餐”上用过的杯子,后来,亚利马太人的约瑟曾到十字架前用这个杯子装过耶稣的鲜血。“圣杯是‘基督之杯’”,索菲说,“这再简单不过了。”

“索菲,”兰登将身体侧向索菲,小声说道,“郇山隐修会可不认为圣杯是个杯子。他们认为那个关于圣杯的传说是个精心编造的谎言。圣杯的故事另有寓意,意指一件更具威力的东西。”他停了一下,“那正符合你祖父今晚竭力要告诉我们的东西,包括他所有留下涉及神圣女性的符号。”

索菲还是不大明白,但她从兰登那耐心的微笑和真诚的眼神中看出他正在针对她的疑惑作答。“如果圣杯不是个杯子,那它是什么呢?”索菲问道。

虽然兰登早就意料到她会提出这样的问题,但还是一时不知从何说起。如果他没有先适当地结合历史背景来解释,索菲还是会一脸迷惑——几个月前,当兰登向编辑交上自己的研究书稿时,就从编辑的脸上看到过这样的表情。

“这份书稿说了些什么?”正在吃午餐的编辑被噎住了,放下葡萄酒杯。“你一定是在开玩笑吧。”

“我可不是在开玩笑,我可花费了一年的时间来研究它。”

著名的纽约的编辑琼纳斯·福克曼紧张地捏着他的山羊胡。无疑,他在光辉的职业生涯中已经见识过一些极为大胆的创作思想,但这次兰登递上的稿子还是让他大吃一惊。

“罗伯特,”福克曼最终开口说道,“请不要误解。我很喜欢你的作品,我们也成功地合作过。但是,如果我同意将这样的观点的书发表出去的话,就得雇警卫在我办公室门口站上好几个月。而且,这也会毁了你的名声。看在上帝的份上,你是哈佛大学的历史学家,可不是什么梦想一夜成名的讲时髦的劣货。你是从哪里找到确凿的证据来证明这个理论的?”

兰登淡淡一笑,从呢大衣口袋里拿出一张纸递给福克曼。那张纸上开列了五十多本参考书书目——都是著名历史学家的著作,既包括当代的作品,也包括几个世纪之前的作品——其中有许多是学术界的畅销书。所有的著作所提出的假设都与兰登一致。福克曼读着这个书目,就好像突然发现地球是扁的一样。“我听说过其中的一些作者。他们是……真正的历史学家。”

兰登咧嘴笑了,“正如您所见,这不仅仅是我个人的理论。它已经存在很长时间了。我只是在前人的基础上加以总结。还没有什么书从符号学的角度研究过有关圣杯的传说。我从圣像学上所找来的这些论据是很有说服力的。”

福克曼仍盯着那份书目:“我的上帝呀,还有一本书是雷·提彬爵士写的——他可是英国皇家历史学家。”

“提彬一生花费了大量时间研究圣杯。我曾经与他会过面。他的大部分观点都与我的一致。琼纳斯,他和书目中的其他历史学家都赞同我的观点。”

“你是说这些历史学家都真的都相信……”福克曼把话又咽了回去,显然他无法再往下说了。

兰登又咧嘴一笑:“有人认为,圣杯是人类历史上最令人向往的宝物。有许多传说围绕着圣杯展开,有许多战争因为圣杯而打响,有许多人为了圣杯一生都在探寻。那么它可能仅仅只是一个杯子吗?如果是这样,那么其他的古物一定能引起人们同样的关注，甚至是更大的兴趣——比如说荆棘冠冕、耶稣受难的十字架和钉在十字架上方的罪名板——但事实并非如此。有史以来，圣杯一直是极为特殊的。”兰登笑了笑，“现在你知道原因了。”

福克曼还是一个劲地摇头：“既然有这么多书都这样写，为什么这个理论还不为人所知呢？”

“这些书当然比不过几世纪以来已成定论的历史，特别是当那些历史一直被作为畅销书的写作背景时，它给人们的印象已经根深蒂固了。”

福克曼瞪大了眼睛：“你可别告诉我《哈利·波特》实际上写的是有关圣杯的故事。”

“我指的是《圣经》。”

福克曼不得不承认：“这，我知道。”

“放下！”索菲的叫喊打破了车内的平静，“把它放下！”

索菲靠到前排座位上，冲着司机大喊，把兰登吓了一跳。兰登看见司机正拿着无线电话筒，说着些什么。

索菲转过身来，将手伸进兰登的夹克衫口袋中。还没等兰登反应过来，她已经拔出了兰登口袋中的手枪，将其一晃，顶住了司机的后脑勺。司机立即扔掉了话筒，举起了空出的那只手。

“索菲！”兰登紧张地说，“该死——”

“停车！”索菲命令司机。

司机哆嗦着按索菲的命令将车停在了公园里。

这时兰登听见汽车的仪器板上传出出租车公司调度员那铿锵有力的声音：“……是索菲·奈芙警官……”声音暂时中断了一下，“和美国人罗伯特·兰登……”

兰登僵在那里。*他们已经发现我们了吗？*

浑身打颤的司机将双手高举过头，下了出租车，向后退了几步。

索菲摇下了她那边车窗，用枪指着那个摸不着头脑的司机。“罗伯特，”她平静地说，“到驾驶座上去。你来开车。”

兰登可不想和一个挥舞着手枪的女人争辩些什么。于是，他下了车，绕到靠驾驶座的车门边，开门上了车。司机正大声咒骂着他们，手仍高举着。

“罗伯特，”索菲坐在后排座位上说，“我相信你已经看够了我们的魔幻树林？”

兰登点了点头。*足够了。*

“好的。我们离开这儿吧。”

兰登低头看了看控制仪器板，犹豫了一下。*他妈的。*他摸索到了变速杆和离合器，一把抓住它。“索菲？也许你——”

“走呀！”索菲大喊。

车外，有几个妓女正朝这边走来，想看看这里究竟发生了什么事。其中一个女人正用手机拨号。兰登踩下离合器，把变速杆推到了猜想中的最高速档位置。他踩下油门，试着往前。

他猛地将离合器一松，伴随着车轮发出尖叫声，出租车疯狂地摆动着车尾向前冲去，把那群妓女惊得四散逃窜。那个拿着手机的女人跳入树丛，险些被车撞倒。

“真糟糕！”汽车东歪西斜地开上公路，索菲用法文问，“你在干什么？”

兰登在车内的轰鸣声中喊道：“我可要提醒你，我平常开的是辆自动排档车。”

第三十九章

虽然布吕耶尔街上那褐色的简朴石屋已经见证了无数的苦难，但塞拉斯却觉得他现在的痛苦才是世间最难堪的。*我被骗了。一切都完了。*

塞拉斯被骗了。隐修会的教士们宁愿选择死亡也不愿泄露秘密。塞拉斯连打电话给导师的力气都没有了。他不仅杀了知道拱顶石隐藏地的四个人，还杀了一个圣叙尔皮斯教堂的修女。*她与天主作对！她蔑视天主事工会！*

修女之死把问题变得更加复杂了，这都是塞拉斯一时冲动惹的祸。阿林加洛沙主教曾打电话向修道院院长打了招呼，让塞拉斯进入圣叙尔皮斯教堂；但如果修道院院长发现修女死了，又会怎么想呢？虽然塞拉斯已经将她的尸体放在了床上，但她头部的伤痕是非常明显的。他也曾试图把那块被砸碎的地砖安回去，但那破坏的痕迹无法掩饰。他们一定会看出有人去过那里。

塞拉斯本想在完成任务后躲进天主事工会。*阿林加洛沙主教会保护我的。*在塞拉斯眼中，最幸福的生活方式莫过于整日在纽约的天主事工会总部里冥思和祈祷。他将再也不踏出那里半步。他的所有需求都可以在那个圣地得到满足。没有人会想起我。但此时，塞拉斯意识到，像阿林加洛沙主教那样的名人要消失可没那么容易。

*我给主教带来了危险。*塞拉斯茫然地盯着地板，琢磨着要结束生命。毕竟，是阿林加洛沙给了塞拉斯新生……在西班牙的那个小教区时，阿林加洛沙教育他，给了他生活的目标。

"我的朋友，"阿林加洛沙告诉他，"你生来就是一个白化病人。不要让别人因此而瞧不起你。你不知道这让你多么与众不同吗？你还不知道诺亚就是个白化病人吧？"

"是'诺亚方舟'传说里的那个诺亚吗？"塞拉斯从来没有听说过。

阿林加洛沙微笑着说："没错，就是'诺亚方舟'里的那个诺亚。和你一样，他的皮肤像天使一样白。想想看，诺亚挽救了地球上的所有生命。

塞拉斯,你注定要做出壮举。天主将你解救出来,就是因为你有你的使命。天主需要你去完成他的旨意。”

一时间,塞拉斯学会了以新的眼光来看待自己。我是纯洁的,我是洁白的,我是美丽的,就像一个天使。

此时,父亲那失望的声音又从遥远的过去传来,传到他的房间里。

你是个祸星,一个幽灵。

塞拉斯跪在地板上祈求宽恕。然后,他解下长袍,伸手去拿那本戒律。

第四十章

兰登竭力试图换档。这部劫来的出租车在熄了两次火后，终于被他开到了布洛涅森林的另一头。然而，此刻的轻松却被出租车收音机里调度员的呼叫声打破了。

"喂？听到请回答。"

兰登勉强将车开到公园门口，不得不放下男子汉的架子，踩下刹车，对索菲说："还是由你来开吧。"

索菲跳到驾驶座上，长吁了一口气。几秒钟之后，出租车就平稳地沿着隆桑大道向西驶离了"尘世乐园"。

索菲越开越快，渐渐地把车速提到了一百公里以上。兰登问道："你知道去阿克索街的路吗？"

索菲盯着前方的路，说道："那出租车司机刚刚说，就在罗兰·加洛斯网球馆附近，我知道那一带。"

兰登又掏出了那把钥匙，觉得它沉甸甸的。他意识到这把钥匙事关重大，也许还关系到自己的自由。

刚才在给索菲讲述圣殿骑士团历史的时候，他就忽然意识到这把钥匙除了带有隐修会的标记外，还跟隐修会有着更微妙的关系。等臂十字架除了象征着平衡与和谐外，也代表着圣殿骑士团。凡是见过圣殿骑士团肖像的人，都会发现他们的白色及膝束腰外衣上绣着红色的等臂十字纹章。

正十字。跟这把钥匙上的图案一模一样。

兰登一边猜想着他们可能会发现什么，思绪开始狂奔。圣杯。他不禁为自己的荒唐猜测笑出了声。要知道，人们都认为至少从公元1500年起，圣杯一直被藏在英格兰某个圣殿骑士团教堂的地下室。

那是达·芬奇的时代。

早期的几百年里，隐修会为了保护那些具有神奇力量的文献，曾多次被迫迁移。如今历史学家怀疑，自圣杯从耶路撒冷迁到欧洲以后，曾先后六次更换埋藏圣杯的地方。圣杯的最后一次“露面”是在 1447 年。当时，许多人都证实说一场大火险些把那些文献吞没，幸亏它们被装进了四个巨大箱子里，每个要六个人才能抬动，随后被运到了安全的地方。从那以后，再也没有人声称见过圣杯的踪迹。惟一剩下的只是偶尔有些传说，说它被藏在了亚瑟王和他的圆桌骑士的故乡——英国。

不管它被藏在哪里，有两点重要事实可以肯定：

达·芬奇一生都知道知道圣杯藏在哪里！

埋藏圣杯的地点或许至今仍未改变！

正因如此，那些圣杯的狂热追寻者依然痴狂地钻研着达·芬奇的艺术作品和日记，试图找出有关圣杯现今埋藏地的蛛丝马迹。有人声称，《岩间圣母》那山峦连绵的背景，好像画的与苏格兰境内一连串有着隐秘山丘的地形相符。而有人则坚持，《最后的晚餐》中耶稣门徒们的位置安排令人生疑，那是某种密码。而另外还有人宣称，通过对《蒙娜丽莎》进行X光扫描可以发现，蒙娜丽莎原本戴着青金石的伊希斯耳环。可是，传说后来达·芬奇又把耳环用油彩涂上了。兰登从来就没发现那幅画上有什么耳环的迹象，也想象不出它跟圣杯有什么关系。然而，那些圣杯迷们还是在国际互联网的留言版和聊天室里激烈地讨论着这一假想。

人人都喜欢带有传奇色彩的秘密。

这样的神奇秘密还有许多。最近揭开的一个秘密要数对达·芬奇名画《麦琪的礼拜》的新发现。意大利艺术研究专家毛瑞梓里奥·萨拉斯尼揭开了一个鲜为人知的真相，而纽约《时代周刊》杂志则以《列昂纳多掩盖的秘密》为题对此作了大肆报道。

萨拉斯尼肯定地指出，虽然《麦琪的礼拜》的灰绿色草图是达·芬奇起草的，但油画本身不是。事实上，那是一位匿名画家在达·芬奇去世多年之后在那幅草图上涂上了颜色。而且那位匿名画家在画颜料层下面，用红外线反射仪和X光照出的照片显示，这个调皮的画家，在达·芬奇的草图上填颜色时，对原作作了令人费解的改动……好像要故意改变达·芬奇的真正意图。不管原画的意图是什么，它还未公诸于世。虽然如此，佛罗伦萨乌菲兹美术馆的官员们却大感尴尬，立刻停止了这幅画的展出，把它放到了街对面的储藏室里。现在去那个展览馆参观“达·芬奇展厅”的游客只能在原来挂画的地方看到一块敷衍游客的牌子，上面写着：

此画正在接受检测，以备日后修复。

对现代圣杯的追寻者们自成一体的怪圈子里而言，列昂纳多·达·芬奇始终是最大的谜团。他的作品里似乎急于揭示一个秘密，但不管是什么，秘密都被掩藏着：也许藏在油彩的下面，也许藏在平面图的密码里，也许根本什么都没有。也许那么多的捉弄人的线索只不过是留着难为好奇的游客的，也为他笔下知名的《蒙娜丽莎》脸上带来一丝冷笑。

索菲拽了拽兰登问道："那有可能是打开圣杯埋藏地的钥匙吗？"

兰登笑道："我想，根本就没有这种可能。另外，据说圣杯被藏在英国的某个地方，而不是法国。"

然后，他简短地给索菲介绍了一下圣杯的历史。

"可是，通过这把钥匙能找到圣杯是惟一合理的解释呀。"她坚持道，"我们有一把非常保险的钥匙，而这把钥匙上面印着隐修会的标记。另外，这把钥匙还是隐修会成员亲自留给我们的，而刚才你也说了，隐修会就是圣杯的保护人。"

兰登觉得她的观点非常符合逻辑，可是出于直觉，他还是无法接受这个推论。有谣传说隐修会曾发誓某一天把圣杯带回法国，并将其永远埋藏在那里。然而，这并没有确凿的历史证据。即便隐修会确实把圣杯带回了法国，靠网球馆的"阿克索街24号"听起来也不像是圣杯的永久埋藏地呀。"索菲，我真很难想像这把钥匙会和圣杯有关。"

"就是因为人们都认为圣杯藏在英国吗？"

"不仅如此。圣杯的埋藏地是历史上被保守得最好的秘密之一。人们必须花几十年时间以证明自己值得信任，才会被选入这个隐修会的最高领导层，从而得知圣杯的埋藏地。这个秘密一直通过一个错综复杂的知识分类系统来保存。而且，虽然隐修会很庞大，然而在任何时候，只有大师和其他的三个主管才知道这个秘密。你祖父是这四个高层人物之一的可能性微乎其微。"

祖父是高层人物，索菲想道。她加大了油门。脑海中的烙印，使她确信祖父就是隐修会的高层人物。

"即使你祖父是高层人物之一，他也决不会向隐修会之外的人透露这个秘密。他不可能把你引入核心领导层。"

"我早已进过核心层了。"索菲想道，她又回忆起了地下室里的那个仪式。她举棋不定，不知道应不应该把她在诺曼底经历的那个夜晚讲给兰登听。十年过去了，出于羞愧，她从未向任何人提起过她的所见所闻。一想到那个夜晚，她就浑身打颤。远处传来了警笛声，一阵强烈的倦意向她袭来。

"看!"兰登兴奋地叫了起来，他看见罗兰·加洛斯网球馆隐约出现在前方。

索菲把车朝网球馆开了过去。过了几个路口，他们找到了阿克索街，并开始在街上找门牌。街道两边工厂和公司越来越多。

*"我们要找24号。"*兰登自言自语道。突然，他意识到自己正下意识地望向地平线，在搜寻教堂的尖顶。*别傻了！在这么繁华的地段怎么会有个被遗忘的圣殿骑士团教堂?*

"就在那儿!"索菲指着前方，大声喊道。

兰登举目望去。

那究竟是什么呀?

那是一座现代化的建筑。那座矮阔堡垒的正上方安装着一个硕大的等臂霓虹十字架。十字架的下面有几个大字：

苏黎世存托银行

兰登庆幸索菲没跟自己一样，把那里当作圣殿骑士团教堂。作为一个符号学家，很容易为事物强加上隐含意义。刚才，兰登完全忘记了这个和平的等臂十字架也正是中立国瑞士的国旗图案。

谜团终于解开了。

索菲和兰登正拿着一把瑞士银行保险箱的钥匙。

第四十一章

岗道尔夫堡外，一股由下而上的山风涌向悬崖顶端，掠过高高的峭壁，扑向刚从菲亚特轿车上下来的阿林加洛沙主教，让他感到阵阵寒意。*我应该在这件法衣之外再加点衣服*，他想道，竭力控制着不让自己打寒颤。他今晚最不能表现出软弱。

除了顶层的几扇窗户里透出几缕不祥的灯光外，整个城堡一片漆黑。*那肯定是图书馆*，阿林加洛沙想。*他们还没睡，正等着我呢*。他扫视了一下天文台的圆形屋顶，低下头，迎着风继续往前走。

在门口迎接他的教士睡眼惺忪。他就是五个月前迎接阿林加洛沙的那个教士，只是今晚他显得没有以前那么热情。"我们正为您担心呢，主教大人。"那个教士看了一下手表，说道。他那副表情与其说是担忧，倒不如说是忐忑不安。

"非常抱歉。最近的航班老是误点。"

教士小声地嘟囔了些什么，接着说道："他们在楼上等着您呢。我陪您上去。"

图书馆设在一个宽敞的方形房间里，墙面和天花板上都由深色的木材装饰。墙壁的四周摆放着高大的书柜，上面摆满了书。琥珀色大理石地砖和地面边缘的黑色玄武岩，仿佛在提醒人们这里曾是皇宫。

"欢迎您，主教大人。"一个男人的声音从房间那头传来。

阿林加洛沙试图看清讲话的人，可是灯光出奇地暗，远比上次他来访时暗得多。那时灯光耀眼。*那个彻底觉醒之夜*。今晚，这些人坐在阴影里，像为将要发生的事情感到羞愧似的。

阿林加洛沙慢慢地踱进房门，看上去像个帝王。他隐约地看到房间那头的长桌子边有三个男人的身影。他一眼就从轮廓辨认出了中间的那个人，那是教廷的胖书记，全权负责梵蒂冈城的所有法律事务。另外两个人是意大利的红衣主教。

阿林加洛沙向他们走去。"我非常抱歉这时候来找你们。我们的时区不同,你们一定很累了吧。"

"没关系。"那位书记说着,双手交叉着放在他肥大的肚子上。"我们非常感激您能这么远赶来。我们只不过是起床迎接您罢了,谈不上辛苦。您要不要喝杯咖啡,或是来些点心?"

"不必客套。我还要去赶另一班飞机。我们谈正事吧?"

"当然可以。"书记说道,"没想到您行动这么快。"

"是吗?"

"您还有一个月的时间呢。"

"你们五个月之前就告诉了我你们关心的事情。"阿林加洛沙说:"我为什么要等呢?"

"确实。我们非常高兴你提前完成了。"

阿林加洛沙望着长桌那头的黑色大公文包,问道:"那就是我要的?"

"是的。"书记不太自然地回答道。"虽然我不得不承认我们非常尊重您的要求,可是那也太……"

"危险。"一位红衣主教接下去说道。"您要知道我们不能寄给您。数目太庞大。"

自由是昂贵的!"我已将生死置之度外,天主会保佑我。"

那帮人看上去有点儿怀疑。

"是我要的数目吗?"

书记点了点头:"梵蒂冈银行签发的大额不记名证券。在世界都可以兑换成现金。"

阿林加洛沙走到桌子的尽头,打开公文包。里面有两叠厚厚的证券,每张上面都有梵蒂冈的印章和不记名的意大利字样,那确保了任何持票人都可将其兑换成现金。

书记看上去有些局促不安。"我不得不承认,主教大人,假如这笔款子是现金的话,我们都会稍稍安心一些。"

我可拿不动那么多现金,阿林加洛沙想道。他合上公文包,说道:"证券跟现金一样可以在各地流通。这可是你们说的。"

几个红衣主教交换了一下不安的眼神,最后说道:"是的。可是通过这些证券可以追查到梵蒂冈银行。"

阿林加洛沙暗笑,这正是那位导师让阿林加洛沙要梵蒂冈银行证券的原因。这是为保险起见,我们的命运被绑在一起了。"这说明我们的交易是完全合法的。”阿林加洛沙辩解道。“天主事工会是梵蒂冈的自治社团，而教廷可以把钱花在任何适当的地方。况且，我们所做的一切都在法律许可的范围之内。”

“确实如此，可是……”书记身体前倾，椅子被他压得吱吱作响，“我们并不知道你究竟会怎样处置这笔款子。假如有任何违法行为的话……”

“考虑到你们对我的要求，”阿林加洛沙反驳道：“我怎样处理这笔款子与你们无关。”

房间里顿时鸦雀无声。

他们知道我是对的，阿林加洛沙想。“那么现在，有什么东西需要我签字吗？”

他们一跃而起，急切地把一份文件推到他面前，好像都盼望着他快点离开。

阿林加洛沙扫视了一下面前那张薄薄的纸，只见上面盖着教皇的大印。“这份文件跟你们给我的那张复印件一模一样吗？”

“完全一样。”

阿林加洛沙签上了名，他为自己能如此平静而颇感意外。那三个人看上去松了一口气。

“感谢您，主教，”书记说，“您对教会的贡献将永远被人们铭记。”

阿林加洛沙拿起公文包，此刻他真切地感受到了承诺和权威的分量。四个人面面相觑，好像有什么话要说，但显然又说不出什么。

“主教！”阿林加洛沙走到门口时，一位红衣主教喊住了他。

阿林加洛沙停下脚步，转身问道：“什么事？”

“离开这里后，您打算往哪儿去？”

阿林加洛沙知道他问的应该是灵魂的归属，不是地理方位，而他现在不想讨论精神道德的问题。“巴黎，”他说着，走出了房门。

第四十二章

苏黎世存托银行24小时营业，它以瑞士传统的账号开户方式经营全套的现代化不记名业务。苏黎世、吉隆坡、纽约以及巴黎都设有其分支机构。近年来，银行又拓展了服务，向客户提供匿名的计算机源码存托服务和不记名数字化备份。

这个银行的主要经营项目其实是最古老也是最简单的——为客户提供匿名储藏箱。客户能够以匿名的方式存储任何物品——从证券到价值连城的名画——也可以在任何时候以匿名的方式提取这些物品，这一操作完全通过一整套保护隐私的高科技手段完成。

索菲将出租车停在银行门前，兰登从车窗里探出头来，望了望这座高大结实的建筑，觉得这真是个严肃的地方，让人活泼不得。大厦是长方形的，没有一扇窗，好像是个钢铁铸的庞然大物。这个"大铁块"耸立在马路边，前方还闪烁着十五英尺高的等臂十字形霓虹灯。

瑞士的银行以其良好的保密措施闻名世界，吸引了全球各地的客户。这也在艺术界引起了极大的争议，因为它们也为艺术品偷盗者提供了隐藏赃物的最佳场所。他们可以把赃物放上几年，避避风头。由于储存的物品受隐私法保护不受警方的检查，又加上储存时只需开设数字账户，不需登记储户姓名，因此，那些偷盗者可以高枕无忧，既不用担心赃物的安全，也不必害怕被警方顺藤摸瓜地追查。

一扇大门挡住了银行的车道，门后那条水泥斜坡车道直通大楼的地下室。在大门上方，有一个摄像镜头。兰登估摸这个摄像镜头可不像卢浮宫里面的那些摆样子，是个真家伙。

索菲摇下车窗，看了看驾驶座外头一侧的电子指示装置。液晶屏上有一条用七种不同语言显示的指令。最上面一行是英语：

插入钥匙。

索菲从口袋里掏出那把用激光塑孔的金钥匙，又再次审视显示屏，只见屏幕下方有个三角形的钥匙孔。

“我感觉，它肯定能打开。”兰登说。

索菲将三棱柱形的钥匙身对准钥匙孔插了进去，然后慢慢往里推，把整个钥匙身都塞入了孔中。无需转动钥匙，门就自动打开了。索菲一松刹车，将车滑到第二个门和电子指示装置前。第一个门缓缓地合上了，就像一道闭合的船闸。

兰登不喜欢这种压抑的感觉，希望第二道门也能打开！

第二条指令是同样的：

插入钥匙。

索菲插入钥匙，第二道门也立即打开了。于是，他们就顺着斜坡转到了大楼下面。

私人停车库规模不大，灯光昏暗，能容纳十二辆车。车库的那头是大楼的中心入口。水泥地上的红地毯一直延伸到一扇厚厚的金属大门前。

兰登觉得这真是自相矛盾，欢迎来客又不轻易让人进入。

索菲把车开进入口旁的一个车位，熄灭了发动机。“你最好把枪放在这儿。”

“再好不过了。”兰登想着，把枪扔到车座下面。

索菲和兰登下了车，踏上红地毯朝着大铁门走去。铁门没有把手，门边的墙上也有一个三角形的钥匙孔。这次没有任何指令。

“没有悟性的人还进不去。”兰登说。

索菲笑了起来，显得有些紧张。“来吧，”她把钥匙插进那个孔里。门“嗡嗡”地向里转开。他俩交换了个眼神，走了进去。门在他们身后“砰”地一声关上了。

这家存托银行的装饰气势逼人。大部分的银行通常只选用光亮的大理石和花岗岩作为装饰材料，而这家银行的墙壁上却尽是金属块和铆钉。

这是谁装修的？兰登颇感惊奇。是联合钢铁公司吗？

索菲眼光扫视着厅里，同样一脸震惊。

地板、墙面、柜台、门，到处都是灰色的金属，就连走廊里的椅子也是铁制的。这向人们表明：你走进了金库！

柜台后面的一个高大强壮的男人抬起头来看了他们一眼。他关掉小电视机，微笑着向他们打招呼。虽然他肌肉发达，随身携带的武器隐约可见，但这并没有影响他瑞士宾馆侍者那彬彬有礼的形象。

“先生，”他用一半英文一半法文的句子问道：“需要我为您做点什么吗？”

这种双语的问候是欧洲银行招呼客人的最新方式，没有预定立场，心胸宽广，让客人用感觉舒适的语言作答。

索菲什么也没有说，只是把那把金钥匙搁在柜台上。

那个男人低头看了一眼，马上站得更加笔直了。“明白了，您的电梯在大厅那头。我会通报你们过去了。”

索菲点了点头，拿回钥匙。“在哪一层？”

那人用古怪的眼神看了看索菲：“您的钥匙会告诉您要去哪层？”

她笑道：“啊，是啊。”

警卫目送着两个人走向电梯，插进钥匙，走了进去。电梯门一关上，他就拿起电话。他可不是打电话通知另外的人，因为根本就没有这个必要。因为客户的钥匙插进外面的大门时，通报装置就自动打开了。

实际上，这个电话是打给夜间值班经理的。等待接听时，警卫重新打开电视，眼睛紧紧盯着屏幕。他刚才看的新闻刚刚结束。但这没关系。他刚刚见到了屏幕上出现过的那两个人。

“喂，”电话里传来值班经理的声音。

“下面有情况。”

“发生了什么事？”值班经理赶紧问道。

“法国警方今晚正在追查两个逃犯。”

“那又怎样？”

“那两个人刚进了我们银行。”

值班经理轻轻地骂了几句。“好吧。我马上跟韦尔内先生联系。”

警卫挂断电话，又拨了一次。这次是给国际刑警组织。

兰登惊奇地发现电梯不是在上升而是在下降。电梯不停地下降，也不知道过了几层，终于停了下来。他才不管这是第几层呢！能从电梯里出来，他就非常高兴了。

接待人员早就笑盈盈地站在那里等着他们。他看上去上了年纪，穿着一件熨烫整齐的法兰绒西装，这使得他看上去很古怪，跟这个地方一点也不相配——一个高科技世界里的老式银行工作人员。

“先生,”他说道,“晚上好。请跟我来,好吗?”没等回答,他转过身,大步走向一个狭窄的金属通道。

兰登和索菲向下穿过几个通道,走过几个摆放着大型计算机的房间。

“就是这里,”接待员说着,为他们打开一扇铁门,“到了。”

兰登和索菲踏入了另一个世界。这个小房间看上去就像是高级宾馆的豪华起居室。这里没有钢铁和铆钉,有的是东方的地毯、黑色的橡木家具和配置了靠垫的椅子。房间中央的宽大桌子上,两个水晶玻璃杯边放着一瓶矿泉水,矿泉水还冒着气泡,桌上还有一壶冒着热气的咖啡。

兰登不禁感叹道:“瑞士人真是按部就班的典型。”

那人会心地一笑:“你们是第一次来吧?”

索菲犹豫了一下,点了点头。

“可以理解。钥匙经常被作为遗产传给下一代。第一次到我们这里来的客户大多不明白该怎么办。”他指了指放着饮料的桌子说,“只要你们想用,这个房间就一直是你们的。”

“钥匙有时是世代相传的?”索菲问道。

“没错。客户的钥匙就像瑞士银行的不记名账号,经常会被作为遗产一代一代地传下去。在我们的账户上,最短的保险箱租期是五十年,要求提前付款,所以我们会看到许多家族的后代。”

兰登睁大双眼,“你刚才是说五十年吗?”

“至少,”接待员答道,“当然,你也可以租用更长的时间。但除非有进一步的安排,否则,如果一个账户五十年未用,我们就会自动地把保险箱里的东西销毁。需要我启动程序来拿出您的箱子吗?”

索菲点了点头。“好的。”

接待员指着这个豪华的房间,说道:“这是供你们查看保险箱的密室。我一离开这里,你们就可以在这里查看或更换保险箱里的东西,想呆多长时间都行。而箱子会被运到这里。”他把他们带到对面的墙边,那里有一个宽大的传送带,看上去有点像行李提取处。“请把钥匙插进这个小孔。”那人指着传送带对面一个很大的电子指示装置说。装置上有个熟悉的三角形的钥匙孔。“计算机确认是这把钥匙后,请输入你的账号。然后,你的保险箱就会由机器自动地从下面的金库里传送过来,你就可以查看了。查看完箱子后,请把它放在传送带上,再把钥匙插到这个孔里,就开始执行反方向操作。由于整个过程是自动的,因此你们的隐私完全可以得到保证,即使是本银行的工作人员也完全不知情。如果你们有什么需要,只要按一下房间中央桌子上的呼叫键就行了。"

索菲正想提问,突然电话铃声响了起来。接待员显得有点迷惑,尴尬地说道:"请原谅。"他走向咖啡壶和矿泉水瓶边上的电话。

"喂?"他拿起电话。

听着话筒那头传来的声音,他皱起了眉头。"是……是……"挂上电话,他局促不安地对兰登和索菲笑了笑,说道:"对不起,我现在得出去一下。请随意。"然后,快步走了出去。

"对不起,"索菲喊道,"走之前能不能给我们解释一下?您刚才是不是提到我们要输入账户号码?"

那人在门口停了下来,脸色煞白。"当然。跟其他瑞士银行一样,我们的储蓄保险箱业务开设数字账号,而不是姓名账号。你应该有一把钥匙和只有自己知道的账号。否则,假如你丢了钥匙,谁捡去了都可以用。"

索菲犹豫地问道:"要是我的赠送人没告诉我账号怎么办?"

接待员的心"咚咚"直跳。*那显然这个保险箱不属于你!*他故作镇静地对他们笑了一下,说道:"那我去找个人来帮你。他马上就来。"

接待员出门转身将门关上,然后转动着一个粗大的钥匙,把他们严严实实地锁在了房间里。

在城市的那一头,科莱正在火车北站。突然,他的电话响了起来。

是法希打来的。"国际刑警找到了线索,"他在电话里说道,"别管火车了。兰登和奈芙刚到苏黎世存托银行的巴黎支行。我要你的人马上去那里。"

"是不是索尼埃想告诉奈芙和罗伯特·兰登些什么呢?"

法希冷冷地答道,"科莱,如果你抓住他们,我就能亲自审问他们了!"

科莱明白了他的意思:"阿克索街24号。马上就到,探长。"

他挂上电话,用对讲机把手下人召集起来。

第四十三章

苏黎世存托银行巴黎支行行长安德烈·韦尔内住在银行顶层的一间豪华公寓里。虽然他的房子富丽堂皇,但他却一直梦想着能在塞纳河中的圣路易岛上拥有一所住宅。在那里他可以遇到真正的才俊,而不用每天都在这里面对那些浑身充满了铜臭气的富豪。

等我退了休,韦尔内心想,我就把酒窖里塞满上好的波尔多葡萄酒,用弗拉戈纳尔或布歇的名画装饰我的客厅,然后整日流连于塞纳河左岸的拉丁区搜罗古董家具和珍本书。

韦尔内被叫醒来六分钟后就急急忙忙地穿过银行的地下通道。他看上去依然神采奕奕,好像私人裁缝和发型师刚把他修饰得尽善尽美。他穿着一件得体的丝质西装,边走边向嘴里喷了些口气清新剂,然后紧了紧领带。由于经常在夜间被随时叫醒去接待那些来自其他时区的外国客户,韦尔内已经养成了像马赛族武士的睡眠习惯——那个非洲部落以能在醒来后几秒钟就能进入战斗状态而闻名。

“战斗开始了。”韦尔内想道,觉得用这个比喻来形容今晚的事再贴切不过。虽说每位持金钥匙的客户的光临都需要一些额外的关注,但一位被通缉的客户的到来确实是一件不同寻常的事。在没有证据证明客户是罪犯的情况下,银行已与执法者就客户的隐私权多次发生争执。

“给我五分钟。”韦尔内心想,“我要这些人在警察来之前离开银行。”

如果他行动够快的话,他的银行就可以巧妙地躲过眼前的这场灾难。韦尔内可以告诉警察这两个被追查的逃犯确实进了银行,可是因为他们并不是银行的客户,而且又没有账号,于是被赶了出去。他真希望那个该死的警卫没有打电话给国际刑警组织。一个每小时只拿 15 欧元的警卫显然字典不会有“谨慎”这个词。

他在门口停了停,深吸了一口气,放松了一下全身的肌肉。然后,他挤出一丝笑打开门,像一阵暖意融融的清风那样飘然而入。

“晚上好。”他说道,眼睛搜寻着他的客户。“我是安德烈·韦尔内,我能帮您……"下半截话被卡在了喉头。他最意想不到的来访者会是眼前这个女子。

"对不起,我们以前见过面吗?"索菲问道。她根本就不认识这个人,可他刚才一刹那的表情就像看到了鬼似的。

"没有……"行长结结巴巴地说道,"我想……没有。我们的业务都是匿名的。"他长出了一口气,挤出镇定的笑容,说道:"我的助理告诉我说您有一把金钥匙却没有账号,是吗?那么,我能知道您是怎样得到这把钥匙的吗?"

"是祖父给我的。"索菲答道,眼睛紧紧地盯着他。

他显得更加不安了。"真的吗?您祖父给了您这把钥匙却没告诉您账号?"

"我想他没来得及,"索菲说道,"他今晚被人谋杀了。"

听到这话,那人倒退了几步。"雅克·索尼埃死了?"他大声问道,眼里充满了恐惧。"但是……这是怎么回事?"

索菲大吃一惊,也倒退几步,浑身发抖。"你认识我祖父?"

安德烈·韦尔内也大惊失色。他靠着桌角站稳,说道:"雅克和我是好朋友。他什么时候死的?"

"今晚早些时候。在卢浮宫。"

韦尔内走到一个宽大的皮椅旁,一屁股坐了进去。他看了看兰登,又看了看索菲,然后问道:"我要问你们一个非常重要的问题。你们中任何一个人跟他的死有关吗?"

"没有!"索菲叫道,"绝对没有。"

韦尔内脸色凝重,停了一下,若有所思地说道:"你们的照片已被国际刑警组织贴了出来。这就是刚才我认出你的原因。你们正因涉嫌谋杀而被通缉。"

索菲的心一沉。*法希已经通知国际刑警组织了?*他似乎比索菲预料的更加卖力。她简单地向韦尔内说明了兰登的身份,以及今晚在卢浮宫发生的事。

韦尔内感到非常惊异。"你祖父快死的时候留下了信息让你去找兰登先生?"

"是的。还有这把钥匙。"索菲把金钥匙放到韦尔内面前的咖啡桌上，让有隐修会标志的那面朝下。

韦尔内看了一眼那把钥匙，却没有去动它。“他只给你留下了这把钥匙？没有别的？没有小纸条什么的？”

索菲知道她在卢浮宫的时候非常匆忙，但她可以肯定在《岩间圣母》后面除了这把钥匙没有别的东西。

“没有。只有这把钥匙。”

韦尔内无奈地叹了一口气：“很遗憾。每把钥匙都跟一组作为密码的十个数字账号相匹配。没有账号，你的钥匙毫无价值。”

十个数字！索菲无奈地计算了一下破解那个密码的可能性。有100多亿种可能。即使她把警署里处理能力最强的并行计算机带来，也要用好几个礼拜才能破解这个密码。“当然了，先生，鉴于当前的局面，你会帮我们的。”

“对不起。我真的帮不上忙。客户通过安全可靠的计算机来选择他们的账号，这意味着只有计算机和客户自己知道账号。这是我们保证客户得以匿名处理业务的一个方法。另外，这样做也是为了我们员工的安全着想。”

索菲完全明白。便利店也是这样做的。店里常有：员工没保险柜的钥匙的标语！这家银行显然不会让人钻空子，让偷走钥匙的人扣押一个员工作为人质来索要账号。

索菲坐在兰登身边，低头看了看钥匙，又抬头看了看韦尔内。“您猜想我祖父会在您的银行里放些什么东西呢？”

“一无所知。这就是所谓的保险箱银行。”

“韦尔内先生，”她坚持道，“我们今晚在这里的时间有限。那我有话直说了。”她拿起那把金钥匙，翻了过来，露出隐修会的标志。她盯着韦尔内的眼睛，问道：“这个钥匙上的符号对你来说意味着什么吗？”

韦尔内低头看了看那个法国百合标志，没作任何反应。“没什么。不过我们许多客户都会把他们社团的徽标或缩略词刻在他们的钥匙上。”

索菲叹了一口气，可是她依然紧紧地盯着韦尔内。“这个印记是一个叫做郇山隐修会的秘密组织的标志。”

韦尔内仍没作任何反应。“我对此一无所知。你祖父跟我确实是好朋友，但我们大部分时间都在讨论生意上的事。”他整了整领带，流露出一丝不安。

“韦尔内先生，”索菲坚持道，“我祖父今晚给我打电话，说他和我的处境都极度危险。他说必须得给我点什么东西。结果他给了我你们银行的一把钥匙。现在他死了。您提供的任何线索都会很有帮助。”

韦尔内冒出了冷汗，说道：“我们得离开这座大楼。恐怕警察马上就会来。警卫忠于职守，向国际刑警组织报了警。”

索菲确实害怕，可她还是做了最后一次努力。“祖父说他要告诉我家庭的真相。您知道些什么吗？”

“小姐，你的家人在你小时候出车祸死了。我很抱歉。我知道你祖父非常爱你。他多次向我提到你们关系破裂对他来说是件多么痛苦的事。”

索菲不知如何作答。

兰登问道：“用这个账号保存的东西跟 Sangreal 有关吗？”

韦尔内古怪地看了他一眼。“我不知道那是什么。”这时，韦尔内的手机响了起来。他把手机从腰带上拿下来。“喂？”他的神情有些诧异，继而又变得很关注。“警察？这么快？”他骂了几句，快速地用法语下了几个命令，然后告诉对方他马上就会去大厅。

他挂上电话，转过身对索菲说：“警察比平常行动得快。我们在这里讲话的时候，他们就赶过来了。”

索菲不想两手空空地离开这里。“告诉他们我们来过，并且已经走了。如果他们想要搜查银行，就向他们要搜查令。他们得花一些时间才能拿到搜查令。”

“听着，”韦尔内说道，“雅克是我的朋友，而且我的银行也不允许承受那样的压力。我不会允许他们在我的领地里逮捕你们。给我一分钟，我会想办法让你们悄悄地离开这里。除此之外，恕我无能为力。”他站起来，快步走向门口。“呆在这里。我去作些安排，马上回来。”

“但是，保险箱怎么办？”索菲叫道，“我们不能就这么走。”

“我一点办法都没有，抱歉。”韦尔内边说边急匆匆地走出门口。

索菲看着他的背影从门口消失，心想账号也许就在祖父这些年来寄给她的那些数不清的信件和包裹里，而她却一件也没打开过！

兰登突然站了起来。索菲感到他眼里闪烁出莫名其妙的快乐光芒。

“罗伯特！你笑什么？”

“你祖父真是个天才。”

“对不起，你说什么？”

“十个数字？”

索菲根本就不知道他在说什么。

他的嘴咧向一边，露出了熟悉的笑容，“账号！我敢肯定他把账号留给了我们。”

“在哪儿？”

兰登拿出那张犯罪现场的电脑打印照片，摊在咖啡桌上。索菲只看了一眼，就知道兰登说得没错。

13—3—2—21—1—1—8—5

啊，严酷的魔王！

噢，瘸腿的圣徒！

P.S.：找到罗伯特·兰登。

第四十四章

"确实是十个数字,"索菲说道。当她仔细地查看那张照片时,对密码学的感觉被唤醒了。

13—3—2—21—1—1—8—5

祖父把账号写在了卢浮宫的地板上!

当索菲第一次在卢浮宫的镶木地板上看到这个凌乱的斐波那契数列时,以为这串数字的惟一目的只是让警署请所有密码员来参与侦破,从而让索菲有机会参与其中。后来,她认识到这些数字还是破解另外几行词句的线索——一个打破顺序的序列……对应着一个变位数字之谜。现在,更加使她惊异的是,她发现这些数字还有一个更重要的含意。几乎可以肯定,这些数字肯定是打开祖父的神秘保险箱的关键。

"他是使用双关语的大师。"索菲转过身对兰登说道,"他喜欢有多层意思的东西。喜欢在密码里套密码。"

此时,兰登已走近了传送带边上的计算机装置。索菲抓起那张电脑打印的照片,跟了上去。

那个装置的键盘和银行自动取款机的键盘相似。显示屏上显示着十字形标志。键盘旁边有一个三角形的孔。索菲毫不犹豫地把钥匙插进那个孔里。

屏幕马上刷新了。

请输入账号:

——————————

光标闪烁等待着。

十个数字。索菲念着照片上的数字,兰登把它们输了进去。

请输入账号:

1332211185

最后一个数字输入完毕后，屏幕又刷新了，出现了用几种不同的语言写成的信息。最上面的一段是英语。

注意：

在按确认键之前，请核对您输入的账号是否准确。

如果计算机无法识别您的账号，为了安全，系统将自动关闭。

“自动关闭，”索菲皱着眉头说道，“看来我们只有一次机会。”普通的自动提款机一般都会允许用户输入三次密码，然后才会没收他们的银行卡。不过，这一台显然不是普通的取款机。

兰登对照着照片上的数字仔细地核对输入，确认无误后，他说道：“数字没错。”

他指了指确认键，“按吧。”

索菲把食指伸向键盘，但一种奇怪的念头突然袭来，她犹豫了。

“按呀。”兰登催促道，“韦尔内马上就回来了。”

“不对。”她把手指拿开。“这个账号不正确。”

“肯定对！十个数字。还会是什么？”

“这个账号太没有规律了。”

太没有规律？兰登不同意这个说法。每家银行都会建议他们的用户随机选择密码，这样就不会被人猜到。这家银行当然也会建议用户随机选择密码。

索菲删除了刚刚输进去的所有数字，抬头看着兰登，目光中流露出自信。“这个理应很随意的账号竟能重新排列成斐波那契数列，这也太偶然了吧？”

兰登明白她已有了主意。来这里之前，索菲就曾把这组数字排成了斐波那契数列。随便一组数字能排列成斐波那契数列的可能性有多大呢？

索菲又敲起了键盘，边回忆边输入了一组不同的数字。“而且，就祖父对符号学和密码的偏爱来说，他应该会选择一组对他来说有意义的、容易记住的数字。”把数字全部输进去之后，她狡猾地笑了一下。“看上去很随意，但实际不然。”

兰登看了看屏幕。

请输入账号：

1123581321

兰登一时没看懂。可是当他回过神，就明白索菲所言极是。

就是斐波那契数列：

1—1—2—3—5—8—13—21

当斐波那契数列混合成一组十项数字的组合时，根本就无法辨认。容易记住，但从表面看却很随意！这是一个永远都不会被忘记的极为巧妙的十位数密码。而且，这也充分说明了为什么卢浮宫地板上那组凌乱的数字可以重新排列成这著名的数列。

索菲伸出手按下确认键。

毫无动静。

至少他们没有觉察出有什么动静。

就在那一刻，在他们脚下的那个巨大地下金库里，一个机械手被激活了。这个机械手在天花板上双轴传送装置上滑动着，寻找与输入账号相匹配的保险箱。金库里，上千个一模一样的塑料箱子在巨大的格架上排成一行，看上去就像教堂地下室里的一排排灵柩。

机械手一路低鸣迅速地移动到正确方位，然后垂了下来，用电子眼确认了一下上面的条形码。接着，机械手非常准确地抓起箱子沉重的把手，把箱子直直地提了起来。崭新的传送装置上的齿轮转动着，机械手把箱子运到金库的另一头，然后在一个静止的传送带上方停了下来。

机械手轻轻地放下箱子，收了回去。

紧接着，传送带迅速地转动了起来……

楼上兰登和索菲看到传送带转了起来，长出了一口气。他们站在传送带旁，就像在行李提取处等待神秘行李的疲惫旅客。行李里装的是什么，谁也不知道。

传送带从他们右手边一个四方形小门下面的窄缝里传进来，铁门向上滑了开来，一个很大的塑料箱子从倾斜的传送带上运了过来。那个箱子是个笨重的黑色塑料箱，比索菲想像的要大得多，就像一个宠物空运箱，但没有气孔。

箱子沿斜坡滑到他们面前。

兰登和索菲静静地站在那里注视着这个神秘的箱子。

跟这家银行的其他东西一样,这个箱子的所有零部件——从铁搭扣到顶端的不干胶条形码以及结实的铸模把手——都是由机械制造的。索菲觉得它就像一个巨大的工具箱。

索菲迅速地打开箱子上面的两个搭扣,看了一眼兰登。然后,两个人一起抬起沉重的盖子,向后掀开。

他们走上前,朝箱子里望去。

索菲看第一眼时,还以为箱子是空的。不过,接下来她在箱子底上看到了一件东西。

那是个打磨光滑的木盒,有鞋盒那么大,上头装着精美的合页。木头是深紫色的,发着淡淡的光,上面有粗线条的纹理。紫檀木(rosewood),索菲认了出来。这是祖父最喜爱的木材。盒盖上镶嵌着一朵美丽的玫瑰花图案。她和兰登交换了一下困惑的眼神。索菲侧过身,拿起盒子仔细端详。

天哪,它竟然很沉!

索菲小心翼翼地把盒子搬到大桌子上。兰登站到她身边,和她一起目不转睛地盯着这个小小的宝箱。这就是祖父要他们来拿的东西!

兰登惊异地看着盒盖上手工雕刻的图案——那是一朵五瓣玫瑰。他以前曾多次看到过这种玫瑰的图案。他低声说道:"五瓣玫瑰。这是郇山隐修会用来代表圣杯的标志呀。"

索菲转过身,看着他。兰登看得出索菲的心思,他也有相同的想法。盒子的大小、重量以及郇山隐修会代表圣杯的标志似乎都暗示着一个不可思议的结论。耶稣的圣杯就在这个木盒子里!兰登再一次告诉自己这是不可能的。

索菲低声说道:"这个盒子倒是挺适合放圣杯。"

但里面不可能是圣杯。

索菲把盒子拽过来,准备打开。可是,就在她拖动盒子的时候,意想不到的事情发生了。盒子里传出汩汩的水声。

兰登再次把盒子移动了一下。*里面有液体?*

索菲也感到迷惑不解。"刚才你有没有听到……"

兰登困惑地点点头,"液体。"

索菲伸手慢慢地打开盒扣，掀起盖子。

里面的东西是兰登从没见过的。然而，他们立即明白那绝对不是基督之杯。

第四十五章

“警察正在封锁街道，”安德烈·韦尔内边说边走进房间，“让你们出去很困难。”关上门后，他发现了传送带上的那个结实的塑料箱。上帝！他们找到了索尼埃的账户里的东西吗？

索菲和兰登正挤在桌旁看着一个大大的珠宝木盒。索菲合上盖子，抬头说道：“我们终究还是找到了账号。”

韦尔内一句话也没说。一切都为之改变了。他敬畏地把眼光从盒子上移开，计划着下一步的行动。“我必须得把他们送出银行！”由于警察已经设置了路障，韦尔内只能想出一个办法把他们弄出去。“奈芙小姐，如果我能把你们安全地送出银行，你是要把这个东西带上呢，还是在走之前把它重新放回金库？”

索菲看了兰登一眼，对韦尔内说：“我们得把它带走。”

韦尔内点点头，说道：“好的。那么，不管那是什么，我建议你们穿过通道时用夹克衫把它包起来。我不希望让别人看到。”

兰登脱下夹克衫，韦尔内快步走到传送带旁关上那个空箱子，然后输入了一串指令。于是，传送带又开始转动，把那个塑料箱运回金库。他从电子装置上拔出钥匙递给索菲。

“这边走。快！”

他们到达后方的装货台时，韦尔内可以看到从地下车库里透过来的闪烁的警灯。他皱起了眉头。他们也许正在封锁坡道。我能把他们成功地带出去吗？他浑身冷汗直冒。

他走向一辆银行的小型装甲车。安全运输是苏黎世存托银行提供的另一项服务。“快进货舱。”他打开沉重的后门，指着闪闪发亮的钢制隔间说，“我马上就回来。”

索菲和兰登往车厢里爬，韦尔内则急匆匆地穿过装货台，走进装货台那头的货运管理员办公室，拿起一串货车钥匙，找出一件司机穿的工装夹克衫和一顶帽子。他脱下自己的西装外套，解下领带，换上司机穿的夹克衫。转念一想，他又在制服里面系上了枪套。出来时，他从行李架上抓起一把司机用的手枪，装上弹夹，把枪塞进枪套，然后扣上制服的纽扣。他走回装甲车，拉低帽檐，瞅了瞅站在空荡荡的钢车厢里的索菲和兰登。

“你们需要把这个打开。”韦尔内边说边伸手进货舱按了一下墙上的开关，打开了舱顶上的照明灯。“你们最好坐下。出大门时千万别出声。”

索菲和兰登坐在货舱的金属地板上。兰登抱着那个用斜纹呢夹克裹着的宝贝。韦尔内“砰”地一声把大铁门关上，把他们锁在了里面。然后，他坐到方向盘后，启动了装甲车。

当装甲车轰隆隆地顺着坡道往上开时，韦尔内感到帽子里已经满是汗水。前方的警灯远比想像的要多。当装甲车加速爬上坡道时，第一道门朝里打开了。韦尔内开了过去。门在车后关上了。他继续把车开到第二道门前。第二道门也打开了。马上就可以出去了。

除非警车把坡道口封住了。

韦尔内轻轻地擦了擦眉头的汗，继续前进。

一个瘦高个的警察走上前来，挥手让他把车停在路障前。前面远一点的地方停着四辆巡逻车。

韦尔内把车停下。他把帽檐压得低低的，尽量掩饰起平时温文尔雅的风度，装出一副粗暴冷酷的样子。他推开车门，坐在方向盘后俯视着那个脸色铁青的警察。

“这不是我们自己的通道吗？”韦尔内粗声问道。

“我是科莱，警署侦探。”那个警察说道。他指着装甲车的货舱问：“这里面是什么？”

韦尔内用粗鲁的法语回答：“见鬼！我怎么知道那是什么东西。我只不过是个司机。”

科莱不动声色，继续说道：“我们正在寻找两个罪犯。”

韦尔内放声大笑起来：“那你就来对地方了。雇我开车的几个混蛋这么有钱，他们肯定是罪犯。”

那个警察拿出一张罗伯特·兰登护照上的照片，问道：“这个人今天晚上是不是在你们银行？”

韦尔内耸耸肩说：“不知道。我只是装货台上的小人物。他们不让我们接近客户。你应该进去问一下前台。”

“银行非要我们出示搜查令才让我们进。”

韦尔内露出厌烦的表情,“那些当官的,别提他们了。”

“请打开车厢。”科莱指着货舱说。

韦尔内瞪了他一眼,发出一阵怪笑。“打开车厢?你以为我有钥匙?你以为他们这么信任我们?他妈的,你看看我拿的那一丁点薪水就知道了。”

警察歪着头,显然不相信他的话。“你说你没有自己车上的钥匙?”

韦尔内摇摇头,“没有货舱的钥匙。只有开车用的钥匙。管理员把货舱在装车的地方锁好后,让车等在那里,然后派人另外开着车把钥匙交给收货人。我们这边接到电话说收货人已经拿到钥匙后,才能发车。提前一秒钟都不行。他妈的,我从来都不知道我拉的是什么东西。”

“这辆车是什么时候锁上的?”

“肯定是在几个小时之前。我今晚要一直把车开到不列塔尼的圣蒂里安镇,货舱的钥匙早就到那儿了。”

警察不吱声,只是死死地盯着他,好像要看出他的心思。

一颗汗珠眼看就要滑下韦尔内的鼻子了。“你不介意把它开走吧?”他用袖子擦了一下鼻子,顺势指着那辆挡在路上的警车说,“我要赶时间。”

“所有的司机都戴劳力士手表吗?”警察指着韦尔内的手腕问道。

韦尔内低头一看,发现他那块闪闪发亮的昂贵的名表从夹克衫的袖子下面露了出来。“他妈的,这块废铁吗?在圣日尔曼区地摊从一个台湾小贩那里用20欧元买的。你要的话,我40块钱卖给你。”

警察犹豫了一下,终于还是放行了。“不用,谢谢。路上注意安全。”

韦尔内把车开出足足50米后,才长出了一口气。现在,他又要面对另外一个问题——他的货物。我把他们送到哪里去呢?

第四十六章

塞拉斯趴在屋内的帆布垫子上，好让鞭打的伤口凝结。今晚第二次接受戒律的鞭笞让他感到眩晕，浑身无力。他必须把苦修带解开，他能感觉到血从大腿内侧汩汩地流下来。可他却仍认为不应解开腰带。

我辜负了教会。

我更辜负了主教。

今晚理应是阿林加洛沙主教的拯救日。五个月之前，主教去梵蒂冈天文台开会，得到了一个令他震惊的消息。压抑了几个礼拜之后，他最终还是告诉了塞拉斯。

“不可能！”塞拉斯大叫道，“我决不能接受！”

“是真的。”阿林加洛沙说道，“意想不到，但却是真的。在短短的6个月里。”

主教的话让塞拉斯惊恐不已。他祈祷能够得到解脱。即便在那些黑暗日子里，他对天主和《路》的信仰也从未动摇过。但是，仅仅一个月之后，乌云奇迹般地散去，希望的光芒呈现在眼前。

神的介入，阿林加洛沙这样解释道。

主教第一次看到了希望。“塞拉斯，”他轻声说道，“天主给了我们一次千载难逢的机会去捍卫我们的《路》。像所有战争一样，我们的战争也会有牺牲。你愿做天主的士兵吗？”

塞拉斯跪倒在赋予他新生的阿林加洛沙主教的面前，说道：“我是天主的羔羊。按照你心中的旨意指引我前进吧。”

阿林加洛沙向他讲述了那个摆在眼前的机会，塞拉斯明白了这只能是天主的旨意。神奇的命运！阿林加洛沙让塞拉斯跟提出这个计划的人联系——那人自称“导师”。虽然塞拉斯和“导师”素未谋面，但每次通电话时，塞拉斯都对“导师”虔诚的信仰和广大的神通表示深深的敬畏。“导师”好像知道所有的事情，在每个地方都有眼线。塞拉斯不知道“导师”是怎样收集信息的，但是阿林加洛沙非常信任“导师”，并且要塞拉斯也这么做。他对塞拉斯说:“按照‘导师’的命令做,我们就能胜利。”

获胜。塞拉斯看着光光的地板,害怕胜利就将离他们而去。导师上当了。寻找拱顶石之路根本就走不通。这个骗局将所有的希望都打破了。

塞拉斯真希望他能给阿林加洛沙主教打电话,发出警报。可是今晚导师已经切断了他们直接联系的途径。为了安全起见。

最终,塞拉斯止住了颤抖,慢慢地站了起来,拿起地板上的长袍。他从口袋里摸出手机,羞愧地拨打着号码。

“导师,”他低声说道,“一切都完了。”塞拉斯原原本本地叙述了自己受骗的经过。

“你怎么能这么快就丧失信心呢,”导师答道,“我刚得到一些出乎意料,但令人欣慰的消息。没人知道那个秘密。雅克·索尼埃临死之前留下了信息。我等会儿再打给你。今晚的工作还没结束。”

第四十七章

坐在装甲车那光线昏暗的货舱里就像被关在单独的监牢押送移监一样。兰登极力克制自己的焦急，这种感觉太熟悉了，每次他被关起来时，都会有这种感觉。韦尔内说要把我们送到一个远离城市的安全的地带。那是什么地方呢？有多远呀？

长时间盘腿而坐的姿势使兰登的双腿都僵硬了。他换了个姿势，疼得向后一仰，感觉血又重新流回到了下半身。他仍然紧紧抱着那个从银行里拯救出来的奇异宝贝。

"我想我们已经上了高速公路。"索菲轻声说。

兰登也有同感。装甲车爬上银行的坡道后，停了老大一会儿，让人捏了一把汗。然后，车又左右迂回地前行了一两分钟，现在则好像在全速前进。防弹轮胎在平坦的公路上转动，发出"轰隆隆"的声响。兰登又将注意力转到怀中的紫檀木盒子上。他把这宝贝盒子放在车厢地板上，打开包裹在外面的夹克衫，取出盒子，拉到自己面前。索菲转身，靠到他身边。兰登突然觉得他俩就像挤在一起看圣诞礼物的孩子。

与暖色调的紫檀木盒子不同，嵌在上面的玫瑰是用白色的木头——可能是白腊木——刻成的。玫瑰在昏暗的灯光下清晰可辨。玫瑰。多少军队、宗教组织和秘密团体都是以它为基础建立起来的。蔷薇十字会。玫瑰十字骑士团。

"来啊，打开。"索菲说。

兰登深吸了一口气，把手伸向盒盖，用欣赏的目光看了看精致的盒子，打开扣钩，掀开盖子。里面的东西露了出来。

兰登曾猜想过盒子里究竟是什么东西，可是现在看来，他原有的猜测都是错的。盒内厚厚的紫红色丝绸衬里上放着一个兰登根本就不认识的东西。

那是个光滑的白色大理石圆筒，有网球罐那么大，非常精致。它看上去远比普通的圆柱形石头复杂，因为它好像是由好几块小石头拼凑成的。一个精致的铜框里叠放着五个大理石圆盘，就像一个管状的装上好几个轮子的万花筒。圆筒的两端也用大理石材套子套着，根本无法看到圆柱内部。因为听到过液体的声音，所以兰登推测这个圆筒应该是中空的。

圆筒不仅外形神秘，周围还雕刻着许多图案，这引起了兰登的极大兴趣。五个小圆盘上都雕刻着同样精致的字母——这些字母组成了完整的二十六个字母表。这样的圆筒使兰登想起了儿时的一种玩具——一根木棍上穿着刻有字母的转筒，转筒一转，就能拼出不同的单词。

"不可思议，是吧？"索菲小声问道。

兰登抬起头，"我不知道这到底是个什么啥东西。"

索菲的眼睛闪闪发亮。"祖父过去特别喜欢制作这种东西。它是由达·芬奇发明的。"

即便在微弱的灯光下，索菲也能看到兰登脸上吃惊的表情。

"达·芬奇？"他又瞅了瞅那个圆筒，喃喃地说。

"是的。这叫做密码筒(Cryptex)。祖父说，这个东西的设计图来自于达·芬奇的秘密笔记。"

"这有什么用呢？"

想起今晚发生的事情，索菲觉得自己的回答也许会包含一些有趣的暗示。"这是个宝库，是用来保存秘密信息的。"

兰登把眼睛睁得更大了。

索菲解释说，祖父最大的爱好之一就是根据达·芬奇的发明制作模型。雅克·索尼埃是个很有天分的工匠，经常会在木工兼金属的工作室里呆上半天。他喜爱模仿工匠大师——精通景泰蓝的各种制作工艺的法贝热，和几位景泰蓝手工艺家及艺术感略逊一筹、但更注重实用性的列昂纳多·达·芬奇。

只要浏览一下达·芬奇的笔记，就会明白为什么这个博学的人在以聪明睿智而闻名于世的同时，会因做事虎头蛇尾而名声狼藉。达·芬奇曾画了上千张设计图纸，但从来也没有把它们付诸实践。雅克·索尼埃的消遣之一就是把达·芬奇的突发奇想变成现实——他制作了计时器、水泵、密码筒，甚至还做了一个完全用铰链连接的中世纪法兰克骑士的模型。那个模型骑士现在正骄傲地站在他办公室的桌上。这个模型是达·芬奇于1495年设计的。它以达·芬奇早年对解剖学和运动机能学的研究为基础，因此这个模型人有非常准确的关节和肌腱机构。根据设计，这个模型人可以坐起来，并能挥动手臂，还能转动脖子，同时张开下巴。在没看见这个密码筒之前，索菲还以为那个穿着盔甲的骑士是祖父的最佳作品。

"我小时候，他就给我做过一个这样的东西，"索菲说，"只是没有这么大，这么精美。"

兰登目不转睛地看着盒子："我从没听说过密码筒。"

索菲完全可以理解他的反应。很少人研究达·芬奇那些纸上谈兵的发明，而且一些发明连名字都没有。"密码筒"这个名字可能也是祖父起的。这个名称还是很贴切的，因为这个装置是运用密码术来保存写在卷轴或手抄本上的信息的。

虽然达·芬奇对密码学的研究鲜为人知，但索菲确信他确实是这方面的先锋人物。索菲的大学老师在演示电脑编写密码的方法时，曾高度赞扬了发明电子邮件加密软件 PGP 的齐默尔曼和网络信息安全专家施奈尔等当代密码学家，但没有指出实际上是达·芬奇在几百年前就发明了最基本的公钥加密的编写方法。当然，索菲的祖父早就跟她说过这些。

装甲车在高速公路上呼啸着疾驰。索菲解释道："密码筒是达·芬奇为长途运送秘密情报而设计的。在那个没有电话和电子邮件的时代，人们要想把私人信息传递给远方朋友的话，就只能把要说的话写下来然后拜托信使送去。然而，如果送信人知道信里有重要信息，为了能赚更多的钱，就会把这个消息卖给发信者的敌人。"

历史上有许多著名人物都曾尝试利用密码来保护信息。裘利斯·恺撒设计过一个叫做"恺撒盒"的密码保护工具；16 世纪苏格兰女王玛丽创造过一种换位密码，成功地将秘密报告从监狱里送了出去；9 世纪著名的阿拉伯科学家阿布·尤布福·伊斯梅尔·阿尔坎帝曾运用字母替换密码保护他的秘密。

然而，达·芬奇却避开了数学和密码学而采用了"机械"的方法来保护信息。他发明了密码筒——一个可以保护信件、地图、图表等任何东西的便携容器。一旦把秘密放进这个密码筒，那么就只有知道密码的人才能将它取出。

"我们需要开启密码。"索菲指着刻满字母的转盘说，"密码筒的工作原理跟自行车上的号码锁一样。如果你把这些转盘上的字母正确地排成一行，锁就打开了。这个密码筒有五个转盘。把它们转到正确的位置，整个圆筒就会自动打开了。”

“那么里面呢？”

“圆筒一打开，你就能看到中间有个隔层，隔层里可以放下一卷纸，你可以把秘密写在上面。”

兰登不解地问道：“你说你小时候祖父给你做过这些东西？”

“是的，不过都比这个小。有几次是为了我的生日。他会给我一个密码筒，然后再让我猜一个谜语。谜底就是密码筒的密码。一旦我猜出谜底，就能打开密码筒找到生日卡片了。”

“要找到生日卡片，还得费如此一番功夫。”

“不仅如此，卡片上总是写着另一个谜语或线索。祖父喜欢在房子周围精心地设计‘寻宝行动’，提供一连串的线索让我去寻找真正的礼物。每次的寻宝行动都是对个性和品德的测试，以确保我有资格得到那个礼物，而且每次的测验都不简单。”

兰登转头用怀疑的眼神打量着这个装置。“但是，为什么不把它撬开呢？或者干脆把它砸开？这金属看上去不算结实，大理石也不硬。”

索菲笑道：“达·芬奇那么聪明，怎么会想不到这一点呢。如果你把它强行打开，里面的信息会自动销毁。看。”索菲把手伸进盒子，小心翼翼地拿起那个圆筒。“放进去的任何信息都要先写在一张草质纸卷上。”

“不是羊皮纸？”

索菲摇摇头。“莎草纸。我知道羊皮纸更耐用，而且在那个年代更普遍。但是必须得用莎草纸，而且越薄越好。”

“接着说。”

“把莎草纸放进密码筒的隔层之前，得先把它绕在一个玻璃小瓶上。”她敲了一下密码筒，筒里的液体汩汩作响。“瓶里是液体。”

“什么液体？”

索菲笑道：“醋。”

兰登愣了一会儿，然后点头称赞：“聪明。”

醋和莎草纸，索菲想。如果有人强行打开密码器，就会弄破玻璃瓶，瓶里的醋就会迅速溶解莎草纸。等密码筒被打开的时候，那卷纸早已化作了一团纸浆。

“正如你所见，”索菲说，“得到秘密的惟一方法就是要知道一个正确的五个字母的密码。这上面有五个转盘，每个转盘上有 26 个字母，那可能作为密码的数字就有 26 的 5 次方……”她迅速地估算，“约有 1,200 万个。”

“这么说来，”兰登边说，边琢磨着那 1,200 万种可能的排列。“你认为里面藏着什么秘密呢？”

“不管是什么，显然祖父非常想保守这个秘密。”她合上盖子看着那朵五瓣玫瑰，突然愣住了。“你刚才说这个玫瑰是圣杯的标志？”

“一点没错。对郇山隐修会来说，五瓣玫瑰就意味着圣杯。”

索菲皱起眉头：“那就太奇怪了，因为祖父一直对我说玫瑰代表着‘秘密’。过去他在家里打秘密的电话，不想让我打搅时，总是在他办公室门上挂一朵玫瑰。他让我也学他这么做。”祖父会说，宝贝，当我们需要独处的时候，与其把对方锁在门外，倒不如在自己的门上挂一朵代表秘密的玫瑰。这样我们就会学会尊重和信任对方。要知道，在门上挂玫瑰可是古罗马人的习俗哪。

兰登说道：“罗马人开会时在门上挂玫瑰表示会议需要保密。与会者明白凡是在挂玫瑰的会议上通报的内容都是机密的(Sub rosa)。”

兰登又继续解释说，玫瑰暗示着秘密并不是郇山隐修会把它作为圣杯的标志的惟一原因。一种最古老的玫瑰——五瓣玫瑰（Rosa rugosa）——呈对称的五边形，就像导航的金星，这样玫瑰在形状上就与“女性气质”产生了关联。而且，玫瑰还代表了“正确的方向”及为人们指路。罗盘玫瑰可以为旅客导航，而“玫瑰线”，也就是地图上的经线也可以帮助人们确定方位。因此，玫瑰从多个层面上代表着圣杯的特质——秘密、女性气质、指引方向——通向秘密真相的女性圣爵与导航星。

兰登说完，突然僵在了那里。

“罗伯特，你没事吧？”

兰登死死地盯着紫檀木的盒子。“五瓣玫瑰，”他的喉咙突然哽住了，脸上闪过一丝疑惑。“这不可能。”

“什么？”

兰登慢慢抬起头，轻声说道：“在玫瑰标记下面，这个密码筒……我想我知道了。”

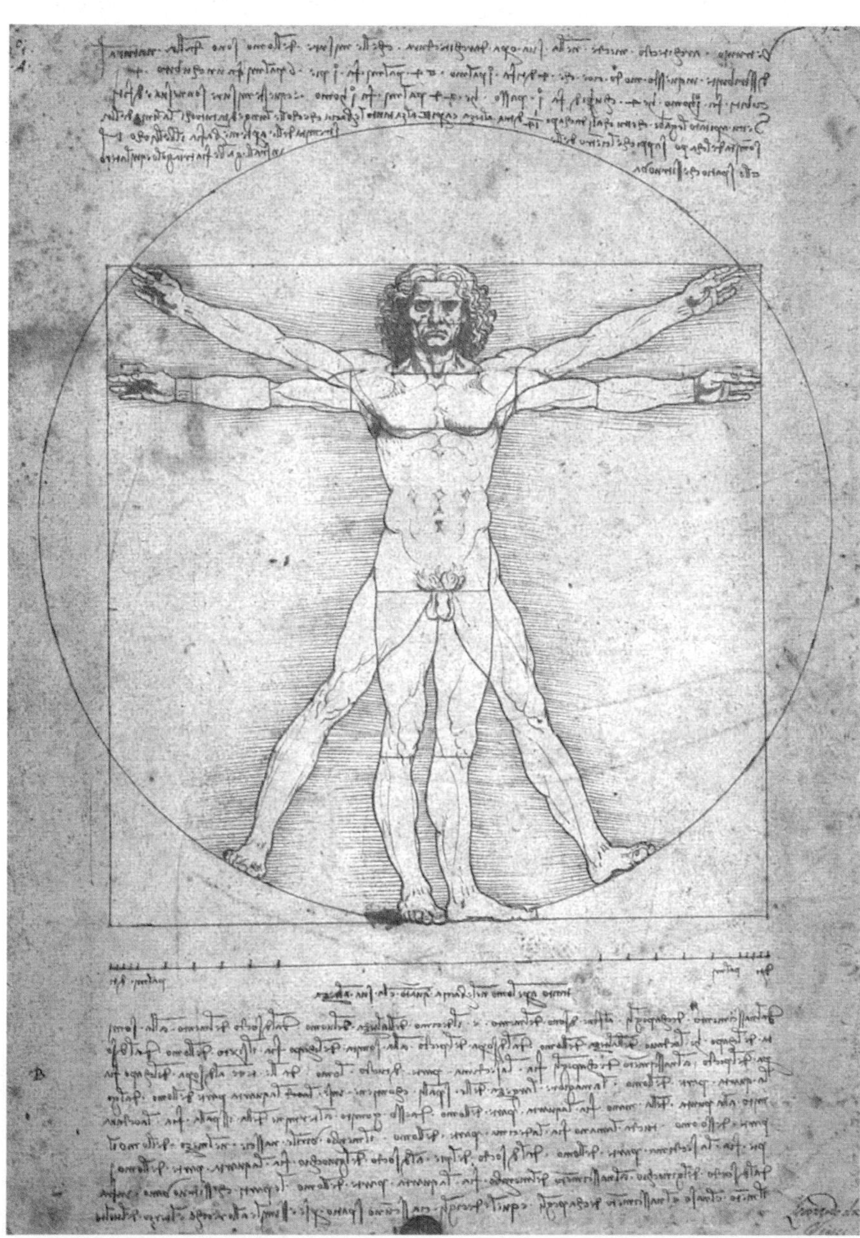

维特鲁威人（达·芬奇）

蒙娜丽莎（达·芬奇）

岩间圣母（达·芬奇）

最后的晚餐（达·芬奇）

圣叙尔皮斯教堂

卢浮宫

牛顿墓

第四十八章

兰登简直不敢相信自己的假设。但是，考虑到把这个石柱给了他们的人的身份，以及如何给他们的，再加上盒盖上的玫瑰标记，他只能得出一个结论。

我拿着的是郇山隐修会的拱顶石！

传说是真的。

拱顶石是一块放在玫瑰标记下的有编码的石头。

"罗伯特？"索菲看着他，问道，"怎么了？"

兰登定了定神，"祖父有没有告诉过你一个叫 la clef de voûte 的东西？"

索菲把那个词译成英语："你是说'金库的钥匙'(the key to the vault)吗？"

"不是，那只是字面意思。'la clef de voûte'是一个很普通的建筑术语。'voûte'不是指银行的金库，而是指拱形顶部，比如说拱顶的拱。"

"但是拱顶不需要钥匙呀。"

"实际上它们有。在每个拱顶的中央都有一个楔子形的石块。这个承重石块是用来固定所有石块的。因此，从建筑学的角度看，这个石块就是拱门的关键(Key)。在英语里我们把它叫做'拱顶石(keystone)'。"兰登紧紧地盯着她的眼睛，看她是否明白。

索菲耸了耸肩，低头看着密码筒，说道："可是，这个显然不是拱顶石。"

兰登一时不知道从何说起。运用拱顶石建造拱顶的技术是早期石匠行会"共济会"严守的秘密之一。最高造拱技术、建筑学以及拱顶石，都是相互关联的概念。掌握用拱顶石来建造拱门的秘密知识是石匠们致富的途径之一，因此他们都非常谨慎地保守着这个秘密，一贯有保守拱顶石秘密的传统。可是，紫檀木盒里的这个石筒显然跟一般的拱顶石不太一样。假如这个真是郇山隐修会的拱顶石，那只能说明，郇山隐修会的拱顶石跟他想象的完全不一样。

“我对郇山隐修会的拱顶石并没有做过深入的研究，”兰登承认，“我是从符号学的角度来研究圣杯的，因此我一般不太会注意如何寻获圣杯的知识。”

索菲睁大双眼，惊奇地问道：“寻获圣杯？”

兰登点点头，一字一句地说：“索菲，根据郇山隐修会的说法，拱顶石是一个编有密码的地图。而这个地图标明的就是埋藏圣杯的地点。”

索菲一脸茫然，“你认为这就是那个地图？”

兰登不知道该说些什么，连他自己都觉得这让人难以置信。但是，断定这个东西是拱顶石，是他能做出的惟一结论。一块藏在玫瑰标记下的刻着密码的石头。

这个密码筒是由前郇山隐修会的大师列昂纳多·达·芬奇设计的，这一事实更证明了这个圆筒就是郇山隐修会的拱顶石。一个前大师的设计……几百年后郇山隐修会的另一个成员付诸实施。这样的联系太紧密了。

在过去的十年里，历史学家们一直在法国的教堂里寻找着拱顶石。那些熟悉郇山隐修会密码史的圣杯追寻者一直以为“la clef de voûte”就是真正意义上的拱顶石，而且这个刻着密码的拱顶石就嵌在某个教堂的拱门上。就在玫瑰标记的下面。许多建筑物上都不乏玫瑰标记。玫瑰花形的窗格。玫瑰花形的浮雕。当然还有大量的五瓣花饰，拱门的顶上经常会有这种五瓣玫瑰花形的装饰，就在拱顶石的上面。这些藏宝地似乎太招眼了。标明圣杯埋藏地的地图就塞在某个被人遗忘的教堂拱门上，嘲笑着下面来来往往的无知过客。

索菲争辩道：“这个密码筒不可能是拱顶石，它的年代不够久远。我敢肯定这是祖父做的。这不可能是历史悠久的圣杯传说的一部分。”

兰登突然感到一阵兴奋。他回答道：“据说拱顶石实际上是由郇山隐修会在几十年前造出来的。”

索菲眨了眨眼，怀疑地说：“可是，如果这个密码筒表明了圣杯的埋藏地，祖父为什么把它给我呢？我既不知道怎样打开它，也不知道怎样处置它。我甚至不知道圣杯究竟是什么！”

兰登惊异地发现她所言极是。到现在为止，他还没有机会向她解释圣杯的真正意义。那必须等一等。现在，他们的注意力在拱顶石上。

如果那是真的……

在防弹轮胎“轰隆隆”的转动声中，兰登快速地向索菲讲解了他所知道的关于圣杯的一切。据他所知，郇山隐修会的最大秘密——也就是圣杯的埋藏地——几百年来从没有文字记载。为了安全起见，这个秘密都是在一个仪式上口头密传给新的大师。然而，在上个世纪，传说郇山隐修会的策略有所改变。这也许是出于对新的电子窃听技术的防备，但不管怎样，隐修会发誓再也不“说出”那个神圣的埋藏地。

索菲问道：“那他们怎样把这个秘密传下去呢？”

兰登解释说：“这就是拱顶石出现的原因。当四个最高领导中的一个去世之后，其他三个得从低一级的成员中挑选一个人升为主管。他们不是直接‘告诉’主管圣杯的埋藏地，而是对这个主管进行测试来确证他值得信任。”

索菲看上去有些将信将疑。兰登的话突然使她想起了祖父让她寻宝的往事。无可否认，这次得到拱顶石也是一次寻宝活动。这样的测试在秘密团体里也非常普遍。最著名的要算共济会。在行会里，一个人要想获得更高的职位就要证明他能够保守秘密，而且要历经多年参加一些仪式并通过各种各样的能力测试。测试越来越难，对准备就任三十二级石匠的候选人（共济会，一般认为源于中世纪的石匠公会，其成员分为学徒、师兄弟和师傅三大阶级，阶级中以数字细分等级，等级数目因分会而异。——编者注）的测试难度最大。

索菲说道：“因此，拱顶石就是一个证明。如果隐修会的主管能打开它，就能证明他自己有资格知道拱顶石里的秘密。”

兰登点了点头：“我忘了你有这方面的经验。”

“这些不仅仅是从与祖父在一起的经历中得知的。在密码学里，那叫做‘自我授权表意’。就是说，如果你够聪明，能看懂密码，你就被允许知道密码的含意。”

兰登犹豫了一会儿，说道：“索菲，你要知道，如果这确实是拱顶石，而你祖父能拿到它，则说明他在隐修会里的权势是非常大的。他肯定是四个高层领导中的一个。”

索菲叹了一口气，说道：“我想他肯定是某个秘密组织里非常有权势的人物，而那个组织就是郇山隐修会。”

兰登又试探道：“你过去就知道他加入了秘密组织？”

“十年前我看到了一些不该看到的东西。从那以后，我就再也没有跟祖父讲过一句话。”她停顿了一下，继续说道，“祖父不仅是高层领导人之一，我想他是……那个组织的最高领袖。”

兰登简直不敢相信她的话。“你是说他是大师？可是……你根本就不可能知道呀！”

“我不想谈论这个了。”索菲把头转向一边，脸上的表情很痛苦，但很坚定。

兰登坐在那儿，目瞪口呆。雅克·索尼埃？大师？虽然兰登对此惊讶万分，但他却有种奇怪的感觉，觉得这极有可能是真的。毕竟，历届的郇山隐修会大师都是艺术修养很高的社会名流。多年前巴黎国立图书馆公开的一份名为《秘密档案》的文献就曾指出了这一点。

每个郇山隐修会历史学家和圣杯迷们都读过这份编号 4°lm[1] 249 的《秘密档案》，同时许多专家也为此做过正式鉴定。这份文件回答了历史学界悬而未决的问题——隐修会的历任大师分别是列昂纳多·达·芬奇，波提切利·艾撒克·牛顿爵士，维克多·雨果，以及最近的巴黎著名艺术家让·科克托。

为什么就不会有雅克·索尼埃呢？

兰登想起今晚索尼埃与自己安排的会见，觉得此事更加令人难以置信了。*隐修会的大师打电话说要见我！为什么？难道是为了闲聊些艺术方面的事情吗？*显然不可能。毕竟，如果兰登的感觉没错的话，隐修会的大师会把传说中的拱顶石交给他的孙女索菲，同时命令她去找兰登。

这太不可思议了。

兰登实在无法理解索尼埃这样做的动机。即使索尼埃预感到自己即将大祸临头，可还有其他三个领导人知道圣杯的秘密，他们照样可以保证隐修会的安全呀。为什么索尼埃要冒这么大的风险，把拱顶石交给孙女呢？更何况他们已经断绝联系多年了？而且，为什么要把兰登牵扯进来呢？他可是个陌生人呀。

“*这个谜团中肯定有一环脱节了。*”兰登想道。

很显然，答案还有待于继续探寻。装甲车的发动机突然减速，轮胎碾碎沙石的声音传进货舱，索菲和兰登抬起了头。“*韦尔内为什么要把车停在路边？*”兰登疑惑道。韦尔内告诉过他们，会把他们带到远离城市的安全地带。车速慢了下来，装甲车被开上一条颠簸的土路。索菲不安地看了一眼兰登，快速盖上了盒子，扣上搭扣。兰登赶紧脱下夹克，重新把盒子裹了起来。

装甲车停了下来，发动机空转着。后门上的锁眼转动了一下，门被打开了。兰登惊讶地发现，他们被带到了一片远离公路的树林里。韦尔内神情紧张地把头伸了进来，手里拿着一把枪。

“非常抱歉，”他说道，“但我别无选择。”

第四十九章

虽然安德烈·韦尔内拿着枪有些不自然，但目光坚定。因此，兰登觉得还是不要冒险试探为妙。

韦尔内从车后用枪指着他们，说道："恐怕我必须坚持要你们这样做。把盒子放下。"

索菲把盒子抱在胸前："你说过你和祖父是朋友。"

韦尔内回答："我有责任保护你祖父的财产。我正在这么做。现在，把盒子放在地板上。"

索菲大声说道："可我祖父把这个委托给我保管了！"

韦尔内举枪，命令道："放下。"

索菲把盒子放在脚边。

韦尔内又把枪对准了兰登。

韦尔内说道："兰登先生，把盒子拿过来。注意，我让你拿，是因为我可以毫不犹豫地向你开枪。"

兰登看着这位行长，简直不敢相信眼前的一切。"你为什么要这样做？"

韦尔内呵斥道："这还用问吗？"他用法国腔的英语简洁地说，"当然是保护客户的财产。"

索菲说："可我们现在也是你的客户呀。"

韦尔内的脸色骤然变得冷酷无情。"奈芙小姐，我不知道你今晚是如何得到钥匙和账号的，但这里面显然有肮脏的交易。如果我知道你们有这么大的罪过，我才不会带你们离开银行呢。"

索菲说道："我告诉过你，我们跟祖父的死无关！"

韦尔内看了看兰登说："可是，为什么收音机里却说通缉你不仅是因为你杀死了雅克·索尼埃，还因为你杀死了其他三个人？"

"什么！"兰登觉得五雷轰顶。还有其他三宗谋杀？这个数字远比知道自己是嫌疑犯更令他震惊。这绝不可能是巧合。"三个主管？"兰登看着那个紫檀木盒子，想道，“如果其他三个人也被谋杀了，雅克·索尼埃就别无选择了，他必须得把这个拱顶石传给别人。”

韦尔内说道：“我把你送进警察局之后，警察会弄明白的。我已经让我的银行陷得太深了。”

索菲盯着韦尔内，说道：“你显然没打算把我们送去警察局，否则你会把我们送回银行的。相反，你把我们带到这里，然后用枪指着我们。”

“你祖父雇佣我就是为了让我保证他的财产安全，并为他保密。因此，不管这个盒子里装的是什么，我都不想让警察拿去调查，成为他们登记在册的证据。兰登先生，把盒子拿过来。”

索菲摇着头说道：“别拿过去。”

一声枪响，子弹穿过兰登头上的车顶。一个弹壳“when”的一声掉在了车厢里，回音萦绕着货舱。

“他妈的！”兰登吓得一动也不敢动。

韦尔内更坚定地说：“兰登先生，拿起盒子。”

兰登拿起了盒子。

“现在，把盒子拿给我。”韦尔内站在车后，把枪伸进货舱，瞄准兰登的心脏。

兰登把盒了拿在手里，朝车门移动。

“我得做点什么！”兰登想，“眼看就要把郇山隐修会的拱顶石交出去了！”兰登越朝门口移，他那居高临下的优越位置就越明显。他开始盘算着要怎样利用这个优势。虽然韦尔内举着枪，可是只能够到兰登的膝盖。“也许我可以飞起一脚把枪踢掉？”兰登想。然而，当兰登靠近车门时，韦尔内似乎感觉到了兰登的位置所带来的危险。他向后退了几步，站到了六英尺开外的地方。兰登根本就够不着他了。

韦尔内命令道：“把盒子放在门边上。”

兰登已经别无选择，只好蹲下，把紫檀木盒子放在货舱的门口。

“现在，站起来。”

兰登慢慢起身。可是，他突然发现那个弹壳就落在车门边上。他停了下来。

“站起来，离开那个盒子。”

兰登盯着铁门槛，迟疑了一会儿。他慢慢地站了起来，偷偷地用手把子弹壳拨到了车门边。然后，他站直了身子，向后退去。

"回车厢后面去,转过身去!"

兰登照办。

韦尔内能感觉到自己的心脏在剧烈地跳动。他右手握枪,左手伸向那个木盒。可是他发现那个盒子实在太重了。*得用两只手!*看着他的两个俘虏,他估算了一下风险。他们都在十五英尺之外的货舱那头,而且脸都朝着里头。韦尔内做出了决定。他迅速地把枪放在保险杠上,用双手拿起那个木盒,放在地上,然后飞速地抓起枪,指着货舱里的两个人。那两个俘虏一动不动。

太棒了。现在要做的只是关上车门,然后锁上。他向前一步,抓住车门,向里推去。门"砰"的一声关上了。韦尔内迅速地抓住门闩,要把它闩上。门闩滑动了几英寸,突然停了下来。插不动了。*怎么回事?*韦尔内又向里推了一下,可是门闩就是插不进去。门关不上了。韦尔内慌了,他用力地将门从外往里推,可就是推不动。*肯定是有东西把门卡住了!*于是韦尔内再次用尽全力将门向里推,这时门却"砰"的一声向外弹开来,狠狠地打在他的脸上,把他击倒在地。他感到被打断的鼻子一阵剧痛。韦尔内扔掉枪,捂住脸,一股温热的鲜血从鼻子里汩汩地流了出来。

兰登跳到了韦尔内身旁。韦尔内挣扎着站起来,可是头晕目眩,眼前一片漆黑,"嘭"的一声又摔倒在地,只模模糊糊地听到索菲在喊叫。过了一会儿,他感到头上有尘土和废气在翻腾,听到轮胎轧在沙石上发出的"咔嚓咔嚓"的声响。他挣扎着坐了起来,刚好看到装甲车直直地向前开去。由于两轮之间的轴距太宽,装甲车转起弯来特别困难。前保险杠猛的一下碰到了一棵树上,把树顶弯了。保险杠也被顶下了一半。装甲车拖着摇摇欲坠的保险杠向前开去,转上了公路。保险杠与地面摩擦着发出耀眼的火花。最后,装甲车消失在夜幕中。

韦尔内看着原先停车的地方。虽然月光微弱,但他知道那里已经空空如也。

木盒被他们带走了!

第五十章

没有牌照的菲亚特轿车启程离开了岗道尔夫堡，沿着阿尔班山蜿蜒的盘山公路向山下行驶，进入了山谷。车后座上，阿林加洛沙主教面带微笑，琢磨着还要等多久才能和导师交易，他的膝盖可以感受到公文包里不记名支票的分量。

两千万欧元。

这笔钱能够为阿林加洛沙带来远比其本身更重要的权力。

在飞奔向罗马的车上，阿林加洛沙再次琢磨着为什么导师到现在还没有和他联络。于是他拿出手机来看，发现信号非常微弱。

"在这里，手机的信号总是断断续续的，"司机从后视镜里瞥了他一眼说，"再过五分钟，出了山区，信号就会好了。"

"谢谢，"阿林加洛沙突然担忧起来：山区没有信号？也许导师一直在试图联系他，也许出什么人乱子了。

阿林加洛沙迅速地检查了语音信箱，结果一无所获。他这才想起导师根本就不可能给他留下什么信息记录。导师是一个对通讯交流极为谨慎的人，他深谙在现代化社会中口无遮拦的危险性。他之所以能收集到令人惊讶的秘密信息，电子窃听功不可没。

因此，他总是格外警惕。

不幸的是，不留联系电话给阿林加洛沙正是导师的防范预定计划之一。只能由我与你联系，导师曾经告诉过他。所以把你的手机带在身边。当阿林加洛沙发现他的手机可能无法接通时，他真担心导师会误以为他一直不接听电话。

他可能会以为出了什么事。

也许会以为我没有弄到支票。

主教出了一身冷汗。

或许更糟……他可能认为我卷了钱跑了！

第五十一章

就算只以60公里的时速前行，装甲车上摇摇欲坠的保险杠在沙土路面上拖行，还是摩擦出了巨大的声响，擦出的火花不断飞溅到引擎盖上。

我们必须停下来，兰登寻思道。

他甚至看不清前进的方向。装甲车那惟一能亮的车头灯被撞歪了，斜斜的灯光横着射向乡村公路边的树林。显然，这辆车所谓的“装甲”指的不过是货舱而非车头。

索菲坐在乘客席上，面无表情地看着膝上的木盒。

“你没事吧？”兰登问道。

索菲看起来有些动摇：“你相信他么？”

“你指的是另外三宗谋杀？当然。这解释了很多事情——为什么你祖父拼命要将拱顶石传下来，为什么法希要极力追捕我。”

“不，我指的是韦尔内竭力要保全他的银行。”

兰登瞥了索菲一眼：“不然还会是……？”

“想把拱顶石据为己有。”

兰登根本没有考虑这个问题：“他怎么可能知道这盒子里装的到底是什么呢？”

“拱顶石被保存在他的银行，他认识祖父，也许他知道些什么，可能他下定决心一定要把圣杯搞到手。”

兰登摇了摇头。韦尔内不像这种人。“依我看，人们寻找圣杯只有两个原因：要不就是他们天真地以为自己正在追寻遗失已久的基督之杯……”

“要不就是？”

“要不就是他们了解真相，并因此受到威胁。历史上有很多组织曾经寻找并试图销毁圣杯。”

车内的沉默使破保险杠发出的摩擦声更响了。现在他们已经开出了好几公里。兰登看着那瀑布般溅落在车头的火花，担心那会给行驶造成危险。再说,这一定会引起过往车辆的注意。于是兰登打定了主意。

“我下去看看能不能把保险杠扳直。”

他把车靠路肩停下。

噪音终于消失了。

兰登走向车头时极其警觉。今晚两次被枪指着,让他精神一振。他深吸了一口夜晚的空气,让头脑清醒些。他不仅背负着被追捕的压力,也开始感到一份沉重的责任。他和索菲手上握的密码装置,很可能是解开一历史上最重要的秘密的关键。

兰登感到肩头的担子沉重,因为他知道他们不能再将拱顶石送还郇山隐修会了。另外三个人遇害的消息说明已经有外人打入了郇山隐修会内部,他们被出卖了。显然,隐修会的成员被人监视着,要么就是组织里混进了奸细。看来这就是索尼埃把拱顶石交给索菲和兰登的原因——他们不是隐修会的成员,他们是不会被收买的人。把拱顶石交还给隐修会是不妥当的。即使兰登有办法找到隐修会的成员,但很有可能来拿拱顶石的人恰恰就是敌人。至少现在,不管索菲和兰登想不想要,拱顶石还在他们手里。

装甲车的车头看上去比兰登想象的还要糟。左边的车头灯已经不见了,右边的那个就像在眼窝里晃荡的眼球。兰登把它塞回原处,它又滚落出来,惟一让人高兴的就是前保险杠就快要掉下来了。兰登飞起一脚,觉得可以把它踢掉。

他一边踹那块扭曲的金属,一边回忆着和索菲的谈话。索菲曾告诉他,“祖父在电话中给我留言,说他要告诉我关于我家庭的真相”。这句话在当时听来似乎毫无意义,但现在,当了解到郇山隐修会与此有关之后,兰登想出了一种令人吃惊的新可能性。

前保险杠完全脱落了下来。兰登喘了口气。至少这辆车不会再好像燃放国庆节的烟花了。他拎起那条保险杠,把它拖到树林的隐蔽处,盘算着接下来的去向。他们不知道如何打开密码筒,也不知道为什么索尼埃会把这个交给他们。但不幸的是,他们今晚的生死存亡就取决于能否找到这些问题的答案。

兰登想道:我们需要专业的帮助。

在圣杯与郇山隐修会的研究领域,只有一个人可以帮上这个忙了。当然,最麻烦的问题是首先必须要说服索菲。

索菲呆在货舱里等着兰登，她感到膝盖上的紫檀木盒子沉沉的，对它心生厌恶。为什么祖父要给我这个？她百思不得其解。

思考，索菲！动动脑筋。祖父想告诉你什么？

索菲打开盒子，取出密码筒，仔细端详 。她甚至可以感触到祖父制作密码筒的双手。*拱顶石是一个有资格的人才能读懂的地图*。这正是祖父要说的话。

索菲抚摸着转盘。*五个字母*。石盘在她手中流畅地转动着。她把五个字母对准了石筒两端的铜箭头。这一举动看似荒谬，那五个字母组成了一个单词。

G—R—A—I—L(圣杯)。

她轻轻地抓着圆柱体的两端往外拉，缓缓施压。密码筒一动不动。她听见筒内响起醋的流动声，于是停了下来。她又试了一次。

V—I—N—C—I (芬奇)。

还是没有动静。

V—O—U—T—E (拱)。

密码筒依旧紧锁。

她皱着眉头把密码筒放回盒里。看着车外的兰登，索菲很感激他能够陪伴自己。*附言：去找罗伯特·兰登*。祖父要把他也拉进来的原因已经很清楚了。索菲还不知如何理解祖父的意图，因此祖父指定罗伯特·兰登做她的向导。一个全面指导她的老师。不幸的是，对兰登来说，他今晚可远远不止是老师，他变成了贝祖·法希和也在企图夺取圣杯的某些未知势力的目标。

圣杯到底是什么？

索菲怀疑最终的发现是否值得他们牺牲性命。

装甲车再次上路了。兰登觉得心情舒畅，因为驾驶变得轻松多了。“你认识去凡尔赛宫的路吗？”

索菲看着他：“要去观光？”

“不，我有个计划。我认识的一个宗教史家住在凡尔赛宫附近。虽然我不记得具体的地址，但是我们可以去找找，我曾经去过他的庄园几次。他叫雷·提彬，是前英国皇家历史学家。”

"他住在巴黎?"

"提彬最迷恋圣杯了。大约十五年前当隐修会拱顶石现身的传言散布开来时,他搬到法国,希望能够在教堂里找到圣杯。他也写过一些关于拱顶石和圣杯的书。也许他可以帮助我们打开这个密码筒并且告诉我们如何处置它。"

索菲的眼神中充满警惕:"你信任他么?"

"相信他什么?不会盗窃信息?"

"而且不会把我们交出去。"

"我并不打算告诉他我们正被警方通缉。我希望他会收留我们直到弄清事情的头绪。"

"罗伯特,不要忘了,法国所有的电视都可能正要播出咱们的照片。贝祖·法希经常利用媒体,他会让我们寸步难行。"

太棒了,兰登想。*我在法国第一次上电视头衔就是"巴黎头号通缉犯"*。至少琼纳斯·福克曼要幸灾乐祸了:每次兰登弄出什么新闻来,他的书一定会卖疯的。

"他真的是靠得住的朋友吗?"索菲问。

兰登也拿不准提彬是不是会看电视,特别是在这个时段,不过直觉告诉兰登,提彬是完全值得信任的。一个理想的避风港。鉴于当前的情况,提彬应该会全力帮助他们的。这不仅是因为他欠兰登一个人情,而且也因为提彬是一个执着的圣杯研究者。索菲声称她祖父是郇山隐修会的大师,而提彬一旦知道这个,定会渴望帮助他们揭开谜底。

"提彬将会是一个有力的盟友,"兰登说,"*不过,这还要看你打算告诉他多少实情*。"

"法希很可能会悬赏。"

兰登笑了。"相信我,这家伙最不缺的是钱。"雷·提彬富可敌国,作为不列颠兰开斯特公爵一世的后代,提彬用传统的方法——继承——获得了钱财。他在巴黎郊外的庄园是一座拥有两个私人湖泊的17世纪宫殿。

兰登是在几年前通过BBC(英国广播公司)第一次见到提彬的。提彬同BBC提出策划拍一个历史纪录片,向主流电视观众披露圣杯的探索史。BBC的制片人对提彬的提案、研究和成就都非常感兴趣,但是他认为这些观点实在太令人难以接受,担心节目会影响广播公司在新闻界的盛名。为了消除对报道可信度的怀疑,在提彬的建议下,BBC找世界各地的地位崇高的历史学家采访,制作成三级精彩的短片,结果每位学者都以各自的研究证实了圣杯秘密的惊人的本质。

兰登就是被选中的学者之一。

BBC曾经让兰登飞去提彬的庄园协助拍摄。他在提彬富丽堂皇的会客室里面对摄像机让观众分享他的故事,承认初次听到另一个圣杯故事版本也怀疑,而后讲经过多年研究,因而相信它是真的。最后,兰登提供了一些自己的研究成果——一系列符号学的联系有力地支持了那个及颇有争议的主张。

虽然这个节目在英国播出时不管影片本身的总体成果和充足的证据,可还是由于它跟大多数基督徒的看法有激烈冲突而招致了强烈的不满。这个节目没有在大西洋彼岸的美国播出,可却也在那里引起了强烈的反响。节目在英国播出后不久,兰登接到了来自老朋友,费城罗马天主教主教的一张明信片。上面简单地写道:"你也跟他们一伙吗,罗伯特?"

"罗伯特,"索菲问道,"你肯定那个人值得信任吗?"

"绝对肯定。我们是朋友,而且他不缺钱。碰巧,他很讨厌法国政府。法国政府向他征收高得出奇的地皮税,理由是他买的那块地是历史胜地。他绝对不会和法希合作的。"

索菲望着车窗外漆黑的公路,问道:"要是我们去找他的话,你打算告诉他多少情况呢?"

兰登看来并不担心这点:"相信我,关于隐修会和圣杯,雷·提彬知道得比世界上任何人都多。"

索菲看着他问道:"比祖父知道得多吗?"

"我是说比隐修会之外的人知道得多。"

"那你怎么知道提彬不是隐修会的人呢?"

"提彬一生都在宣传人们圣杯的真相。而隐修会的誓词则是要守护这一秘密。"

"听上去似乎跟我们有利益冲突。"

兰登明白她的担忧。索尼埃把密码筒交给了索菲,虽然索菲不知道里面装着什么,也不知道如何处置它,可她不会情愿把一个陌生人牵扯到这件事里来。密码筒里可能隐藏着重大秘密,凭直觉办事也许没错。"我们不需要马上告诉提彬关于拱顶石的事。或者根本就不告诉他。我们可以藏在他家,同时也可以好好思考一下。也许当我们跟他谈论圣杯的时候,你能搞明白祖父把拱顶石交给你的原因呢。”

“祖父是把它交给了我们。”索菲提醒道。

兰登感到有些自豪,不过也再一次为索尼埃把他牵扯进来而大惑不解。

“你应该对提彬先生的住处有所了解吧?”索菲问道。

“他住的地方叫威利特堡。”

索菲以怀疑的眼光看着他:"你是说那曾是皇室的威利特堡吗?”

“正是。”

“那他可是个很阔的人啊。”

“你知道那个地方?”

“我以前从那里经过。在城堡区。离这里有20分钟的路程。”

兰登皱着眉头问道:“这么远啊?”

“是啊。不过这正好可以让你有足够的时间来告诉我圣杯到底是什么。”

兰登停了一下,说道:“我会在提彬的住处告诉你的。他和我对圣杯的研究各有专攻,因此如果同时听我们两人讲,你会了解得更加全面。”兰登微笑着继续说道.“另外,圣杯就是提彬的命根子。他会把圣杯的故事讲得精彩无比,就像爱因斯坦讲相对论一样。”

“希望雷不会介意我们深夜来访。”

“正确应该称他是‘雷爵士’。”兰登很清楚。“提彬是个有个性的人。他是在写了一本详尽的约克家族史后被英国女王封为爵士的。”

索菲直视着他。“你在开玩笑吧?我们要去拜访一位骑士?”

兰登尴尬地笑了一下,说道:“我们在寻找圣杯,索菲。还有谁能比一位骑士能为我们提供更多的帮助呢?”

第五十二章

威利特堡位于凡尔赛宫近郊,占地185英亩,位于巴黎市区西北25分钟车程处。它最早是由弗朗索瓦·芒萨尔于1668年为奥弗提伯爵设计的,是巴黎附近的历史别墅之一。威利特堡里有两个长方形的湖泊和众多的花园,这些都是勒·诺特设计的。与其说这座别墅看上去像座宅邸,倒不如说它像个小城堡。由于深受喜爱,被叫做小凡尔赛宫。

兰登的防弹车抽搐着在一英里长的车道起点停了下来。透过那扇气派的防盗大门,可以看到远处草坪边上雷·提彬爵士居住的那座城堡。门上的告示牌用英语写着:"**私人领地,非请勿入**。"

为了表明这是英国人的领地,提彬不仅在告示牌上写上英语,还把对讲机安装在了门的右侧。除了英国,在整个欧洲那可是靠乘客座的方位。

索菲诧异地看了看对讲机,问道:"要是有人没带乘客怎么办?"

"别管这么多了。"兰登很熟悉提彬那套我行我素的做法。"他喜欢按英国的规矩行事。"

索菲摇下车窗:"罗伯特,最好由你来叫门。"

兰登从索菲的身前倾过身子,去按对讲机的按钮。这时,他闻到了索菲身上诱人的香水味,突然意识到他们俩已紧紧地靠在了一起。他尴尬地等在那儿,听对讲机不停地振铃。

最后,对讲机里终于传来摩擦的声响,接着传出带法国口音的不悦的声音:"这里是威利特堡。是谁在按铃?"

"我是罗伯特·兰登。"兰登横越在索菲的膝盖上,答道:"我是雷·提彬爵士的朋友。我要他帮忙。"

"主人正在睡觉。我也是。你找他有何贵干?"

"有点私事。他会非常感兴趣的。"

"那么,我敢肯定他会非常愉快地在明天早上会见您。"

兰登换另只脚支撑身体的重量,坚持道:"这件事非常重要。"

"可是雷爵士正在睡觉。如果您是他朋友,您应该知道他身体不好,经不起折腾。”

雷·提彬爵士小时候得过小儿麻痹症，现在腿上还绑着矫形器，走路得用拐杖。可是兰登上次见他时，发现他是那么活泼风趣，一点也不像有病的样子。“如果可以，请告诉他我找到了有关圣杯的新线索。非常紧急，不能等到早上。”

接下来就是一片沉寂。

兰登和索菲等在那里，耳边只有装甲车发动机的隆隆响声。

足足过了一分钟。

终于对讲机那头传来了清脆而温和说话声。“好家伙，我敢说你现在还在按照美国哈佛的标准时间来行事呢。”

兰登听出话里浓重的英国口音，笑了起来，“雷，非常抱歉在这个不合适的时间把你吵醒。”

“我的男佣告诉我你不仅来了巴黎，而且还带来了圣杯的消息。”

“我想那样会把你从床上喊起来。”

“不错。”

“能为老朋友开开门吗？”

“寻求真理的人不仅仅是朋友，而且是兄弟。”

兰登看了看索菲。提彬喜欢用夸张的古怪表达方式，这一点他早就习惯了。

“我会打开大门的，”提彬宣称道，“但是首先我得确认你的心是否真诚。为了测试一下，你得回答三个问题。”

兰登叹了一口气，在索菲的耳边低声说道：“请忍耐一会儿。我跟你说过，他是有个性的人。”

这时，提彬大声说道：“第一个问题。你是要喝茶还是咖啡？”

兰登知道提彬讨厌美国人喝咖啡的习惯，于是说道：“茶，而且是伯爵红茶。”

“很好。第二个问题。要加牛奶还是糖？”

兰登犹豫了一下。

“牛奶，”索菲低声说，“我想英国人喜欢加牛奶。”

“牛奶，”兰登答道。

沉默。

“要不，就加糖吧？”

提彬仍旧没有回答。

等一下。兰登突然想起了上次来访时喝的苦茶，意识到这个问题是个圈套。“柠檬！”他大声说道：“伯爵红茶加柠檬。”

“好的。”提彬听起来非常开心。“我要问最后一个非常严肃的问题。”提彬停顿了一下，然后用庄重的语气问：“哈佛的划船队，于哪一年在英国亨利市举办的划船比赛中胜过了牛津的划船队？”

兰登对此一无所知，但他却非常明了提彬提出这个问题的原因。于是，他答道：“这种滑稽事从来就没有发生过。”

大门“嗒”的一声打开了。“你有一颗真诚的心，我的朋友。你可以进来了。”

第五十三章

银行夜间值班经理听到行长的声音从电话中传来,长吁了一口气。“韦尔内先生!您到哪儿去了?警察来了,大家都在等您呢!”

“我碰到个小问题。”行长有些哀伤地说道,“我现在急需你的帮助。”

你的问题可不小,经理想。警察已经把银行包围了,并威胁说会让警局探长亲自把银行搜查令带来。“您要我怎样帮您,先生?”

“三号装甲车不见了。我得找到它。”

经理疑惑地核对了一下发货时刻表。“它在这里呀。就在地下装货台。”

“实际上不在。那辆车被警察正在追捕的人偷走了。”

“什么?他们是怎么开走的?”

“电话里说不清楚,但这件事有可能会对我们银行造成非常不利的影响。”

“那您要我做什么呢?先生。”

“你启动那辆车的紧急雷达监视器。”

经理看着对面墙边上的路捷派汽车追踪器控制箱。跟其他装甲车一样,这家银行的装甲车也安装了无线电控制的自动追踪装置,这个装置可以由银行自动开启。这位经理只在银行遭到抢劫后用过一次这个紧急启动系统。那次,系统情况运转良好,很快地找到了那辆车,并自动把车的方位报告给了警方。可是今晚,经理觉得行长理应更谨慎一点。“先生,您要知道,如果我启动了自动搜索系统,那个雷达监视器就会自动通知警方我们这里出了事。”

韦尔内沉默了一会儿,然后说道:“是的,我知道。做吧。三号车。我不挂电话。发现那辆车的确切位置就马上告诉我。”

“我马上启动,先生。”

三十秒钟之后,四十公里外,一辆装甲车下的小雷达启动了。

第五十四章

兰登和索菲开着那辆装甲车顺着那条两旁长满白杨树的蜿蜒车道驶向别墅。索菲觉得浑身紧绷的肌肉放松了下来。能离开公路,她感到很欣慰。除了这个隐蔽的大门深锁的和善的外国人的私家庄园,她再也想不出其他什么避难所了。

车转入了宽阔的弧形车道后,右边别墅就映入了他们的眼帘。这座房子有三层,六十英尺长,耀眼的聚光灯照耀着灰色的石块墙面。外观粗糙的楼房与前面是优美洁净的花园和波光粼粼的池塘形成对照。

楼房里刚亮起了灯。

兰登没把车开到前门,而是把它停在了常春藤间的停车场上。他说道:"没必要冒险被公路上的人发现,也没有必要让雷为我们开来一辆破破烂烂的装甲车而疑惑。"

索菲点点头:"那我们怎么处置密码筒呢?我们不能把它留在这里,可是如果让雷看到了,他肯定想知道这是什么东西。"

"不用担心。"兰登说。他跳下车,脱下身上的夹克衫,把盒子裹了起来,然后像抱婴儿似的把那捆衣服小心翼翼地搂在怀中。

索菲不放心地看着他:"小心一点。"

"提彬从不亲自给客人开门,他喜欢让客人自己进去。等进去后,在他没来招呼我们之前,我会找个地方把它藏起来。"兰登停了一下,接着说道:"实际上,我得在你见他之前提醒你一下:许多人都觉得他的幽默有些……奇特。"

索菲暗想,还能有什么比今晚发生的事更奇特呢?

弧形的鹅卵石小路通向一扇有橡木和樱木材质的雕花的门,门上的铜门环有葡萄柚那么大。索菲正想去抓那个门环,门就打开了。

一个穿着整洁得体的男管家站在他们面前,整理着刚刚才穿戴上的白领带和晚礼服。他看上去五十岁左右,举止优雅,可是表情严肃,显然对他们的到来不太欢迎。

“雷先生马上就下来。”他朗声说道，法语口音很重。“他在更衣。他不喜欢穿着睡衣迎接客人。要我为您拿外套吗？”他皱着眉头，看着兰登怀中的衣服，说道。

“谢谢，我自己来。”

“当然。请这边走。”

管家领着他们穿过一个铺着大理石的豪华大厅，走进了一间装修精美的客厅，在那里垂着缨穗的维多利亚式灯具投射着柔和的灯光。空气有些陈腐——烟草、茶叶、煮葡萄酒的味道和石质建筑发出的泥土气息混合在一起——但颇有王室气息。在对面的墙上，两侧各挂了一套闪闪发光的软蝟甲战服，有一个大得能烤一头牛的壁炉。男管家走到壁炉前，弯下腰，划了一根火柴，点燃了里面的橡木。不一会儿，木头就“噼噼啪啪”地燃烧了起来。

管家站起来，整了一下衣服，说道：“先生希望你们随意。”说完，他转身走了，只留下索菲和兰登独自在屋里。

索菲发现壁炉旁边有许多古董式的座位——一个文艺复兴时期的天鹅绒长沙发，一个乡村鹰爪形摇椅，还有一对好像是从拜占庭宫殿里搬来的教堂靠背长凳——一时竟不知应该坐在哪里。

兰登把木盒从外套里拿出来，塞到了天鹅绒长沙发里。从外面一点也看不到木盒的影子。然后，他抖了一下夹克衫，穿在了身上，整了整衣领，一屁股坐在那个藏着宝贝的沙发上面，笑盈盈地看着索菲。

就坐长沙发吧，索菲想着，靠着兰登坐了下来。

索菲看着燃烧的火焰，感受着温暖，心想要是祖父在的话，肯定会喜欢这个房间。黑色的木板墙上装饰着早期绘画大师的作品。索菲认出其中一幅是祖父最喜欢的画家之一普桑的作品。壁炉架上放着一尊古埃及生育女神伊希斯的半身石膏像，俯瞰整个房间。

埃及女神像下面，有两个在壁炉里当柴架的石质“怪兽状排水口(gargoyles)”，它们大张着嘴巴，露出了吓人的喉咙。小时候，索菲总是很害怕怪兽状的排水口。有一次，在暴风雨大作的时候，祖父把她带到了巴黎圣母院的房顶上。他指着那些嘴里不断涌出雨水的怪兽状排水口，说道：“我的小公主，看看这些蠢家伙，你听到它们嘴里发出的有趣声音了吗？”索菲点点头，觉得它们好像在打嗝，不禁笑了起来。祖父说：“它们在漱口(gargle)呢。这就是把它们叫做‘怪兽排水口(gargoyles)’的愚蠢名字原因。"从那以后，索菲再也没怕过"怪兽排水口"了。

美好的回忆使索菲感到一阵悲伤，祖父被谋杀的现实又一次被摆到了她的面前。*祖父死了。*她想到了长沙发下的密码筒，想知道雷爵士究竟能否打开它，甚至我们该不该问他。祖父去世前留下话，让她去找罗伯特·兰登，可没提其他人。*可是，我们需要藏身之处呀，*索菲想着。她决定相信罗伯特的判断。

"罗伯特先生！"他们身后传来一声咆哮。"我看到你在跟一位少女一起旅行。"

兰登站了起来。索菲也一跃而起。声音来自通向二楼阴暗处的螺旋形楼梯。楼梯上面，一个身影在阴影里移动着，只能看到他的轮廓。

兰登说道："晚上好。雷先生，请允许我给您介绍索菲·奈芙。"

提彬边向灯光处走来，边说道："幸会。"

"非常感谢您接待我们。"索菲说道。现在她看清了那个男子腿上装着金属撑架，拄着拐杖。他一次只能下一级台阶。她又说道："我想现在来打搅您，实在是太晚了。"

"是太晚了，亲爱的。都是早上了。"他大笑着说道，"*你是美国人吗？*"

索菲摇摇头说："巴黎人。"

"你的英语很棒啊。"

"谢谢。我是在英国皇家霍洛威学院念的书。"

"啊，怪不得。"提彬从阴影里蹒跚着走下来。"也许罗伯特告诉过你，我是在贵校旁边的牛津上的学。"

提彬看着兰登，调皮地笑了起来。"当然了，我也申请了哈佛大学，做候补学校。"

提彬来到楼下。索菲认为他和埃尔顿·约翰爵士一样都没有骑士的样子。他身材魁伟，面色红润，长着一头浓密的红发，说话时一双淡褐色眼睛快活地眨动着。他穿着打褶的长裤，宽大的真丝衬衫外套着一件佩斯利螺旋花纹呢背心。虽然他腿上绑着铝制拄拐，但他看上去乐观开朗，腰杆笔直，言行举止间自然地流露出一种贵族气质。

提彬走过来，握住兰登的手说："罗伯特，你瘦了。"

兰登笑着说："你胖了。"

提彬拍着他那圆鼓鼓的肚子，开心地大笑了起来。"讲得好！近来我的肉体快乐只有在厨房里才能得到满足。"他转向索菲，温柔地拿起她的手，微微地低下头，在她手指上轻轻地吹了一下，然后看着她说："我的小姐。"

索菲疑惑地看着兰登，不知道自己是时光倒流回到古代还是进了疯人院。

这时，男管家把茶点端了进来，放在了壁炉旁边的桌子上。

"这是雷米·莱格鲁德。"提彬说道，"我的仆人。"

那位瘦长的管家僵硬地点了一下头，走了出去。

"雷米是里昂人。"提彬轻声说道，好像提到了可怕的疾病。"可是他擅长做酱汁。"

兰登被逗笑了。"我还以为你会从英国进口一个佣人呢！"

"天哪！决不！除了那些法国税务官，我最不想要的就是英国厨子了。"他抬头看着索菲说道："请原谅，奈芙小姐。请放心，我对法国的憎恨仅限于政治和足球。你们的政府偷走了我的钱，而你们的球队刚刚羞辱了我们。"

索菲轻声地笑了一下。

提彬瞪着眼看了她一会儿，然后看了看兰登，说道："肯定出了什么事。你们看上去都很惊慌。"

兰登点点头，说道："雷，我这一夜过得很有趣。"

"毫无疑问。你们招呼也不打，半夜三更跑到我家，要跟我谈论圣杯的事情，难道这还不够有趣吗？你们要说的事确实跟圣杯有关吗？还是你们知道只有跟圣杯有关的事才能让我半夜从床上爬起来，才这样说的？"

"两个原因都有点。"索菲惦记着垫子下面的密码筒。

兰登说道："雷，我们想跟你谈谈关于郇山隐修会的事。"

提彬好奇地抬起浓密的眉毛，睁大了双眼。"那些守护者？那么，这确实跟圣杯有关了。你们说带来了一些消息。是新消息吗，罗伯特？"

"也许是，我们不肯定。如果你能先告诉我们一些消息，我们会作出更好的判断。"

提彬一根手指摇了摇说："你可真是个老谋深算的美国人，要玩情报交换的把戏。好吧，乐意为你们服务。你们想知道什么呢？"

兰登叹了口气，说道："你能否好心地向奈芙小姐讲解一下圣杯的真正本质？"

提彬目瞪口呆:“她不知道?”

兰登摇了摇头。

提彬笑了起来,脸上浮现出看似猥亵的表情。“罗伯特,你给我带来了一个‘处女’?”

兰登挥了一下手,看着索菲说:“‘处女’是圣杯的狂热追随者对从未听过圣杯故事的人的称呼。”

提彬急切地转向索菲,问道:“亲爱的,关于圣杯你知道多少呢?”

索菲把兰登早些时候告诉她的一些东西简要地说了一下:从郇山隐修会到圣殿骑士团,从圣杯文献以及很多人宣称圣杯其实不是杯子而是拥有更神奇力量。

提彬震惊地看着兰登,不怀好意地说道:“就这些?罗伯特,我还以为你是个绅士呢。你根本就没有让她达到高潮!”

“我知道,我想你和我或许可以用更……”兰登显然觉得这个隐喻太过火了不想把它扯远。

提彬早已盯住了索菲,双眼冒光:“亲爱的,你是个圣杯处女。请相信,你永远都忘不了你的第一次。”

第五十五章

索菲与兰登并肩坐在长沙发上，喝着茶吃着烤饼，享受着食物的美味。雷·提彬爵士微笑着，在炉火前面笨拙地踱来踱去。两腿撑架敲在地面上，发出“叮叮”的声响。

“关于圣杯，”提彬用布道式的口吻说道，“许多人只想知道它在哪里，恐怕这个问题我永远都无法回答。”

他转过身，盯着索菲：“然而，更重要的问题应该是：圣杯是什么？”

索菲感觉出两位男士都开起了一股学术的期望。

提彬继续说道：“要完全了解圣杯，就首先要了解《圣经》。你对《新约》了解多少？”

索菲耸耸肩，说道：“一点也不了解，真的。我被一个信奉列昂纳多·达·芬奇的人抚养大的。”

提彬对此既惊讶又颇为赞赏。“真是个开明的人。好极了！那么，你一定知道列昂纳多是圣杯秘密的守护人之一。他把线索藏在了他的作品当中。”

“是的，罗伯特也这么说。”

“那么，你知道达·芬奇对《新约》的看法吗？”

“不知道。”

提彬开心地指着对面的书架，说道：“罗伯特，请从书架的底层把那本《达·芬奇的故事》拿过来。”

兰登穿过房间，在书架上找到了一本很大的艺术书籍，拿了回来，放在他们间的桌子上。提彬把书转过来朝着索菲，翻开沉重的封面，指着封底上的几行引言说道：“这些摘自达·芬奇所作的有关论证和思考方法的笔记。”他指着其中的一行说道：“我想你会发现这一行跟我们讨论的话题有关。”

索菲念着上面的字。

假象和虚假的奇迹，来欺骗愚昧的大众。

——列昂纳多·达·芬奇

行：“还有。”

的双睛，让我们误入歧途。啊！尘世间可怜的人们

吧！

——列昂纳多·达·芬奇

索菲感到一阵寒意。“达·芬奇在谈论《圣经》吗？”

提彬点点头，说道：“列昂纳多对《圣经》的看法跟圣杯有直接的关系。实际上，达·芬奇画出了真正的圣杯，一会儿我就拿给你看。不过，我们必须先讲一下《圣经》。”提彬停了一下，然后微笑着说道：“你对《圣经》所需了解的一切可以用伟大的圣经学者马丁·珀玺的一句话来概括。”提彬清了清喉咙，大声说道：“《圣经》不是来自天堂的传真。”

“您说什么？”

“亲爱的，《圣经》是人造出来的，不是上帝创造的。《圣经》不是神奇地从云彩里掉下来的。人类为了记录历史上那些喧嚣的时代而创造了它。多年以来，它历经了无数次翻译和增补修订。历史上从来就没有过一本确定的《圣经》。”

“哦。”

“耶稣基督是一个非常有影响的历史人物，也许称得上是迄今为止世界上最高深莫测和最鼓舞人心的领袖。如同神话中的救世主，他推翻了君王，激励了百万民众，创立了新的哲学。作为所罗门王和大卫王的后代，耶稣是犹太人理所当然的王。那么，他的一生被成千上万的追随者记录也就不足为奇了。”提彬停下来，喝了一口茶，然后把茶杯放回到壁炉架上，接着说道：“人们认为原来的《新约》考虑收入八个以上福音，可是后来只有很少的几个被选上了，其中有《马太福音》、《马可福音》、《路加福音》和《约翰福音》等。”

索菲问道：“选择福音的工作是谁完成的呢？”

“啊哈！”提彬突然迸发出了极大的热情。“这是对基督教最大的讽刺！我们今天所知道的《圣经》是由罗马的异教徒皇帝君士坦丁大帝编纂的。”

索菲说道：“我还以为君士坦丁是个基督徒呢。”

提彬不屑地说："根本就不是。他一生都是个异教徒，只是在临终的时候才接受了洗礼，因为那时他已经无力反抗了。君士坦丁在世时，罗马的官方宗教是拜日教——信奉'无敌的太阳'的宗教，而君士坦丁是当时太阳神的大祭司。然而不幸的是，在罗马发生的一场宗教骚乱愈演愈烈。耶稣被钉上十字架三百年后，他的追随者成几何倍数地增长。基督徒和异教徒开始冲突，矛盾加剧，最后双方甚至威胁要把罗马一分为二。君士坦丁决心干预此事。公元 325 年，他决定把罗马帝国统合在一个宗教派下。那就是基督教。"

索菲吃惊地问："为什么一个信仰异教的皇帝要把基督教作为国教呢？"

提彬笑了起来："君士坦丁是个非常精明的生意人。因为他看到基督教正处于上升阶段，他无非就是把宝押在获胜的一方。历史学家们至今仍对君士坦丁表现出的雄才伟略极为赞赏，因为他竟然让那些拜日教的教徒转而信仰了基督教。他把异教的象征符号、节日和仪式都融入正在不断壮大的基督教，从而创立了一个双方都能接受的混合宗教。"

兰登说："实际上是变形。基督教的象征符号中可以找到许多异教的痕迹。埃及的太阳圆盘变成了天主教圣人头上的光环。古埃及生育女神伊希斯哺育奇迹受孕的儿子光明之神荷露丝的壁画为童贞女玛丽亚抱着小耶稣的画像提供了蓝本。几乎所有天主教的仪式——如主教加戴法冠、圣坛、赞美诗以及领圣餐等等——都直接来自那些早期的神秘异教。"

提彬叹息道："千万不要让一个符号学家去研究基督教的圣像，他们一讲没完。那些圣像没有一个是基督教自己的。基督教之前的神灵密斯拉——波斯神话中被称之为'上帝的儿子'或'世界之光'的光明之神——出生于十二月二十五号。他死后被埋进了石墓，三天后就复活了。另外，十二月二十五号还是古埃及冥神、古希腊神话中的美男子阿多尼斯以及酒神狄俄尼索斯的生日。而印度教中毗湿奴神新生的化身"黑天"也会被供奉上黄金、乳香和没药。甚至基督教每周的礼拜日也是从异教那里偷来的。"

"为什么这样说呢？"

兰登说："本来基督教遵奉的是犹太人的礼拜六安息日，但君士坦丁却把它改成了异教徒们敬奉太阳的那一天。"他停了一下，笑着说道："时至今日，大部分人都会在星期天早上去教堂做礼拜。但他们都不知道，那是异教徒们每周一次供奉太阳神的日子，也就是'太阳日'。"

索菲听得头脑发昏。"那么，这些都跟圣杯有关吗？"

提彬说道："的确。请听我说下去。在这次宗教大融合中，君士坦丁需要强化新基督教的传统，因此他举行了著名的'基督教会议'，就是一般所说的尼西亚会议。"

索菲知道尼西亚是《尼西亚信经》的产地。

提彬说道："在这次大会上人们就基督教许多方面的问题都进行了辩论和投票，比如像复活节的日期、主教的职责和圣礼的管理，当然也包括耶稣的神性。"

"我不大明白。神性是什么意思？"

提彬大声说道："亲爱的，直到那个时候，耶稣的追随者们认为他是一个终有一死的先知，一个伟大而能力超群的人。但无论如何，他是一个人，终要一死。"

"不是神的儿子？"

提彬说道："对了。'耶稣是神的儿子'是由官方提出的，这一说法在尼西亚会议上被投票通过。"

"等一等。你说耶稣的神性是投票的结果？"

提彬补充道："投票结果比较接近，险些没被通过。但不管怎样，确立耶稣的神性，对罗马帝国的进一步统一以及增强梵蒂冈教廷的权力都至关重要。通过确立耶稣神性的手段，君士坦丁把耶稣变成了一个超脱于人类世界、权力不容侵犯的神。这不仅排除了异教徒们进一步挑战基督教，还使得基督的追随者们只能通过罗马天主教会——这个惟一确定的神圣管道——来给自己赎罪。"

索菲看了兰登一眼，他对她点了点头，表示认可。

提彬继续说道："把耶稣确立为救世主对充分发挥罗马教会和罗马帝国的政府职能非常关键。许多学者都宣称，早期的罗马教会把耶稣从他原来的追随者那里偷走了，抹杀了他以肉身传达的教诲，把他裹进不可穿透的神性的斗篷里，以此来扩大他们自己的权力。我就此写过好几本书。"

"想必那些虔敬的基督徒每天都会给您写信骂你吧？"

提彬不同意："为什么他们要发那种信？绝大多数受过教育的基督徒

都知道基督教的历史，都知道耶稣是个伟大而能力超群的人。君士坦丁卑鄙的政治花招一点也抹杀不了耶稣的伟大。没人会说耶稣是个骗子，或否认他曾存在过，激励了千千万万的人过上更美好的生活。我们所说的只是君士坦丁通过利用耶稣的重大的影响和尊贵的地位从中谋利，而由此他也塑造了我们今天的基督教。"

索菲瞅了瞅她面前的那本艺术书，急着想离开，去看一下达·芬奇画的圣杯。

提彬加快了语速："其中的曲折在于，由于君士坦丁是在耶稣去世四百年后才把他说成神的，因此有成千上万份记录着耶稣的终有一死的文献依然流传着。为了改写历史，君士坦丁知道他必须采取大胆的行动。由此，基督教历史上影响最为深远的事件发生了。"提彬停了一下，盯着索菲，继续说道："君士坦丁下令并出资编写了一本新的《圣经》。这本《圣经》删掉了那些记叙耶稣个性特征的福音，而将那些把他描述得像神一样的福音添油加醋了一番。早先的福音书被查禁焚烧掉了。"

兰登接过话茬："非常有趣的是，那些选择尊崇被禁的福音书，而不看君士坦丁制定的《圣经》的人被称为异教徒。'异教徒(heretic)'这个词就是从那时候来的。拉丁语中'异教徒(Haereticus)'的意思是'选择'。那些'选择'了基督原有历史的人反而成了世界上的第一批'异教徒'。"

提彬说道："让历史学家们庆幸的是，君士坦丁试图销毁的福音书中有一部分竟流传了下来。《死海古卷》于20世纪50年代，在以色列沙漠库姆兰附近的一个山洞里被发现。当然了，还有1945年在埃及哈马迪发现的《科普特文古卷》。这些文献不仅讲述了圣杯的真实故事，还以很人性的词句谈论基督的教诲。当然，梵蒂冈为了保持它那欺骗民众的传统，竭力制止这些古卷的发表。他们为什么要这样做？原因很简单，这些古卷明显地展示了历史上存在的分歧和摩擦，明白无误地确认了现在的《圣经》实际上是由那些别有用心的人编写删削而成的。那些人把耶稣基督说成是神，从而利用他的影响来巩固自己的权力。"

兰登对此提出了不同意见。"可是，也要知道，当代的罗马教廷压制这些文件的愿望确实是出于他们对耶稣的真诚信仰。当然，这样的信仰是从他们既定的角度出发的。今日的梵蒂冈教廷是由那些非常虔诚的教徒组成，他们确实相信这些反面材料是些伪经。"

提彬舒舒服服地坐到索菲对面的椅子上，笑着说："你也看到了，比起我来，咱们的教授对罗马教廷可是仁慈多了！可是不管怎样，他说的没错，现在的教士们确实认为这些反面材料是伪经。然而，这也可以理解。毕竟，多年以来君士坦丁制定的那本《圣经》是他们眼中的真理。没有人能比那些传教者更相信自己传播的信仰了。”

兰登说道：“他的意思是，我们信奉的上帝是父辈们传给我们的。”

提彬反驳道：“不对，我的意思是，父辈们教导我们的关于耶稣的一切都是假的。关于圣杯的事也不例外。”

索菲又看了看书上达·芬奇的话。无知遮蔽了我们的双眼，让我们误入歧途。啊！尘世间可怜的人们啊，睁开你们的双眼吧！

提彬拿起书，翻到中间。“最后，在我给你看达·芬奇画的圣杯之前，你先看一下这个。”他翻到一幅彩色的图片，那个图片整整占了两页纸。“我想你肯定认识这幅壁画。”

他在开玩笑吧？索菲看到的是世界名画——达·芬奇为米兰附近的圣母修道院创作的壁画——《最后的晚餐》。那幅已遭风化的壁画描述的是耶稣对他的门徒宣布会有人背叛他时的情景。“我知道这幅画。”

“那就请允许我耍个小小的把戏。请合上眼。”

索菲合上了眼，不知道他会耍什么花样。

提彬问道：“耶稣坐在哪儿？”

“中间。”

“好的。那么，他们在分发和享用什么食物呢？”

“面包。”这还用问？

“很好。那么，他们在喝什么呢？”

“葡萄酒，他们在喝酒。”

“非常好。最后一个问题。桌子上有多少个酒杯呢？”

索菲愣了一下，马上意识到这是个圈套。晚餐后，耶稣拿起那杯酒，与他的门徒分享。她说道：“一个酒杯。而且是高脚酒杯。”是“圣爵”，基督之杯。圣杯。“耶稣传下来的是一个高脚酒杯，就像现在的基督徒在圣餐礼上所用的那样。”

提彬叹了一口气，说道：“那就睁开眼吧。”

索菲睁开眼，看到提彬在得意地冲着她笑。她低下头看着那幅画，让她大吃一惊的是，每个人桌子上都有一个葡萄酒杯，连耶稣也不例外。有十三个杯子。而且这些杯子都是平底的玻璃小酒杯。画上根本就没有高脚酒杯。没有圣杯。

提彬眨着眼，说道："很奇怪是吧？根据《圣经》和标准的圣杯传说，圣杯应该在这个时候出现。可奇怪的是，达·芬奇好像忘了把圣杯画上去。"

"艺术学者们肯定注意到这个问题了。"

"你会吃惊地发现，大部分的专家对画中的异常要么没发现，要么就故意视而不见。实际上，这幅壁画是通向圣杯秘密的关键所在。达·芬奇把这个秘密堂而皇之地画在了《最后的晚餐》上。"

索菲急切地打量着那幅画。"这幅壁画告诉我们圣杯是什么东西了吗？"

提彬轻声说道："不是什么东西，而是什么人。圣杯不是一件物品。实际上，它是……一个人。"

第五十六章

索菲盯着提彬看了好一会儿，然后转身看着兰登问道："圣杯是个人吗？"

兰登点点头。"实际上是个女人。"从索菲茫然的表情中，兰登知道她已经被弄得晕头转向了。他记得自己第一次听到这个说法时，也有这样的反应。直到明白了圣杯的象征符号，他才搞清了圣杯和女性之间的联系。

提彬显然也是这么想的。"罗伯特，也许现在是你这位符号学家把事情说明白的时候了。"他走到桌子一头，找了一张纸，放在兰登面前。

兰登从口袋里拿出一支笔，说道："索菲，你熟悉现代代表女性和男性的象征图示吗？"说着，他在纸上画了一个很常见的代表男性的象征图示♂和一个代表女性的象征图示♀。

"当然了。"索菲说。

兰登平静地说道："可是这并不是原来代表男性和女性的象征图示。许多人都误认为这个代表男性的象征图示源于盾牌和长矛，而这个代表女性的象征图示则源于能照出她们美丽容貌的镜子。实际上这些标记源自古代天文学用来代表火星与战神的玛尔斯和另一个代表金星和女神维纳斯。原来的符号更加简单。"兰登在纸上又画了一个图示。

他接着说道："这个符号是代表男性的原始图示。男性生殖器的基本形状。"

索菲说道："果然又尖又有关联性。"

提彬补充道："原本如此。"

兰登接着说道："这个图示的正式名称为'刀刃'，它代表着进攻和男子气。实际上，时至今日，这个图示还被用在军队的制服上来表示军衔。"

提彬笑着说道："确实如此。你的阴茎越多，军衔就越高。男人真是这么天真啊。”

兰登不由得皱了一下眉头。“让我们继续。可以想象，代表女性的象征符号方向完全相反。”他在纸上又画了一个图示。“这个叫做圣爵。”

索菲抬头看着他，满脸惊讶。

兰登看出她已经开始联想了。“圣爵这个符号”，索菲说，“形状像杯子或容器。而更需要的是，与女人子宫相似。这个符号传达了女性气质，女人身分，以及生育能力”。兰登盯着她说道：“索菲，根据传说，圣杯是一个圣爵，一个酒杯。但是，这样的描述保护了圣杯的实质。也就是说，传说只是把圣杯作为一个重要事物的隐喻。”

“一个女人。”索菲说道。

兰登微笑着说道：“一点没错。杯子实际上是古代代表女性的符号。那么圣杯代表的就是神圣的女性和女神了。她现在已经消失得无影无踪，实际上是被罗马教廷毁灭了。女性的力量和创造生命的能力非常神奇，而这对当时正在崛起的男性统治的罗马教廷构成了严重的威胁。于是他们就把神圣的女性说成是魔鬼，并说她们不圣洁。按照他们的说法，是男人而不是神创造了‘原罪’，他们说夏娃偷尝了禁果，招致了人类的堕落。一度被奉为神圣的生命创造者的女性现在成了敌人。”

提彬附和道：“我补充一下，认为女性是生命缔造者的观点是很多古代宗教的基础。分娩是件非常神奇而又充满了力量的事。然而，令人伤心的是，基督教的哲学决定通过忽略女性的生理事实来抹灭女性的创造力量，而把男性尊为‘创造者’。《创世记》告诉世人夏娃是用亚当的肋骨做成的。女人成了男人的衍生物，而且还是罪人。《创世记》结束了对女神的崇拜。”

兰登说道：“圣杯代表着失落的女神。当基督教产生时，所谓的邪教并没有轻易地消亡。关于骑士们寻找圣杯的传说实际上是关于寻找圣女的故事。那些宣称‘寻找圣爵’的骑士是以此来掩盖真相，以免受到罗马教廷的迫害。当时的教廷欺压妇女，驱逐女神，烧死不信奉基督教的人，而且还禁止异教徒崇拜圣女。”

索菲摇摇头，说道：“对不起，当您说圣杯是个人时，我还以为那是个真人呢。”

兰登说道:“是个真人。”

提彬兴奋得站了起来,脱口而出:“但并不是指所有人。那位特殊的女性携带着一个重大的秘密,一旦秘密泄露,将会动摇基督教的根基!”

索菲激动地问道:“这位妇女在历史上很有名吗?”

“非常有名。”提彬拿起拐杖,向走廊走去:“朋友们,到我的书房去继续讨论吧,我将很荣幸地给你们看一幅达·芬奇为她画的肖像。”

厨房里,男仆雷米·莱格鲁德一言不发地站在电视机前。新闻中正播放着一个男人和一个女人的照片……雷米刚刚为这两个人送过茶。

第五十七章

科莱侦探站在苏黎世存托银行外的路障旁，琢磨着究竟是什么耽搁了法希，让他拿一个搜查令也用了这么长时间。那些银行的高级职员显然隐瞒了什么。他们声称兰登和奈芙早些时候来过银行，但是由于不能提供正确的账号，被赶了出去。

那为什么不让我们进去搜查呢？

科莱的手机终于响了起来。不过，电话却是从卢浮宫案发现场的指挥部打来的。“拿到搜查令了吗？”科莱急忙问。

那个警察说道：“侦探，别管银行了。我们刚刚得到线索，知道兰登和奈芙的藏身之处了。”

科莱一屁股坐在车盖上。“你在开玩笑吧？”

“我得到一个郊区的地址，在凡尔赛宫附近。”

“法希探长知道这件事吗？”

“还不知道。他在忙着接一个重要的电话。”

“我马上去。他打完电话，就马上通知他。”他记下那地址，跳上了车。当他开着车离开银行时，他突然想起刚才竟忘了问是谁向警署透露了兰登的藏身之地。但那并不重要。他现在遇到良机来弥补犯下的大错了，也证实自己的猜疑。他要开始职业生涯中最令人注目的一次逮捕行动。

他用无线电对讲机通知其他五辆车上的人。“别拉警报，伙计们。别让兰登知道我们要去。”

四十公里以外的一条乡间公路上，一辆黑色的奥迪车停在了田地旁的阴影里。塞拉斯下了车，透过庄园外的铁栅栏朝里张望。月光下，他顺着长长的斜坡向上望去，看到了远处的城堡。

别墅的底楼灯火通明。“这个时候还亮着灯，定有蹊跷。”塞拉斯想着，不禁偷笑了起来。导师告诉他的消息一点儿也没错。“我一定要拿到拱顶石才能离开这里，”他发誓道，“我决不能辜负了主教和导师的期望。”

塞拉斯检查了一下黑克勒与科赫公司生产的手枪的子弹夹，子弹夹中装着十三发子弹。他把手枪塞过栅栏，扔到围墙里那长满青苔的地面上。接着，他抓住栅栏，一跃而起，翻了过去，落到栅栏内。他顾不得毛布衬衫里鞭伤引起的阵阵疼痛，捡起枪，顺着长满青草的长长斜坡向上走去。

第五十八章

提彬的“书房”跟索菲曾见过的其他书房不一样。这位爵士的书房比最豪华的办公室还要大六七倍，是个由试验室、档案馆和跳蚤市场组合而成的混合物。天花板上垂下的三个树枝形吊灯照耀着房间，瓷砖地板上摆放着巨大的工作台。工作台的上面堆着许多书籍、艺术品、工艺品和多得让人吃惊的电子设备：电脑、投影仪、显微镜、复印机和平板扫描仪。

提彬快步走了进去，有些羞怯地说：“这是由舞厅改造的，因为我很少跳舞。”

索菲觉得整个夜晚都在神奇世界中漫游，一切都是那么新鲜。“这些都是您用来工作的吗？”

提彬说道：“探索真理是我的最爱，而圣杯则是我最爱的情人。”

圣杯是名女性。索菲的脑海里闪过那些相互交织的无头绪的念头。“您说您有一幅圣杯的画？”

“确实有一幅。但不是我把她称为圣杯的，是耶稣自己这么称呼她的。”

索菲扫视着墙壁，问道：“是哪一幅啊？”

“嗯……”提彬作出一副好像忘记了的样子。“圣杯，耶稣在最后的晚餐上用的杯子，圣爵。”他突然转过身，指向远处的一面墙。那是一张八英尺长的《最后的晚餐》的复制品，跟索菲刚才看过的那幅一模一样。“她在那儿！”

索菲肯定刚才她错过了什么。“这就是您刚才给我看的那一幅啊。”

提彬调皮地眨眨眼：“我知道，不过，这幅放大版看起来更加让人激动。难道不是吗？”

索菲转过身，向兰登求助道：“我糊涂了。”

兰登微笑着说，“没错，圣杯确实出现在《最后的晚餐》上。达·芬奇把她放在了显著的位置上。”

索菲说：“等一下。您说圣杯是个女的，可《最后的晚餐》画的是十三个男人呀。”

提彬面带疑惑地问道：“是吗？你再仔细地看一下。”

索菲有些吃不准了，她走到那幅画跟前，逐个端详那十三个人物：耶稣基督在中间，六个门徒在左边，其余六个在右边。“都是男的。”索菲肯定地说。

“哦？”提彬说道，“站在显要位置的那个人呢？就是耶稣右手边上的那个。”

索菲仔细地观察着耶稣右手边上的那个人。她审视着那个人的脸型和身材，不由得惊诧万分。那人长着一头飘逸的红发，两只手纤细白皙，乳房的轮廓隐约可见。没错，那是个女人。

索菲叫道：“那是个女人！”

提彬放声大笑起来：“太吃惊了，太吃惊了。相信我，没错的。达·芬奇非常善于刻画男女的差异。”

索菲简直无法再把视线从那个女人身上移开。*《最后的晚餐》理应画的是十三个男人！这个女人是谁？*虽然索菲曾多次看过这幅画，可她从未注意到这么明显的异常之处。

提彬说道：“没有人能注意到。我们多年来形成的对这幅画的认识已经根深蒂固，它蒙蔽了我们的双眼，使得我们忽视了这些异常之处。”

兰登补充道：“这就是我们说的‘盲点’现象，实际上大脑正是忽略了那些司空见惯的事情后的真正东西。”

提彬说道：“你忽视了这个女人的另外一个原因是，许多艺术书籍上的照片都是1954年之前拍的。那时这些细微之处被层层的污垢掩盖着，而且大量的修复工作都是由18世纪的一些笨拙的工匠完成的。现在，这幅壁画终于被清理得跟原作一模一样了。”他指着那张照片说道：“就是她。”

索菲走近那张大照片。耶稣边上的那个女人看上去很年轻，满脸虔诚。她体态端庄，满头漂亮的红发，正安详地握着双手。*这就是那个能赤手空拳粉碎罗马教廷的女人？*

索菲问道：“她是谁？”

提彬答道：“亲爱的，那就是抹大拉的玛利亚。”

索菲转身问道：“那个妓女？”

提彬倒吸了一口气，好像被这句话刺痛了。“她不是妓女。这个不幸的诽谤是早年罗马教廷发动的那场战争留下的。罗马教廷不得不诋毁玛利亚，以此掩盖她所携带的危险秘密，掩盖她作为圣杯的角色。”

“她的角色？”

提彬说道：“正如我刚才所说的，早年的罗马教必须说服世人，有死的耶稣是个神。因此，任何描述耶稣世俗生活的福音都必须从《圣经》中删除。然而不幸的是，那些早期的编写者发现福音中有个反复出现的主题，这一主题描绘了耶稣的尘世生活，令他们感到非常棘手。那就是有关抹大拉的玛利亚的福音。”他停顿了一下，接着说：“更确切地说，是关于她和耶稣的婚姻的主题。”

“您说什么？”索菲转过脸去看了看兰登，又看了看提彬。

提彬说：“这是有历史纪录的。达·芬奇肯定知道这一事实。《最后的晚餐》实际上就在向人们宣告‘耶稣和抹大拉的玛利亚是一对’。”

索菲回头看着那幅壁画。

提彬指着壁画中间的两个人，对索菲说：“看，耶稣和她穿的衣服正好对应。”

索菲一看，惊得目瞪口呆。确实，他们衣服的颜色是对应的。耶稣穿着一件红罩衣，披着一件蓝斗篷；抹大拉的玛利亚则穿着一件蓝罩衣，披着一件红斗篷。一阴一阳。

提彬说：“还有更奇妙的。看这里，耶稣的臀部和她的臀部接合在一起，而且各自倾斜分开来为他们之间创造出这个明显的有如正负对应的形像。”

还没等提彬指明，索菲已经注意到那幅画的焦点上有一个明显的∨形——和那个代表圣杯和女性子宫的符号一模一样。

“最后，”提彬说道，“如果你不把耶稣和抹大拉看作是人物，而只看作是构图的要素的话，你就会注意到一个明显的轮廓。”他停顿了一下，接着说：“一个字母的轮廓。”

索菲马上就辨认了出来。而且，与其说她看出了那个字母，倒不如说突然之间，她的眼中只有那个字母的轮廓了。毫无疑问，在这幅画的正中间有个巨大而完美的“M”的轮廓。

提彬问道：“这太完美了，绝对不是巧合。你说呢？”

索菲惊呆了。“为什么会这样？”

提彬耸耸肩说道：“理论家们会说那代表着‘婚姻’(Matrimonio)或

'抹大拉的玛利亚'(Mary Magdalene)。但说实话,没人能肯定。惟一能确定的就是画上确实隐藏着一个'M'。许多跟圣杯有关的事物都包含着隐形的M,不管是水印,还是底层色或构图暗示。当然了,最耀眼的'M'要算伦敦'圣母院'圣坛上的那个了。那是由隐修会的前任大师让·科克托设计的。"

索菲想了想,说道:"我得承认,隐形M的故事确实很引人入胜。但我认为,没人有足够的证据来证明耶稣跟抹大拉的玛利亚的的婚姻。"

"不。"提彬边说边走到一张堆满了书的桌子旁。"正如我刚才说过的,耶稣和抹大拉的玛利亚的婚姻是有历史记载的。"他开始在藏书里费力地寻找着。"而且,说耶稣是个已婚男人,比《圣经》里说他是个单身汉的观点更站得住脚。"

索菲问道:"为什么呢?"

提彬忙着找书,兰登接过话茬。"耶稣是个犹太人,而按照当时的传统,犹太男人是必须结婚的。根据犹太人的习俗,独身是要受到谴责的,一位犹太父亲有义务为他儿子找一个合适的妻子。如果耶稣没结婚,至少《圣经》中会有一部福音提到这件事,并为耶稣的独身作些解释。"

提彬找到一本大书,把它拽到跟前。那本皮革封面的书有海报那么大,像一本大地图。书的封面上写着:《诺斯替教派福音书》。提彬打开书,兰登和索菲走了过去。索菲发现书中是一些古代文献的放大照片,那些文献是手写在破烂的纸草上的。索菲看不懂那些古代文字,但每页的边缘都印有译文。

提彬说:"这些是我刚刚提到的《科普特文古卷》和《死海古卷》的照片,都是基督教最早的文献。让人头疼的是,它们跟《圣经》上的福音不一致。"提彬把书翻到中间,指着一篇文章说道:"最好从《腓力福音》开始。"

索菲读着那段文字:

> 救世主的同伴是抹大拉的玛利亚。耶稣经常亲吻她,爱她胜过其他门徒。其他的门徒很气恼,表达了他们的不满。他们问耶稣:"你为什么爱她胜过爱我们所有人呢?"

这段话让索菲很吃惊,但它也没说明什么。"这上面没提到婚姻呀。"

提彬指着第一行,微笑着说道:"恰恰相反,任何一位亚拉姆语的学者都会告诉你,在那个时候'同伴'实际上是指'配偶'。"

兰登点头表示赞同。

索菲又把第一行读了一遍。*救世主的配偶是抹大拉的玛利亚。*

提彬翻着书页，把另外几段指给索菲看。文章都明白无误地记载了抹大拉的玛利亚和耶稣的爱情关系。对此，索菲惊讶万分。读着这些片段，她突然回忆起了儿时发生的一件事。

那天，一个怒气冲冲的教士拼命地砸她家的大门。小索菲打开门后，那个教士低头愤怒地盯着她，大声问道："这是雅克·索尼埃家吗？我要跟他讨论一下他写的这篇文章。"教士举起手里的一份报纸。

索菲叫来祖父，祖父带着那个人走进书房，关上了门。"祖父在报纸上写了些什么呀？"索菲立刻跑进厨房，迅速地翻阅着早上来的报纸。她在第二版上找到了祖父写的那篇文章，读了起来。索菲并不完全明白文章的内容，只是大约地知道好像当时法国政府迫于教士们的压力，查封了一部叫做《耶稣最后的诱惑》的美国电影，那部电影讲述的是耶稣和一位名为抹大拉的玛利亚的女士发生性关系的故事。而祖父评论说罗马教会太狂妄了，不应该查封这部电影。

索菲想道，怪不得那个教士当时那么激动。

"这是色情！是渎神！"教士从书房里出来，冲向前门。"你怎么能认可这种事！这个叫马丁·西科塞斯的美国导演是个渎神者，教会绝对不会允许他在法国宣传这种东西的！"教士冲了出去，"嘭"的一声关上了门。

祖父走进厨房时，发现索菲在看报纸，皱着眉头说道："你的动作还挺快。"

索菲问道："是因为您认为耶稣有女朋友吗？"

"不，亲爱的。我是说教会不应该对我们指手画脚，告诉我们什么应该信，什么不应该信。"

"那么，耶稣有女朋友吗？"

祖父沉默了片刻，说道："如果有，会很糟吗？"

索菲想了一会儿，耸耸肩说道："我不在乎。"

雷·提彬爵士继续说道："我不想再多谈耶稣和抹大拉的玛利亚的婚姻，那已经被当代历史学家研究烂了让人烦。相反，我要告诉你这个。"他指着另一段说道，"这是从《抹大拉的玛利亚福音》上摘抄下来的。"

索菲还从未听说过有关于抹大拉的玛利亚的福音。她读着那段文字：

于是彼得说道，“救世主真的背着我们跟一个女人讲话了吗？我们需要掉转方向，都听她的吗？比起我们来，他是不是更喜欢她啊？”

利未回答：“彼得，你的脾气总是这么暴躁。现在，我发现你正在跟那个女人斗争，简直把她视作敌人。如果主认为她值得爱，你又有什么资格来反对她呢？主当然了解她了。那也是他爱她胜过爱我们。”

提彬解释道：“他们说的那个女人就是抹大拉的玛利亚。”

“就因为耶稣更喜欢玛利亚吗？”

“不仅如此。除了情爱还有其他的利害关系。福音指出，耶稣怀疑他将会被捕并被钉上十字架。因此，他就告诉抹大拉的玛利亚应该怎样在他死后继续掌管他的教会。结果，彼得对听从一个女人的命令非常不满。我敢说他是一个男性至上主义者。”

索菲辩解说：“那可是圣彼得！耶稣依靠他才建立起了教会呀。”

“没错。但根据这些未经篡改的福音，耶稣没有命令彼得去建立基督教会，而是让抹大拉的玛利亚去做。”

索菲惊异地看着他，说道：“您是说基督教会是由一个女人建立的吗？”

“原计划是这样的。耶稣实际上是一个女性主义者。他想让抹大拉的玛利亚来掌管他的教会。”

兰登指着《最后的晚餐》说道：“彼得对此很不满。他在这里。你可以看出达·芬奇完全意识到了彼得对抹大拉的玛利亚的憎恨。”

索菲又一次无言以对。画上的彼得恶狠狠地斜靠着玛利亚，他的手像刀刃一样横在她的脖子上。跟《岩间圣母》上的那个威胁的姿势一模一样。

兰登指着彼得旁边的几个门徒，说道：“看这里，有些不吉利，是吧？”

索菲眯起眼，看到有一只手从那群门徒中间伸了出来。“这就是那只握着匕首的手吗？”

“是的。还有更奇怪的。如果你数一下他们的胳膊，就会发现这只手属于……它不属于任何人。一只无名之手。”

索菲不知所措。“对不起。我还是不明白，所有这些是怎样使抹大拉的玛利亚成为圣杯的。”

提彬又一次叫道："啊！难处就在此！"他转向桌子，拽过一张大图纸，铺在索菲面前。那是一张精心制作的家谱。"很少有人知道，玛利亚不仅是耶稣的左右手，而且早就是一个很有权势的女人了。"

索菲看到了那张族谱的名称。

《便雅悯家族》

提彬指着家谱的顶端，说道："抹大拉的玛利亚在这里。"

索菲大吃一惊。"她竟然是便雅悯家族的人？"

"没错，"提彬说道，"抹大拉的玛利亚是王室的后代。"

"可是我总以为抹大拉的玛利亚很穷。"

提彬摇摇头："把抹大拉的玛利亚说成妓女，就是要掩盖她跟她那权倾朝野的家族的关系。"

索菲转头看着兰登，兰登点点头。她回头看着提彬，问道："为什么早年的罗马教会会在乎抹大拉是否有皇家血统呢？"

提彬微笑着说道："亲爱的孩子，与其说罗马教会关心玛利亚是否有皇家血统，还不如说他们更关心她跟同样有着皇家血统的耶稣的夫妻关系。正如你所知道的，根据《马太福音》，耶稣属于大卫王家族，是犹太王所罗门的后代。跟权势极大的便雅悯家族联姻后，耶稣就把两个家族联合了起来，从而结成了有效的政治联盟。这样，他就有可能合法地要求继承王位，恢复所罗门王的皇族。"

索菲感到他终于要切入正题了。

提彬看上去很兴奋。"关于圣杯的传说实际上是关于王室血统的传说。圣杯传说中提到的'盛着耶稣鲜血的圣爵'……实际上说的是抹大拉的玛利亚——传承耶稣王室血脉的女性子宫。"

这话好像穿越了整个舞厅，又传了回来，而索菲还有完全弄明白。抹大拉的玛利亚传承耶稣的王室血脉？"但是，耶稣怎么可能有血脉呢？除非……"她突然停了下来，看着兰登。

兰登温柔地笑着："除非他们有孩子。"

索菲愣住了。

"等一等，"提彬宣布道，"下面要揭开的就是人类历史上最大的秘密。耶稣基督不仅结了婚，他还当了父亲。亲爱的，抹大拉的玛利亚就是圣杯。她是生下了耶稣基督王室后代的圣杯。她是传承耶稣王室血统的女性，是孕育神圣果实的那条蔓藤。”

索菲觉得浑身的汗毛都竖了起来。“可是，那么重大的秘密怎么可能被默默地保守这么多年呢?”

提彬叫道:“天啊！这个秘密从未被‘默默地’保守过！经久不衰的圣杯传说一直围绕着耶稣基督的王室后代。抹大拉的的玛利亚的故事也被用形形色色的比喻和各种各样的语言公开宣传了几百年。只要你注意看，有关她的传说到处都有。”

索菲说道:“那么，那些有关圣杯的文献呢？据说那里面藏着耶稣有后代的证据，是吗?”

“是的。”

“那么，圣杯传说都是关于王室血统的了?”

提彬说道:“确实如此。圣杯这个词来自于‘San Greal’。最早的时候，‘Sangreal’是在不同的地方断词的。”提彬在一张小纸条上写了两个字，然后递给她。

索菲看着纸条。

Sang Real

她立刻明白了它的含义。

“Sang Real ”的字面意义是“Royal Blood”(王室血统)。

第五十九章

纽约市莱克星顿大街的天主事工会总部里,男接待员意外地接到了阿林加洛沙主教的电话,于是他问候道:“晚上好,先生。”

“有我的口信吗?”主教急切地问道。

“是的,先生。很高兴您打了过来。我往您的房间里打电话,可是没人接。半小时之前有您的一个紧急电话留言。”

“是吗?”阿林加洛沙的声音听上去有点欣慰。“打电话的人留下名字了吗?”

“没有,先生。只留下了一个电话号码。”接待员把那个号码复述了一遍。

“区号是33? 那是法国,对吗?”

“是的,先生。是巴黎。打电话的人说情况紧急,请您立刻跟他联络。”

“谢谢你。我一直在等这个电话。”说完,阿林加洛沙迅速地挂上了电话。

接待员边挂电话边琢磨:“怎么阿林加洛沙主教的电话里有‘噼哩啪啦’的干扰声? 日程安排显示他这个周末在纽约,可是他的声音听起来却像是从世界的另一端传来的。”他耸了耸肩。“近几个月来,阿林加洛沙主教的举动一直都很古怪!”

我的手机肯定一直没信号,阿林加洛沙坐在菲亚特轿车中琢磨着,此时他们正直奔罗马的钱皮诺机场。导师一直在试图跟我联系。虽然阿林加洛沙为错过了电话而担忧,但依然倍受鼓舞,因为导师直接把电话打到教会总部去了,说明他充满了信心。

今晚巴黎的事一定进展顺利。

阿林加洛沙激动地拨打起号码,他知道自己不久就可以到巴黎了。天亮之前我就能飞到那里。阿林加洛沙为这次法国之行包用的飞机已经在机场等候了。这个时候没有了商用客机，特别是考虑到他的公文包里装的东西，就更不能去坐客机了。

电话接通了。

一个女人的声音问道："这里是中央司法警察局。请问您找谁？"

阿林加洛沙不禁犹豫了一下。这太意外了。"啊。请问是谁用这个号码给我打了电话？"

那个女的问道："请问您的名字"？用法语和英语各说一遍。

阿林加洛沙一时不知道是否应该说出自己的真名。那里是法国司法警察局？

"您的名字，先生？"那个女人又问道。

"曼努埃尔·阿林加洛沙主教。"

"请等一下。"电话里传来"嗒"的一声。

过了好一会儿，电话里传来一个男人粗哑而不安的声音。"主教，很高兴终于找到你了。我们有很多事要商量。"

第六十章

Sangreal(圣杯)……Sang Real(王室血统)…… San Greal(神圣之血)……Royal Blood(王室血统)……Holy Grail(圣杯)。

所有的一切都纠缠在一起。

圣杯就是抹大拉的玛利亚……传承耶稣王室血统的母亲。当索菲静静地站在书房里,疑惑地盯着罗伯特·兰登,脑海中又浮现出了新的疑惑。兰登和提彬往桌上堆的资料越多,索菲就越感到这个谜团令人难以捉摸。

"正如你看到的,亲爱的,"提彬边说,边蹒跚着走向书架。"达·芬奇并不是惟一竭力想告诉世人关于圣杯真相的人。耶稣基督有后代的事早就被大批的历史学家详详细细地写进编年史了。"他指了指那一大排书。

索菲转过头浏览着书名:

《解开圣殿骑士团之谜》——耶稣真正身份的神秘守护者

《举着香膏玉瓶的女人》——抹大拉的玛利亚和圣杯

《福音中的女神》——还原神圣女性

"这本也许是最畅销的,"提彬边说边从书堆里拽出一本破旧不堪的精装书,递给她。

《圣血和圣杯》——备受欢迎的世界畅销书

索菲抬眼看着提彬,说道:"世界畅销书?我可从没听说过。"

"那时候你还小。这本书在20世纪80年代引起了极大的震动。在我看来,这本书的几个作者在分析时观点有些暧昧不清,不过他们的基本前提还是合理的。值得称赞的是,他们最终还是把耶稣有后代这个观点介绍给了大众。"

"罗马教会对这本书作何反应?"

"当然是非常愤怒了。可那也在情理之中。毕竟,这是梵蒂冈从公元

4 世纪就竭力保守的秘密呀。而这也是当年十字军东征的部分原因，那就是收集秘密，然后把它们销毁。抹大拉的玛利亚对早年罗马教会的那些人极具威胁。她不仅受命于耶稣建立罗马教会，而且还有物证来证明教会当时所宣称的神是有凡人后代的。为了对抗抹大拉的权势，教会长期大肆宣扬，说她是个娼妓，并销毁隐瞒耶稣和她结婚的证据，从而压制消除耶稣是有死的并且有后代的说法。”

索菲看了一眼兰登。他点点头说：“索菲，有充分的历史资料证明事实确实如此。”

“我承认，”提彬说：“这个说法确实很恐怖。但你必须搞清楚教会竭力隐瞒此事的强烈动机。假如公众知道耶稣有后代。耶稣有后代的事会破坏耶稣至高无上的神性，那么，自称是人类走向神和进入天国的惟一途径的有正当性的教会也会随之瓦解。”

突然，索菲指着提彬的那堆书说道：“五瓣玫瑰。”跟镶在紫檀木盒上的那个一模一样。

提彬看了兰登一眼，说道：“她的观察力可真不错啊！”然后转过身，对索菲说：“那是郇山隐修会标志圣杯的记号，也代表着抹大拉的玛利亚。由于教会不允许人们叫她的名字，于是，人们就以许多别名来称呼抹大拉——如圣爵、圣杯和玫瑰。”他停了一下，接着说道：“玫瑰与维纳斯的五角星和指路的罗盘玫瑰有关。另外，玫瑰这个词在英语、法语、德语等语言中的读写都拼作 Rose。”

兰登接着说道：“而且，玫瑰(Rose)颠倒一下字母顺序就成了希腊神话中的爱神厄洛斯(Eros)的名字。”

索菲吃惊地看了看提彬，而提彬则继续讲解着。

“玫瑰一直是女性生殖能力的首选象征符号。在原始的女神崇拜时期，五个花瓣代表女性生命中的五个阶段——出生，月经，做母亲，绝经和死亡。而且在当代，用玫瑰花来代表女性的例子屡见不鲜。”他看了罗伯特一眼，说道：“也许符号学家能对此作出解释吧？”

罗伯特犹豫不决，一时不知如何作答。

“啊，天哪，”提彬生气地说：“你们美国人真是假正经。”他回头看着索菲：“罗伯特吞吞吐吐不肯说出的事实，是开放的玫瑰花象征着女性的外生殖器，而所有的人都是从那个神圣的花朵里来到世间的。如果你看过乔治亚·奥基夫的画，就会完全明白我的意思。”

“问题在于，”兰登指着书架说：“这里所有的书都能充分证明同一个历史事实。”

“也就是耶稣是位父亲的说法。”索菲依然对此事不太肯定。

“是的，”提彬说：“而且还能证明抹大拉的玛利亚就是为耶稣生下王室后代的女人。直到今天，郇山隐修会仍然信奉抹大拉的玛利亚，认为她是女神、圣杯、玫瑰和圣母。”

索菲又一次回想起了地下室里的仪式。

提彬接着说道：“根据隐修会的说法，抹大拉的玛利亚是在耶稣受难时怀孕的。为了耶稣后代的安全，她不得不逃离圣地耶路撒冷。在耶稣信任的舅舅约瑟的帮助下，玛利亚偷偷地逃到了当时被称为高卢的法国。在那里她受到了犹太人的庇护。正是在法国，她生下了一个女儿，名叫萨拉。”

索菲抬头望着他，说道：“他们确实知道那个孩子的名字？”

“不仅如此。抹大拉和萨拉的生活还被她们的犹太保护者详细地记录了下来。要知道，抹大拉的孩子是拥有犹太王大卫和所罗门的血脉的。因此，法国的犹太人认为抹大拉是神圣的王族，王室血脉传承人。当时有无数关于玛利亚在法生活的记录，其中包括萨拉的出世和后来的家谱。”

索菲大为吃惊：“竟然有耶稣基督的家谱？”

“确实如此。据说那还是圣杯文献的重要部分之一。那是一本耶稣直系子嗣的详细家谱。”提彬回答道。

“但是，一本耶稣后代的家谱有什么用呢？”索菲问道，“那并不能证明什么呀。历史学家恐怕不能证实它的可信性。”

提彬咯咯笑了起来。“恰恰相反。他们完全能够证明它的可信度不亚于《圣经》。”

“什么意思？”

提彬微笑着回答：“历史总是由胜利者来谱写的。当两个文明交锋时，失败者的文明史就会被删除，胜利者会编写颂扬自己而贬低被征服者的历史。正如拿破仑所言‘什么是历史？只不过是意见一致的寓言罢了’。历史的本质就是一家之言。”

索菲从未朝那方面想过。

“有关圣杯的文献只不过讲述了耶稣的另外一面而已。你相信的那一面就成了你信仰的来源，但至少，这个信息流传了下来。圣杯文献有上万页。曾看到过圣杯宝藏的人说这些文献被装在四个巨大的箱子里。据说,那些都是*原始文献*——包括上万页未经修改的资料,那是由早期的耶稣追随者在君士坦丁大帝统治罗马之前写的,他们衷心地崇拜耶稣,认为他是全人类的导师和先知。宝藏的另外一部分是传说中的'Q'*文献*,那是连梵蒂冈都承认存在的手稿。按照他们的说法,那是一本记录耶稣讲道的书,而且可能是他亲笔所写。"

"耶稣自己写的书?"

"当然了,"提彬说道:"为什么耶稣就不能有一本记载他自己布道的书呢?当时有很多人都那么做。据说宝藏的另外一部分具有爆炸性的内容是《抹大拉日记》的手稿,里面记录了她跟耶稣交往关系、耶稣受难以及她在法国的经历。"

索菲沉默了半晌。"这四个装满了文献的箱子就是圣殿骑士团在所罗门圣殿下面发现的宝藏?"

"正是。正是这些文献使得圣殿骑士团拥有了神奇的力量。这些文献也正是千百年来无数圣杯追寻者所要找的东西。"

"可是你说过圣杯就是抹大拉的玛利亚呀。如果人们都在寻找这些文献,那你为什么说他们是在寻找圣杯呢?"

提彬看着她,口气温和地说:"因为圣杯藏在一个石棺里。"

屋外的狂风在树林间呼啸。

提彬平静地说道:"寻找圣杯实际上就是寻找抹大拉的玛利亚的尸骨,然后对其顶礼膜拜,在一个被遗弃与漠视的神圣的女性脚下祈祷。"

索菲感到异常惊异:"藏圣杯的地方实际上是……一个坟墓?"

提彬淡褐色的眼睛湿润了:"是的。是一个坟墓,里面埋藏着抹大拉的玛利亚的遗骨和记录她的一生真实的文献。从本质上说,寻找圣杯就是寻找抹大拉的玛利亚,寻找受尽冤屈的皇后。她和大批证据被埋入坟墓,而这些证据完全可以证明她的家族有正当的理由获得王权。"

索菲等待提彬镇静下来。许多关于祖父的事还有不太合理之处呢!终于,她说道:"郇山隐修会一直致力于保护圣杯文献和抹大拉的玛利亚的坟墓吗?"

"是的,但郇山隐修会还有一项更重要的任务,那就是保护耶稣的后人。他们一直处于危险之中。早年的罗马教会害怕耶稣的后代一旦长大成人,耶稣和抹大拉的事就会浮出水面。这样,基督教的基本教义就会被动摇，要知道，一个神性的救世主是不会与女子同床共枕或发生性关系的。”他停了一会儿，接着说道：“虽然如此，耶稣的后人还是在犹太人的保护下在法国悄悄地长大了。直到公元5世纪他们才作出了一个大胆的举动——他们与法国的皇族结了亲并开创了一支被称为墨洛温家族。”

索菲吃了一惊。墨洛温家族在法国无人不知。“墨洛温家族建造了巴黎。”

“是的。这也是圣杯的传说在法国广为流传的原因之一。梵蒂冈的圣杯寻找者的行动实际上都是杀害王室后人的秘密行动。你听说过达戈贝特国王吧？”

索菲模糊地记起她曾在历史课上的一个恐怖故事里听到过这个名字。“达戈贝特是墨洛温家族的一个国王，对吗？他是不是在熟睡的时候被人刺瞎了眼睛？”

“一点儿不错。他是在公元7世纪晚期被梵蒂冈与丕平二世合谋刺杀的。达戈贝特遇害后，墨洛温家族的后人几乎被消灭殆尽。值得庆幸的是，达戈贝特的儿子斯基斯伯特偷偷地逃离了魔爪，延续了香火，他的后代中就包括布雍的戈弗雷这样的郇山隐修会的创始人。”

兰登接着说道：“也就是这个人命令圣殿骑士团从所罗门圣殿下面抢救出圣杯的文献，从而为墨洛温家族找出证据，证明他们跟耶稣有血缘关系。”

提彬长长地叹了一口气，点点头说道：“现在隐修会的责任非常重大。他们必须完成三个任务。首先隐修会必须要保护圣杯文献。其次，要保护好抹大拉的玛利亚的坟墓。最后，他们必须保护好耶稣的后人并把他们抚养成人。现在还有为数不多的墨洛温家族的后人存活着。”

这些话在空中回响。索菲感到一阵奇怪的震动，好像她的骨头随着某个真相的揭开而发出巨大的回响。*耶稣的后代仍然存活着！*祖父的话又在她耳边响起。*公主，我必须要把你家庭的真相告诉你。*

她打了个寒战。

王室血统。

她简直无法相信。

索菲公主。

“雷先生！”墙上的对讲机里突然传来男佣的声音，把索菲吓了一跳。“您能到厨房来一下吗？”

提彬对男仆的打搅很恼怒。他走到对讲机前，按了一下按钮，说道：“雷米，你应该知道，我正忙着招待客人。如果我们需要从厨房里拿什么东西，我们会自己去的。谢谢你。晚安！”

“先生，我只想在就寝之前跟您说句话。如果您允许的话。”

提彬嘟囔着，又按了一下按钮。“有话快说，雷米。”

“只是些家务事，先生。不需要在对讲机里讲出来打搅客人的雅兴。”

提彬简直难以置信。“不能等到明天早上？”

“不行，先生。我有句话想问您，不能耽搁了。”

提彬圆睁双眼，转过头看着兰登和索菲说：“有时我真怀疑到底是谁侍候谁？”他又按了一下按钮。“我马上就过去，雷米。需要我从这里给你带点什么吗？”

“只要你抽身过来就行，先生。”

“雷米，要知道要不是你做的胡椒牛排好吃，我早就辞退你了。”

“我知道，先生。您说过。”

第六十一章

索菲公主。

索菲听着提彬的拐杖声消失在走廊的尽头，感到一阵空虚。她站在舞厅怅然若失地转身望着兰登。兰登摇摇头，好像猜到了她的想法。

“是的，索菲，”他轻声说，目光异常坚定。“当我意识到你祖父是隐修会的成员时，我也有同样的想法。你说他要告诉你一个关于你家庭的秘密，但那件事不可能。”兰登停顿了一下。“索尼埃不是墨洛温家族的姓氏。”

索菲不知自己是欣慰还是失望。早先，兰登曾很突兀地询问她母亲的名字。现在，这个问题变得很有意义了。“肖韦尔。她可能是墨洛温家族的后代吗？”她焦急地问。

他又摇了摇头。“对不起，我可以解释你的疑惑。墨洛温家族的子嗣只有两个家族姓氏——普兰塔得和圣卡莱尔。后人都躲藏了起来，也许是被隐修会保护了起来。”

索菲默念着那几个名字，摇了摇头。她家里没人姓普兰塔得或圣卡莱尔。她感到疲惫，觉得更加困惑了，并不比之前在卢浮宫时更明白祖父要告诉她些什么。索菲真希望祖父那天下午没有提及家庭。他撕开了旧伤口，那伤口更加疼痛。*他们死了，索菲。他们不会回来了。*她回想起了妈妈唱歌哄她入睡的情景；回想起了骑在爸爸肩上玩耍的时光；回想起了祖母和弟弟用绿色的眼睛看着她，冲她微笑的样子。这一切都被偷走了。她只有祖父了。

而现在祖父也离开了。只有我一个人了！

索菲默默地转过身，看着墙上的那幅《最后的晚餐》，凝视着抹大拉的玛利亚那火红的长发和安详的眼睛。索菲能感觉到她的眼里有种失去爱人的茫然。

“罗伯特？”她轻声说。

兰登走了过来。

“雷说圣杯的故事广为流传,但今晚我却是第一次听到。”

兰登想把手放到索菲肩上,安慰她一下,可最终还是没有那样做。他说道:“索菲,你应该听说过抹大拉的故事。那样的故事广为流传,只是我们没有意识到它们的存在而已。”

“我不明白。”

“圣杯的故事无处不在,只不过被隐藏了起来,不易被发现罢了。罗马教会不许人们公开谈论逃亡的抹大拉的玛利亚,于是人们便以隐秘的方法记录她的故事。这些方法包括隐喻和象征符号等。”

“当然了,是通过艺术作品。”

兰登指着墙上的《最后的晚餐》,说道:“这就是一个完美的例子。许多不朽的艺术文学、音乐作品中都暗含着抹大拉的玛利亚和耶稣的故事。”

兰登简要地向索菲介绍了达·芬奇、波提切利、普桑、贝尼尼、莫扎特和维克多·雨果的一些作品。那些作品都以隐秘的方法表达了恢复那位被压制的神圣女性地位的希望。那些不朽的传说——如加文爵士和圆桌骑士、亚瑟王和睡美人等——都源于圣杯的故事。维克多·雨果的《巴黎圣母院》和莫扎特的《魔笛》都充满了共济会的象征符号和圣杯的秘密。

“一旦你睁开眼睛寻找圣杯,”兰登说道,“你就会发现她无处不在。绘画、音乐、书籍,甚至是卡通片、主题公园和卖座的电影里都有她的身影。”

兰顿举起手腕上的米老鼠手表,告诉索菲:“沃尔特·迪斯尼一生都在默默地致力于圣杯故事的保存和宣扬。他被人们誉为‘当代的列昂纳多·达·芬奇’。”这两个人都是时代的先锋,都是举世无双的天才艺术家,都是秘密会社成员,而且都以喜欢恶作剧而闻名。像达·芬奇一样,沃尔特·迪斯尼也喜欢运用象征符号并在其作品中藏入秘密。对于一个训练有素的符号学家来说,观看迪斯尼早期的电影就像是在欣赏无数的暗示和比喻。

迪斯尼的大部分电影里都有宗教、异教传说、受压制的女神故事的影子。迪斯尼公司将“灰姑娘”、“睡美人”和“白雪公主”的故事搬上银幕,就是因为它们描述的都是遭受迫害的神圣女性的故事。人们无需符号学的知识就能明白,那里公主吃了毒苹果变成丑八怪的情节明显地影射了夏娃的堕落。人们也很容易看出,《睡美人》中人称“玫瑰”的奥罗拉公主躲避在森林里，以防被巫婆抓走的故事，实际上就是儿童版的圣杯故事。

迪斯尼公司有其自己的形象，但在它的员工里仍然存在着机智顽皮的一种氛围，公司的艺术家仍常在迪斯尼的产品中藏入一些隐匿的符号意义来自娱。兰登还记得，有一次，一个学生带来了一盘《狮子王》DVD。在播放碟片时，那个学生突然按了暂停键，给大家看了一个定格画面。画面上，飘浮在"辛巴"头上的尘土组成了"SEX"(性)的字样。在兰登看来，这与其说这是针对异教"性"观点的影射，倒不如说是制作者的恶作剧。兰登还发现迪斯尼对象征符号的运用能力不可低估。电影《小美人鱼》中的多彩画面包含了大量象征符号，这些象征大多都跟女神有关，这绝对不可能是巧合。

兰登还记得第一次看电影《小美人鱼》的情景，当他注意到挂在爱丽儿水底之家的油画就是17世纪的画家乔治·德·拉图尔的《忏悔的抹大拉》时，实际上就已经惊得直喘粗气。这是一幅向被放逐的抹大拉的玛利亚表示崇高敬意的作品。考虑到这部长达90分钟的电影通篇充斥了影射失落的伊希斯、夏娃、双鱼座女神以及反复提到的抹大拉的玛利亚的象征符号，此画的确是一幅不错的装饰品。小美人鱼的名字——爱丽儿——跟神圣的女性也有紧密的联系，它在《以赛亚书》中表示"被围困的圣城"。当然了，小美人鱼那一头飘动的红发也有独特的象征意义。

这时，提彬的拐杖声从走廊里传来。他的步伐听起来特别快。他面色铁青地走进书房，冷漠地说道："罗伯特，你最好作一下解释。你一直没跟我说实话。"

第六十二章

“雷，我是被冤枉的。”兰登说道，尽量保持着镇定。“你是了解我的。我绝对不会杀人。”

提彬的口气依然严厉。“罗伯特，你杀人的事已经上了电视。老天啊，你知道当局正在通缉你吗？”

“知道。”

“那你就滥用了我对你的信任。你竟然跑到我这里来，还藏在我家里跟我大谈圣杯。你这样给我带来危险，真让我吃惊。”

“可我没杀人。”

“雅克·索尼埃遇害了，警察说是你干的。”提彬看上去非常伤心，“这样一个对艺术作出巨大贡献的人……”

“先生？”男仆走到书房的门口，抱着胳膊站在提彬身后。“要我把他们赶出去吗？”

“请允许我这样做。”提彬蹒跚着穿过书房，打开玻璃门上的锁，猛地将门向外草坪方向推开。“请去找你们的车，然后离开。”

索菲没有动。“我们有关于郇山隐修会拱顶石的消息。”

提彬瞪着她看了几秒钟，轻蔑地说：“垂死挣扎。兰登知道我非常想找到它。”

兰登说道：“她说的是真的。这就是我们来找你的原因。我们想跟你讨论关于拱顶石的事情。”

男仆插话道：“离开这里，否则我要报警了。”

兰登轻声说：“雷，我们知道它在哪里。”

提彬浑身颤抖了一下，几乎失去平衡。

雷米气势汹汹地穿过房间，走了过来。“马上离开！否则我要强行……”

“雷米！”提彬转过身，呵斥道。“让我们单独呆一会儿。”

男仆张口结舌。“先生？我必须要保护您。这些人是……”

“你先出去，我自己处理这事。”提彬指着走廊说道。

雷米愣了一会儿，像丧家之犬一样垂头丧气地走了。

清凉的晚风从打开的门里吹进来。提彬转过身，将信将疑地问索菲和兰登：“你们最好说真话。关于拱顶石，你们都知道些什么呢？”

书房外面茂密的灌木丛中，塞拉斯紧紧地攥着手枪，瞪大双眼朝玻璃门里张望。他刚刚绕着这座房子转了一圈，发现兰登和那个女人正在那间宽大的书房里谈话。他正想往里闯，一个拄着拐杖的男人走了进去，冲着兰登大声喊叫并猛地推开房门，叫他们离开。然后，那个女人提到了拱顶石，接着一切都改变了。喊叫变成了低声私语。气氛融洽了。而且玻璃门也迅速地被关上了。

现在，塞拉斯蜷缩在阴影里，透过玻璃朝里偷窥着。拱顶石就在这座房子里。塞拉斯能感觉到。

他在阴影里朝玻璃门慢慢地挪动，急切地想听到他们在说些什么。他将给他们五分钟。如果到时他们还没能表明拱顶石在什么地方，他就闯进去逼他们说出来。

兰登站在书房里，完全能理解提彬的疑惑。

“郇山隐修会大师？”提彬看着索菲，吃惊地问道：“雅克·索尼埃？”

索菲点点头，看得出他很惊讶。

“但你不可能知道这种事！”

“雅克·索尼埃是我祖父。”

提彬拄着拐杖向后倒退了几步，目光尖锐地看着兰登。兰登点点头。提彬转身对索菲说：“奈芙小姐，我无话可说。如果这是真的，我为你失去亲人而感到难过。我得承认，为了研究的需要，我曾列了一份巴黎名人的名单，名单上的人极有可能是隐修会成员。但是你说‘隐修会大师’？这太不可思议了。”提彬沉默了一会儿，又摇摇头说道：“但这仍然没什么意义。即使你祖父是隐修会的领导人并且制作了拱顶石，他也绝对不可能告诉你怎样找到它。拱顶石表明的是通往隐修会的宝藏的路线。就算你是他的孙女，也没有资格知道这个秘密。”

兰登说：“索尼埃先生讲出这个秘密的时候，就快要死了。他别无选择。”

提彬争辩道:“他根本就不需要选择。还有三个隐修会主管也知道这个秘密。这就是隐修会制度的好处。三个人中的一个会升任为大师,然后再选一个新的主管来共同保守拱顶石的秘密。”

索菲说:“我想您没有看完电视上的新闻报道。除了祖父,其他三位巴黎的社会名流也在今天被害了,而且看得出他们都被审讯拷打过。”

提彬惊讶地张大了嘴巴。“你认为他们都是……”

兰登说道:“三位隐修会主管。”

“但是,这怎么可能呢?一个凶手是不可能知道郇山隐修会所有的四个头号人物的真实身份的!虽然我已经找了他们好几十年,可是到现在连一个隐修会成员的名字都不知道。三个主管和大师在一天之内被发现然后被杀害,这简直太不可思议了。”

索菲说:“我怀疑这些信息不是在一天之内收集起来的。这看上去像是一个安排周密的斩首行动。我们用这种技术来打击组织严密的犯罪集团。如果警方想打击某个团伙,会先悄悄地窃听和监视几个月。等确定了所有的犯罪头目后,他们就突然出动,同时袭击这些头目,把他们当场逮捕。没有了首领,这个团伙就会乱得一团糟,其他的秘密就会被泄露出来。所以我认为,极有可能是有人耐心地监视了隐修会的活动,然后突然袭击,期望那些头号人物能泄露出拱顶石的所在地。”

提彬看上去并不相信。“可是那些人是不会说的。他们都发过誓要保守秘密。即便是面对死亡,也不会吐露秘密。”

兰登说道:“没错。但设想一下:如果他们都没有泄露这个秘密,而且全部遇害,那么……”

提彬吃惊地说道:“那么,就永远没人能知道拱顶石的隐藏地了。”

兰登补充道:“以及圣杯的埋藏地。”

提彬的身体似乎随着兰登沉重的话语晃动起来。他似乎累得站不住了,一屁股坐在沙发上,两眼直勾勾地望着窗外。

索菲走过去,温柔地说:“祖父在彻底绝望时,有可能把这个秘密告诉隐修会之外的人。一个他可以信任的人。一个家里人。”

提彬的脸色煞白,他喃喃地说:“但是,能够发动这样的袭击的人……能够发现这么多关于隐修会秘密的人……”他突然停了下来,一阵新的恐惧笼罩着他。“只有一种力量能做到。这样的袭击只能来自隐修会的宿敌。”

兰登抬起头:“罗马教会。”

“还能是谁？几个世纪以来,罗马教会一直在寻找圣杯。”

索菲对此表示怀疑:“你认为是罗马教会杀害了祖父?”

提彬答道:“这已不是罗马教会第一次通过杀人来保护自己了。圣杯文献太具爆炸力了,罗马教会多年以来一直想把它们销毁。”

兰登不同意提彬的推断,认为罗马教会不会大张旗鼓地通过杀人来获取文献。兰登曾见过新教皇和其他红衣主教,觉得他们都是很高尚的人,绝对不会采用暗杀的手段。无论有多么重要的原因。

索菲似乎也有同样的想法:“有没有可能是罗马教会以外的人杀害了隐修会的成员呢？那些不理解圣杯含义的人？毕竟,基督之杯是个非常诱人的宝贝。那些寻宝者肯定会杀死跟他们争宝贝的人。”

提彬说道:“根据我的经验,人们为了逃避心中害怕的灾难,花工夫去取得想要的东西。我感到这次对隐修会的袭击是绝望的挣扎。”

兰登说道:“雷,你的说法自相矛盾。为什么天主教的神父们会为了寻找他们眼中的不实文献而杀害隐修会的人呢?”

提彬抿嘴笑道:“罗伯特,哈佛的象牙塔把你变得愚蠢了。没错,罗马的神父们是有着非常虔诚的信仰。他们的信仰可以经历任何风雨,包括与他们的信仰完全相抵触的那些文献。可是,世界上的其他人呢？那些信仰没有如此坚定的人会怎么想呢？那些看尽了世间的冷漠而询问‘上帝在哪里’的人会怎么想呢？那些发现了罗马教会的丑闻而质问‘宣讲耶稣真理的人,为何撒谎掩盖神父对儿童进行性侵犯’的人会怎么想呢?”提彬停顿了一下，接着说道:“罗伯特，如果有人发现足够的科学证据来证明罗马教会关于耶稣的故事是不准确的，而且能证明被传诵的耶稣的伟大事迹不过是谎言，他们会怎么想呢?”

兰登没有回答。

提彬说道:“我来告诉你那些文献被发掘出来的后果。梵蒂冈将会面临两千年来从未有过的最大一次信仰危机。”

兰登沉默了良久,说道:“但是,如果确实是罗马教会发动了这次袭击,那他们为什么到现在才动手呢？为什么要等这么多年呢？这些年来隐修会一直收藏着圣杯文献。他们对罗马教会并没有构成直接的威胁啊。”

提彬不详地叹息,看着兰登道:“罗伯特,我想你应该很熟悉隐修会的最终职责。”

想到这点，兰登噎住了。“是的。”

提彬说：“奈芙小姐，这么多年来罗马教会和隐修会一直保持着一种默契。那就是：罗马教会不进攻隐修会，而隐修会则保守着圣杯文献，不向外界宣扬。”他停了一下，接着说道：“然而，隐修会一直都有揭露这个秘密的计划。当特定的历史时刻来临时，隐修会就会打破沉默，向世人宣布圣杯文献的存在并宣讲耶稣基督的真实故事，从而获得彻底的胜利。”

索菲默默地看着提彬。最后，她也坐了下来。“而且您认为那个历史时刻就要来临了，是吗？并且罗马教会也知道此事？”

提彬说道：“只是一种推测。但这足以促使罗马教会来发动一场全面的进攻，从而在为时未晚的情况下找到圣杯文献。”

兰登颇感不安，他认为提彬说的没错。“你认为罗马教会真的能够找到足够的证据来证明隐修会披露秘密的时间？”

“为什么不能呢？如果罗马教会能发现隐修会成员的真实身份，那他们肯定已经知道了隐修会的计划。即使他们不知道确切的时间，他们的迷信也会帮他们的大忙。”

“迷信？”索菲不解地问。

提彬说道：“根据预言，我们正处在一个发生巨大变化的时代。上一个千禧年刚过去，随之而结束的是占星学上长达两千年的双鱼时代，要知道鱼也是耶稣的象征。正如占星学家所言，双鱼星座的理念是，人类必须由比他们更强大的事物来告诉他们应该做些什么，因为人类自己不会思考。因此，那是一个充斥着强烈宗教信仰的时代。可是现在，我们进入了宝瓶时代。而这个时代的理念是人类会掌握真理，会独立思考。两个时代的观念的转变是如此之大，而这种转变发生就在现在。”

兰登颤抖了一下。他对占星学预言一直不感兴趣，而且也不太相信。但他知道罗马教廷里有些人对此深信不疑。“罗马教廷把这个过渡期称作‘末日’。”

索菲疑惑地问道：“你是说宝瓶时代就是世界末日吗？像“启示录”吗？”

兰登说道：“不是。这是很常见的误解。许多的宗教都会提到‘末日’，但那不是指世界的末日，而是指时代——双鱼时代——的终结。要知道，这个双鱼时代是从耶稣降生的那年开始的，历经两千年，在千禧年过后就结束了。现在,我们已进入了宝瓶时代,双鱼时代的末日已经到了。”

提彬补充道:“许多研究圣杯的历史学家认为,如果隐修会真的打算披露这个秘密,那么,这一历史时刻确实是具有象征符号上的时机。许多研究隐修会的学者,包括我在内,曾预测隐修会在千禧年披露这个秘密。现在看来,他们并没有那么做。当然,罗马日历并不能和占星术的分段点完全吻合,所以预测结果还悬而未决。是否现在罗马教会得到了内幕消息说确切的日期即将来临,或只是由于对占星术预言的迷信使他们变得非常紧张,对此我不能确定。然而这并不重要。这两个假定中的任何一个都足以说明为什么罗马教会要对隐修会发动先发制人的袭击。”提彬皱起了眉头,“相信我,如果罗马教会找到了圣杯,他们会毁了它。他们会把那些文献和可敬的抹大拉的玛利亚的遗骨一起销毁。”他眼圈红了。“然后,亲爱的,随着圣杯文献的消失,所有的证据都没了。罗马教会将会打赢这场世纪之战,从而改写历史。历史的真相将永远被抹去。”

索菲缓缓地从毛衣口袋里拿出那个十字形的钥匙,递给提彬。

提彬接过来,仔细端详着。“上帝啊,隐修会的标志。你是从哪里得到它的?”

“今晚祖父临死之前给我的。”

提彬摸着这把十字形的钥匙。“这是一把教堂的钥匙吧?”

她深吸了一口气:“这把钥匙让我们找到了拱顶石。”

提彬猛地抬起头,简直无法相信自己的耳朵。“这不可能!我错过了哪个教堂?我把法国所有的教堂都搜遍了!”

索菲说道:“拱顶石没在教堂里,在一家瑞士存托银行里。”

提彬脸上的兴奋消失了。“拱顶石在一家银行里?”

兰登说道:“在一个金库里。”

提彬使劲地摇着头。“银行的金库?不可能。拱顶石应该藏在玫瑰标记的下面。”

兰登说道:“没错。它在一个镶着五瓣玫瑰的紫檀木盒子里。”

提彬大吃一惊。“你们看到过拱顶石?”

索菲点点头。“我们去了银行。”

提彬朝他们走过来,眼里充满了恐惧。“朋友们,我们得做点什么。拱顶石正处于危险之中!我们有责任保护好拱顶石。如果还有别的钥匙怎么办？也许是从其他死者身上偷来的。如果罗马教会能像你们一样进入银行……”

索菲说道：“那他们就晚了一步。我们拿到了拱顶石。”

“什么！你们已经把拱顶石从原来的地方拿走了？”

兰登说道：“别担心。拱顶石现在藏在一个很安全的地方。”

“我希望绝对安全！”

兰登抑制不住脸上得意的笑容。“那要看你多长时间打扫一次沙发了。”

庄园外面的风大了起来。塞拉斯趴在窗户边上，长袍在风中飘舞着。虽然他没听到多少谈话的内容，但“拱顶石”这个词却无数次地透过玻璃飘了出来。

它就在里面。

导师的话依然在他耳边回响。“潜入威利特堡。拿走拱顶石。不要伤害任何人。”

现在，兰登和其他人突然停止了谈话，转移到另外一个房间里去了。走之前，他们把书房的灯关了。塞拉斯像猎豹蹑手蹑脚地靠近猎物一样，慢慢地爬到玻璃门前。他发现门没锁，“嗖”地钻了进去，然后把门悄悄地掩上。他能隐隐约约地听到从隔壁房间里传来的声音。塞拉斯从口袋里掏出手枪，拔掉保险栓，慢慢地向走廊挪去。

第六十三章

科莱侦探独自站在雷·提彬家的车道前，仰望着这座大宅子。偏僻、黑暗、绿化很好。科莱手下的人沿篱笆散开。他们几分钟之内就会翻墙到达指定位置把房子围起来。兰登选的这个地方太理想了，太适合科莱来个突然袭击了。

科莱正想给法希打电话，手机却响了起来。

出乎科莱意料，法希对案子的进展并不满意。“有了兰登线索，为什么没有人告诉我？”

“当时您在打电话，而且……”

“科莱侦探，你到底在哪里？”

科莱汇报了他的方位。“这栋房子属于一个名叫提彬的英国人。兰登开了很长时间的车才到这里。车现在就在防盗门里面，没有强行进入的迹象，所以兰登很可能认识房子的主人。”

法希说道：“我马上过来。先不要行动，我要亲自指挥。”

科莱大吃一惊。“可是探长，您二十分钟后才能到达这里呢！我们应该立即行动。我已经把他监视住了。我这里总共有八个人。四个人有步枪，另外四个有手枪。”

“等着我。”

“可是探长，如果兰登在里面挟持了人质怎么办？如果他发现了我们，逃走了怎么办？我们应该立即行动！我的人已经就位，随时可以出击。”

“科莱，你必须要等我到达现场。在此之前，不准有任何行动。这是命令！”法希挂上了电话。

科莱目瞪口呆，无可奈何地关掉了手机。他妈的，法希为什么让我等他？科莱知道，虽然法希天资聪颖，但他也因高傲自大而臭名昭著。法希想通过逮捕兰登来提高自己的声誉。这个美国人的脸已上了电视，法希同样想在电视上露把脸。科莱要做的就是守住堡垒，然后等着头儿降临来打胜仗。

他站在那里，脑海中闪过法希让他推迟行动的第二种解释。破坏控制。在执法时，推迟逮捕一个逃犯只会在不确定嫌疑犯的罪行时才会发生。法希在重新考虑兰登是不是凶手吗？这个想法太可怕了。如果今晚法希探长不能逮捕罗伯特·兰登，那他就太尴尬了，因为他早已通知了警方监控人员、国际刑警组织而且还在电视上发了通缉令。如果贝祖·法希错误地把一个美国社会名流的头像展示在法国电视上，说他是谋杀犯的话，那么不管他有多伟大，也无法承担可怕的政治后果。如果法希现在意识到了错误，那他让科莱停止行动就太有意义了。法希可不希望看到科莱冲进一位无辜的英国公民的私宅，然后用枪指着兰登。

科莱还意识到，如果兰登是无辜的，那么就澄清了这个案子里最自相矛盾的一件事：为什么索菲·奈芙——被害人的孙女——要帮助那个所谓的凶手逃跑。除非索菲知道兰登是被冤枉的。法希作出了各种各样的解释来说明她的行为：作为雅克·索尼埃的惟一的继承人，索菲为了得到遗产而唆使她的秘密情人罗伯特·兰登杀死了雅克·索尼埃。如果雅克·索尼埃对此早有怀疑的话，那就会给警察留下信息：附言：去找罗伯特·兰登。可是科莱总觉得此事另有蹊跷。索菲看上去很纯洁，应该不会参与这样的肮脏交易。

“侦探！”一个警察跑了过来，“我们发现了一辆车。”

科莱跟着那个警察顺着车道走了约五十码。那个警察指向马路对面车道的宽阔的路肩。在灌木丛里停着一辆黑色的奥迪车，不仔细看的话，根本就发现不了。车上挂的是出租牌照。科莱摸了一下车盖。还是热的，甚至有些烫手。

科莱说：“兰登肯定是坐这辆车来的。给出租公司打电话，看看是不是偷来的。”

“是，侦探。”

另外一个警察在篱笆那边挥手要科莱过去。他递给科莱一副夜视双筒望远镜，说道：“侦探，看那边。车道尽头的小树林。”

科莱把望远镜对着小山丘，调节着镜筒。慢慢地，那些绿乎乎的东西进入了眼帘。他先找到车道的拐弯处，然后顺着车道慢慢往上望去，最后把视野定在了那片小树林上。他被自己的所见惊呆了。那里有辆用草盖着的装甲车。那车竟然跟早些时候他在苏黎世存托银行放行的那辆一模一样。他希望这只是某种奇特的巧合,但他知道那是不可能的。

那个警察说:“显然,兰登和奈芙就是坐着这辆车从银行里逃出来的。”

科莱一言不发。他回想起他在路障前面拦住的装甲车司机、那块劳力士手表以及他急于离开的样子。我竟然没有检查货舱。

简直不可思议,科莱意识到银行里有人向警署撒了谎。他们没有说出兰登和索菲藏身之处而是帮助他们逃了出来。但是,是谁干的呢?又是为什么呢?科莱怀疑这才是法希阻止采取行动的真正原因。也许法希意识到了参与这个案子的人不仅仅是兰登和索菲。如果兰登和索菲是坐这辆装甲车来的,那么是谁开来的奥迪呢?

几百英里以外的法国南部,一架比彻卡拉夫特男爵58私人包机正在第勒尼安海高空向北高速飞行。虽然飞机飞得很平稳,可是阿林加洛沙还是紧紧地抓着晕机袋,觉得自己随时都会呕吐。他跟巴黎方面的通话大大出乎他的意料。

阿林加洛沙独自坐在小机舱里,不停地转动着手上的戒指,竭力使自己从无法抗拒的恐惧和绝望之中解脱出来。巴黎的一切都弄砸了!阿林加洛沙闭上眼,祈祷着法希能够有办法扭转败局。

第六十四章

提彬坐在靠背长沙发上，把那个木盒揽在膝盖上，慢慢地欣赏着镶在盒盖上的那朵精美的玫瑰。今晚成了我一生中最奇特、最神圣的夜晚。

索菲靠着兰登站在提彬的身后，轻声说道："打开盖子吧。"

提彬微笑了起来。别催我呀。他已经花了十几年时间来寻找拱顶石了，现在要好好地珍惜每一秒。他抚摸着木质的盒盖，感觉着玫瑰花纹的质地。

"玫瑰，"他轻声念道。玫瑰就代表着抹大拉，就代表着圣杯。玫瑰就是指引方向的罗盘。提彬觉得自己真愚蠢。多年以来，他遍访了法国的天主教堂和礼拜堂，为他那附带特殊要求的参观花费了大量的金钱。他仔细地查看了千百个玫瑰窗格下的拱门或拱道，为的就是寻找一块刻着密码的拱顶石。玫瑰标记下的一把石头钥匙。

提彬打开盒盖上的扣子，将盒盖掀开。

当他看到盒里的东西时，马上就肯定那是拱顶石。那是一个石头做成的圆筒，由几个字母转盘组成。出乎意料，他竟觉得自己对这个装置非常熟悉。

索菲说道："这是根据达·芬奇笔记上的记载制作的。祖父非常喜爱制作这种东西。"

当然了，提彬一下子明白了过来。他见过密码筒草图和后来的设计图。寻找圣杯的关键线索就在这个石筒里。提彬把沉甸甸的密码筒从盒子里轻轻地取出，慢慢地举起来。虽然他不知道怎样打开它，可他觉得自己的命运也藏在里面。当遭受挫折的时候，提彬曾怀疑他毕生的追求能否得到回报。现在，这些疑惑都烟消云散了。圣杯传说创立时的古老的词句在他耳边响起：

不是你找到圣杯，而是圣杯找到你。

令人难以置信的是，今晚，圣杯的秘密主动进了自己家门。

索菲和提彬坐在沙发上拿着密码筒讨论里面的醋、外面的转盘和破解它的密码，兰登则拿起那个紫檀木的盒子，穿过房间，走到一个光线很好的桌子旁，仔细地端详起来。提彬的话在他耳边回响：

寻找圣杯的关键就藏在玫瑰的标记下面。

兰登端起木盒，凑近灯光，仔细地查看着盒盖上的玫瑰。虽然他对木工和镶嵌艺术不是很在行，但看着这朵玫瑰，他还是回想起了马德里城外那个修道院里的瓷砖天花板。那里的天花板世界闻名，因为在修道院建成三百年之后，天花板上的瓷砖开始脱落，露出了三百年前书写在灰泥下面的经文。

兰登又看了看这朵玫瑰。

玫瑰下面。

意即保密。

秘密。

他身后的走廊里突然传来"嘭"的一声，兰登转身一看，除了阴影什么也没有。"可能是提彬的男仆刚刚走了过去。"兰登想道。他转回身看着盒子。他用手指摸着那朵光滑的玫瑰，心想："能不能把玫瑰撬出来呢？"可是盒子制作精良，兰登怀疑只有用剃须刀那样薄的刀片才能伸进玫瑰和盒盖之间的缝隙里。

他打开盒子，仔细地查看了盖子的里层。里面也很光滑。他把盒子转了一个方向，突然，他发现好像有束光从盒子正中央穿了进来。他合上盖子，从外侧检查那朵嵌进去的玫瑰。没有孔。

那个洞没有穿过底。

兰登把盒子放在桌上，扫视了一下周围，看见堆纸上有一把裁纸刀。他拿起裁纸刀，走回盒子旁边，打开盒盖，又仔细地研究起那个小孔来。他将刀头塞进小孔里，轻轻一推。根本没费什么劲，他就听到一个东西"嗒"一声轻轻落在桌上。他盖上盒盖，打量那个掉落下来的小玩意儿。那是一块小小的木头，像一片拼图。原来镶嵌在盒盖上的木质玫瑰弹了出来，落到了桌上。

兰登惊异地望着原先镶嵌玫瑰的地方。那里刻着四行隽秀的文字，而这些文字兰登从未见过。

兰登琢磨着，*这像是闪族语，可我不认识。*

突然，兰登发觉身后有动静。不知什么东西猛地击中了他的头部，使他跪倒在地。

倒下的瞬间,一闪念,他好像看到一个举枪的白面鬼在头顶上盘旋。然后便眼前一黑失去了知觉。

第六十五章

索菲·奈芙本是个执法人员，可今天晚上倒好，她发现黑洞洞的枪口正对着自己。这几乎让人感到不可思议，她紧盯着枪，此刻，它正被一个头发又长又白、块头肥大的白化病患者抓在苍白的手中。那人红眼瞪着她，目光里流露出一种令人恐惧的神情。他身穿带有绳领结的羊毛长袍，看上去就像中世纪的教士。索菲想象不出他到底是谁，然而她顿时对提彬生出几分新的敬意来，因为他首先怀疑天主教会就是此人幕后的操纵者。

“你知道我来干什么。”修士说，声音听起来很飘渺。

索菲和提彬坐在长沙发椅上，按照袭击者的要求举起双手。兰登瘫倒在地板上，痛苦地呻吟。修士立刻注意到了提彬膝盖上的拱顶石。

“你打不开的。”提彬的语调里流露出一种轻蔑的味道。

“我导师聪明得很呢。”修道士答道，一步步逼近。他用手枪轮流对着索菲和提彬。

索菲心想提彬的男仆在哪儿呢？他听到兰登倒地的动静吗？

“你导师是谁？”提彬问道，“或许我们可以做一笔交易。”

“可圣杯是无价的。”他逼得更近了。

“你出血了，”提彬平静地说，一边向修士右边的脚踝点了点头——鲜血正从他腿上流了下来，“你还瘸了腿呢。”

“你也好不了多少。”修士没好气地回答，同时向放在提彬旁边的金属拐杖走去。“好了，把拱顶石交给我。”

“你知道我有拱顶石？”提彬惊讶地问道。

“你甭管我知道什么。你慢慢站起来，再把它交给我。”

“可是我站起来不容易。”

“那好，眼下我倒是不喜欢别人动作太快。”

提彬的右手从拐杖上滑过，但他的左手却紧紧攥住了拱顶石。他挣扎着站起来，他把那沉重的圆石筒攥在手心，将身子颤颤巍巍地靠在右手的拐杖上。

修士现在离他们只有几英尺远了，他一直用枪对准提彬的头。索菲眼看着修士伸手去抓那圆石筒，却爱莫能助，无可奈何。

“你不会得逞的，”提彬喊道，“只有配得上的人才能把它打开。”

*配不配得上，还不是只有天主说了算。*塞拉斯心想。

“太重了。”拄拐杖的提彬说，他胳膊颤抖着。“如果你还不快点接住，我担心它马上要掉下来了。”他摇摇欲坠。

塞拉斯飞跃上前，去接那块石头，然而就在此时，拄拐杖的提彬身体忽然失去了平衡，拐杖从他胳膊下滑了出来，他本人斜着身子开始向右边倒了下去。糟糕！塞拉斯急忙伸手去接住那块石头，同时将高举在手中的武器放低了，然而他眼瞅着拱顶石离他更远了。那人向右边倒下，左手则往后仰，于是那圆石筒立刻从他手里弹了出去，掉落到沙发里。与此同时，从男人胳膊底下滑出来的那根拐杖似乎也加快了速度，在空中画了一圈很大的弧线，朝塞拉斯的脚上袭来。

拐杖恰好与他的苦修带碰个正着，把倒钩往他原本就疼痛的皮肉里刺，一股钻心的疼痛顿时在塞拉斯的体内弥漫开来。塞拉斯弯腰蹲下，苦修带因而更刺的深。他倒在地上，手枪走火了，发出震耳欲聋的响声。不过，幸运的是子弹射进了地板里，因而没有造成人员的伤亡。他还没来得及再次举起枪，女人的一只脚就不偏不倚地踏了上来，踩在他下巴上。

科莱是在车道的尽头听到枪声的。那沉闷的枪声使他全身的神经因为恐惧而紧绷起来。在等待法希的这段时间里，科莱已经完全放弃了任何欲在今晚找到兰登并借此邀功的打算。不过，如果法希出于自私而以玩忽职守的名义把他告到警署纪律委员会去的话，那科莱必受处罚无疑。

竟然有人在私人住宅里开枪！而你却在车道尽头等待?!

科莱知道，偷偷采取行动的机会早就没有了，他也深知如果继续袖手旁观，哪怕只是多耽搁一秒，那么到明天早上，他的前程就会毁于一旦。他注视着那座府邸的铁门，随即做出了决定。

“系好，把门打开。”

罗伯特·兰登昏昏沉沉的，他隐约听到了枪声，也听到了痛苦的喊叫。是他自己在喊吗？他的头盖骨后面被人用手提电钻敲了一个口子。从附近的某个地方，传来有人说话的声音。

"你到底在哪里？"提彬大声喊道。

男仆匆匆跑了进来。"出什么事啦？哦，上帝！那是谁？我去报警吧！"

"去死！报警就不必了。你帮帮忙，给我们拿些东西来，制服这个家伙。"

"再拿些冰块来。"索菲在他身后叫道。

兰登感到意识涣散起来。声音更嘈杂了。有人在跑来跑去。终于，他坐到长沙发上。索菲将一包冰块举到兰登的头上。他头痛极了。等到他的视线变得逐渐清晰起来，才发现自己正盯着横倒在地板上的一具人的躯体。我不是在做梦吧？那个患了白化病的修士躺在地板上，硕大的身子被绑了起来，他的嘴里塞满了胶带，下巴裂开了，而膝盖以上的袍子则沾满了血迹。他似乎很快就会苏醒过来。

兰登转身问索菲："那人是谁？出——出什么事啦？"

提彬蹒跚着走过来。"是一位挥舞着埃克姆整形公司制造的亚瑟王神剑的骑士救了你的。"

"是吗？"兰登拼命想坐起来。

索菲温柔地抚摸着他，手却在不停地颤抖。"罗伯特，你别急，慢慢来。"

"我刚才还担心向你这位女性朋友示范，如何利用自己不幸的身体状况得利。好像大家都低估你了。"

兰登坐在长沙发上，低头盯着躺在地上的修士，努力想象刚才发生的事情。

"他戴了条苦修带。"提彬解释道。

"你说什么？"

提彬用手指着地上一条血迹斑斑的带钩刺的皮带说："这是一条苦修带。他把它系在膝盖上，我是小心瞄准好才击中的。"

兰登摸了摸头，他听说过苦修带。"可是，你是怎么知道的？"

提彬咧嘴笑了笑。"罗伯特，基督教可是我研究的专长啊，有些教派是坦诚相见，对外公开的。"他用拐杖指了指从那个修士衣领上渗出来的血，"好像就是这样。"

“是天主事工会的呀。”兰登低声自语道，他想起最近有些媒体报导了几位有名的波士顿商人，他们都是天主事工会的人。有些忧心忡忡的同事搞错了并公开地告发这三位商人，说他们将苦修带系在三件头西装下面。事实上，这三人根本就没有那样做。这些商人，跟天主事工会的其他许多成员一样，属于“可结婚成员”，却也从未有过禁欲的行为。他们是虔诚的天主教徒，是孩子们慈爱的父亲，是所在团体中最有奉献精神的成员。各家媒体，在轻描淡写对这三个商人一笔掠过，而将注意力转移到发生在教派里那些行为更严苛的成员。通常住在天主事工会中心的独身会员种种骇人听闻、更引人注目的宗教实践……躺在兰登面前的地板上的那个修士也是这种成员。

提彬紧盯着那条沾满血迹的皮带。“可是，天主事工会的人为何要殚精竭虑地去寻找圣杯呢?”

兰登昏昏沉沉的，他想不下去了。

索菲走到木盒边，说：“罗伯特，你看这是什么?”她手里正拿着他从盖子上取下来的镶嵌的玫瑰图案。

“那个嵌片盖住了盒子上刻的字。我想那上面的文字，也许会告诉我们怎么打开这个拱顶石吧?”

索菲和提彬还没来得及作出反应，突然，蓝色的警灯在斜坡下亮了起来，警笛声骤起，汇成了一片光与声的海洋。警车开始沿着大约有半英里的车道盘旋而上。

提彬皱了皱眉，“朋友们，看来我们必须作出决定，而且要快。”

第六十六章

科莱和他手下的探员拔出枪,从雷·提彬爵士的房子前门蜂拥而入。他们成扇形状散开,开始在底楼所有房间里逐一进行排查。在客厅里的地板上,他们发现了一颗子弹留下的洞眼,打斗的痕迹,一小摊血迹,一条模样古怪带钩刺的皮带,还有一卷部分被用过的胶带。然而眼下,整栋楼房似乎已空无一人。

科莱正打算派手下到地下室以及屋后面的院子里去搜查,这时,他听到楼上有声音。

"他们在楼上!"

科莱带着手下迅速跳上宽阔的楼梯,朝声音传来的方向奔去,他们穿过这座豪宅的一个个房间,搜索了暗处的房间和走廊。声音似乎是从一条特别长的走廊尽头的最后一个房间里传来的。侦探们沿着走廊步步紧逼,并封锁了所有的通道。

他们靠近了最后的那个卧室,科莱看到房门洞开着。声音戛然而止,取而代之的是沉闷单调的类似马达的轰鸣声。

科莱举起随身携带的武器,向他手下示意,然后蹑手蹑脚地走到门槛边。在那里,他发现了电灯开关,便"啪"的一声将灯打开了。旋即他和紧跟其后的部下风一般地冲进房里。他大声地喊着,并用枪瞄准……然而他们发现,房子里面什么东西也没有。

这间空荡荡的客房,没人住过的样子。

类似汽车马达的轰鸣声,不断地从床边墙上的一块黑色电板中传了出来。科莱曾在这宅邸的某些地方见过。这些东西,大概是一些用于内部通信联络的系统装置。他急奔过去。电板上大约有十多个带标签的按钮,上面写着:

书房……厨房……洗衣房……酒窖……

见鬼,我到底是在哪里听到汽车的声音呢?

……主卧室……日光浴室……谷仓……图书室……

对了,是在谷仓!科莱在楼下耽搁了数秒,便顺势拖了他的一名部下,往后门奔去。二人穿过了后面的草坪,屏住呼吸,来到了一间历经多年风雨的灰头土脸的谷仓前。科莱他们人还没进去,就听到了微弱的汽车马达声。他拔出枪,冲了进去,并拉亮了灯。

谷仓右面是一个简易作坊——里面有割草机、修车工具,还有些园艺设备。附近的墙上挂着一块让人觉得很是眼熟的内部通信系统电板。电板上的一个按钮被按下来,并发出微弱的电波信号。

二号客房。

科莱突然转身,火气腾地窜了上来。原来那些人是在利用内部通信系统装置骗我们上楼啊!科莱又搜查了谷仓的左边,并发现了一排长长的马厩。然而里面却没有一匹马。很明显,马厩的主人更偏爱使用另一种形式的马力。他把所有的马厩房都改造成令人印象深刻的大车库。其中的车子也蔚为大观:一辆法拉利轿车,一辆崭新的劳斯莱斯,一辆老式的阿斯顿·马丁牌跑车,还有一辆古典的保时捷356。

然而位于最末端的那个停车位却是空的。

科莱跑过去,看到马厩地上沾有油迹。他们不可能是从这城堡的围墙里跑走的吧!为了防止这种情况发生,他已经派了两辆巡逻车将车道和大门堵住了。

"头儿,你看!"一位探员指着长长的一排马厩说。

谷仓的后门洞开着,他们从那里可以看到一道黑乎乎的泥泞的山坡,山坡上崎岖不平的田地一直延伸到谷仓后面苍茫的黑夜尽头。科莱跑到门边,想看看外面到底有些什么,然而他只看到远处一片树林投下的模糊的暗影,并没有看到什么汽车的头灯亮光。在这个林木茂盛的山谷里,也许横七竖八布满了数十条在地图上根本找不到的防火道和狩猎的小径。不过,科莱相信猎物没法穿过树林。"去找些人来,朝下边搜搜。他们的车或许已经陷在附近的某个地方了。这种豪华跑车,对付这种地形可就不中用了。"

"嘿,头儿,你看!"那探员指了指附近一块挂了几把钥匙的小栓板。钥匙上方的标签上写了一些很熟悉的名字:

戴姆勒……劳斯莱斯……阿斯顿·马丁……保时捷……

但最后的木栓子里却是空的。

科莱读了空木栓上面的标签,马上明白自己碰上了麻烦。

第六十七章

“陆虎揽胜”越野车的颜色是所谓的“爪哇珍珠黑”。它采用四轮驱动,标准传动装置,几盏高性能耐撞的聚丙烯灯,车尾灯组,外加方向盘在右侧。

兰登很高兴不是他在开车。

提彬的仆人雷米,按照主人的吩咐,他驾着车,穿过威利特堡后面月光笼罩的田野,技术超水平。他没有打开车的头灯,此刻他已经翻过了一座小山,正顺着一道斜坡而下,因而离宅子越来越远了。他似乎正朝着远处影影绰绰树林一个缺口驶去。

兰登将拱顶石抱在怀中,从座椅上转过身来,注视着坐在后座的提彬与索菲两人。

“罗伯特,你的头怎么样了?”索菲关切地问道。

兰登勉强苦笑了一下:“谢谢,比刚才要好得多啦。”事实上,他正被疼痛折磨得半死。

坐在她身边的提彬,回头瞥了那名被五花大绑并被堵上嘴的修士一眼,他正躺在最末一排座位后面存货区。提彬将那位修士的枪放在膝盖上,那神情犹如某张旧照片中的参加瑟法里狩猎之旅的英国顾客踩在捕获的猎物上摆出的那种酷酷的模样。

“罗伯特,我真高兴你今晚突然跑到我家来。”提彬咧着嘴,笑了笑,仿佛这些年来,平生第一次感到如此的快活。

“雷,很抱歉是我连累了你。”

“咳,行了,为这个机会的到来,我已经等了一辈子啦。”提彬从兰登的肩膀上看过去,望着挡风玻璃外面灌木丛林投下的长长的暗影。突然,他从后面拍了拍雷米的肩,轻声叮嘱:“记住,刹车时别开灯,万一刹车,就用手刹车。我想再往树林里头开进一点。我们没理由冒险,让他们从房子里看见我们。”

雷米依着陆虎揽胜车的惯性,缓缓移动,穿过一片灌木丛林。然后车子猛然冲上一条杂树丛生的小路，于是车上方的树木，几乎立刻就将月光挡住了。

我什么也看不见啊，兰登心想。他欠起身子想看看前面有些什么东西，然而外面漆黑一团。树枝摩擦着左侧的车身，于是雷米掉转车头，开往另一个方向。终于，他好歹将车身摆正了一些，亦步亦趋地往前行驶了大约三十码的距离。

“雷米，你干得真棒！”提彬夸道：“这应该够了吧。罗伯特，你能不能按一按那个蓝色小按钮？就在排气孔下，你看到了没有？”

兰登找到按钮，便按了下去。

一束黄色的亮光，顿时无声地扩散开来，照着他们的前方。小路两边稠密的丛林，依稀可辨。兰登意识到这是雾灯。这些光线，足以使他们能够继续往前赶路了，而且由于他们已经深入到树林里面，因此也就用不着担心被别人看见。

“好啦，雷米。”提彬快活地喊道，“光线亮着呢。现在，我们的小命就全掌握在你的手上了。”

“那我们去哪里呢？”索菲问。

“这条通往森林的小路，大约有三公里长。我们穿过庄园，然后再往北走。只要不遇上死水潭或者倒下来的树什么的，我们就可以安然无恙地把车开到五号高速公路上。”

安然无恙？兰登可不这么想。他把视线投到膝盖上，拱顶石安稳地躺在他膝盖上的木盒子里。那朵镶嵌在盖子上的玫瑰，已回归原位。尽管他的头脑混沌一片，然而他还是急于想再次把镶嵌在盖子上的东西拿下来，以便能更仔细地将下面的刻的字研究一番。他打开搭扣，掀开盒盖。这时，提彬从身后将手搭在他的肩膀上。

“耐心点，罗伯特。道路崎岖不平，天色又这么黑，万一我们把它弄坏，那就只能祈求上帝的保佑了。这种文字，要是你在光线里都认不出来，那在黑暗中就更不用说了。我们还是专心赶路吧，你看怎样？我们一会就会有时间去研究那些字。”

兰登知道提彬说得对，于是他点了点头，重新将盒子盖上。

后面的修道士此刻在呻吟，胡乱撕扯着绑在他身上的东西，突然，他的双脚疯狂地乱蹬乱踢。

提彬迅速掉过身子，用手枪径直指着座位后头。“阁下，我看你没什么好抱怨的了。你不但非法闯进我家，而且还在我朋友的头上敲了个洞。我现在完全有权一枪毙了你，任由你的尸骨烂在这树林里。”

修士顿时安静下来。

“你确定我们必须带上他吗？”兰登问道。

“那还用说，罗伯特，你被指控犯有谋杀罪，而这家伙就是让你通向自由的通行证。很明显，警察跟踪你跑到我家就是冲你来的。”提彬大声说。

“这都是我的错”索菲说，“那辆装甲车可能有卫星收发器吧？”

“话不能这样说，”提彬接口说：“警方找到你们，我丝毫不觉得有什么奇怪。让我奇怪的是这个天主事工会的家伙竟找上门来。从你们告诉我的情况来看，我无法想象他怎能跟着你跑到我家，除非他跟警察局或者苏黎世存托银行的工作人员有往来。”

兰登考虑了片刻。贝祖·法希一定是在蓄意为今晚的谋杀事件找一只替罪羊。不过，韦尔内突然将攻击的矛头指向他们——尽管考虑到兰登被指控犯有四桩谋杀案在身，这位银行家态度的转变似乎是可以理解的。

“罗伯特，这位修士可不是单枪匹马行事。而且，在你们知道谁是幕后操纵者之前，你们两人目前的处境都很危险，好在你们现在取得了主动权。躺在我后面的那个混蛋，就知道其中的内幕。现在，那个躲在幕后的操纵者肯定很紧张呢。”

雷米加快了车速，这样，车在小路上开得更平稳了。他们趟过一些水洼地，朝山坡上驶了一段距离，然后又开始走下坡路。

“罗伯特，你能不能把电话递给我？”提彬指指放在仪器板上的汽车电话。于是兰登把电话往后递了过去。提彬拨了一个号码，但他等了很久才有人接电话。“是理查德吗？我吵醒你了吧？当然了。我怎么问这么愚蠢的问题？！对不起，有件小事我想求你帮忙。我觉得有点不舒服，我和雷米得赶快坐飞机到英国去接受治疗。好吧，你马上过来。我很抱歉没时间跟你详细解释。你能不能在大约二十分钟之内把我的‘伊丽莎白’准备好？我知道了，快点，待会儿见。”说完他就把电话挂了。

“‘伊丽莎白’？”兰登问道。

“是我飞机的名字，它花去了我一大笔钱，够赎一个女王了。”

兰登将整个身子转了过去，两眼紧盯着他。

“怎么啦？”提彬询问道：“你们两个该不会留在法国，让警察局在后面穷追不舍吧？要知道比起法国来，伦敦要安全得多啦。”

索菲也转过身，面对着他：“你是说要让我们离开这个国家？”

“朋友们，我在伦敦的上流社会的影响比我在巴黎更大。更何况，大家都认为圣杯是在英国。如果我们能打开拱顶石，我敢保证我们会找到一张地图，它会告诉我们选择的方向是对的。”

“你是在冒很大的风险帮我们呢。你可不会讨法国警方的好？”索菲说。

提彬不满地摆了摆手。“我受够法国了。我之所以搬到法国来，原本就是想寻找拱顶石，但现在任务已经完成，我也就不在乎还能不能见到威利特堡了。”

索菲的语气里有些不安：“我们怎样才能通过机场的安全检查呢？”

提彬呵呵地笑起来。“我们从离这里不远的布尔歇的小机场起飞。法国的医生们总是搞得我很紧张，所以每隔两个星期，我都要坐飞机向北飞到英格兰去接受治疗。结果呢，我总得为享受某些特许而两头付钱。等我们登上机，你就可以做出决定，比如说愿不愿意去见一位来自美国大使馆的人。”

突然，兰登不想与美国大使馆搭上任何关系，他一心一意地想着拱顶石、上面刻的文字，以及它们能否帮他们找到圣杯。他在想，提彬提到关于英国方面的情况是不是真的。必须承认，现代传说大都声称圣杯就在英国的某个地方，甚至还有人相信，亚瑟王传说中藏着圣杯的阿瓦隆岛就在今天英格兰的格拉斯顿伯里。先不管圣杯在哪里，兰登从没想过有朝一日会真的去寻找它。圣杯文献、耶稣基督的真实历史、抹大拉的玛利亚之墓。他突然觉得，今天晚上他似乎生活在地狱的边缘……生活在现实世界无法企及的空想里。

“先生，”雷米问道：“您真的想永远回到英格兰去吗？”

“雷米，你别担心。”提彬肯定地说：“我即使回到女王管辖的领土，也并不意味着在今后的日子里，我会将我的口味仅仅局限在香肠和马铃薯上。我希望你能长久地跟我呆在那里。我打算在德文郡买一幢华美的别墅，然后马上把你所有的东西运过去。这是在冒险，雷米。你听我说，我们是在冒险。”

兰登不禁笑了。提彬在一边大谈特谈他衣锦还乡返回英国后的各种计划，而兰登也觉得，自己已经被这个男人富有感染力的热情所感染了。

兰登心不在焉地望着窗外,注视着向后退去的树林,在黄红色的雾灯光束里,显出幽灵般的惨白的光。车前的镜子被压得向里倾斜,树枝儿从车身歪斜擦边而过。兰登从镜子里看到索菲安静地坐在后排的座位上,他注视了她好一会儿,心中陡然升腾起一股无比的满足感。尽管今晚遇到了一些麻烦,兰登还是很感谢一路上有这么好的朋友相伴。

过了几分钟,索菲似乎突然发觉他在盯着她,便俯身向前,将手放在他的肩膀上,飞快地捏了一下。"你没事吧?"

"嗯,还行。"兰登回应道。

索菲坐回到座位上,兰登看到她的嘴角掠过一丝恬静的微笑,他发觉自己也张嘴笑了起来。

塞拉斯被塞在"陆虎揽胜"越野车的后面,几乎难以呼吸。他的胳膊被人扭向后面,并被人用麻绳以及胶带紧紧捆着他的脚踝。车子在路上每颠簸一下,他那扭曲的肩膀就痛得半死。好在至少抓他的人将他身上的苦修带脱去了。他的嘴巴由于被堵了个严严实实而无法吸气,所以只能通过鼻孔呼吸。然而他的鼻孔也被慢慢地堵上了,因为他被塞在满是尘埃的车后存货区里。于是他开始咳嗽起来。

"我看他快窒息了。"法国司机的语气中透出了几分关切。

刚才用拐杖袭击了塞拉斯的提彬,此刻转过身子,趴在座位上,双眉紧锁,冷冷地打量着他。"你够走运的了。我们英国人衡量一个人有没有教养,不是看他对朋友有无关切之情,而是看他对敌人是否有怜悯之心。"英国人一边说,一边伸下手去,猛地将堵在塞拉斯嘴里的胶带扯出来,很快地撕了个粉碎。

塞拉斯感觉双唇像着了火,不过,沁入肺腑的空气,就是上帝给他最好的恩赐。

"你到底是在为谁卖命?"英国人质问道。

"我在从事天主的事业。"塞拉斯忍住疼痛——因为那女人刚才踢了他的下巴。

"你是天主事工会的人对吧?"英国人明知故问。

"你别想从我嘴里得到什么。"

"天主事工会为什么要寻找拱顶石?"

塞拉斯不想回答,拱顶石是找到圣杯的重要一环,而后者又是使信仰不至于遭到亵渎的关键。

我从事天主的事业。这条道路正陷入危途。

此时，塞拉斯躺在"陆虎揽胜"越野车里，竭力想挣脱强加在他身上的束缚，他担心自己会永远辜负导师和主教的委托。他现在甚至没有任何办法与他们取得联系，向他们汇报这突如其来的可怕的转折性事件。拱顶石现已落于敌人之手。他们将赶在我们之前找到圣杯！塞拉斯在令人窒息的黑暗中祈祷。他想通过肉体的痛苦来增强他祈祷的动力。

*天主啊，给我奇迹吧，我现在需要奇迹。*塞拉斯不知道，几小时后，他会得到奇迹。

"罗伯特?"索菲还在望着他："刚才你脸上的神情怪怪的。"

兰登回头瞥了她一眼，意识到他的表情过于严肃，而他的内心其实却在翻江倒海。他的脑海中刚刚闪过一个令人难以置信的念头。*真会有这么简单的解释吗？*"索菲，借你的手机给我用用。"

"你是说现在?"

"是的，我刚想到了一些东西。"

"是什么?"

"呆会儿再告诉你。你先把手机给我。"

索菲面露警惕的神色。"我怀疑法希是否在跟踪这手机，不要超过一分钟，以防万一。"

她把手机递给了他。

"我要拨美国的电话号码，该怎么拨?"

"那你恐怕得拨打对方付费电话，我的手机不提供越洋电话服务。"

兰登先拨了个零，他知道，接下来的这一分钟将会帮他解答困扰了他整个晚上的所有问题。

第六十八章

纽约的编辑琼纳斯·福克曼刚爬上床,准备睡觉,电话铃就响了起来。现在还打电话来,未免太晚了点吧。他嘟哝着,抓起了话筒。

接线员在电话另一端问他:"你要不要把罗伯特·兰登打给你的对方付款电话转过来?"

琼纳斯一脸疑惑,拧亮了电灯:"哦……当然,接过来吧。"

电话线里传来滴滴答答的声音。

"是琼纳斯吗?"

"罗伯特,哪有这个道理:你吵醒了我,还要我为你付电话费?"

"对不起,琼纳斯。我很快就会说完的。不过我真的想知道,我的手稿你是不是……?"

"很抱歉,罗伯特。我知道我说过会在这周将校稿寄给你,不过我实在太忙了。下星期一吧,我答应你。"

"我倒不是担心这个,我只想知道你是否私下把书稿送去给推荐人看去了?"

福克曼踌躇了一下。最近,兰登写的一部作品是探索女神崇拜历史的力作,其中包括几篇关于抹大拉的玛利亚的章节,这无疑让人侧目。虽然这部作品史料翔实,也有人写过,但如果没得到正统历史学家以及艺术权威人士的肯定,福克曼还是不想急于将它出版。因此,他在艺术界选择了十位大名鼎鼎的人物,将书稿寄给他们,并附上了一封措辞谦恭的信,询问他们能否给该书的封套写一段简短的评述性文字。不过,按照福克曼过去的经验,大多数人,是不会轻易放过这个使自己扬名的机会的。

"琼纳斯,你把我的文稿寄出去了是不是?"兰登的语气有点咄咄逼人。

福克曼皱了皱眉,察觉到兰登对此很不乐意。

"罗伯特,你的书稿本身没有问题,不过我也是想通过为此书大作宣传来给你一个惊喜。"

对方短暂地沉默。

“那，你有没有将书稿寄给卢浮宫艺术博物馆的馆长？”

“你是怎么想的？你在书稿里几次三番提到卢浮宫收藏的艺术作品，况且他写的书也出现在你的参考书目里，偏偏索尼埃对海外销售有号召力，不用想，他是头一个该找的推荐人。”

罗伯特沉默良久：“那你是什么时候寄出去的？”

“大约有一个月了吧。我还告诉他你不久会去巴黎，并建议你们两人私下里聊聊，他打电话约你见面了吗？”福克曼停下来，擦了擦眼睛：“耐心点儿，你不是说这个星期要去巴黎吗？”

“我是在巴黎。”

福克曼惊得挺起了身子：“这么说你是从巴黎打来的电话？”

“至于电话费，你从我版税里扣掉就是了。琼纳斯，那索尼埃有没有给你回音？他喜不喜欢我的作品？”

“不知道，我还没收到他的回信呢！”

“那好，你也别那么紧张。我要挂了，不过这足以说明问题了，谢谢。”

“罗伯特——”

然而罗伯特已经挂了。

福克曼挂了电话，满腹狐疑地摇了摇头。作者，全是疯子，再理智的也不例外，他想。

在“陆虎揽胜”越野车里，雷·提彬捧腹大笑：“罗伯特，你刚才是不是说你写了一部调查某个秘密会社的书稿，可你的编辑竟然把复印好的书稿寄给了那个秘密会社吗？”

兰登沮丧地倒在椅子上。“是这样啊。”

“朋友，这真是令人痛苦的巧合。”

不过，兰登很清楚这跟巧合没有任何的关系。很显然，邀请雅克·索尼埃来给女神崇拜的书稿作出推荐，简直就像请泰格·伍兹给高尔夫球的书籍写评论那样得心应手。更何况，任何涉及到女神崇拜的作品实际上都会提到郇山隐修会。

“这可是个棘手的问题呢。”提彬仍然在咯咯地笑。“谈郇山隐修会的书里，你的立场对他们是有利，还是不利？”

兰登其实明白提彬想说什么。许多历史学家还在怀疑，郇山隐修会为什么至今还要将《圣杯文献》隐藏起来。有人认为这些文献早该拿出来与世人分享了。“我对郇山隐修会的做法说不上有什么看法。”

“你是说他们按兵不动?”

兰登耸了耸肩,看得出提彬是赞成将《圣杯文献》公开的。

“我只是提供了有关该组织的一些历史背景,并将它们描述成一个当代女神崇拜的组织、圣杯的监护者、古代文献的保护人罢了。”

索菲注视着他:“那你提到了拱顶石没有?”

兰登退缩了一下。他提到过,而且是无数次地提到过。“我谈到所谓的拱顶石,是把它当作郇山隐修会将会不惜一切保护圣杯文献的例子提出来的。”

索菲大为惊奇:“我还以为可以用来解释留下‘附言:找到罗伯特·兰登’遗言的原因呢。”

兰登感到是文稿里的其他一些东西引起了索尼埃的兴趣,但这种话题,只有在他与索菲单独相处时他才会谈起。

索菲说道:“这么说你向法希撒谎了。”

“你说什么?”兰登反问。

“你不是说你从未跟我祖父联系过吗?”

“我确实没有,是我的编辑寄书稿给他,又不是我。”

“罗伯特,你仔细想想吧。如果法希没有找到你的编辑用来寄书稿的信封,他肯定会以为是你寄给他的。”她停了停:“更糟糕的是,他甚至会认为是你亲手交给索尼埃的,却回过头来跟他撒了个弥天大谎。”

雷米驾着“陆虎揽胜”越野车来到了布尔歇机场,他把车开到另一头离飞机跑道很远的小停机库。等他们靠近时,一个衣着邋遢、身穿满是皱褶的咔叽呢衣服的男子匆匆忙忙地从机库里跑了出来,他摆了摆手,然后推开了一扇巨大的、上面满是波状的铁门。铁门启开处,露出了一架时髦的白色喷气式飞机。

兰登盯着闪闪发亮的机身:“那就是你的‘伊丽莎白’吗?”

提彬咧开嘴笑了。“它可比英吉利海峡隧道还要便捷管用呢。”

穿咔叽呢衣服的男人急忙向他们走来,一边眯着眼睛瞅着汽车的前灯。

“先生,差不多准备好了,”他操着英国人的口音说道:“我很抱歉耽误了你的时间，不过你真让我吃惊——”等他看到那些人下了车，他猛然打住了。他先是看了看索菲和兰登，然后又望了望提彬。

提彬开口了：“我和朋友现有急事要去伦敦。我们就别在这里浪费时间了。快点做准备，赶快出发吧。”

提彬说着，从车里取出手枪，递给了兰登。

那位驾驶员一见手枪，顿时将眼睛睁得好大，他走到提彬跟前，低声说：“阁下，我很抱歉我的出境飞行许可上只允许带上你和你的仆人，而不包括你的客人。”

提彬温和地微笑着说：“理查德，两千英镑和这支上了膛的枪告诉我，你能载我的客人——”他走到“陆虎揽胜”越野车旁边，“外加这绑在车后面的倒霉鬼。”

第六十九章

“猎鹰者”731飞机上的“加勒特”TFE－731双引擎轰鸣起来，产生一股强大的动力，推动着飞机向空中飞去。从飞机的窗口看去，布尔歇机场飞速地向后退去。

我要逃离这个国家，索菲心想，一种强大的外力迫使她将身子紧靠在皮椅上。直到此时，她才明白她一直在跟法希玩猫捉老鼠的游戏，不论怎样，对国防部来说都是情有可原的。索菲深知，那个机会的窗口已经向她关上了。*我只是想救一个无辜的人，我只是在努力完成我祖父的宿愿罢了*。她要离开这个国家，没有携带出境证明，陪着一个通缉的人，并且还要带上一名被绑的人质。如果真有什么“理智之线”的话，那她刚才就已经跨过了，而且几乎是*以声音的速度跨过的*。

索菲、兰登，还有提彬坐在靠近机舱前头的位置，根据门边的金属圆牌，该飞机是涡轮喷射精英设计的。他们所坐的高级旋转椅，被人用插销固定在机舱地面的轨道上，能够重新调换位置，并可移动到一张矩形的硬木桌子上，俨然是一个小型的会议室。然而舱内高雅的布局却丝毫掩藏不了机舱后面远算不上体面的情形——在机舱的尾部，靠近卫生间的一个被隔离的就座区，提彬的仆人雷米握着手枪，很不情愿地执行着主人分派给他的任务。他站在那位全身是血、被人像行李那样捆起来的修士跟前，监视着他。

“我们在将注意力集中到拱顶石上之前，不知能否让我说上几句。”提彬开了腔，听得出他很忧虑，仿佛是一位父亲，正打算给孩子传授性教育的知识。“朋友们，我发现在这旅途上我只是一位客人，而我为此也深感荣幸。不过，作为一个毕生都在寻找圣杯的人，我觉得有责任提醒你们，不管前方有多大的艰难险阻，你们即将踏上永无回头之路的征程。”他向索菲转过身。“奈芙小姐，你祖父把这密码筒给了你，就是希望你在有生之年，会严守圣杯的秘密。”

“你说得对。”

“所以，如果你觉得有必要沿着这条既定方向的道路走下去，我们也是可以理解你的。”

索菲点了点头，尽管她觉得还有另一个动机在驱使着她，那就是查明她家族的真相。虽然兰登已经很明确地告诉了她，拱顶石与她的过去毫无关系，但她依旧觉得有一些很隐秘的东西跟这个秘密纠缠在一起，仿佛这只由她祖父一手制造的密码筒，试图告诉她什么，并为这些年来一直困扰着她的种种疑问，提供某些解决的途径。

“今天晚上，你祖父和另外三人都死了。”提彬继续说道：“他们这样做就是不想让拱顶石落入天主教会之手，天主事工会今晚也差点将拱顶石弄到手。我希望你会明白，这样一来，你身上的责任可就大了。你现在手里拿着一把火炬，这把火炬燃烧了两千多年，我们是不能让它熄灭的。这把火炬也不能落入图谋不轨者的手中。”

他稍停片刻，瞥了紫檀木盒子一眼。“奈芙小姐，依我看这件事情你是别无选择的了。不过考虑到这里的形势还不太稳定，你要么把责任全部承担起来，要么把责任一概推给别人。”

“我祖父既然把这个密码筒给了我，我想他肯定认为，我能够承担起这个责任。”

提彬露出鼓励的神情，但还是有点不太相信。“很好，坚强的意志固然必不可少。不过，让我感兴趣的是，你是否知道，如果你要成功地开启拱顶石，你将会面临更加艰巨的考验。”

“你说这话是什么意思？”

“亲爱的，试想你手中突然有一张地图标明了圣杯位置，此时此刻，你会了解到一个可以永远改写历史的真相。你将是人类苦苦追寻了数百年而未得的真相的主人，你将担负起向世人披露真相的责任。这样做的人，将会赢得许多人的尊敬，也会招致许多人的嫉恨。问题是，你有没有必要的勇气承担起这份责任。”

索菲稍停了一下：“我还是不敢肯定要不要由我做这样的决定。”

提彬皱起了眉：“不敢肯定？如果连得到拱顶石的人都办不到，那还有谁能够办得到？”

“那个成功地将秘密保守了这么久的组织就办得到。”

“你是说郇山隐修会吗？”提彬满腹狐疑：“那怎么可能呢？这个组织今天晚上被打得七零八落，你要说它被粉碎了也未尝不可。他们是否被人监听，或者内部出现了间谍，我们无从知道。但事实摆在那里，有人混入他们中间，并揭穿了他们四位高级成员的身份。眼下这个时刻，我是不会相信从该组织出来的任何人的。”

“那你有什么建议没有?”兰登插嘴问。

“罗伯特，你我都知道，郇山隐修会这些年来都不想掩盖真相，让它永远消失在历史的尘埃之中。他们一直在等待合适的机会让别人分享他们的秘密，等待一个让全世界都准备直面那个历史真相的时机。”

“那你是不是相信这个时机已经来到了?”兰登问。

“绝对相信。没有比这更清楚不过的了。所有的历史迹象表明，现在也正是时候。要是郇山隐修会不想很快让世人知道他们的秘密，那为什么教会要发起攻击呢?”

索菲立即反驳：“可是，修士还没把他们的目的告诉给我们呢。”

“修士的目的也就是天主教会的目的，”提彬回答说：“他们就是要毁掉将会揭露大骗局的那些文献。教会今晚动手要比他们还早，奈芙小姐，要知道郇山隐修会可是信得过你。很清楚，挽救圣杯命运的使命也包括要促成郇山隐修会想把真相与世人分享的最终愿望。”

兰登插嘴说道：“雷，你让索菲做出那样的决定，这对一小时之前才知道有圣杯文献这回事的人来说，真的很难啊。”

提彬叹了口气：“奈芙小姐，如果我是在逼迫你，我真的很抱歉。很显然，我一直相信这些文献应该予以公开，但最终得由你自己决定。我只是觉得这很重要——万一我们成功开启了拱顶石，你就得开始考虑接下来会发生什么了。”

“先生们，”索菲用坚定的语气说道：“照你们的话说，就是：‘不是你找到圣杯，而是圣杯找到你。’我相信圣杯已经因为某种理由而找上我，等时机一来，我知道怎样去做。”

提彬与兰登都一脸惊异。

她走到紫檀木盒子跟前，说：“所以，我们还是继续赶路吧。”

第七十章

科莱侦探站在威利特堡的客厅里，注视着逐渐熄灭的炉火，深感沮丧。法希探长比他早到了一些时辰，此刻正在隔壁的房间里，对着电话筒大声叫嚷，企图以此重新追查到那辆失踪的“陆虎揽胜”越野车的位置。

到现在了，那辆车不知跑哪里去了，科莱心想。

科莱没有直接按照法希吩咐的去做，并再次追丢了兰登，他很感激科技侦察处发现了地板的弹洞，这至少给他找到一个借口，还有人开枪。法希的情绪仍然很低落，科莱感到，等尘埃落定之时，必然会遭到算账了。

倒霉的是，他们在这里找到的线索似乎根本无助于帮他们弄清楚当时事态的情况如何，也无助于查明有谁参与其中。门外的黑色“奥迪”牌轿车是被人冒名使用假信用卡租借的，而且车牌在国际刑警组织的数据库里也找不到相应的资料。

另一位侦探急匆匆地走进起居室，一脸急切的神色。“法希探长呢？”

科莱头也不抬，眼睛盯着燃烧后余下的灰烬：“他在打电话呢。”

“我已经挂了。”法希大步走了进来，厉声说：“找我有什么事吗？”

那侦探回答说：“长官，总部刚从苏黎世存托银行的安德烈·韦尔内那里得到消息，他说想跟你私下里谈谈，改变了原先的说辞。”

“哦？”法希说道。

科莱这才抬起头来。

“韦尔内承认兰登与奈芙今晚到过他的银行。”

“我们也想到了。”法希说：“不过韦尔内以前为什么要撒谎呢？”

“他说他只想跟你说，不过他已经同意了与我们全力的合作。”

“那他都提了什么条件？”

“他要我们别将他银行的名字披露在报纸上，还要我们帮他找回被盗的资产。听他的口气，兰登和奈芙似乎从索尼埃的银行账户上偷走了什么东西。”

“你说什么？”科莱冲口说道：“怎么会呢？！”

法希毫不畏缩，他的眼睛一动不动地注视着那名侦探。“他们究竟偷了什么东西呢？”

“具体情况韦尔内没有说，但他好像愿意竭尽全力将东西弄回来。”

科莱拼命地想象这件事情是如何发生的。难道有可能是兰登和奈芙用枪威胁了银行的职员？或者有可能是他们强迫韦尔内开启了索尼埃的账户，然后用装甲货车帮助他们逃之夭夭？尽管道理上也说得过去，科莱还是不太相信索菲·奈芙会卷入到那种事件里去。

从厨房里传来另一位侦探的声音：“探长在吗？我在检查提彬先生的速拨键，我正往布尔歇机场打电话。情况有些不妙了。”

三十秒后，法希把东西整理好，准备离开威利特堡。他刚得到消息，知道提彬在布尔歇机场附近有一架私人喷气式飞机，而那架飞机早在半个小时前就已经飞走了。

那个接听电话的布尔歇机场工作人员声称他并不知道飞机上载了些什么人，也不知道他们飞往何处。飞机起飞事先没预约，也没有什么飞航行程的记录。即使是一个小型机场，这也是很不合法的。法希确信，只要他用了讯问方式，就会找到所要寻找的答案。

“科莱侦探，”法希一边朝门外走去，一边气急败坏地喊道，“我马上就走，你负责这里的科技侦察处的调查工作。这回别再搞砸了。”

第七十一章

“猎鹰者”号腾空而起，向英格兰方向水平飞去。兰登小心翼翼地将紫檀木盒子从膝盖上举起来。刚才飞机起飞时，他就一直把它放在膝盖上，保护着它。等他把盒子放到桌上，他才察觉到索菲与提彬都满怀期待地俯过身来。

兰登揭开盖子，把盒子打开，他没把注意力放到密码筒的字母的转盘上，而是集中到盒盖下侧的小洞上。他用钢笔尖非常谨慎地移开顶部的玫瑰镶嵌物，露出了下面的文字。玫瑰之下，意指保密，他沉思道。他希望如果再把这段文字看上一眼，就能使他豁然开朗。兰登几乎费了九牛二虎之力，研究这段怪异的文字。

过了好几秒钟，兰登觉得原先的困扰又重新浮上了水面。“雷，我怎么连一个字也不认识啊。”

索菲坐在桌子对面，她坐着的地方是看不到那段文字的，但是兰登不能马上把那段文字辨认出来，这还是令她大为惊讶。我祖父使用的语言就这么难懂？连符号学专家也不能辨认出来？不过，她很快就意识到根本不应该对此大惊小怪。雅克·索尼埃向他的孙女隐瞒秘密，又不是一两次了。

雷·提彬坐在索菲的对面，已经按捺不住了。他急于想看看那段文字，由于激动，他全身颤抖起来。他俯过身，努力想看一眼，但后者仍然低头研究这盒子。

“我搞不懂。”兰登目光专注地嘀咕着：“一开始我还以为是闪族语，但现在我不太肯定了，因为大多数早期闪族语都有*元音标记*，但这个没有。”

“可能是很古老的吧。”提彬在一边提醒他。

“*元音标记*？”索菲问道。

提彬的眼睛一刻也没有离开那个盒子。

“大多数现代闪族语字母中没有元音，而用元音标记——在辅音字母下面或者中间画上一些很小的圆点和短线——来标明与它们相对应的元音符号。站在历史的角度上看，*元音标记*是后来加上去的。”

兰登的身子还俯在那手迹上。“莫非是西班牙系犹太人使用的语言译本——？”

提彬再也受不了了，他大声叫嚷起来：“或许如果是我……”他伸出手来，一把将盒子从兰登身边拿开，拉到自己跟前。诚然，兰登对那一般古文字——比如古希腊语、拉丁语还有罗曼语系——颇有研究，然而提彬飞快地看上一眼。他觉得这些文字看起来更特别，也许是拉希手稿字体，或者是顶部带花冠的STA”M希伯来文。

提彬深吸了一口气，他贪婪地注视着雕刻在盒子上的刻字。很长时间一句话也没有说。随着时光的流逝，提彬觉得信心逐渐消失了。“太让我吃惊了，这种文字我竟然似乎从没有看过。”

兰登颓然地倒了下去。

“我可以看看吗？”索菲问道。

提彬假装没有听见。“罗伯特，刚才你不是说你以前好像在哪里见过类似的东西吗？”

兰登颇为为难。“我以为是这样的，可我不敢确定，不过我总觉得这手稿很眼熟的。”

“雷，我可以看看我祖父的盒子吗？”索菲又问了一遍，似乎对将她冷落在一边而感到很不高兴。

“亲爱的，当然可以。”提彬说着，便把盒子推给了她。他的语气里并没有轻慢的意思，然而索菲·奈芙实在程度差太远了。如果连英国皇家历史学家和哈佛的符号学家都不能识别这种文字，那么——

"啊，"索菲打量了盒子一会，叫道："我本来应该猜得到的。"

提彬与兰登齐刷刷地转过身来，直盯着她。

"快说，你猜到啥？"提彬开口问道。

索菲耸了耸肩，说："我猜到这是我祖父原本应该采用的文字呢。"

"你是说你能看懂？"提彬喊了起来。

"这很容易。"索菲欢快地叫着，很明显她正沾沾自喜。"我六岁时祖父就教我这种文字了，我熟练得很呢。"她从桌子对面趴下身来，以一种训诫的眼神定定地注视着提彬："阁下，坦率地说，亏你对女王陛下还这么忠诚，你竟然没把它认出来，我真感到惊奇。"

兰登像闪电一样很快地明白过来。

怪不得字迹看起来这么熟悉。

几年前，兰登参加了在哈佛大学的佛葛博物馆举行的一次活动。"微软"的比尔·盖茨，一位中途从哈佛大学辍学的学生，回到他的母校，将他购得的极其昂贵的宝贝——最近他从阿曼德·哈默基金会举行的拍卖会上竞拍到的18页手稿——借给该博物馆。

他竞拍到的价格高得惊人——达30,800,000美元！

而这些画稿的作者，就是列昂纳多·达·芬奇。

这18张由列昂纳多创作的、以拥有它们的主人莱斯特伯爵命名的、如今被世人称作莱斯特手稿的画稿，是至今尚存的列昂纳多最具魅力的笔记的一部分：他的随笔和绘画勾勒出了他在天文学、地质学、考古学以及水文学方面的进步理论的大致轮廓。

兰登不会忘记他在排队后终于见到那堪称稀世珍品的羊皮纸手稿时所作出的反应。他心里别提有多失望。这些手稿实在令人难以理解。尽管它们保存完好，并以特别清秀的书法写就——是以粉红色的墨水在米色布纹纸上写成的——该抄本看起来仍然像是胡言乱语。最初兰登还以为他看不懂达·芬奇的笔记是因为他使用的是古意大利语。但经过进一步的仔细研究，他意识到他不但连一个意大利语单词都不认识，甚至连一个字母都不认识。

"先生，你先试试这个。"展览台前的女讲解员低声说道。她朝一面附在被链子套住的展览物上的镜子做了个手势。兰登将镜子捡了起来，用它来研究那些镜面的文字。

立刻他就明白了。

兰登一直特别渴望能够拜读这位伟大思想家的思想，这种愿望是如此的强烈，以致他竟然忘记，此人的无数艺术天分竟然能让他用镜像字迹书写，事实上，这种字迹除了他自己谁也难以辨识。达·芬奇以这样奇特的方式书写究竟是为了自得其乐，还是怕别人从背后偷看，从而剽窃他的思想，历史学家们至今对此仍在争论不休，然而这样的争论是没有多少意义的。达·芬奇只是在做他高兴做的事情罢了。

索菲看到罗伯特·兰登明白她的意思，不禁偷偷地笑了："我看得懂前面的几个词语，是用英语写的。"

提彬还在唠唠叨叨："是怎么一回事呀？"

"是一段按字母反方向书写的文字，去拿面镜子来。"兰登说。

"不用了，我敢打赌这纸够薄的了。"索菲说着，把紫檀木盒子举起，就着墙上的灯光，查看盒盖的底部。事实上，她祖父不会颠倒顺序写，所以他总是玩一些骗人的把戏。他先按正常的方式书写，然后再把纸翻过来，就使人误以为他在倒着写了。索菲猜他是将用炭笔按正常顺序写就的文字印在一块木头上，然后用磨床将它背面削薄，直到它变得像纸一样薄，并能从木头的后面看到那些炭笔字。随后，他只要将它翻转过来，再描上去就行了。

索菲将盖子凑到离灯光更近的地方，很快，她便明白自己的猜测是对的。明亮的灯光从薄薄的一层木板底下透过来，于是字迹就以完全相反的方向出现在盖子的下方。

于是立刻一目了然。

"是英语，"提彬哑着嗓子，羞愧地低下了头："还是我的母语呢。"

在飞机的后面，雷米·莱格鲁德伸长着脖子，想听听除了轰鸣的引擎声之外，还有什么声音，然而前面那些人的交谈，一点也听不清。雷米讨厌以这种方式消磨这个晚上，他一点也不喜欢。他低头看着脚边被缚的修士。这家伙此刻正十分安静地躺着，他似乎已经听从了命运的安排，要么也有可能是在心里默默祈祷能够死里逃生。

第七十二章

在距地面15,000英尺的高空，罗伯特·兰登觉得现实世界离他是越来越遥远了。他全神贯注于索尼埃那首惟有依靠镜子才能看出是什么内容来的诗上，而那首诗，透过盒盖也可以看得一清二楚。

索菲很快找了几张纸条，用普通法把它抄了下来。然后，他们三个轮流读上面的那段文字。它就像是考古学上碰到的令人费解的谜……然而却是一个有助于开启密码筒的谜。兰登慢慢地读那上面的诗句：

“智慧古语可解此卷/助吾保其合家圆满/圣殿骑士碑乃关键/埃特巴什使道昭显。”

兰登甚至还没来得及考虑这首诗会告诉他们什么样的真理，他只觉得有些更重要的东西——那就是这首诗的韵律，激起了他内心的共鸣。五步抑扬格。

兰登在调查欧洲各地的秘密会社时，就经常碰到这种格律的诗，其中包括去年他在梵蒂冈秘密档案室调查的那一次。数世纪以来，五步抑扬格历来都为全球那些坦率直言的文人们所最爱，从古希腊的阿尔基洛科斯到莎士比亚、弥尔顿、乔叟、伏尔泰，无一不是如此——这些勇毅之士，选择了一种当时许多人都相信具有神秘特质的格律，来写他们所处的社会，臧否时事。五步抑扬格，究其根源，是深深打上了异教信仰的烙印的。

所谓抑扬格，是指两个音节对应重读，一重读一非重读，一阴一阳，形成一种平衡，完美而和谐。排成五组抑扬格，即五步格诗行。“五”代表的是维纳斯和神圣的女性的五芒星。

“这是五步抑扬格！”提彬转身面对兰登，冲口说道：“并且这首诗是用英语写的！很纯正的英语啊！”

兰登点了点头，表示赞同。郇山隐修会，就像欧洲许多不见容于教会的秘密社团一样，长期以来一直将英语视为欧洲惟一纯正的语言。它不像法语、西班牙语，以及意大利语，这几种语言，源于拉丁语——拉丁语是梵蒂冈的语言。从语言学的角度上看，英语处在罗马教会强大的宣传机器之外，因此，对那些受过足够教育完全可以掌握它的兄弟会来说，它成了一种神圣而神秘的语言。

“这首诗，不仅提到了圣杯，而且提到了圣殿骑士以及失散的抹大拉的玛利亚家族！我们还指望什么呢？”

“至于密码，”索菲又看了那首诗一眼，说：“那就得需要某一种智慧的古老词语。”

“是咒语吗？”提彬大胆问道。

是一个由五个字母组成的单词，兰登心想。他琢磨着那些数量惊人的、被认为体现了智慧之语，那些出于神秘主义者的吟唱、占星学的预言、秘密会社的入社词、巫术咒语、埃及神秘咒语以及异教咒语里挑选出来的词汇，而要将这样的词汇列出来，是无论如何也数不过来的。

“密码好像跟圣殿骑士团不无关系。”索菲大声读了出来：“圣殿骑士碑乃关键。”

“雷，你是研究圣殿骑士团的专家，对此你有什么看法？”兰登问道。

提彬沉默了片刻，然后叹了一口气：“咳，至于碑，很明显是坟墓的一种标记。这首诗很可能是在暗指圣殿骑士团崇拜抹大拉的玛利亚墓前崇拜的墓碑，不过这对我们毫无帮助，因为我们不知道她的坟墓现在到底在哪里。”

“诗的最后一行，”索菲继续说道：“是说埃特巴什将会使真相显现。埃特巴什？我听过这个词。”

“我并不奇怪，”兰登在一边回应：“你可能是从密码学入门课里听到的。埃特巴什码可能是迄今人们所知最古老的密码了。”

当然喽！有谁不知道赫赫有名的希伯来密码系统？索菲心想。

埃特巴什码确实是索菲当初接受译码训练的部分内容。这套密码最早可追溯到公元前5世纪，现被当作基本轮流替换的体系在课堂上作教材使用。作为犹太人密码中的一种常见形式，埃特巴什码是以22个希伯来字母为基础的简单替换编码。在埃特巴什编码体系中，第一个字母用最后一个字母替换，第二个字母由倒数第二个字母替换，如此等等，依此类推。

“埃特巴什码倒是很不错呀，”提彬说道：“用这套密码编制的文本在犹太人的神秘哲学、《死海古卷》甚至在《圣经》的《旧约》中都可以找到。直到今天，犹太学者们和神秘主义者仍在用埃特巴什码不断发现隐藏的信息。郇山隐修会定会把埃特巴什码当作他们教学的一部分内容。”

“现在惟一的问题是，”兰登沉吟道：“我们找不到什么东西来套用这套密码。”

提彬叹道：“碑上肯定有个充当密码的词。我们得找到这块被圣殿骑士团崇拜的碑。”

索菲看到，兰登的脸上露出了严峻的神情，感到要找到这块碑绝非轻而易举之事。

埃特巴什密码就是破译密码的钥匙，但我们却不得其门而入，索菲寻思。

过了大约有三分钟，提彬沮丧地叹了口气，摇摇头，说：“朋友们，我考虑不下去了，容我回头再去想想，我先去给大家拿些吃的来，顺便去看看雷米和我们的客人。”他站起来，朝飞机后舱走去。

索菲望着他离去，感到筋疲力尽。

窗外，黎明前的黑暗笼罩了整个世界。索菲觉得自己仿佛漂浮在太空中，不知道将在何处着陆。虽然，她是在猜祖父各种各样的谜语的过程中长大的，但现在，她感到有些不安，觉得摆在面前的这首诗隐藏了一些他们未曾见过的东西。

这些东西或许更多呢，她自言自语道。*尽管它隐藏得无比巧妙……然而它确实存在。*

同时困扰并使她担心的是，他们最终在密码筒里发现的东西，决不会是“寻找圣杯的地图”那么简单。虽然提彬与兰登都相信，真相就藏在这大理石的圆筒里，但索菲已解决了她祖父出的诸多寻宝游戏，因此她知道，她祖父决不会这么轻易地泄露他的秘密。

第七十三章

布尔歇机场值夜班的调度员在一片空白的雷达屏幕跟前一直打着盹儿，而警察局来的长官就差一点把门砸破了。

“提彬的飞机呢，到哪里去了？”贝祖·法希快步走进那座小塔台，大声吼道。

对此，调度员最初的反应是闪烁其辞，用一些站不住脚的借口搪塞，企图以此来保护他们的英国客户——他是这家机场最令人尊敬的顾客之一——的隐私。然而他的努力却无情地失败了。

“那好。”法希说道：“我现在就逮捕你，私人飞机未经申请，你怎能擅自让它飞行？”他向另一位警官打了个手势，那人立刻拿着手铐，走了过来，调度员不由害怕起来。他想起报纸上在争论这位国家的警官究竟是令人肃然起敬的英雄还是让人心生恐惧的麻烦人物，而现在，这个问题终于有了明确的答案。

“等等！”调度员看到手铐，便哭起来。“我只知道，雷·提彬爵士经常坐飞机去伦敦接受治疗，他在肯特郡的比金山私人机场有个停机库，就位于伦敦郊外。”

法希挥了挥手，将拿手铐的人打发走：“那他今晚会去比金山机场吗？”

“我不知道，”调度员老老实实地回答：“飞机是在正常航线上航行的，雷达最后一次信号显示他们正飞往英国，我说他会去比金山只是一个很有可能的猜测而已。”

“那他有没有让其他人登机呢？”

“长官，我发誓，那我就无从知道了。我们这里的顾客可以将飞机直接开到他们自己的停机库，他们爱带什么就可以带什么，我们管不着。至于调查谁在飞机上，是对方机场海关官员的责任。”

法希对了一下表，然后凝视着窗外零星停靠在航空集散站前面的飞机说：“如果他们去比金山，要多久才能着陆？”

调度员翻了翻手中的航行日志，说："航程很短。飞机有可能在六点半左右……就已经着陆了。距离现在有十五分钟了。"

法希双眉紧锁，转身吩咐手下的一名侦探："去给我弄架飞机来。我要去伦敦。帮我联系好肯特郡的警方，而不是英国军事情报局第五处。此事务必低调处理。记住，是跟肯特郡当地警方。你叫他们允许让提彬的飞机着陆，然后在飞机跑道上将它包围起来。在我没到那里之前，谁也不能从飞机里出来。"

第七十四章

“你怎么不说话呢?”兰登注视着“猎鹰者”号机舱对面的索菲说。

“太累了。还有这首诗,我怎么也看不明白。”

兰登也深有同感。引擎的轰鸣声以及飞机轻微的摇晃无疑起到了催眠的作用,而他的头部,由于遭到修士的袭击至今仍在隐隐作痛。提彬还没从飞机后舱折回来,兰登决定抓住这个与索菲单独在一起的机会,跟她说说内心的想法。“我想我知道你祖父为什么要千方百计将我们拉到一块的部分原因了,有些事他想让我跟你好好解释呢。”

“难道圣杯与抹大拉的玛利亚的历史还嫌不够吗?”

兰登一时不知道该怎样说下去了。“你们之间的裂痕,还有你十年来一直都没跟他说过话。我想也许他希望通过我来给你解释,到底是什么原因导致你俩关系的不和谐,会使情况有所好转。”

索菲在座位上移动了一下:“可我还没告诉你我们不和的原因呢。”

兰登认真地注视着她:“你是不是看到什么性仪式了?”

索菲畏缩了一下:“你是怎么知道的?”

“索菲,你告诉过我,说你看到过什么,从而使你相信,你祖父是某个秘密会社的成员。不管你看到什么,那足以使你深感不安,所以从那以后你就再没跟他说过一句话了。我对秘密会社的情况总算有些了解,所以你看到啥,就算我没有达·芬奇那样聪明也能够猜到。”

索菲吃惊地睁大了双眼。

“你是在春季里看到的吧?是春分前后呢,还是三月中旬?”

索菲看着窗外:“当时正值大学春假,我提前几天回家休假。”

“你能说说接下来发生的事情吗?”

“我看还是算了吧。”她突然转过身,面对兰登,眼里充满了复杂的感情:“我都已经忘记我看到什么了。”

“你是不是看到了男人,还有女人?”

索菲仿佛被击了一下,她点点头。

"他们都穿着黑色与白色的衣服对吧?"

索菲用手揉了揉眼,然后点点头,她看来愿意说些什么
都身披白色轻纱长袍……脚穿金色鞋子,手拿金色圆球。
着长长的束腰外衣,穿黑色的鞋子。"

兰登伸长脖子,竭力想掩饰内心激动的情绪,然而他还是有点不相信自己的耳朵。索菲·奈芙竟然在无意中目睹了一场有着两千年历史的神圣仪式!他努力使自己的语气平静些:"他们是不是都戴了面具?戴着让人分不清性别的面具?"

"是的,他们每个人都戴着相同的面具。女人戴白色的,男人戴黑色的。"

兰登以前曾读过一些描述这种仪式的文章,因此了解它神秘的渊源,于是他低声说道:"这种仪式叫做'神婚',它的历史可追溯到两千多年前,古埃及的祭司与女祭司们定期举行这样的仪式,以此来赞美女性的生殖能力。"他停了一会,向她俯过身去:"不过,要是在你事先没做好准备,也不知道其内在涵义的情况下看到'神婚',我想你一定会很吃惊吧。"

索菲一言不发。

"Hieros Gamos 是希腊语,是'神圣婚礼'的意思。"兰登继续说道。

"可我看到的仪式决不是什么婚礼仪式。"

"那是灵肉交融的婚礼,索菲。"

"你是说性的结合?"

"不对。"

"不对?"她以她橄榄色的眼睛质问着他。

兰登向后退缩了一下。"嗯……你可以这么说,但并不像我们今天理解的那样。"他解释说,虽然她那天见到的也许很像是一场性的仪式,然而"神婚"与色情毫无关系。它只是一种精神上的行为。从历史上看,性的结合是男人与女人借以感知上帝存在的行为。古人相信,如果男人对圣洁的女性缺乏肉体上的感性认识,那么他在精神上也必定是不完整的,因此,与女人在肉体上实现结合,也就成了使男人在精神上得以完善并最终获得真知并了解神性的惟一方式。自伊希斯时代以来,性的仪式一直被世人认为是男人从尘世通向天堂的惟一桥梁。"通过与女人进行肉体上的交流,"兰登说:"男人会在瞬间达到高潮,此时,他的大脑完全一片空白,在那瞬间他就有可能感知到上帝。"

索菲将信将疑:“你是说祈祷是一种高潮?”

兰登不置可否,他耸了耸肩,尽管实际上索菲说对了。从生理学上讲,男性的性高潮往往会导致思维的短暂停滞,使大脑出现片刻的真空状态。此时此刻,心思澄明之际人就可能觉得自己看到了上帝。冥思苦想的印度教高僧们尽管没有性行为,然而同样能够达到类似的忘我状态,因而人们将涅槃比喻为在精神上达到的永无止境的高潮。

“索菲,”兰登轻声地说:“重要的是,你要记住古人对性的看法与我们现代人对性的看法是完全不同的。性行为产生了新的生命——这是最重要的奇迹——而奇迹,只有神才能创造奇迹。女人用子宫孕育新的生命,从而使自己变得神圣起来,变成了一尊神。性的结合使人类灵魂的两半——男人与女人得以融为一体,这是一种备受推崇的手段。借助性,男人使他们的灵魂得到完善,并且实现与上帝的对话。你看到的与其说是性行为,倒不如说是一种追求灵魂升华的仪式。‘神婚’决不是什么伤风败俗,而是极其神圣的仪式。”

他的话似乎拨动了索菲的心弦。整个晚上,她表现得非常镇静。然而兰登此刻第一次感到,她的镇定自若,正逐渐面临崩溃的境地。她的眼里溢出了眼泪,于是她撩起衣袖,拭去了脸上的泪水。

他给了她一些时间,好让她的情绪平静下来。必须承认,将性行为视作走近上帝的手段,这种观念一开始的确令人难以置信。过去,兰登在给他的犹太裔学生讲述早期犹太人的传统——其中就包括一些性的仪式时,这些学生就总是听得目瞪口呆。而且举行的地点就在圣殿中。早期的犹太人相信,在至圣所,即所罗门的圣殿里,不仅居住了上帝,而且还住了与上帝平起平坐势均力敌的女神舍金纳。追求灵魂完整的男人们跑到圣殿里,找那些女祭司或者圣仆们,跟她们性交,并通过肉体的结合感悟神性。犹太人中表示上帝的由四个字母组成的词,YHWH——这个神圣的上帝之名,其实就是脱胎于 Jehovah(耶和华),它是由代表男性的 Jah 与古犹太人给夏娃取的犹太名 Havah 构成的中性词。

“对早期的基督教会而言,”兰登低声解释:“人类通过性的手段直接与上帝交流,这对天主教的权力基础构成了严重的威胁,因为它把教会弃置一边,破坏了他们自封的惟一可以与上帝对话的地位。出于一些很明显的原因,他们竭力诋毁性行为,并重新将它视作令人厌恶的罪恶行为。其他重要的宗教也采取了同样的手段。”

索菲沉默了，然而兰登觉得她开始对她祖父有了更深的了解。具有讽刺意味的是，这个学期早些时候，有一次他给学生上课，也发表过同样的高见。他问学生："我们竟然对性反感，这难道不令人感到奇怪吗？可我们老祖宗留下来的传统以及生理学知识告诉我们，性是自然的，是值得珍惜并使人类灵魂得以充实的手段。然而现代宗教却对性行为大加挞伐，认为是可耻的行为，使我们把性视同于洪水猛兽。"

兰登决定就此打住，因为如果他告诉学生，说全世界大约有一打以上——其中多数是很有影响的——秘密会社，至今还在举行性的仪式，并保留了这种古老的传统的话，他担心会吓坏他们。美国好莱坞演员汤姆·克鲁斯曾在电影《大开眼界》中扮演的那个角色痛苦学到，偷偷跑去参加由曼哈顿人中间的精英分子举行的私人聚会，却意外目睹了"神婚"。令人悲哀的是，制片人将大多数细节给搞错了，不过就其根本的东西——即秘密会社通过性的交合来赞美性的神奇而言——还是没有弄错。

"兰登教授，"一位坐在后排的男学生举起手，满怀希望地问道："你是说我们不要上教堂，只要有更多的性行为就可以了吗？"

兰登轻声地笑了，并不想上他的圈套。他听过许多有关哈佛大学学生聚会的传言，知道这些家伙在性方面颇为放纵。他也明白眼下他正处于下风，于是他说道："先生们，我可不可以给你们一点忠告，那就是，不要轻易地宽容婚前性行为，也不要天真地以为你们都是什么天使，对你们的性生活我将提出这么一些建议。"

所有的男生都向前弯着身子，聚精会神地倾听。

"下次你们跟女人在一起时，首先问问自己，看看你有没有把性当作是神秘的精神性行为，然后向自己挑战，去找寻神性的火花，而要获得这种神性，男人只有通过与圣洁的女性实现肉体上的结合。"

女生们露出会心的微笑，并不住地点头。

男生们面面相觑，半信半疑，咯咯大笑，彼此开一些下流的玩笑。

兰登叹了口气，这些大学生，到底还是群孩子啊。

索菲将前额紧贴着飞机舷窗觉得前额一阵冰凉，茫然地望向窗外。她拼命地想理出一个头绪来，看看兰登到底跟她说了些什么。她不禁心生几分悔恨。十年呐！她想到了祖父写给她的然而她却从未打开过的成堆的信件。*我要把所有的事情都告诉罗伯特。*她没有从窗前转过身子，就开始说起来，静静地，让人觉得有点恐惧。

她开始讲述那天晚上发生的事情，她觉得自己正向后面漂浮而去……她落到祖父在诺曼底乡间别墅外面的树林里……她漫无目的地找寻那座荒凉的房子……她听到声音从下面传来……然后找到了那扇隐蔽的门，便慢慢沿着石阶，一步一步朝地下室走去。她感受到了泥土的气息，清凉而轻快。时值三月，她躲在台阶投下的暗影里，注视着那些人，在闪烁不定的橘黄色的烛光下，扭来扭去，反复地吟唱。

我是在做梦吧？她自言自语地说。是在做梦。不是梦还会是什么呢？

男人们和女人们的身影在交叠，黑与白在相互转换。女人们漂亮的白纱长袍飘了起来，她们用右手将金球举起，并异口同声地唱道："吾与汝自始即相伴兮，在万物神圣之晨曦。长夜漫漫尚未逝兮，汝已孕于吾之体。"

女人们把金球放下，每个人都忽而向前、忽而退后地扭动着身体，仿佛着了魔。他们正向圆圈中央的什么东西表达他们的敬意。

他们在看什么呢？

突然吟颂声又起，而且是越来越大，越来越快了。

"君所见之女，乃君之爱。"女人们高声叫着，再次将金球举了起来。

男人们随即回应道："伊终觅得永恒的居所！"

吟唱的声音又渐趋平稳，然后加速，声音是更快了，直至电闪雷鸣一般。那些人往里头走了几步，然后跪倒在地。

就在那一刻，索菲终于知道他们在注视些什么。

在这些人围起的圆圈中央，一尊低矮却装饰华丽的神坛上，躺着一名男子，他光着身子，仰面朝天，还戴着黑色的面具。索菲立刻认出了这名男子和他肩上的胎记，差点没叫出声来。怎么会是祖父！单是这番景象就足以让索菲感到震惊，难以置信了，何况还有更惊人的事情在后头等着她呢！

一位戴着白色面具的裸体女人，骑在她祖父的身上。她茂密的银色头发往脑后拂去。她体形臃肿，身材看上去远不算完美，然而此刻，她正随着吟唱的节奏扭动着身子——她在和索菲的祖父做爱呢。

索菲想转身跑开，然而却挪不动脚步。地下室的石墙将她禁闭起来了，此时吟唱声已达到白热化。旁边围着的那一圈人似乎也跟着唱起来了，声音由低到高，逐渐热烈起来。突然，人群中爆发出一阵狂笑，整个屋子似乎进入了高潮。索菲喘不过气来，她突然发现，自己无声地流泪了。她转身静悄悄地、跌跌撞撞地跑上台阶，冲向屋外，颤抖着开车回到了巴黎。

第七十五章

阿林加洛沙主教再次把法希打来的电话挂了时,他乘坐的那架涡轮螺旋桨飞机,正飞越过灯火闪烁的摩纳哥城上空。他又一次跑到晕机袋前,然而他太累了,即使想吐也吐不出来。

就让它结束吧!

最近法希花样百出,似乎总让人难以预测。不过今晚,一切差不多都变得不再了。事情进展得如何?所有的事情变化之迅速,实在令人难以控制。我让塞拉斯去干了些什么?!我自己又干了些什么?!

阿林加洛沙双腿颤抖着,走到飞机的驾驶舱。“你给我掉转方向吧。”

飞机驾驶员转身瞥了他一眼,笑道:“你是在开玩笑,对吧?”

“不,我要马上到伦敦去。”

“神父,你是在包机,又不是坐出租汽车。”

“当然,我会给你补偿的。你要多少?从这里往北飞伦敦只要一个小时,而且几乎不要改变方向,所以——”

“神父,这不光是钱的问题,还有别的一些东西。”

“我给你一万欧元,你马上给我换个航向吧。”

驾驶员转过身,吃惊地睁大了双眼:“你说多少?你是什么神父啊,怎么带这么多的现金?”

阿林加洛沙折回到他的黑色公文包前,将它打开,拿出一张不记名债券,然后递给飞机驾驶员。

“这是什么?”驾驶员问道。

“梵蒂冈银行开具的不记名债券,面值一万欧元。”

驾驶员一脸疑惑。

“它跟现金一样可以通用。”

“可我要的是现金。”驾驶员说着,把债券递了回来。

阿林加洛沙主教紧挨着座舱门才没有倒下,他太虚弱了。“这关系到生死存亡的问题。你得帮帮我。我必须马上到伦敦去。”

驾驶员一眼看到这位主教手上戴着的金戒指:“给我来点货真价实的东西怎么样?”

阿林加洛沙主教看了看戒指:“我可少不了这戒指啊。”

驾驶员耸了耸肩,转过身,一动不动地望着后面挡风玻璃窗的外面。

阿林加洛沙内心涌起一股浓浓的悲哀。他看了看戒指。不管怎么说,它所代表的一切,对他这位主教来说,很快就会不存在了。过了很长很长时间,他才把戒指从手指上摘下来,轻轻地放在飞机的仪表板上。

阿林加洛沙主教悄悄地从座舱溜了出去,到后面的座位上一屁股坐了下来。十五秒后,他感觉到驾驶员往北倾斜了几度。

即便如此,阿林加洛沙主教还是看不出前景有多么的美妙。

所有的一切都源于一个神圣的目标,一次精心策划的安排。然而现在,它就像一座纸牌做的房子,顷刻间坍塌了……至于结局如何,谁也不能预料。

第七十六章

兰登看到，索菲还沉浸在讲述目睹“神婚”经历时颤栗的情绪里。对他而言，他听到她的讲述后大为惊奇。索菲不但亲眼看到仪式的整个高潮过程，而且还亲眼看到她祖父自始至终是该仪式的主祭者……郇山隐修会的大师。这可是很有智慧的一帮伟大的人。达·芬奇、波提切利、艾撒克·牛顿、维克多·雨果、让·科克托……还有雅克·索尼埃。

“我不知道我还能跟你说些什么。”兰登轻轻地说。

索菲双眼放出绿光，充满了泪水。“他待我就像待自己的亲生女儿一样。”

兰登终于明白他们谈话时索菲眼里流露出的情感——是懊悔，让人觉得寥远而又深沉。此前，索菲·奈芙一直在回避她的祖父，然而现在，她总算学会以一种全新的眼光去看待他了。

舱外，黎明的脚步是越来越快了，那粉红色的辉光，正从飞机的右舷弥漫开来。而他们下面的那个星球，依旧是漆黑的一片。

“我说亲爱的，要不要吃点什么？”提彬又回到他们中间，颇有几分自得。他拿来了几听可乐，还有一盒陈放了很久的饼干。他一边分东西给他们，一边为东西不多而拼命地道歉。“我们的朋友修士还没开口招认呢，”他轻声说：“不过，还是多给他一点时间吧。”他咬了口饼干，看着那首诗：“亲爱的，有什么进展没有？”他望着索菲：“你祖父到底想告诉我们什么呢？那块碑，那块被圣殿骑士团崇拜的碑究竟在哪里呢？”

索菲摇摇头，一言不发。

就在提彬再次揣摩那首诗的当儿，兰登开了一罐可乐，转身面对着窗户。他的脑海里又浮现出那些秘密仪式和尚待破译的密码。圣殿骑士碑为乃关键。他呷了一大口可乐。圣殿骑士碑。可乐还有点热呢。

黑夜的面纱很快被曙光揭去，兰登目睹了昼夜的更换，他看到了飞机下面波光粼粼的海洋。到了英伦海峡，就不用等上那么久了。

兰登倒是希望这黎明的曙光能够将他混沌一片的思维点亮，然而舱外越是明亮,他对真相的把握就越是迷惘。他仿佛听到了五步抑扬格的诗以及人们反复的吟唱,"神婚"与神圣仪式上的声音,在和着飞机的轰鸣声回响。

圣殿骑士碑。

飞机再次着陆了。这时,兰登的脑海里突然闪过感悟的光芒。他狠命地把喝光的可乐罐子砸了下去。"你不会相信的,"他转身对其他人说:"这块圣殿骑士碑——我知道是怎么一回事了。"

提彬看着碟子:"这么说你知道碑在哪里了?"

兰登笑了笑:"我不知道它在哪里,可我知道它是什么。"

索菲俯身过来倾听。

"我认为碑(headstone)就取它的字面意义,是指石头,而不是什么墓碑。"兰登解释说,内心充满了某人在学术上取得突破进展时特有的那种熟悉的喜悦。

"你是说石头?"提彬紧跟着问。

索菲似乎同样感到茫然。

"雷,在宗教法庭肆意镇压异教徒期间,教会不是诬蔑圣殿骑士团都是异教徒吗?"提彬转过身子说。

"对呀,他们罗列了许多罪名,鸡奸,往十字架上撒尿,搞鬼神崇拜,等等等等,不一而足。"

"在这些罪名里不是还提到盲目崇拜假偶像这一项吗?具体说来,就是教会指责圣殿骑士团秘密举行向石像祈祷的仪式……而这座石像,就是个异教神……"

"你是指鲍芙默神!"提彬失声叫了出来:"天哪,罗伯特,你说得太对了!你说的就是那块被圣殿骑士团崇拜的石头!"

兰登赶快给索菲解释,告诉她鲍芙默神是异教徒掌管生殖的神,是与人类的生殖能力联系在一起的。鲍芙默神的头是羊的形状,羊是具有旺盛生命力的普遍标志。圣殿骑士团围着它的复制的头部石像,念着祈祷词,以此来表达他们对鲍芙默神的崇拜。

"鲍芙默神,"提彬嗤嗤地笑道:"举行这种仪式就是歌颂通过性的结合来创造生命的神奇,可是教皇克雷芒五世却让大家相信鲍芙默神的头其实是魔鬼的头。这位教皇利用鲍芙默神的头大做文章,把它当作反对圣殿骑士团的重要关键。"

兰登对此表示赞同。现代人信仰一种长角的被称作撒旦的魔鬼，其历史可追溯到对鲍芙默神的崇拜上，教会企图将这尊长角的象征生命力的神贬为邪恶的标志。教会很明显取得了成功，尽管不是全面意义上的。在美国人庆祝传统的“感恩节”的餐桌上，仍然可以看到带有异教色彩的、各种长角的具有旺盛生命力的东西。装满花果象征丰饶的羊角，是献给鲍芙默神生命力的礼赞，这在天神宙斯受到一只山羊的哺育以后就有了。这只山羊折断了角，但它的角却变戏法似的装满了水果。鲍芙默神也出现在群像里，有些爱开玩笑的人，在朋友的脑后伸出两根手指，做出V字形角的手势。当然，这些爱搞恶作剧的人，又有几人会意识到他们做出俏皮的手势，其实是在为被他们嘲弄的人的旺盛的生命力做广告呢？

“是的，是的。”提彬激动地说。“鲍芙默神一定是诗里所提到的，那块圣殿骑士碑颂扬的石头的头像。”

“好啦，”索菲接过话：“但如果鲍芙默神就是那块被圣殿骑士团颂扬的石头的头像的话，那我们就又碰上了一个进退两难的难题了。”她指着密码筒上的刻度盘。“鲍芙默这个词有八个字母，但我们要找的只是五个字母的词呢。”

提彬笑得更欢了。“亲爱的，这样一来，埃特巴什码就能派上用场了。”

第七十七章

兰登记得很清楚。提彬刚刚凭记忆写完了为数22个的所有的希伯来字母。经过允许,他采用了相应的罗马字母,而不是希伯来字母,但即使如此,他还是用准确无误的希伯来式的发音来朗读这些字母。

A B G D H V Z Ch T Y K L M N S O P Tz Q R Sh Th

提彬念道:"阿勒夫(Alef),贝特(Beit),戈姆尔(Gimel),达勒(Dalet),赫依(Hei),维夫(Vav),扎因(Zayin),切特(Chet),特德(Tet),尤德(Yud),卡夫(Kaf),拉姆德(Lamed),墨姆(Mem),纳恩(Nun),萨姆西(Samech),阿因(Ayin),佩因(Pei),扎迪克(Tzadik),库夫(Kuf),雷希(Reish),希因(Shin)还有塔夫(Tav)。"

提彬夸张地抹了抹眉头,然后继续费力地钻研下去。"在正式的希伯来书写体系里,元音字母是不需要写出来的。所以,如果用希伯来字母拼写鲍芙默神这个单词,就会失去三个元音,只剩下——"

"五个字母。"索菲脱口叫道。

提彬点了点头,又开始写起来。"好了,这就是用希伯来字母拼写鲍芙默神这个单词的正确形式。为了清楚起见,我把省略的三个元音字母也在这里写出来。"

<u>B</u> a <u>P</u> <u>V</u> o <u>M</u> e <u>Th</u>

"当然,你得记住,"他继续补充道:"希伯来语一般是从右向左写起的,但这里我们照样能够运用埃特巴什码。接下来,我们必须将所有的这些字母,按照与原先排列方向相反的顺序重写一遍,用这种方式来创造我们自己的替换系统。"

"还有一个更简便的方法。"索菲把笔从提彬的手里拿过来:"它对所有反射性的,包括埃特巴什码在内的替换密码都很管用。这是我在皇家霍洛威学院学到的小把戏。"她先从左到右写了字母的前一半,然后又在下面从右到左写剩下的那部分字母。"密码分析专家把它称作摺页法,复杂性减少了一半,正确度增加了两倍。"

A	B	G	D	H	V	Z	Ch	T	Y	K
Th	Sh	R	Q	Tz	P	O	S	N	M	L

提彬瞄了索菲写的表格一眼,笑着说:"不错嘛。看到霍洛威学院的小辈们教书很尽责,我真的很高兴呐。"

兰登看着索菲画的替换表,不禁越发颤栗起来。他想,以前最早使用埃特巴什码的那些学者,在破译当今很出名的什萨克城(Sheshach)之谜的时候,其激动兴奋之情,也不过是如此吧。多年来宗教学者们一直对《圣经》上提到的什萨克城的说法颇为不解。因为查遍所有的地图,翻遍所有的文献,也找不到这个城市,但它却多次在《圣经》中的《耶利米书》里提到,如什萨克城的国王啦,什萨克城啦,以及什萨克城的臣民等。最后,有位学者运用埃特巴什码进行分析,而显示出来的结果几乎让人要晕厥过去。分析表明,什萨克城实际上就是另一个特别有名的城市的代名词。其解析过程非常简单。

什萨克城,用希伯来语拼写就是:Sh－Sh－K。

Sh－Sh－K,如果用以上的密码矩阵来加以替换,就变成了 B－B－L。

B－B－L,用希伯来语的话来讲,就是巴别。

分析表明,神秘的 Sheshach 城就是通常所说的巴别城,自此引起了一场《圣经》考据热。几周之内,通过采用埃特巴什码进行分析,《旧约》里好几个令人费解的词又相继找到了解释,使原先那些学者连想都没想过的许多隐藏的含义浮出了水面。

"我们也差不多了。"兰登低声地说,按捺不住内心激动的情绪。

"还差一点呢,罗伯特。"提彬说。他扫了索菲一眼,笑道:"你准备好了没有?"

索菲点了点头。

"好的,鲍芙默神,如果用无元音字母的希伯来语,就是这样:B－P－V－M－Th。现在,我们简单运用你画的埃特巴什替换密码矩阵,将这些字母转换成五个字母的密码。"

兰登的心“咚咚”地跳起来。B－P－V－M－Th。阳光正从窗户外倾泻进来。他看着索菲的密码替换矩阵，开始慢慢地进行转换。B是Sh……P是V……

提彬高兴得像圣诞节晚会上快乐的小孩。“还有，埃特巴什码显示——”他突然停住了。“天哪！”他的脸色刷地苍白起来。

兰登立刻抬起头来。

“你怎么啦？”索菲赶忙问。

“你们不会相信吧。”他看了看索菲。“特别是你。”

“你这是什么意思？”

“这个——真是聪明，”他喃喃自语：“聪明绝顶了！”提彬重新在纸上写了一遍。“来，鼓励一下。这就是你要的密码！”他把刚写过的东西给他们看：

Sh－V－P－Y－A。

索菲有点不悦：“什么玩意嘛？”

兰登也没有立刻看出来。

提彬的声音颤抖起来，似乎充满了敬畏：“其实，这个字在古代就是智慧的意思。”

兰登又看了这些字母。“智慧古语可解此卷。”过了一会，他总算明白过来。他从未想到会是这样。“智慧古语！”

提彬大笑起来：“非常正确！”

索菲看着那个词，又看了那个刻度盘，很快便意识到兰登与提彬都犯了同样严重的错误。“这不可能是密码。”她争辩道：“刻度盘上的密码筒没有 Sh。它用的是传统罗马字母。”

“你看看这个。”提彬在一旁敦促道。“有两点请你记住。第一，希伯来语中代表 Sh 音的符号也可以发 S 音，这可以根据方言口音而定，就像字母 P 也可以读作 F 那样。”

“SVFYA？”索菲想，大惑不解。

“真是天才！”提彬补充说：“人们经常用字母 V 来替换元音字母 O 的！”

索菲又看了看那几个字母，试着把它们读了出来：“S－o－f－y－a。”

她听到自己读的声音，简直不敢相信自己的耳朵：“Sophia？这个词拼作 Sophia?!”

兰登热切地点了点头。“对呀！Sophia 在希腊语中字面义就是智慧的意思。你的名字，究其根源，其字面义就是智慧的意思。”

索菲突然非常想念起祖父来。*他竟然用我的名字来编制这密码！*她的喉咙似乎被打上了个结。一切似乎是那么的完美。然而当她扭头去看那五个字母时，她意识到还有一个问题。“等等——Sophia 有六个字母呢！”

提彬始终面带着微笑：“你再看看这首诗吧。你祖父是这么写的：‘一个蕴含智慧的古词。’”

提彬眨了眨眼：“在古希腊语里，‘智慧’这个词就拼作 S－O－F－I－A。”

第七十八章

索菲把密码筒揽在怀里，开始输入这几个字母，她内心充满了喜悦。“智慧古语可解此卷。”兰登与提彬在一旁看着，此时仿佛也停止了呼吸。

“S—O—F—”

“小心，”提彬敦促道：“一定要小心。”

“I—A—”

索菲输入了最后一个字母。“好了，”她低声地说，抬头望了望其他人：“我要把它打开了。”

“记住里面有醋瓶子，”兰登轻轻地说，既恐惧又喜悦：“你要小心才是。”

索菲知道，如果密码筒与她年轻时打开的那些东西一样，那她只要紧紧抓住这圆筒的两头——而不必去管什么字母或号码，然后用力一拉，慢慢地朝相反方向施压。如果输入的数字或字母刚好与密码相符的话，那么圆柱体的一端就会自动滑开。就像打开相机镜头的盒盖，然后她就可以伸进手去，将卷起来的莎草纸写就的文件取出来。而这些文件，都绕着装醋的瓶子包了起来。不过，要是他们输入不正确的密码，索菲在圆石筒两端施加的外力会在里面形成一种推力，它就会向下作用到圆石筒，并对里面的醋玻璃瓶产生压力，如果用力推，最终就会把它损坏。

“要轻轻地拉。”她对自己说。

索菲以手心抱住圆柱体的两端时，提彬和兰登两人都挨了过来。索菲满怀着即将破译密码的喜悦，几乎忘记他们想要在里面找些什么。这就是郇山隐修会的拱顶石吧。据提彬讲，它里面有一幅可以帮助我们找寻圣杯的地图，凭这张地图，就能找到抹大拉的玛利亚的坟墓，以及耶稣基督在最后的晚餐上用过的珍贵器皿……还可以揭开无数不为人知的真相。

索菲紧紧抓住圆石筒，再次检查所有的字母是否与指示器上显示的相同。然后她慢慢地一推。然而什么事情也没有发生。她稍微再用力，突然,那圆石筒就像设计精巧的望远镜一样“砰”的一声开了,圆筒重的一头还落在她的手中。兰登和提彬紧张得差点要跳起来。索菲将圆筒的盖子放在桌上,倾斜着圆筒,眯着眼睛看看里面有些什么,她的心急速地跳动起来。

啊,有幅卷轴!

索菲往里瞅着那张卷起来的纸中间的空隙,她发现它被包在圆柱形的物体上,她认为那可能是只醋瓶。不过,奇怪的是,那张包在醋瓶子上的纸并非通常用的薄莎草纸,而是羊皮纸。那就怪了,她心想,醋可溶解不了羊皮纸啊。她又看了看那幅卷轴的空隙,意识到中间的东西根本不是什么醋瓶子,纯粹是其他东西。

“怎么啦?”提彬问她:“快把那卷轴取出来呀。”

索菲皱了皱眉,一把抓住那张卷起来的羊皮纸及被它包住的物品,将它们从圆筒里取出来。

“那不是莎草纸,这么重!”提彬说道。

“我知道,纸里面塞了些东西。”

“那是啥?是醋瓶子吗?”

“不是。”索菲把卷起来的羊皮纸摊开,露出了里面的东西。“是这个。”

兰登看到羊皮纸包住的东西,心不由一沉。

“上帝啊,你祖父是位多么了不起的建筑师!”提彬说着,倒在了座位上。

兰登惊奇地睁大了眼睛。“我看索尼埃才不会把事情弄得这么简单呢。”

桌上现在又多了一个密码筒,但比以前的那个更小,它用黑色玛瑙做就,一直放在前一个密码筒里。想来索尼埃肯定对二元论很感兴趣吧。两个密码筒。什么东西都成双的。双重含义。男人女人。黑中有白,白中有黑。兰登只觉得由象征性符号编织成的大网正向外撒了开去。白衍生了黑。

每个男人都脱胎于女人。

白色——女人。

黑色——男人。

兰登伸过手去,将那个更小的密码筒举起来。它除了比大的小了一半，而且颜色很黑之外，其外形与前一个并无二致。他听到熟悉的潺潺声。很明显，他们以前听说过的醋瓶子就在这个更小的密码筒里。

“好啦，罗伯特。”提彬一边说，一边把羊皮纸推给他。“你会很高兴听到的，至少方向我们是找对了。”

兰登仔细地打量羊皮纸。他又看到另一首用精美书法写就的四行诗，而且仍然采用了五步抑扬格。这首诗的含义非常模糊，不过他只需要读第一行，就知道提彬这次到英国来定会不虚此行。诗的第一行是这样的：

伦敦骑士身后为教皇安葬。

诗的其余部分清楚地表明：要打开第二个密码筒，就必须去拜访位于这座城市某个地方的骑士坟墓。

兰登激动地转身看着提彬：“你认为这首诗指的是什么骑士呢？”

提彬咧嘴笑了笑：“总不会是最难猜的吧。可我知道，答案就在要找的坟墓里。”

就在此时，在他们前方十五英里开外的地方，六辆肯特郡警车沿着浸满雨水的街道，向比金山私人机场奔去。

第七十九章

科莱侦探从提彬家的冰箱里拿了一瓶毕雷矿泉水，然后迈着大步从客厅走回去。他没有跟法希去伦敦参与这次行动，而是留在威利特堡监管已在里里展开活动的科技侦查处工作小组。

到目前为止，他们所找到的证据根本没有任何用处。他们在地板里发现了一发子弹，还找到一张纸，上面潦草地画了些符号，还写有“剑刃”以及“圣爵”等字样；还有一条血迹斑斑带有钉子的皮带，科技侦查处曾经告诉过科莱，这跟保守的天主教会团体天主事工会有联系，该团体最近引起了一阵骚动，因为有媒体披露了他们在巴黎大肆招收教徒的内幕。

科莱叹了口气。*但愿好运能让这些杂七杂八的东西变得有意义起来。*

科莱沿着一道华丽的走廊走去，进入宽阔的交际舞厅改成的书房。科技侦查处的主任侦查员正在厅里忙着掸去指纹留下的印痕。他是一位体形肥胖、身着背带裤的男人。

“发现了什么没有?”科莱走进去问道。

侦查员摇了摇头：“我还没发现什么新东西。这栋房子其他地方有的东西这里都有。”

“那苦修带上的指纹呢?”

“国际刑警组织为此还在忙呢。我把找到的东西都用网络传给他们了。”

科莱向桌上放着的两个封好了的证据袋做了个手势：“那这是怎么一回事?”

侦查员耸了耸肩：“习惯使然。我每次看到古怪的玩意儿时，都要用袋子装起来。”

科莱走过去。*古怪的玩意儿?*

“这位英国人真怪。你看看这个吧。”侦查员在证据袋里翻了一通，然后挑出一样东西，递给了科莱。

科莱看到照片上有扇哥特式教堂的大门，这是一座传统的、凹进去的拱道，它被分成了几层，越往上就越窄，直至变成了小门口。

科莱端详着那张照片，转身问他：“你觉得这个奇怪吗？”

“翻过来看看吧。”

科莱在照片背面看到用英语歪歪扭扭写的一些符号，它们把教堂那长而空荡荡的中殿描绘成异教徒私下献给女人子宫的赞礼。这就怪了。不过，那个描述教堂通道的符号倒是让他吃了一惊。“忍耐一下吧！他认为教堂大门代表女人的……”

侦查员点点头，说：“这个符号，形成了一道完整的向后倾斜的唇齿槽，颇像一个小而好看的梅花形阴蒂刻在大门的上方。”他叹了一口气：“它似乎是在召唤你回教堂里去呢。”

科莱捡起第二个证据袋。透过塑料袋，他看到一幅巨大而光滑的相片，看起来像是一份年代久远的文件。最顶上的标题是这样的：

秘密档案——编号 $4^{\circ}\mathrm{lm}^{1}249$

“这是什么？”科莱问道。

“不知道，他这里还有很多份呢，所以我装了一份在袋子里。”

科莱认真地研究那份文件。

郇山隐修会历任大师的名单：

让·德·吉索尔	1188—1220
玛丽·德·圣克莱尔	1220—1266
纪尧姆·德·吉索尔	1266—1307
爱德华·德·巴尔	1307—1336
让娜·德·巴尔	1336—1351
让·德·圣克莱尔	1351—1366
布朗斯·德·埃夫勒	1366—1398
尼古拉斯·弗莱默尔	1398—1418
勒内·德安茹	1418—1480
约兰德·德·巴尔	1480—1483
桑德罗·波提切利	1483—1510
列昂纳多·达·芬奇	1510—1519
科内塔布勒·德·波旁	1519—1527

费尔迪南·德·贡扎克	1527—1575
路易·德·内韦尔	1575—1595
罗伯特·弗拉德	1595—1637
J.瓦伦丁·安德烈亚	1637—1654
罗伯特·波以耳	1654—1691
艾撒克·牛顿	1691—1727
查尔斯·拉德克利夫	1727—1746
夏尔·德洛兰	1746—1780
马克西米利安·德·洛兰	1780—1801
查尔斯·诺迪耶	1801—1844
维克多·雨果	1844—1885
克劳德·德彪西	1885—1918
让·科克托	1918—1963

郇山隐修会？科莱疑惑不解。

“侦探在吗？”另一位探员从外面探进头来问道。“电话总机处有个紧急电话要找法希探长，但他们又找不到他，你要不要接一下？”

科莱回到厨房，操起了电话。

电话原来是安德烈·韦尔内打来的。

这位银行家优雅的腔调丝毫掩饰不了他内心的紧张情绪。“我原以为法希探长会打电话给我呢，可我至今还没听到他的任何消息。”

“探长忙得很呐，”科莱回答道：“有什么事吗？”

“之前他保证过，会随时告诉我今晚的情况。”

科莱有一阵子以为听出了这位男人的声音，但一时却难以对上号。“韦尔内先生，我现在巴黎接管调查工作，我是科莱侦探。”

韦尔内在电话另一端沉默了良久，才说：“侦探，我有电话要接，还请你多多包涵，以后我再给你打电话吧。”说完，他便挂了电话。

科莱将电话听筒握了好几秒钟，接着就想起来。“我认出了那个声音了！”这个新发现令他透不过气来。

他就是那位装甲车司机。

戴着一块冒牌的“劳力士”手表。

科莱终于明白了这位银行家为何这么快就挂上电话。韦尔内想必也记起了科莱的名字——今晚早些时候,他曾明目张胆地欺骗了这位警方的官员。

科莱寻思着这种奇异变化所隐藏的各种含义。韦尔内参与进来了。他本能地知道,他应该给法希打个电话,但在感情上,他知道这个幸运的变化将有助于他出尽风头。

他立刻打电话给国际刑警组织,要他们尽其所能帮忙查询任何有关苏黎世存托银行及其行长韦尔内的信息。

第八十章

“请大家系好安全带。还有五分钟我们就要着陆了。”提彬的飞机驾驶员大声宣布。此时“猎鹰者”731正在下降，飞入清晨那细雨淅沥的灰蒙蒙的水雾里。

提彬看到，肯特郡雾蒙蒙的群山，正在不断往下降的飞机下面延伸开来。他心里自是充满了回家的喜悦。尽管乘飞机从巴黎到英格兰还用不了一个小时，然而毕竟隔了个世界。今天早上，他家乡那湿气逼人的春绿，看起来也格外的赏心悦目。*我在法国的岁月已经结束了。我将回到我亲爱的英格兰，带着胜利的喜悦。拱顶石找到了。*当然喽，至于拱顶石到底会把我们引向何方，这个问题仍没得到解决。也许是在英国的某个地方吧。究竟是什么地方，提彬还不知道，不过眼下，他正在品尝胜利的琼浆。

兰登与索菲在一边观望，提彬站起来，走到飞机座舱离他们很远的那一端，然后推开墙板，露出了一个隐藏完好的嵌入式保险柜。他输入暗码，打开保险柜，拿出两本护照。“这是给我和雷米两人的。”然后他又拿出一大叠面值五十英镑的钞票。“还有两份是给你们两人的。”

索菲一脸警惕的神色：“你该不是想贿赂我们吧？”

“办事要灵活些嘛。比金山私人机场的工作人员会认你手中的钱。等我们一着陆，就会有英国海关官员到停机库招呼我们，还要上飞机来。我可不想让他进来，我会告诉他我在跟法国名人一道旅行呢。不过为避免媒体炒作起见，她不想让别人知道她在英格兰。你知道，作为感谢，我总要付一笔昂贵的小费给这位识相的官员。”

兰登非常惊奇：“那官员会收下这笔钱吗？”

“他们并不是逢人给钱都会收的，不过他们都认识我。看在上帝的份上，我又不是什么武器经销商。我是一位爵士。”他微微笑了笑：“所以有资格享受一些特权。”

雷米此刻来到走廊，手中攥着德国黑克勒暨科赫公司制造的手枪。

“先生,我该做什么呢?”

提彬瞥了仆人一眼:“我要你和我的客人呆在飞机上等我们回来。我们现在还不能带他到伦敦各处乱跑。”

索菲神色很是警惕:“雷,我可是认真的,在我们回来之前,法国警方肯定会去找你的飞机的。”

提彬朗声笑了起来:“是啊,你想他们进得机去,看到雷米该有多吃惊吧!”

索菲对他的豪爽劲儿很是惊奇:“雷,你越境偷运了一名被你五花大绑的人质,这可不是小事一桩呐。”

“我的律师也不是吃素的。”他皱眉向机舱后面瞅了一眼:“不过那畜生闯进我家,差一点把我杀了。那是无法否认的事实,雷米可以作证的。”

“可你把他捆住,又把他弄到伦敦来!”兰登突然插嘴。

提彬举起右手,仿佛是在法庭宣誓:“阁下,请原谅一位古怪的老骑士对英国法庭制度愚蠢的偏见吧。我知道我本应报告法国当局,可我是个势利的人,我不相信你那些自由放任的法国人会做出公正的裁决。这人差点杀了我。是的,我强迫仆人帮我把他带到英格兰来,我的决定确实很草率,可是我压力很大你知道吗?是我的错,都是我的错。”

兰登不肯相信:“压力来自你自己,雷,也许它刚刚离你而去了哩。”

“阁下,”驾驶员回头喊道:“控制塔刚才发信号来,说在你停机库附近的路上出了些问题,所以他们叫我不要把飞机开往那里,而是直接停在机场的航站。”

提彬驾飞机来往比金山机场已经有十多年,然而还是第一次碰上这样的问题。“他们说了是什么问题没有?”

“调度员含糊其词,说大概油泵站泄漏了吧?他们要我把飞机停在航站前,并说在没有得到进一步的通知之前,任何人都不能走下飞机,并说这是为了安全起见。只有等机场当局调查清楚后,我们才可以下机。”

提彬半信半疑。*去他妈的什么油泵泄漏,该不是里头有什么陷阱吧!*油泵站离他的停机库足足有半英里远呢。

雷米也很关心地说道:“先生,这似乎很不正常啊。”

提彬转身面对索菲与兰登两人:“朋友们,我有一种不祥的预感,我怀疑前面有接机团来欢迎我们呢。”

兰登凄凉地哀叹一声:“也许法希还将我当作是他的猎物呢。”

“要么如此，”索菲说：“要么就是他太固执，不愿承认自己的错误。”

提彬没听他们说话。先别管他法希固执不固执，得马上采取措施。我们不能迷失最终的目标。我们离圣杯只剩一步之遥了。飞机在他们下面，“哐”的一声着陆了。

兰登一脸懊悔地说：“雷，我真该让警方把我抓起来，然后采用合法手段解决问题。我不该连累你们。”

“天哪，罗伯特！”提彬挥手打住：“你真的以为他们会让其他人走吗？我把你带过来就已经违法了。奈芙小姐帮你从卢浮宫里逃出来，我们还把另一人绑在飞机的后面。我们已是同一条船上的人了。”

“也许这个机场不一样吧？”索菲说。

提彬摇了摇头：“如果我们现在就停下来，那等我们在其他地方得到停机许可之前，接机的代表团就会开着坦克来接我们了。”

索菲沮丧地倒在座位上。

提彬感到，如果他们要想推迟与英国当局产生冲突的时间，以便能争取时间找到圣杯，那他们就得大胆采取行动。“给我一点时间。”他说着，步履蹒跚地朝驾驶员座舱走去。

“你要干什么？”兰登问道。

“我得去参加个推销会议。”提彬说，他也不知道，要付出多大的代价，才能说服驾驶员去冒一次极不寻常的险。

第八十一章

“猎鹰者”号飞机终于要在机场降落了。

西蒙·爱德华兹，比金山机场执行服务官，在控制塔里走来走去，不时紧张地看着那被雨水浸湿的跑道。他从不喜欢周六早上一大早就被人叫醒，不过特别让他倒胃口的是，竟然叫他负责逮捕一位对他来说好处多多的客户。雷·提彬爵士不但为他租借的私人停机库付了比金山机场一大笔钱，而且每次在他驾机来去时，总要付给他们一笔“着陆费”。机场一般会将他的飞行日程提前通知他，这样，他来时就可以按他的意思办。提彬对此很是赞赏。他停靠在停机库里的专门定做的“美洲虎”加长豪华车，总有人给它全部上光并擦拭一新，当天的伦敦《泰晤士报》也会有人放在他的车后座上。一位海关官员将在停机库等着他的到来，以方便对他的入境证明以及行李进行检查。这里的海关工作人员不时会从提彬那里得到大笔的小费，作为交换，他们对他从外地运来的无害有机化学物——其中多半是些奢侈食品，如法国食用蜗牛，特别是宜于食用但尚未加工的羊乳干酪，还有一些水果——睁一只眼闭一只眼。不管怎么说，某些海关法律条文本身就很荒谬，而如果比金山机场不给客户提供方便，那肯定会有其他机场来跟它抢生意。比金山机场满足了提彬的要求，也从他那里得到了回报。

爱德华兹看到那架飞机，全身的神经都紧绷起来。他不知道提彬乐善好施的品性是否已莫名其妙地使他陷入麻烦之中。法国当局似乎有意对他进行抵制。但还没人告诉他是因为什么罪名。不过，他们显然太认真了。肯特警方根据法国当局的要求，命令比金山机场的航班调度员用无线电通知“猎鹰者”号的驾驶员，命令他直接把飞机开到机场的航站，而不是此客户的私人停机库。而这位驾驶员竟然也毫无异议，很明显他相信了八辈子也打不着的所谓泄漏事件。

尽管英国警方通常都不携带武器，然而形势的严峻迫使他们组织了一支全副武装的别动队。此刻，八名荷枪实弹的警察就站在机场候车室里，等待飞机的到来。等飞机一着陆，机场的工作人员就会跑过去，在飞机轮胎下面钉上楔子，这样飞机就不能动了。然后警察就会出动，机上的人员就会束手就擒，单等法国警方前来控制局面。

“猎鹰者”号此时已经离地面很近了，它的右舷飞速从树梢上掠过。西蒙·爱德华兹走下楼来，站在停机坪的水平线上注视着飞机的着陆。肯特警方已蓄势待发，只是目前隐藏起来而已。而那名维修工也已经拿着楔子在旁边等待。在跑道的外头，“猎鹰者”号的前端翘了起来，飞机的轮胎刚挨着地面，便冒出一股青烟。飞机逐渐减速，在航站前从右往左地飞奔，它那银色的机身，在这寒冷的清晨，闪烁着冷冷的光。然而飞机并没停下驶入航站，而是平静地沿着机场的跑道滑行，继续往远处提彬的私人停机库驶去。

所有的警察将爱德华兹团团围住，瞪着眼睛看着他：“我们还以为驾驶员同意把飞机开到航站来呢。”

爱德华兹一脸茫然：“他说过的呀。”

很快，爱德华兹被裹挟进警车里，然后警车穿过停机坪向远处的停机库疾驶而去。警察的车队还远在五百码以外，而提彬的“猎鹰者”号飞机已经平稳地滑进私人停机库里，消失了。所有的警车终于来到了停机库，并猛地在开着的门前停住，警察们拔出枪，从车里蜂拥而出。

爱德华兹也跳了出来。

声音震耳欲聋。

那架已经停在机库里的螺旋桨飞机虽然已经停止了旋转，但引擎还在发出震天动地的响声。“猎鹰者”号机身朝外准备稍晚再次起飞，飞机来了个180度大转弯，然后摇晃着向停机库的前面驶去。爱德华兹看到了驾驶员的那张脸，他露出既惊讶又恐惧的神色。面对这么多警车的包围，有这样的反应是完全可以理解的。

驾驶员终于将飞机停了下来，并关小了引擎的声音。警察蜂拥而至，在飞机四周摆好了架势。爱德华兹跟着肯特警察局的探长小心翼翼地向飞机的舱口走去。过了几秒钟，机舱的门“砰”的一声打开了。

雷·提彬出现在舱口，飞机的电动舷梯平稳地放了下来。他一边紧盯着外面数不清的对准他的枪，一边将身子倚靠在拐杖上。他搔了搔头，说：“西蒙，我不在的时候，你是不是中了警察的六合彩票了？”他的语气里，更多的是迷茫，而不是担忧。

西蒙·爱德华兹走上前，清了清喉咙。“早上好，爵士，我为造成这样混乱的局面向你道歉。我们发生了泄漏事故，可你的驾驶员答应把飞机开到航站去呢。”

“是的是的，不过是我让他到这里来。我看病要迟到了。我付了停机库的钱，但你们竟胡说什么是为避免油泵泄漏的事故起见，这未免太小心了吧。”

“爵士，恐怕这次你是趁我们没做准备就跑来的吧。”

“这我知道，我是没作此行安排。真人面前不说假话，他们给我的新药害我直小便。我是来让医生调整一下的。”

警察们彼此交换着眼色。爱德华兹眨了眨眼睛，说：“很好，爵士。”

肯特郡的探长走上前，说：“恐怕你还得在飞机上再等半小时左右。”

提彬并不为之所动，他摇摇晃晃地走下舷梯：“这不可能。我跟医生已经约好了。”他来到停机坪，说：“如果失约我可担待不起。”

探长再次挺身挡住了提彬的去路，不让他从飞机上下来。“我是奉法国司法警察局之命而来的。他们说在你的飞机上藏有至今逍遥法外的逃犯。”

提彬盯了肯特警察局的探长很长一段时间，突然大笑起来：“你该不是在玩什么暗箱游戏吧？太有意思啦！”

探长毫不退让：“先生，我可是认真的。法国警方说你飞机上可能还藏有一名人质。”

提彬的男仆人雷米出现在舷梯顶端的舱口。“我给雷爵士干活，倒觉得像个人质，但他向我保证说我随时可以走。”雷米看看表。“先生，我们真的要迟到了。”他朝停机库很远的角落里那辆“美洲虎”加长高级轿车点了点头。这辆庞大的汽车全身漆黑，车窗玻璃呈灰黑色，轮胎是白色的。“我去把车开过来。”雷米开始向舷梯下走来。

“我们不能让你走。”探长说道：“你们两位还是请回吧。法国警方马上会来这里。”

提彬于是望着西蒙·爱德华兹：“西蒙，看在上帝的份上，这太荒唐了吧！飞机上根本没其他人。跟往常一样，只有雷米、驾驶员和我三个人。或许你可以做中间人。你到飞机上去瞧瞧，看是否还有其他什么人。”

爱德华兹觉得自己身不由己了。“好的，爵士，我去看看。”

“看你个头！”肯特警察局的探长高声叫嚷，很明显他对比金山机场的事早有所闻，所以他怀疑西蒙·爱德华兹可能会撒谎，以便能留住提彬这样的客户，继续与比金山机场交往。"我自己去。"

提彬摇摇头。"你不行的，长官。这可是私人财产。如果你没有搜查令，我看你还是乖乖地呆一边去吧。在此，我也给你一个总算说得过去的机会。我只允许爱德华兹先生到上面去查。"

"你想得倒美!"

提彬的表情顿时冷淡下来:"长官，我想我没时间跟你玩什么把戏。我跟医生的预约已经迟到了，我得走了。如果你非要阻止，就朝我开枪吧。"提彬说着，便和雷米绕过这位长官，穿过停机库，向停靠在角落里的豪华轿车走去。

肯特警察局的探长望着提彬挑衅性地从他身边蹒跚而过，不禁对此人萌生一种说不出来的厌恶。来自特权阶层的人，总觉得自己能凌驾于法律之上。

但他们并不是这样的。那位长官转过身，瞄准了提彬的背:"站住!否则我要开枪了。"

"那你就开吧。"提彬头也不回，继续大步流星向前走去。"我的律师会一刀剁了你下面的家伙，煮熟当早饭吃。如果你没搜查证就跑到我的飞机上去，那你是活得不耐烦了。"

装腔作势，吓唬谁呀。警察局的探长对此无动于衷。尽管从正常的法律程序上讲，提彬是对的，警方要登上他的飞机，必须有证件才行，然而由于这次飞行的始发地是在法国，而且神通广大的贝祖·法希给了他这样的权力，所以肯特警察局的这位长官自信，如果他能在飞机上找到提彬似乎刻意隐藏的东西，那他今后的日子就好过多了。

"截住他们。"他大声命令道:"我到飞机上去看看。"

他的下属即刻跑过去，拿枪瞄准了提彬和雷米，并用身体挡住了他们走向轿车的去路。

提彬回过头:"长官，我可是最后一次警告你。要上我的飞机，你最好想都别想。不然的话，你会后悔的。"

然而探长没有理会，他紧抓住扶手，朝飞机的舷梯上爬去。他来到舱口，往里面瞧了几眼。过了一会，他才走进机舱。他到底看到什么了?

只有那个驾驶员满脸恐惧地蜷缩在飞机的座舱里，除此以外，整架飞机都是空荡荡的，连个人影也没有。他快速地在卫生间里、椅子中间以及行李区里搜查了一遍，却没有发现任何东西——更不用说有人了。

贝祖·法希探长究竟在想些什么？雷·提彬似乎并没有撒谎。

这位肯特警察局的探长孤零零地站在空旷的机舱里，拼命地咽下几口气。妈的！他红着脸回到舷梯口，目不转睛地看了对面的提彬与他的仆人几眼。此时，他俩站在豪华汽车的附近，正处在枪口的威胁之下。“放他们走。”长官命令道：“我们接到错误的情报了。”

即使隔着那么远，提彬的那双眼睛仍然让人不寒而栗：“我的律师会打电话找你的。另外就是，你们以后再也不要随便相信法国的警察了。”

提彬的仆人打开那辆加长豪华车的后门，扶着瘸腿的主人坐到车后的椅子上，接着走到车的前方，挨着车轮钻了进去，然后开动马达。警察们慌忙散开，“美洲虎”飞速地冲出了停机库。

“伙计，戏演得真棒！”等到轿车加快速度离开了机场，提彬在车后座高兴地嚷嚷。他又掉转头，看着偌大的车里模糊不清的前方，问了一句：“各位，感觉还舒服吧？”

兰登无力地点了点头。他和索菲还蜷缩在地上，那个被绑起来并被堵上嘴的白化病患者，此刻就躺在他们身旁。

早些时候，当“猎鹰者”号驶入空荡荡的停机库时，雷米在飞机中途转弯时还没等它停下来，就已经先把舱口打开了。在警察紧跟而来的那会儿，兰登与索菲一把将修士拖下舷梯，很快躲到车子的后面，不见了。接着飞机的引擎声又惊天动地地响起来，等警车赶到停车库，飞机已经转了180度的弯。

此刻，这辆豪华轿车正飞快地向肯特郡奔去，兰登和索菲爬到车后，将绑着的修士撂在地上。他们找了一张面对着提彬的长椅坐下。那名英国佬狡黠地朝他们一笑，打开车内吧台的橱柜，冲他们说道：“两位要不要喝点饮料，比如塞尔查矿泉水，或者吃点饼干、土豆片、果仁什么的？”

索菲和兰登一起摇头。

提彬咧嘴笑了笑，关上了橱柜：“那好，那我们开始研究这骑士的坟墓吧……”

第八十二章

“舰队街?”兰登在车后看着提彬,问道。舰队街藏有坟墓? 迄今为止,雷竟然还在耍他的把戏,对将在何处找到那“骑士的坟墓”只字不提。然而据那首诗上讲,要找到密码从而解开那更小密码筒里的谜,就非得找到这座“骑士的坟墓”不可。

提彬张嘴笑了笑,转身对索菲说:“奈芙小姐,让这位哈佛小子再看看那首诗怎么样?”

索菲在口袋里翻了一阵,然后把用羊皮纸包着的黑色密码筒拿出来。大家一致决定将紫檀木盒子以及更大的密码筒搁在一边,放进飞机的保险箱里,只带上他们急需的、更轻便、更让人费脑筋的黑色密码筒。索菲摊开羊皮纸,递给了兰登。

兰登刚才虽然在飞机上已将这首诗读了好几遍,但他还是未能想出坟墓的具体位置。这回他又在读着那些诗句,缓慢而又认真地,希望能从五步抑扬格的节奏里找到更为明晰的意义——既然现在,他们已从天空来到了坚实的土地。

诗是这样写的:

伦敦骑士身后为教皇安葬。
功业赫赫却触怒圣意。
所觅宝珠曾在骑士墓上。
红颜结胎道明其中秘密。

诗的语言似乎简洁明了,说是有一位骑士葬在伦敦,这位骑士大概做了什么事情触怒了天主教会。一个本该在他的坟墓里的圆球不见了。诗在最后提到了“红颜结胎”,显然是指抹大拉的玛利亚——这朵怀上耶稣基督种的“玫瑰”。

尽管诗歌简单明了,兰登依然不知道这位骑士是谁,葬在哪里。而且一旦确定了坟墓的位置,他们似乎就得寻找什么遗失的东西。那个本该在坟墓里的圆球？

"有什么想法吗？"提彬咂着嘴巴，说。他似乎有些失望，尽管兰登觉得这位皇家学会的历史学家正为自己有了想法而高兴不已。提彬转而问："奈芙小姐，你呢？"

她摇了摇头。

"那你们两个如果没了我，可怎么办啊？"提彬打趣地说："很好，我会陪你们一路玩到底的。其实说来非常简单，第一句就是关键。你读读看怎么样？"

兰登朗声读起来："伦敦骑士身后为教皇安葬。"

"很好，一位教皇埋葬的骑士。"他盯着兰登："你认为这是什么意思？"

兰登耸了耸肩："是不是这位骑士是由教皇来埋葬他的？或者是他的葬礼是由教皇来主持的？"

提彬大声笑了起来："哈，真有意思。罗伯特，你总是个乐观主义者。你再看下句。这位骑士很明显做了什么事情触犯了教会的神威。你再想想，考虑一下教会与圣殿骑士团之间的关系。你就会明白它的含义。"

"难道骑士是被教皇处死的？"索菲问道。

提彬微笑着拍拍她的膝盖："亲爱的，你真棒。一位被教皇活埋的骑士，或者是被教皇杀死的骑士。"

兰登猛地想起发生在1307年的那次臭名昭著的围剿圣殿骑士团的事件——在那个充满不祥气氛的第十三日，黑色星期五，教皇克雷芒五世杀害并活埋了成百名的圣殿骑士。"不过，肯定有无数被教皇杀害的骑士们的坟墓。"

"哦，不对不对。"提彬赶忙说道："他们大多数人是被绑在刑柱上烧死的，然后被扔进台伯河，连个仪式也没有。然而这首诗指的是一个坟墓，一个位于伦敦的坟墓，不过在伦敦，很少有骑士是被烧死的啊。"他顿了顿，盯视着兰登，一动也不动，就像在盼着曙光盼着黎明。他终于愤怒了："罗伯特，看在上帝的份上，它就在由郇山隐修会的军队——圣殿骑士团亲自建造于伦敦的教堂里啊！"

"你是说圣殿教堂？"兰登吃了一惊，不由得倒抽了一口气："它那里有坟墓？"

"当然，在那里，你会看到十个最让你触目惊心的坟墓。"

实际上，兰登从没去过圣殿教堂，尽管他在研究郇山隐修会的过程中,曾无数次参考过有关它的资料。圣殿教堂曾是所有圣殿骑士团和郇山隐修会的活动中心,之所以得此名,是为了向所罗门的圣殿表示敬意。圣殿骑士团的头衔,就是这座教堂赐封的。另外,圣杯文献也使他们在罗马产生了巨大的影响。有关骑士在圣殿教堂别具一格的礼拜堂里举行神秘而又奇异仪式的传说铺天盖地,层出不穷。"圣殿教堂位于舰队街?"

"实际上,它就在舰队街不远的内圣殿巷。"提彬俏皮地说:"我本不打算告诉你,想让你流更多的汗水,费更多的脑筋。"

"有劳费心了。"

"你俩都没去过那里?"

兰登和索菲都摇了摇头。

"我并不觉得奇怪,教堂现隐藏在比它大得多的建筑物后面。甚至很少有人知道它在那里。那真是阴森可怕的地方。教堂从里到外,都带有异教的建筑色彩。"

索菲惊讶地问:"带有异教的建筑色彩?"

"绝对是异教徒的建筑风格!"提彬大声说道:"教堂的外形呈圆形。圣殿骑士团为了表达对太阳的敬意,抛弃了传统的基督教十字形的建筑布局和模式,建造了这座完全呈圆形的教堂。"他的眉毛狠狠地跳动了一下。"这就触动了罗马教廷的僧侣们敏感的神经。这与他们在伦敦市区复兴史前巨石柱群的异教风格,也许没什么区别。"

索菲瞄了提彬一眼:"那诗的其余部分呢?"

这位皇家历史学家的高兴劲儿逐渐消失了。"我也说不准。这真让人为难。我们还得对那十座坟墓逐一认真检查呢。如果运气好,也许就会找到那座一眼就知道没有圆球的坟墓。"

兰登意识到他们现在离目标有多近了。如果那个失踪的圆球会泄露他们要找的密码,那他们就可以打开第二个密码筒。他费了很大的劲,想象着他们会在里面发现什么。

兰登又开始读起了那首诗。它有点类似于原始的纵横字谜游戏。一个能揭开圣杯的秘密,由五个字母组成的词?在飞机上,他们已试过所有明显由五个字母组成的词,如 GRAIL,GRAAL,GREAL,VENUS,MARIA,JESUS,SARAH 等等。这些词太明显了,显然还有其他一些由五个字母组成并与这朵圣洁"玫瑰"的子宫有关联的词。即使雷·提彬这样的专家也不能一下找到,对兰登来说,这就意味着它决不是一个普通的词。

"雷爵士!"雷米回头喊道。他正通过敞开的隔离间,从车上的后视镜注视着他们。"你是说舰队街就在布莱克弗莱尔桥附近?"

"对,要经过维多利亚大堤。"

"对不起,我不知道是在哪里。我们平时只去医院。"

提彬朝兰登和索菲滚动着眼珠子:"妈的,有时候我真觉得是在带一个小孩子。你们稍等一会。自己动手喝点饮料,吃点零食吧。"他站起身,笨拙地爬到敞开着的隔离间,去跟雷米说话。

索菲转向兰登,轻轻地说:"罗伯特,现在无人知道我们在英格兰呢。"

兰登知道她说的是实话。肯特郡的警察局肯定会告诉法希,飞机里什么东西也没有,因此法希难免会以为他们还没离开法国。我们现在在暗处呢。不过,雷爵士玩弄的把戏却浪费了他们大量的时间。

"法希是决不会轻易放弃的,"索菲说道:"他这次是铁了心,非要把我们抓住,才肯罢休。"

兰登一直不愿考虑有关法希的事情。尽管索菲曾答应过他,说等这件事办完,她将尽最大的努力,采取一切补救措施为他开脱罪责。然而他开始担心,这样做恐怕无济于事。*法希说不定能轻易成为这次阴谋中的一部分*。尽管兰登无法想象,法国警方竟然会在处理圣杯这事情上乱成一团,但他还是觉得,今天晚上的巧合实在是太多了。因此,他没法不将法希视作隐藏在背后的帮凶。*法希是名教徒,然而他却蓄意将谋杀的一系列罪名栽赃到我的头上*。还有就是,索菲曾说过,法希也许对这次追捕显得有点热心过头了。然而不管怎样,眼下对兰登不利的证据实在太多了,除了卢浮宫里的地板上、索尼埃的日记里歪歪斜斜地写有他的名字外,这次兰登似乎再次掩盖送书稿的事而撒了个弥天大谎,然后逃之夭夭。*这还是索菲在提醒他呢*。

"罗伯特,我很抱歉把你牵扯进来,而且让你陷得这么深。"索菲说着,把手搭在他的膝盖上。"可有你在身边我真的很高兴。"

她的话绝非夸大其词,而纯粹是肺腑之言,然而兰登还是觉得陡然生出几分意想不到的亲近来。他疲惫地给了她一个微笑:"等我睡一觉,你会发现我更有意思哩。"

索菲沉默了数秒。"我祖父叫我相信你,我很高兴好歹听了他一次。"

"可你祖父甚至还不认识我呢。"

"即使是这样,我也认为你做了他想让你做的一切。你帮我找到了拱顶石，给我讲述圣杯的来历，又跟我谈了地下室里的‘神婚’仪式。”她停了片刻：“不管怎么说，我觉得今晚比以前任何时候跟祖父都靠得近了。我想他老人家肯定会很高兴的。”

透过清晨的濛濛细雨，远处的伦敦开始隐约可见。以前，伦敦最引人注目的是大笨钟与塔桥，然而现在被抢眼的“千禧眼”所取代了，它是一个硕大而前卫的摩天轮，有五百英尺高，形成了这座城市又一令人叹为观止的景观。兰登曾想爬上去坐坐，但这些观光舱，使他联想到密封起来的肉罐头，因此他最终选择留在了地上，欣赏这泰晤士河水气氤氲的堤岸两边的无限风光。

兰登忽然觉得有人掐了他膝盖一把，将他往后拖。等他回过头，索菲的绿眼睛正逼视着他。他这才知道，原来索菲一直不停地在跟他说话。“如果我们找到圣杯文献，你看该如何处置呢？”她轻声地说。

“我有什么想法并不重要。你祖父把密码筒给了你，你会处理好的，因为直觉告诉你，你祖父会让你这么做的。”

“我在征求你的意见呢。你显然在书稿里写了什么东西，使我祖父相信你的判断，所以他才打算私下里跟你见面。这很不简单啊。”

“也许他想跟我说，你把东西全弄错了。”

“要是他不欣赏你的观点，他又何必让我来找你？你在书稿里是赞成将圣杯文献公开呢，还是将它藏起来？”

“哪方面我都没有说。我在文稿中谈到神圣女性的象征意义，回顾了整个历史上的女性圣像学。我当然不能武断地说，我知道圣杯藏在哪，应不应该将它公布于天下。”

“可你在写一本有关它的书呢，所以你显然觉得应该共享有关它的材料。”

“无中生有地讨论耶稣基督的另一番历史跟——”他暂停了一会。

“跟什么？”

“跟把成千上万份古代文献公布于世，并以此作为《新约》是虚假的科学依据，这之间还是有很大的差别。”

“可你告诉我《新约》是杜撰出来的呢。”

兰登笑了笑：“索菲，要我说世界上所有的宗教信仰都是建立在虚构础上的。这就是我对宗教信仰的定义——即信仰我们想象的真实，们无法证明的东西。无论是古埃及人还是当代宗教，都是通过隐喻、寓言以及夸张的方式来描绘他们心目中的神或上帝。隐喻是这样一种方式，它可以帮助我们加工原本无法处理的东西。等我们开始完全相信自己为自己编造的隐喻时，问题也就出来了。”

“所以你赞成将圣杯文献永远地隐藏起来？”

“我是历史学家，我反对任何人损坏这些文献，而且我很乐意看到研究宗教的学者们，有更多的历史材料去探索耶稣基督非同寻常的人生。”

“你对我问题的两个方面都提出了反驳呢。”

“是吗？《圣经》给居住在这个星球上成千上万的人们设置了一个最根本的路标，《古兰经》、《摩西五经》，还有《巴利三藏》，也以完全相同的方式，给信仰其他宗教的许多人指点了迷津。假如你我能找到一些与伊斯兰教、犹太教、佛教以及异教的传说相背离的材料，我们会那样做吗？我们会挥舞着手中的旗帜，对那些佛教徒说，我们能证明佛主不是从莲花里生出来的吗？或者告诉那些基督徒，耶稣不是真从处女的子宫里孕育出来的吗？那些真正理解自身信仰的人，通常也知道这些故事传说是隐喻性的。”

索菲半信半疑：“我那些虔诚的基督徒朋友相信基督真能在水上行走，能够将水变成真的美酒，并且相信他果真是处女生的。”

“这完全印证了我的观点。”兰登说道：“宗教性的隐喻成了对现实进行虚构的一部分。而在现实里，又有助于芸芸众生从容应对，完善自我。”

“但是，他们面对的现实是虚假的现实。”

兰登咯咯地笑了起来：“不过，再怎么虚假，总比一位对臆想的虚数‘i’深信不疑的密码破译专家要来得真实些吧？！因为她竟然相信，这会有助于她破译密码。”

索菲皱起了眉：“你这么说是不公平的。”

两人沉默了一会。

“你刚才还问了什么问题来着？”兰登突然问。

“我不记得了。”

兰登笑了起来：“你可真行啊。”

第八十三章

兰登和索菲、提彬三人从“美洲虎”豪华车里钻出来，走到内圣殿巷，他注意到他手腕上的“米老鼠”牌手表显示将近七点半了。这三人，犹如在迷宫里行走一般，他们绕过许多建筑物，才来到圣殿教堂外面的小院里。那粗糙的石头，在雨中泛着青光，一群鸽子，在他们头顶的建筑里“咕咕”地歌唱。

伦敦古老的圣殿教堂全部是用法国卡昂地区出产的石头建造的。这是一幢引人注目的圆形建筑，有着撼人心魄的华美外表，中间一座塔楼，塔楼的旁边有个突出来的正殿，教堂看起来不像是供众人礼拜的地方，倒像是一个军事据点。耶路撒冷大主教赫拉克利乌斯曾于 1185 年 2 月 10 日献祭与此，从此，圣殿教堂经历了八百多年政治斗争的风风雨雨，其中历经了伦敦大火灾，第一次世界大战。只是到了 1940 年，它才严重被毁于德国纳粹空军投放的燃烧弹。战争结束后，它又恢复了原来的模样，重现了昔日的辉煌。

循环往复，如此而已。兰登想，平生第一次对建筑物仰慕起来。这幢建筑显得既粗犷又朴素，更容易使人想起罗马的圣安杰罗城堡，而不是造型精美的希腊帕特农神殿。不过，不幸的是，那矮而窄的、向右面延伸出来的附属建筑物却令人觉得十分别扭，尽管它在企图掩饰其原始建筑的异教建筑风格上并没起到多大的作用。

“今天星期六清晨。”提彬摇摇晃晃地走到大门前：“所以我想我们不会碰到什么宗教活动。”

教堂的入口处是一块凹进去的石头，里面嵌着一扇巨大的木门。在木门的左边，看起来完全不协调地挂着一块公告牌，上面写满了音乐会的日程安排以及宗教仪式的通知。提彬读着公告牌上的告示，眉头紧皱起来：“他们要再过两个小时才向游客开放哩。”他走到门前，试着想把它打开，然而那扇门却纹丝不动。于是他把耳朵贴在木板上倾听。过了一会，他抽身走了回来，一脸诡秘的神色，他指着公告牌说：“罗伯特，你去查查宗教仪式的日程安排，行么？这个星期由谁来主持仪式的呢？”

在教堂里面，一位祭台助手用吸尘器差不多将所有祭祀用的坐垫上的灰尘吸完，这时他听到有人在敲礼拜堂的门。他充耳不闻，不加理会。哈维·诺尔斯神父自己有钥匙，再说还要等两个小时才能开门呢。敲门的人可能是位好奇的游客，或者是个穷人吧。祭台助手继续用吸尘器吸坐垫里的灰尘，然而敲门声依然不断。*难道你不识字？*门上不是清清楚楚地写着星期六教堂要到九点半才开门吗？祭台助手依旧忙着干他的事情。

突然，敲门声变成了沉重的撞击声，仿佛有人在用铁棒砸门。这名年轻人关掉吸尘器，怒气冲冲地朝门口奔去。他从里头一把将门“哐”的拉开，看到三人站在门外。*是游客？*他咕哝着说：“我们九点半才开门。”

那个身材矮胖的男人，很明显是他们里头的领军人物，他拄着拐杖走上前来，说：“我是雷·提彬爵士。”听他的口音，倒像是一位颇有身份的正宗英国人。“你肯定知道，我是陪克里斯托夫·雷恩四世及其夫人一道来的。”他走到一边，夸张地朝站在他们背后的那对模样俊秀的夫妇挥了挥手。女人看上去很温和，长着一头茂密的暗红色头发。男人个子挺拔，黑色头发，看上去似乎有点眼熟。

那名祭台助手一时不知如何应付。克里斯托夫·雷恩爵士是圣殿教堂最有名望的赞助者，在圣殿教堂遭受伦敦大火灾的侵袭后，他曾采取了所有的修复措施。不过他早在18世纪初期就已经去世了。“嗯……能有幸认识你吗？”

拄拐杖的男人皱着眉头：“还算你识相，不过年轻人，你好像不太相信我们啊。诺尔斯神父呢？”

“今天星期六，他要等会儿才来。”

这位行动有些不便的男人更加不高兴了：“就这样向我们表示感谢呐。他向我们保证，说会在这里等我们哩。看来我们只好不管他了。何况我们也不会呆上很久。”

祭台助手仍然将身子堵在门口：“对不起，你说什么呆不上多久？”

这位客人的眼神一下子尖锐起来，他俯身向前，低声说着话，似乎是为了避免让大家尴尬。“年轻人，很显然，你是新来的吧？克里斯托夫·雷恩爵士的后代每年都会带一些他老人家的骨灰，撒在圣殿教堂里的内殿里。这是他临终的遗愿。没有谁特别喜欢到这个地方来,但我们又有什么办法呢?"祭台助手在这里呆了数年,但还是第一次听说有这回事。"你们还是等到九点半再说吧。教堂门还没开,再说我还没打扫干净呢。"

拄拐杖的人怒视着他:"年轻人,要说这房子还能留下什么东西用得上你的吸尘器的话,那就是放在这位女士袋子里的他老人家了。"

"什么?"

"雷恩夫人,"拄拐杖的人说:"你能不能把骨灰盒拿出来,给这位粗鲁的年轻人瞧瞧?"

女人犹豫了一会,然后,似乎是刚从梦里醒来,她把手伸进背心口袋,取出了一个小小的、外面包了一层布的圆柱体。

"喏,你看啊。"拄拐杖的男人喝道:"现在,你要么成全他老人家的遗愿,让我们把他的骨灰撒在礼拜堂里,要不然我们就去告诉诺尔斯神父。"

祭台助手犹豫起来,他深知诺尔斯神父一向严格要求大家遵守教堂的规矩;而且,更重要的是,他也深知神父的臭脾气。万一让这座历史悠久的神殿盛名受损,他可吃罪不起。诺尔斯神父也许只是把这些家族成员要来的事情给忘了。如果是这样,那将他们赶走,肯定要比让他们进来冒的风险还大。*不管怎样,他们说不用很长时间。那么让他们进来,又有多大的害处呢?*

祭台助手走到一边,让这三人进来时,他敢说雷恩夫妇面对眼前的情景,神情如他一样的茫然。他不安地继续干他的杂活,但从眼角观察他们的一举一动。

当三人来到教堂深处,兰登勉强地笑了笑。"雷,"他压低嗓门说:"你真会撒谎啊。"

提彬双眼闪烁:"别忘了我是牛津戏剧俱乐部的成员。他们至今还在谈论我扮演的裘利斯·恺撒一角呢。我敢肯定,还没有哪位演员能比我更尽心尽力地表演此剧第三场的第一幕哩。"

兰登回头瞥了他一眼:"我还以为,恺撒是在那一场里就死去了呢。"

提彬得意地笑起来:"是的,可我摔倒时长袍被撕开了。这样,我不得不脚尖朝上在台上躺了半小时。但即便如此,我连动也没动一下。我告诉你,我可聪明着呢。"

"对不起我倒没发现呢。"兰登瑟缩了一下。

这群人穿过矩形的附属建筑物，朝通往主教堂的拱门走去。兰登对教堂单调而朴素的建筑风格感到十分惊奇。尽管祭坛的构造颇像一座流线形的基督教堂，然而它的外表却显得刻板而冷酷，看不到一丁点传统的华丽装饰。"太没意思了。"兰登低声地说。

提彬咯咯地笑了。"这就是英国的国教。英国人在此啜饮宗教的琼浆。没有什么能让他们在不幸中迷失方向。"

索菲经过宽大的由此可走到教堂圆形区域的入口。"那边看起来有点像军事要塞哩。"她小声地说。

兰登对此表示同意。即使从这里看过去，四面的墙壁也显得特别的坚固。

"别忘了，圣殿骑士团可是尚武之人。"提彬在一边提醒他们。他那铝制的拐杖，在这方空间里发出清脆的回响。"这是个军事宗教占主导地位的国家，教堂就是他们的军事据点和银行。"

"银行?"索菲瞥了他一眼，问道。

"天哪，是这样的。圣殿骑士团创造了现代银行的运作理念。对欧洲的达官贵人而言，携带金银出门旅游是非常危险的，因此圣殿骑士团允许这些贵族将金子存进离他们最近的圣殿教堂；然后，他们可以从遍布欧洲各地的圣殿教堂里将它们取出来。他们只需要有关的凭证，"他眨了眨眼："并支付一笔佣金就可以了。这些教堂，就是最初的自动取款机。"提彬指着一扇沾满灰尘的玻璃窗，早晨的阳光，正透过窗户，照在一位骑着玫瑰色的骏马、一身白色装束的骑士的塑像上，反射出清凌凌的光。"那是阿拉尼斯·马塞尔，12世纪初这座圣殿教堂的主人。他和他的继承者当时实际上占据了王国第一男爵的席位。"

兰登有点吃惊："王国第一男爵?"

提彬点点头："有人说，圣殿教堂的主人，比国王本人的影响还大呢。"他们来到圆形房屋外面，提彬回头看了看远处那位还在摆弄着吸尘器的祭台助手，低声对索菲说："你知道吗? 圣殿骑士团四处躲藏时，据说圣杯曾在这教堂里藏了一夜。你能想象到整整放了四抽屉的圣杯文献竟然会在这里与抹大拉的玛利亚的尸骨摆在一起吗? 一想到此，我就不禁不寒而栗。"

等他们走进那个圆形的大厅，兰登也觉得浑身起了鸡皮疙瘩。他的眼睛循着这个大房间用灰白色石头砌就的圆圈看去，顿时被一些雕刻的怪兽、妖魔鬼怪以及因痛苦而扭曲并全朝这里怒目而视的人脸吸引住了。在这些雕刻品的下面，有一张长椅围着整个房间绕了一圈。

“是圆形剧场啊。”兰登轻声地说。

提彬举起一根拐杖，指着房间尽头的左边，接着又指着右边。这时兰登已经看到了它们。

十尊圣殿骑士石像。

左边五尊，右边五尊。

这些真人般大小的雕像，仰卧在地面上，摆出一副祥和的姿态。这些骑士个个披盔戴甲，剑盾在手。兰登有点不快，觉得似乎有人趁骑士们睡着时偷偷溜进来，将石膏泼在他们身上。所有的雕像都严重地风化了，然而每尊雕像看上去却是那么的独特——他们穿着不同的盔甲，腿和胳膊都摆出截然不同的姿势，不同的面部表情，还有他们盾牌的记号也迥然不同。

伦敦骑士身后为教皇安葬。

兰登又向圆形房间里头迈进了几步，身子忍不住发抖。

应该是这个地方了。

第八十四章

在离圣殿教堂很近的一条堆满垃圾的巷子里，雷米·莱格鲁德将那辆“美洲虎”豪华轿车停在一排工业垃圾箱后面。他关掉马达，查看周围的动静。巷子里空无一人。他这才踱出车门，向车的尾部走去，然后钻进乘客室，那位修士就被捆在那里。

当被绑在车子后面的修士察觉雷米出现在身边时，他仿佛刚从痴迷的祈祷中惊醒过来。他红色的眼睛充满了好奇，而不是恐惧。整个晚上，雷米对这位修士竟能够如此安之若素留下深刻的印象。一开始，这位修士在“陆虎揽胜”越野车里还挣扎了几下，然而此刻，他似乎已经接受了命运的安排，变得听天由命起来了。

雷米松开衣领上的蝴蝶结，解开了高而浆硬的翼状领，感觉仿佛多年来第一次能够如此自由地呼吸。他走到豪华轿车里的吧台，给自己倒了一杯“司木露”牌伏特加酒。他一口气干了一杯，接着又喝了第二杯。

很快我就可以成为有钱的闲人了。

雷米在吧台的橱柜里搜寻了一通，发现了一把用于标准服务的开酒瓶刀具，便“啪”的弹出其锋利的刀刃。这种刀具，通常是被用来切开粘贴在高级酒瓶木塞上的金箔片的，但今天早上，它可以用来发挥更大的作用。雷米转过身，面向塞拉斯，将闪烁着寒光的刀刃举起来。

那双红色的眼睛，即刻闪过了一丝恐惧。

雷米微笑着朝车子后面移去。修士畏缩着，企图挣脱身上的束缚。

“别动。”雷米举起刀，低声地说。

塞拉斯不敢相信天主对他竟然如此的残忍。尽管在肉体上，他正遭受着被捆绑的痛苦，但他却能将它当成一次精神上的考验。他告诫自己，只要他遭受磨难的脉搏还在跳动，就不能忘记耶稣基督曾经遭受过的苦难。*整个晚上他一直在祈祷自由。*然而现在，当那把刀就要砍下来时，他不由紧紧地闭上了眼睛。

钻心的痛苦即刻穿透了他的肩胛骨。他大声哭起来，无法相信自己会死在这辆豪华轿车的后面，却无法保护自己。“我在从事天主的工作。导师曾说过天主会保护我。”

塞拉斯感觉一股使他倍感疼痛的热气正从他的后背与肩膀处弥漫开来，他想象自己鲜血流遍全身的样子。这时，他的膝盖又像被撕裂般地疼起来。他觉得这种熟悉的、能使知觉趋于麻木的痛苦——这是身体抵抗痛苦时产生的自我防御机制——又发作了。

那股令人痛彻心肺的热气此刻已经弥漫了塞拉斯的全身。他将眼睛闭得更紧了，他不愿意在临死之前，看到要杀死自己的凶手。他想到了更加年轻的阿林加洛沙主教，他站在西班牙的小教堂前……那座教堂是他和塞拉斯亲手建造的。*那是我生命的起点*。

塞拉斯感觉身体像着了火一般。

“喝点什么吧。”这位身着晚礼服的男人操着法国口音低声说道：“这有助于改善你的血液循环。”

塞拉斯惊讶地睁开了眼睛。他模糊地看到，有人俯过身，递给他一杯液体。地上的刀片并无血迹，旁边散着一堆被撕得粉碎的胶带。

“把这个喝了吧。”那人又说了一遍。“你觉得痛，是因为血液都流到你的肌肉里去了。”

塞拉斯觉得自己的身体不再像先前那样剧烈地跳动，只是像被什么东西蜇了一般地疼痛。伏特加的味道实在是不敢恭维，但他还是把它喝了。他的心里充满了感激。命运给了今晚遭受厄运的塞拉斯一个眷顾，但天主只要舞动他惯于创造奇迹的双手，就能将问题全部解决了。

还好天主没忘记我。

塞拉斯知道，阿林加洛沙主教或许会说：“这是天主在干预啊。”

“我早就想放你走了，”雷米充满歉意地说：“但你知道这是不可能的。先是警察来到了威利特堡，接着我们又飞到了比金山机场。直到现在，我才有机会把你放了。塞拉斯，你明白吗？”

塞拉斯畏缩了一下，很是惊讶：“你认识我？”

仆人笑了。

塞拉斯坐起来，摩挲着僵硬的肌肉，他的情感如翻江倒海一般，其中有难以置信，有感激，也有迷惘。“你——你是导师吧？”

雷米摇摇头，听他这样说，不禁笑起来：“我倒希望自己有那般神通。不，我不是。我跟你一样，也在为他效劳。导师经常夸你哩。我叫雷米。”

塞拉斯大吃一惊:“我不明白,如果你在为导师做事,那兰登为什么要将拱顶石带到你家来呢?”

“那不是我的家,是研究圣杯历史、世界最著名的历史学家雷·提彬爵士的家。”

“但你住那里呀。是不是——”

雷米笑了笑,似乎对兰登躲到提彬爵士家里这种明显的巧合,并不感到有什么为难。“这完全是可以猜到的。罗伯特·兰登有拱顶石,而他又需要别人帮助,于是他跑到雷·提彬爵士家里来,还有什么比这更合情合理的解释吗?我恰好住那里,所以导师才会先来找我。”他停了停:“你怎么知道导师清楚圣杯的来历?”

天色渐渐亮了,而塞拉斯头也有点晕。导师竟找了一位对雷·提彬爵士的行踪了如指掌的仆人。真是聪明过人。

“我还有很多没跟你说。”雷米把那支装满子弹的德国黑克勒暨科赫公司生产的手枪递给了他,然后走进敞开着的隔离间,从手套箱里找出一把小小的、巴掌大的左轮手枪。“不过首先,我们还有许多事情得去做呢。”

法希探长从停泊在比金山机场的运输机里走了下来,他仔细聆听肯特警察局的探长讲述刚才在提彬的停机库里发生的事情,却是满腹狐疑。

“我亲自到飞机上查过了。”探长辩解道:“里面什么人也没有。”他的语调变得专横起来。“我要再说几句,如果雷·提彬爵士起诉我,那我——”

“那你问过那个驾驶员没有?”

“当然没有,他是个法国人,而我们的权限要求——”

“带我到飞机上去。”

法希来到停机库,不消一分钟,他就在那辆豪华轿车停过的附近过道上找到了一滩可疑的血迹。他走到飞机的旁边,用力地拍打它的机身。

“开门,我是法国司法警察局的探长。”

那名受惊的驾驶员慌忙打开机舱,将舷梯放了下去。

法希登上飞机。三分钟以后,他借助手中的武器,终于迫使驾驶员全招认了,其中还提到被绑起来的修士,即那位白化病患者。此外,他也知道驾驶员看到兰登和索菲把什么东西——好像是木盒子之类的东西——放进了提彬的保险箱。尽管驾驶员说不知道盒子里放了什么,但他承认,这只盒子在从法国飞往伦敦的途中，一直是兰登注目的焦点。

“把保险箱打开。”法希命令道。

驾驶员吓坏了：“可我不知道密码啊。”

“那我就帮不了了，我本来还想让你保留驾驶飞机的执照呢！”

驾驶员绞缠着双手：“我在这里认识一些维修工。说不定他们可以在上面钻个洞呢。”

“那我给你半小时的时间。”

驾驶员一个箭步跑去找无线电呼叫器。

法希大步走到机舱后，给自己倒了一杯酒。天色尚早，然而他还没有睡个好觉，所以这杯酒很难让他熬到中午。他坐到高级靠背椅上，闭上眼睛，试图将眼下发生的事情理出个头绪来。肯特郡警察局犯下的大错也许会让他付出昂贵的代价。现在，大家都在注意一辆黑色的“美洲虎”豪华车。

法希的电话响了起来，而他是多么希望能有片刻的清静。“喂？”

“我在飞往伦敦的路上。”阿林加洛沙主教说道：“一小时后就到。”

法希坐起来：“我还以为你是去巴黎呢。”

“我放心不下，所以才改变了计划。”

“你不应该这样的。”

“你找到塞拉斯没有？”

“还没有。绑架他的那些人在我到来之前就骗过了当地警察，跑了。”

阿林加洛沙主教火气腾地冒了上来：“可你向我保证，说你会截住那架飞机呐。”

法希压低嗓门：“主教，考虑考虑你眼前的处境吧，我告诉你，你今天不要来考验我的耐心。我会尽快找到塞拉斯和其他人的。你在哪里下的飞机？”

“稍等一会。”阿林加洛沙捂住话筒，然后又跑了回来：“驾驶员打算通过在伦敦希思罗机场的检查。我是他惟一的乘客，但我们重新改变航向并没列入原来的飞行计划。”

“那你叫他飞到肯特郡的比金山机场来，我会让他通过检查。如果你着陆时我不在，我会派车去接你。”

“谢谢。”

“主教，照我刚才说的去做准没错，记住，并不是只有你在冒着失去一切的风险。这样，事情就好办了。”

第八十五章

所觅宝珠曾在骑士墓上。

圣殿教堂里的骑士石像无一例外地仰面躺着，头靠在呈长方形的石枕上。索菲只觉得一阵透心凉。诗里提到的"圆球"，不禁使她想起那晚在她祖父的地下室里看到的景象。

"神婚"。圆球。

索菲不知道是否有人在这个礼拜堂里举行过这样的仪式。这间圆形房间，似乎是专门为举行这样的仪式而建造的。一张长长的靠背石椅，围着中央一块光秃秃的空地。圆形剧场，就像刚才罗伯特说过的那样。她想象着到了晚上，戴着面具的人挤满了这个房间，举着火把反复地吟唱，在屋中央上演"与上帝交流"的盛况。

她好不容易才强迫自己不去那样想，跟着兰登和提彬一道，走向第一批骑士石像。尽管提彬坚持调查要小心行事，索菲还是急不可耐地跑到他们前面，匆忙把左边五尊骑士石像打量了一遍。

她仔细审视这些坟墓，认真观察起它们之间的共性与差异来。每个骑士都仰面躺着，但有三位骑士将双腿伸得笔直，而其他两名骑士则将腿并拢起来。不过，这种奇怪的差异似乎跟失踪的圆球没有多大关系。她仔细观察他们的衣服，发现其中两位在铠甲外面穿了战袍，而其他三位骑士则穿着长达脚踝的长袍。这同样说明不了什么问题。索菲于是转而去注意他们的另外一个也是惟一的差别——即他们不同的手形位置。两名骑士剑握在手，两名在双手合十虔诚地祈祷，还有一位双手叉腰。索菲看了很长时间，才耸耸肩，她没看到任何表明圆球失踪的线索。

她感到背心口袋里密码筒的分量，便回头瞥了兰登和提彬一眼——那两个男人慢慢地走着，他们还在看第三尊骑士的石像哩，不过他们显然也没交到什么好运。她无心去等，便转过身，向另一组骑士石像走去。她穿过开阔的空地，不停地吟诵那首诗，她不知读过多少遍了，到现在，她已经完全可以凭记忆背诵出来。

伦敦骑士身后为教皇安葬。

功业赫赫却触怒圣意。

所觅宝珠曾在骑士墓上。

红颜结胎道明其中秘密。

索菲来到第二组骑士石像群旁边，她发现这些石像跟第一批没有什么两样。尽管它们躺在地上，披着铠甲，佩戴宝剑，然而姿态却各不相同。

但第十座，也就是最后一座坟墓除外。

她急忙跑过去，睁大了眼睛低头打量起来。

没有石枕，没有铠甲，没有长袍，也没有佩剑。

“罗伯特，雷。”她大叫起来，整个房间里都听得到她的回声。“这里有什么东西不见了哩。”

那两个人不约而同地抬起头，然后开始从房间的另一头向她奔来。

“你是说圆球吗？”提彬激动地喊着，一边飞快地从对面跑了过来。他的拐杖“笃笃”地发出时断时续的声响。“是不是圆球不见了？”

“不对，”索菲皱眉望着第十座坟墓：“我们好像少了一尊骑士石像呢。”

两个男人来到她的身边，低头疑惑地看着这第十座坟墓。他们在这片空地里，没看见躺了什么骑士石像。这座坟墓，根本就是个密封的石盒。这个石盒呈梯形，底部小，往顶部不断加宽，上面一个很尖的盖子。

“这位骑士石像怎么不见了呢？”兰登很是吃惊地问道。

“太有意思了。”提彬摸摸下巴，说道：“这种怪事我都忘了。很多年我都没到这里来了。”

“这副棺材，”索菲说，“从外表上看，好像是与其他九座坟墓同时建造的，并且出自同一位雕刻家之手，所以，这尊骑士像为什么不是露天，而是被放进盒子里呢？”

提彬摇摇头：“这是教堂的一个谜。据我所知，至今还无人知道其中的缘由呢。”

“没什么事吧？”祭台助手走了过来，神情颇为不安。“如果我冒犯了你们，还请你们多加原谅。不过，你们告诉我是来这里撒骨灰的，可我看你们怎么像是来观光的呢？”

提彬怒气冲冲地看着他，然后转身对兰登说："雷恩先生，显然你家的慷慨并没有像以前那样能给你们换来在此驻足的充足时间啊。所以，我们还是把骨灰拿出来处理算了。"他转向索菲说："雷恩夫人，你说呢？"

索菲跟着一道演戏，她从口袋里把羊皮纸包着的密码筒取出来。

"好啦，"提彬对祭台助手大声喝道："你能不能暂时离开一小会？"

祭台助手站着没动，而是紧盯着兰登，说："你很面熟啊。"

提彬动了怒气："这也许是雷恩先生每年都来这里的缘故吧。"

索菲这时害怕起来。说不定他曾在去年梵蒂冈播出的电视节目里看见过兰登呢。

"我从没见过雷恩先生。"祭台助手声称。

"你弄错了吧。"兰登礼貌地说："我相信我们去年还见过面呢。诺尔斯神父只是没正式介绍我们认识罢了，可我一进来就认出了你。好了，我知道这次多有得罪，不过，如果你多给我几分钟的时间，那我现在可能就会走开很远，并把骨灰撒进坟墓里了。"兰登说起话来一字一顿，提彬不住地点头称是。

祭台助手看来更起了疑心："可这些不是坟墓啊。"

"对不起，你说什么？"兰登接口问道。

"它们当然是坟墓了，"提彬大声地宣称："你在胡说什么呀？"

祭台助手摇了摇头："坟墓埋的是尸体。可这些是雕像，是献给真人的礼物。这些石像下面并没有什么尸体。"

"但这是个地下墓穴呢。"提彬嚷道。

"只有过时的历史书上才会这么讲。1950 年教堂改造期间，人们都相信这是一个地下墓穴，但结果发现里面什么东西也没有。"他转身对兰登说："我还以为雷恩先生知道这件事情呢，因为就是他家人发现了这个事实啊。"

屋内一阵不安的寂静。

直到附属建筑物的门"砰"的被打开，才打破了屋里的寂静。

"一定是诺尔斯神父，"提彬开了口："你要不要去看看？"

祭台助手虽不相信，但还是大摇大摆地向声音传来的地方走去，抛下兰登、索菲与提彬二人，心情抑郁地面面相觑。

"雷，"兰登小声地说："他说什么？坟墓里没有尸体？"

提彬有点心烦意乱："我不清楚，我总以为——当然，肯定是这个地方了。我无法想象他在说些什么。这是毫无意义的。”

“我可以再看看那首诗吗?”兰登问。

索菲从口袋里拿出密码筒,小心翼翼地递给了他。

兰登展开了羊皮纸,一边读诗,一边将密码筒放在手中。“没错,这首诗肯定是在暗指坟墓,而不会是指雕像。”

“这首诗有没有可能是错的呢?”提彬问:“雅克·索尼埃是否犯了跟我一样的错误?”

兰登考虑了一下,摇了摇头:“雷,你在说你自己吧。这座教堂是郇山隐修会的军队圣殿骑士团建造的。有迹象表明,如果把一些圣殿骑士的尸体埋在这里,郇山隐修会的大师定会认为是个不错的主意。”

提彬目瞪口呆:“不过这地方很好嘛。”他突然转身面向那些骑士石像,“我们肯定是漏掉什么了!”

祭台助手进得附属建筑物里来,却惊讶地发现里头一个人也没有。“诺尔斯神父?”我刚才明明听到开门的声音哪,他想。他继续向前走,直到能看到教堂的入口。

一位穿着晚礼服的瘦男人站在门口,抓着头皮,看起来十分的茫然。祭台助手气得大喊一声,意识到刚才让其他几个人进来后忘了重新关门,这才使可怜兮兮的乡巴佬从外面的街道上跑进来,看他的样子,倒像是在寻找去参加婚礼的路线怎么走呢。“对不起,”他喊道,从一根巨大的石柱旁边跑过去:“我们还没开门哩。”

在他背后,突然响起衣服窸窸窣窣的声音。祭台助手还没来得及转身,头却先被扭转了过去。一只强有力的手,从后面紧紧捂住他的口,使他的喊声不至于被人听到。这只捂住他的手雪白雪白的,他还闻到了酒的味道。

那个一本正经穿着晚礼服的男人,平静地拔出一把很小的左轮手枪,径直瞄准了祭台助手的前额。

祭台助手觉得下身热了起来,他意识到是自己失禁了。

“你给我仔细听着,”穿晚礼服的男人低声说道:“我要你马上离开这里,不要做声,然后跑掉,不要停。你听清楚了吗?”

祭台助手口不能言,只有拼命地点头。

“要是你报警的话——”穿晚礼服的男人用枪抵着他:“我们肯定会

找你的。”

祭台助手于是迅速从外面院子里跑了出去，一刻也不敢停，直到双腿发软，筋疲力尽。

第八十六章

塞拉斯有如幽灵般迅速地绕到进攻目标的背后。等索菲发现他时，已经太迟了。她还来不及转身，塞拉斯已把枪口对准了她的脊梁骨，并用粗壮的胳膊拦腰抱住了她，拼命将她向后拖。她惊叫起来。提彬与兰登这才回过头，他们的脸上，写满了震惊与恐惧。

“你——”提彬结结巴巴地说：“你把雷米怎么样了？”

塞拉斯平静地说道：“你现在只管让我拿了拱顶石离开这里就可以了。”雷米刚才说过，要完成重新夺回拱顶石的使命，就必须做得干净利落：进入教堂，把拱顶石抢到手，然后就走；不要杀人，也不要与人争斗。

塞拉斯紧抱住索菲不放，又把手从她胸部放下来，移到她的腰间，然后伸进她背心的口袋里，搜索着。透过自己的酒气，他能够闻到索菲头发里散发出来的淡淡的清香。“拱顶石呢？”他低声问。拱顶石早些时候还在她的背心口袋里。现在到哪里去了呢？

“在这里呢！”兰登低沉的声音从房间另一头传来。

塞拉斯转身看到兰登手拿一只黑色的密码筒，在他面前摇来晃去，就像斗牛士在挑逗不能说话的动物一般。

“把它放下。”塞拉斯命令道。

“你让索菲和提彬离开这里，”兰登回答说：“只需我们两人就可以解决问题了。”塞拉斯一把将索菲推开，用枪对准了兰登，向他走去。

“你别过来，”兰登说：“先让他们离开。”

“你没资格跟我讲什么条件。”

“话不能这么说，”兰登把密码筒高高地举过头顶：“我会毫不犹豫地把它摔到地上，将里面的小瓶子砸个稀巴烂。”

尽管塞拉斯表面上对他的威胁不屑一顾，但他内心还是闪过一丝恐惧。这真是始料不及的啊。他用枪对准兰登的头部，故作镇静地说：“你决不会砸坏它。你和我一样，都很想找到圣杯呢。”

“你弄错了，你比我更想得到它。你已经证明，为了得到它，你甚至愿意去杀人。”

四十码开外，雷米·莱格鲁德从拱门附近的附属建筑物里的靠背椅上探出头，他逐渐恐慌起来。塞拉斯并没按事先的计划采取行动。即使在这里，他也能看到塞拉斯穷于应付眼前的局面。按照导师的命令，雷米是不让塞拉斯开枪的。

“放他们走。”兰登再次下了命令，他把密码筒高高举过头顶，怒视着塞拉斯的枪口。

修士的眼里既充满了怒气，也饱含了沮丧。雷米的心揪得更紧了，他担心塞拉斯真会朝手里还拿着密码筒的兰登开枪。*密码筒可不能掉啊！*

密码筒将是雷米通往自由与财富的门票。一年前，他还只是一名时年五十五岁的仆人，居住在威利特堡的深宅大院，成天为迎合让人烦透了的瘸子雷·提彬爵士不断冒出来的奇异想法而疲于奔命。但接着就有人想跟他做一笔特别的交易。雷米与雷·提彬爵士——这位闻名全球研究圣杯史的历史学家——之间的特殊关系，将带给他终生梦寐以求的东西。自那以后，他继续在威利特堡效劳，终于迎来了眼前这难得的机遇。

我离目标是如此的接近，他对自己说，眼睛一刻不停地盯着圣殿教堂里的礼拜堂，以及罗伯特·兰登手中的拱顶石。如果兰登真把密码筒砸了，那他什么也没有了。

*我要不要亲自出面呢？*那是导师严格禁止过的。雷米是惟一知道导师身份的人。

“你确定要让塞拉斯去执行任务吗？”不到半小时前，雷米就已经向导师请示过了。当时，他正等着接受去窃取拱顶石的命令呢。“我一个人就可以对付了。”

导师的语气非常坚决：“塞拉斯处理其他四位郇山隐修会的成员时干得不错。他会把拱顶石夺回来的。你还得继续隐匿身份。如果有人知道你的底细，就干掉他，反正我们人也已经杀得不少了。不管怎样，千万别暴露自己的身份。”

我可以改头换面啊，雷米心想。*你不是答应过给我一笔可观的报酬吗？有了这笔钱，我就会从头到脚变成另外的一个人了。*导师曾告诉他，做手术甚至能改变人的指纹哩。很快他就会获得自由——他将换上一副让熟人认不出来的、英俊的脸孔，沐浴在洒满沙滩的阳光之中。“我明白

了。"雷米说："我会在暗中帮塞拉斯的。"

"雷米，你要知道，"导师告诉过他："那座可疑的坟墓不在圣殿教堂，所以，你不用担心，他们找错地方了。"

雷米大吃一惊："这么说你知道坟墓在哪里了？"

"那当然，我以后再告诉你吧。现在你必须赶快采取行动。万一那些人找到了坟墓的确切位置，并抢在你拿到密码筒之前离开教堂，那我们就永远与圣杯失之交臂了。"

雷米对圣杯并没觉得有什么，只是如果不能找到它，导师就拒绝给他报酬。每次想到即将到手的那笔钱，他就兴奋不已。这是笔二千万欧元的三分之一的巨款呢。有了这笔钱，他就可以永远离开这里。雷米的脑海里闪过了法国的蓝岸地区海滩小镇的美丽图景，他将在那里度过余生，晒日光浴，让别人反过来服侍自己。

然而此刻，在圣殿教堂里，兰登威胁说要砸坏拱顶石，这样，雷米的前程就未卜了。想到即将失去的一切，他就特别的难受，于是他决定大胆行事。他手里的枪是一把隐蔽的小口径J字形"美杜莎"牌左轮手枪，但在小范围内可以造成致命的创伤。

雷米从暗处走出来，快步来到圆形房子的中央，他用手枪直接瞄准了提彬的脑袋："老家伙，我等你已经很久了。"

雷·提彬爵士看到雷米用枪对准他，惊得连心跳都快要停止了。他这是干什么？提彬一眼认出了他那把出于安全考虑而锁在豪华轿车手套箱里的左轮手枪。

"雷米，你这是怎么了？"提彬气急败坏地说。

兰登与索菲同样被吓得目瞪口呆。

雷米从背后抱住提彬，用枪管猛击他左面偏高正对着心脏的后背。

提彬觉得全身肌肉都紧张起来了："雷米，我没——"

"我直说了吧。"雷米抢白道，他从提彬的肩上望过去，看着兰登。"把拱顶石放下，要不然我要开枪了。"

兰登一时好像变得麻木起来了。"你要拱顶石有什么用？"他结结巴巴地说："你又不能把它打开。"

"一群自以为是的傻瓜，"雷米冷笑道："难道你们没注意到，整个晚上我一直都在听你们谈论这些诗吗？我什么都听到了，我也跟其他比你们懂得还多的人说了。你们甚至连地方都没找对。你们要找的坟墓纯粹在别的地方呢。”

提彬惊慌失措。他在胡说什么呀?!

“你要圣杯干什么?”兰登问:“你想在世界末日之前毁了它?”

雷米对那位修士吩咐道:“把拱顶石从兰登先生那里拿走。”

修士步步紧逼,兰登则步步后退,他把拱顶石高高举起,好像随时准备将它摔在地上。

“我宁愿毁了它,也不愿让它落入歹人之手。”

提彬这时感到一阵恐惧。他仿佛看到他终生的事业将在眼前烟消云散,他所有的梦想都将化成尘埃。

“罗伯特,不,”他大声喊道:“不要!你手里拿的可是圣杯啊。雷米不会朝我开枪的。我们认识已经有十个——”

雷米朝天花板放了一枪。手枪这么小,但发出的声音实在太大了。枪声回响在石屋子里,简直就像电闪雷鸣。

所有人全都震住了。

“我不是开玩笑的。”雷米说:“接下来我就要开枪打他的后背了。把拱顶石交给塞拉斯。”

兰登很不情愿地伸出手,塞拉斯走上去接。他的红眼睛里充满了报复后的快感。他把拱顶石放进长袍口袋里,然后向后退去,手枪仍旧瞄准了兰登与索菲两人。

提彬的脖子被雷米抱得紧紧的。雷米拖着他,开始向屋外退去,手枪还抵着他的背。

“放他走。”兰登命令道。

“我要带提彬先生出去兜兜风。”雷米还在往后退。“如果你们报警,我就杀了他。如果你们想干涉,我也会杀了他。听清楚了没有?”

“带我去,”兰登的嗓子因为激动变得嘶哑起来。“放雷走。”

雷米大笑起来:“得了吧,我和他关系好着哩,而且他用处也大得很呢。”

提彬将拐杖拖在身后,他被雷米推着往出口处走去。这时塞拉斯也开始向后移动起来,但他的手枪始终对准了兰登与索菲两人。

索菲的语气非常坚决:“你是在给谁卖命啊?”

闻听此言,雷米笑得得意忘形:“奈芙小姐,说出来会让你大吃一惊的。”

第八十七章

威利特堡客厅里的壁炉冷了，然而科莱却在它跟前走来走去，一边读着国际刑警组织给他发来的传真。

一切出乎他的意料。

根据官方所做的记录，安德烈·韦尔内是一位模范市民。警方没有任何有关他的犯罪记录，甚至连一张违规停车的罚款单也没有。他先后在预科学校以及巴黎索尔拜大学受过教育，并以优异成绩获得国际金融专业的学位。据国际刑警组织说，韦尔内的大名经常出现在各家报纸上，并且都是些正面新闻。很明显，此人曾参与过苏黎世存托银行安全系统的设计，从而使它成为当今世界电子安全系统的领头羊。根据韦尔内个人信用卡上的资料显示，他是一位艺术书籍的爱好者，各种名贵酒类的嗜好者；他酷爱古典音乐——他所珍藏的唱片里大多数是勃拉姆斯的作品，显然他是用几年前购置的那一套特别高级的立体声系统来欣赏这些音乐的。

一无所获。科莱不禁叹了口气。

今天晚上，从国际刑警组织提供的情报来看，惟一的亮点显然就是提彬的仆人留下的指纹了。在屋子另一头，科技侦察处的主任侦查员坐在舒服的椅子上，读着交上来的调查材料。

科莱望过去。“有什么新发现没有?”

侦查员耸耸肩:“这是雷米·莱格鲁德留下的指纹。他因犯了轻微罪行而受到传讯。没什么大不了的。好像是他为了享受打免费电话的便利，偷换了电话插孔而被学校赶出来了……后来又去偷偷摸摸，抓起来放了出去，放出去又被抓起来。有一次做急诊气管切开手术，从医院溜掉，没付医药费。”他抬起头，吃吃地笑。“说什么对花生过敏。”

科莱点了点头，他想起有次警方到一家餐馆去做调查，那家餐馆没在菜单上注明肉辣酱里含有花生油。结果有位客人坐到桌上才吃上一口，就因对花生油产生过敏反应而猝然死去。

"莱格鲁德为避免被人抓起来,可能就住在这里。"侦查员一副很开心的样子:"他那天晚上够幸运的了。"

科莱叹了口气,说:"好啦,你最好还是去跟法希探长说吧。"

侦查员阻止了他,就在此时,另一位科技侦察处的侦查员急匆匆地走了进来。"侦探,我们在谷仓里发现了一些东西。"

从那位侦查员急切的神情来看,科莱只好猜测可能是发现某人的尸体了。

"不是的,长官,是更多的——"他迟疑了一下:"令人感到意外的东西。"

科莱擦擦眼,跟着这位侦查员来到谷仓。他们进得那散发出霉气、有如洞穴的地方,那侦查员走到屋子中央,那里有一架木梯,高高地通向屋椽,紧靠在高悬于他们头顶的草棚上。

"梯子原先不在那里吧。"科莱幽幽地说。

"是的,长官。那梯子是我弄上去的。刚才大家还在劳斯莱斯轿车附近提取现场留下的脚印时,我看到这架梯子倒在地上。要不是看到梯子中间的横档磨损得很明显,又沾满了泥土,我才不会多想。梯子肯定经常被人使用。它刚好够着那个草棚,所以我把它竖起来,爬到上面去看。"

科莱循着那架倾斜得厉害的梯子望过去,目光终于落在那离地面很高的草棚上。难道经常有人爬到上面去吗?从这里往上看,那草棚宛如一个无人的舞台,不过,从这里显然很难看清它的全貌。

一名科技侦察处的高级侦查员出现在木梯的顶端,他正俯身朝下看。"侦探,你肯定很想上来看看吧。"他用那戴着橡胶手套的左手朝科莱挥了挥。

科莱疲惫地点了点头,走到那架破旧的梯子下面,抓住了底部的横档。梯子被设计成旧式的锥形,科莱越往上爬,梯子就变得越窄。科莱快爬到梯子的顶端时,踩在一节细小的横档上,身体几乎失去了平衡,顿时觉得身体下面的谷仓在眼前旋转起来。于是他提高警惕,继续往上爬,终于爬到梯子的顶端。那位已在上面的侦查员,向他伸出了手。科莱伸手一把抓住,这才勉强地来到草棚的平台上。

"喏,就在那边。"科技侦察处侦查员指着里头一尘不染的阁楼,说:"从这里往前走,我们只发现几个脚印,不过,我们马上就拿去做鉴定。"

科莱借着微弱的光,斜视着远处的墙。那到底是什么东西呢?在离他们老远的墙壁上,建了一座装备精良的计算机工作站——它由两个铁塔一般的中央处理器、一台带喇叭的平面视频显示器、一台硬盘驱动器,还有一套多频道的可充电的音频控制设备组成。

究竟是什么人,竟跑到这地方来干这种勾当?科莱朝对面走去,一边问:"你们检查过那套设备没有?"

"这是个监听站。"

科莱觉得有些头晕:"你是说窃听?"

那名侦查员点了点头:"是的,是非常先进的窃听器。"他向一张堆满电子零件、使用指南、仪器、电线、焊接棒以及其他许多电子组件的设计桌做了个手势。"那人很清楚他在做些什么。这里的许多仪器,跟我们的设备一样先进,这其中有微型话筒、可充电的光电池,还有高容量的随机存储器芯片等。他甚至还拥有新式微型驱动器呢。"

这倒是给科莱留下了深刻的印象。

"这是套很完整的系统。"那名侦查员说着,递给科莱一件比袖珍计算器大不了多少的装置。从它上面垂下一条大约一英尺长的电线,在线的末端,粘着一块邮票大小、薄如胶纸的金属薄片。"它主要是由配置了充电电池的高容量硬盘录音系统组成。电线末端的金属薄片,就是集话筒与光电充电电池功能于一身的装置。"

科莱很了解它们。退回到几年前,这些看似金属薄片、利用光电池的话筒,从技术上讲在当时是一项巨大的突破。而如今,硬盘录音设备就可安放在比如说灯的后面,而金属薄片大小的话筒则可嵌入灯的底座里,并染上与之相匹配的色彩。只要装上这样的话筒,使它每天能接受几小时阳光的照射,光电池就会给系统持续充电,那像这样的窃听器就能继续使用下去,而不受到什么限制。

"那接收方法呢?"科莱问道。

那名侦查员朝一根绝缘电线做了个手势——那根线从电脑后面伸出来,沿墙壁而上,穿过了谷仓屋顶上的一个洞眼。"他们是通过简单的电磁波,利用屋顶上的小天线接收的。"

科莱知道,这些录音设备通常安置在办公室里,并利用声音来激活,为的是节省硬盘的空间;白天,它被用来录下别人谈话的片断,到了晚上,为避免被人发现,再把压缩的声音文件发送出去;然后,硬盘会进行自动清理,准备第二天再次录音。

他把目光转移到堆满几百盒音响磁带的架子上,这些磁带都标有日期,也都编了号。有人一直在忙得不可开交呢。他转身问那名侦查员:“你知道他们在监听谁吗?”

“这个嘛,侦探,”这位侦查员走到计算机前,并启动了一份软件,说:“我觉得最奇怪的是……”

第八十八章

兰登与索菲跨过圣殿教堂地铁站的旋转栅门，冲进肮脏的隧道与站台组成的迷宫深处时，他感到筋疲力尽，同时也觉得非常的内疚。

是我连累了雷，他现在真可谓是性命攸关。

雷米的突然卷入虽然令大家深感震惊，不过还是很有意义的。这说明，任何人，只要他们想把圣杯弄到手，都会暗中派人打入到对手内部。基于同样的理由，他们将人安插到提彬的身边。纵观历史，那些了解圣杯史的人，长期以来一直吸引着小偷以及学者那样的人。提彬一直是这些人的众矢之的。这样的事实本可让兰登减少一些拖累他的自责，然而却没有。*我们得找到雷，将他解救出来。马上。*

兰登跟着索菲来到通往西面的地铁站台，一到那里，她就急忙跑去打公用电话报警——尽管雷米曾威胁她不要去报警。兰登坐在附近一张肮脏的椅子上，心里充满了悔恨。

索菲一边拨电话号码一边不住地重申："请你相信我，眼下解救提彬最好的方法，就是马上让伦敦警方插手进来。"

兰登最初并不同意她的主张，不过由于他们已想好了一套计划，这才使索菲的那套逻辑开始变得有意义起来。提彬暂时是安全的。即使雷米与其他人知道骑士坟墓的确切位置，他们还是需要提彬来帮他们解开圆球之谜。兰登担心的倒是，在圣杯地图找到之后，他们又会做出什么样的事情来呢？*一旦找到了地图，雷就会成为他们沉重的包袱。*

要是兰登还想有机会解救提彬，或者再看到拱顶石，他就得先找到这座骑士坟墓。*不幸的是，雷米突然来了个先发制人。*

现在，迫使雷米停下来就是索菲承担的任务。

而兰登的责任就是找准骑士的坟墓。

索菲可能会使伦敦警方四处追捕雷米与塞拉斯，迫使他们东躲西藏，惶惶不可终日，如果运气不错，甚至有可能逮住他们。但是，兰登的计划就不敢那么肯定了——他打算坐地铁到附近的国王学院，它因拥有所有神学方面知识的电子数据库而闻名。这是兰登所听过的最重要的研究手段。任何关于宗教方面的历史问题，只要一敲键盘，很快就会找到答案。他不知道该数据库对"一位被教皇杀害的骑士"这样的问题会提供什么样的答案。

他站起来，来回踱着步，盼望火车能马上就来。

在公共电话那头，索菲终于拨通了伦敦警方的电话。

"这里是雪山分局，"调度员在另一头说道："请问你要将电话转往哪个分机？"

"我是来报案的，有人被绑架了。"索菲知道，怎样才能做到不拖泥带水。

"请问尊姓大名？"

索菲停了一下，才说："我是法国司法警察局的探员索菲·奈芙。"

显然她的头衔起到了预期的效果。"我马上就给你转过去，女士。我去叫一位侦探来跟你通话。"

电话接通时，索菲就在怀疑警方会不会相信她对提彬的绑架者的描述。一位穿着晚礼服的男人。还有比这更容易让人辨认的嫌疑人吗？就算雷米改换装束，但他还带了一名患有白化病的修士。况且他们还裹挟了一名人质，不可能会去搭乘公用的交通工具。她在心里疑惑，伦敦能有两台"美洲虎"牌加长豪华轿车。

索菲似乎要等上一辈子的时间才能联系上那名侦探。快点呀！她听得见电话线里发出的"滴答"声和"嗡嗡"声，仿佛她正被电话线传了过去。

十五秒过去了。

终于有人来接电话："是奈芙小姐吗？"

索菲惊得跳了起来，她马上认出了那瓮声瓮气的男音。

"奈芙小姐，"贝祖·法希询问道："你到底在哪里？"

索菲沉默不语。法希显然关照过伦敦警察局的调度员，如果索菲打电话进来，务必要提醒他。

"听着，"法希用法语简练地对她说："今晚我犯了一个可怕的错误。罗伯特·兰登是无辜的。所有针对他的指控都被取消了。但即使是这样，你们两人还是很危险。你们得赶快过来。"

索菲的下巴松弛了一下。她不知道该如何作出反应。法希可不是个随随便便向人道歉的人呐。

“你没有告诉我，”法希继续说：“雅克·索尼埃是你祖父。考虑到你感情上一定承受了很大的压力，对你昨晚的反抗行为，我也就不打算追究了。不过，你和兰登还得赶快跑到最近的伦敦警察局去避一避。”

他知道我在伦敦？他还知道什么？索菲听到对方发出连续不断的“嗡嗡”声，或者是其他机器发出的声音。她也听到电话线里传来古怪的“滴答”声，于是她问道：“你是在跟踪我的电话吧，探长？”

法希的语气变得坚定起来：“奈芙小姐，你和我现在必须合作。我俩在这里损失都很惨重，合作的话就可以减少我们的损失了。昨晚我判断失误，如果由于我的错误导致一名美国教授和一名法国中央司法警察局解码专家的死亡，那我的前途就完了。”

火车终于来了，发出低低的“轰隆隆”的声响。此刻，一阵温暖的风，正吹遍火车站的各个通道。索菲急不可耐地想跳上去，兰登显然也是这么想。他打起精神，朝她走去。

“你要找的人是雷米·莱格鲁德，”索菲还站在那里，说：“他是提彬的仆人。他刚才在圣殿教堂里面绑架了提彬，而且——”

“奈芙小姐！”法希不耐烦地喊道，这时火车“轰隆隆”地开进了车站。“这种事，不适合拿到公用电话上来讨论。为了你们的安全，你和兰登得马上过来避一避。”

索菲把电话挂了，与兰登箭一般地跳上了火车。

第八十九章

提彬的“猎鹰者”号飞机那几乎称得上完美的机舱，此刻已被覆盖了一层薄薄的钢片。空气被压缩了，散发出一股丙烷的味道。贝祖·法希将所有人都打发走，他独自一人坐着，手拿着饮料以及在提彬保险柜里找到的沉重的木盒。

他的手指滑过那朵镶嵌的玫瑰，并把那装饰精美的盖子举起来。他在里头发现了一个上面标有字母转盘的圆石筒。这五个字母拼起来就是SOFIA。法希盯着那五个字母，看了很长时间，然后把那圆柱体从衬垫上拿起来仔细地检查，生怕漏掉其中的某个部分，里面是空的。

法希将圆柱体放回了木盒，然后透过飞机的窗口，茫然地看着外面的停机库，脑子里还在想刚才跟索非进行的简短谈话，以及刚从威利特堡科技侦察处那里发来的消息。突然一阵电话铃响，才将他从白日梦中惊醒过来。

电话是法国中央司法警察局的接线总机转过来的。调度员一上来就不停地道歉，说苏黎世存托银行的行长不断地打电话过来，尽管他们反复地告诉他探长出差到伦敦去了，但他仍旧打电话来。法希很不情愿地让接线员把电话接过来。

“韦尔内先生，”法希还没等那人开口，就先说道：“我很抱歉刚才没打电话给你。我总是很忙。我已经答应过你，不会让你银行的名字出现在各家媒体上。所以，你还有什么放心不下的呢？”

听得出韦尔内的语气里有些不安，他告诉法希，兰登与索菲如何将木盒子从银行里弄出来，又是怎样说服他协助他们逃跑。“然而当我听说他俩有罪在身时，我就把车开到路边，要他们把盒子还给我，但他们却攻击我，并开着我的车走了。”

“原来你还在关心紫檀木盒子啊。”法希看了看镶嵌在盖子上的玫瑰，然后又轻轻地揭开盖子，露出那白色的圆柱体。“那你告诉我，里面都放了些什么东西？”

“里面倒没有什么好东西。”韦尔内情绪激动起来：“我只是担心银行的名声会受到损害。此前我们银行还从没遇到过抢劫事件，从来没有。如果我不能帮客户找回这件东西，我们的名声就会毁了。”

“你刚才说索菲和兰登有密码，也有钥匙，那你凭什么说他们盗走了盒子呢？”

“他们今晚杀了人，也包括索菲·奈芙的祖父在内。他们的钥匙和密码，很明显是通过非正当手段得到的。”

“韦尔内先生，你的背景资料和兴趣爱好我手下的人都已经调查得很清楚了。显然你是位颇有教养并且情趣高雅的人。我也想象得出，你跟我一样，是一位很讲信义的正派人。这样吧，我以司法警察局探长的名义向你保证，不单是你的盒子，就连你银行的信誉问题，都不会有丝毫的损失。”

第九十章

科莱站在威利特堡高高的草棚上，瞪着眼睛看着计算机的显示器，惊奇不已。“所有这些区域，利用该系统都能偷听得到吗?”

“是的，”那名侦查员回答说：“这些数据好像已收集一年多了。”

科莱看了看手中的名单，没说一句话。

科尔贝·索斯塔克——宪法委员会主席

让·查菲——裘德·波姆国立美术馆馆长

爱德华·德罗什——密特朗图书馆馆长

雅克·索尼埃——卢浮宫博物馆馆长

米歇尔·布勒东——法国情报局局长

侦查员指了指电脑屏幕，说：“第四个很明显让人关注。”

科莱面无表情地点了点头。他很快注意到了。有人在监听雅克·索尼埃。他又看了看那份名单。这样有名望的人，别人怎么可能偷听得到?“你听到什么音频文件没有?”

“听到一些。这是最近的一份文件。”那名侦查员敲了敲键盘，喇叭里便传来清脆而逼真的声音：“探长，密码破译部的一位侦查员到了。”

科莱简直不相信自己的耳朵。“那是我！那是我的声音啊!”他想起了他坐在索尼埃的桌子旁边，用无线电向当时还在卢浮宫大陈列馆的法希提醒索菲·奈芙到来的情景。

侦查员点点头：“如果有人对我们此次行动感兴趣的话，那今晚我们在卢浮宫调查的大部分内容，都可能被人偷听了去。”

“那你有没有派人去搜寻那个窃听器呢?”

“我看没这个必要，我知道它在哪里。”侦查员走到工作台上一堆过时的笔记与设计图前，从中选了一页，递给科莱，说：“很面熟吧?”

科莱惊骇万分。他手里拿着的是一张古代设计草图的影印件，图上画的是一台机器的原始模型。他看不懂上面手写的意大利语标签号，但他知道他在看什么东西。这是一个组装起来的中世纪法兰克骑士的模型。

这骑士像眼下就放在索尼埃的办公桌上！

科莱的视线转移到页面空白的地方，有人用红色标签笔潦草地在影印件上做了些注解。这些注解是用法语写的，大意是如何正确地将窃听装置插在这位骑士的身上。

第九十一章

塞拉斯坐在停靠于圣殿教堂附近的"美洲虎"豪华轿车的乘客椅上。雷米在车后面用他们刚才从汽车尾部的行李箱中找到的绳子将提彬的手绑了,并把他的嘴堵上。等到他把这些事情做完,这才发现拿着拱顶石的手有些潮湿。

雷米终于从车后面爬出来,绕着车走,然后钻到塞拉斯身边的司机座位上。

"你没事吧?"塞拉斯问。

雷米咯咯地笑起来,他擦去身上的雨水,回过头,越过那用铁栅栏隔开的区间,看了被绑起来的雷·提彬一眼,他蜷缩在车后的阴影里,几乎看不见。"他跑不了的。"

塞拉斯听见提彬模糊不清的喊声,这才意识到雷米将刚才堵住他嘴的破胶带又拿来对付提彬了。

"闭上你的臭嘴!"雷米回头向提彬吼道。他把手放到造型精致的汽车控制板上,按了按钮。一道不透明的隔墙随即在他们身后升起,将车后的隔间封住了。于是提彬消失了,他的声音也听不见了。雷米瞥了塞拉斯一眼:"这些年来我实在是受够了。"

几分钟后,正当雷米开着"美洲虎"加长豪华车,加大马力穿过街道时,塞拉斯的手机突然响了起来。是导师。他激动地接起电话:"喂?"

"塞拉斯,"导师操着熟悉的法国口音说:"听到你的声音,我就放心了。这说明你还没出事。"

塞拉斯听到导师的声音,他同样感到释然。已经过去好几个小时了,但他们的行动却疯狂地偏离了原来的轨道。现在好了,一切似乎又回归到正常的轨道。"拱顶石到手了。"

"太棒了。"导师问他:"雷米在吗?"

听到导师这样称呼雷米,塞拉斯吃了一惊。"在。是雷米刚才救的我。”

“他是按我吩咐去做的。你被他们绑了这么长的时间，我真感到过意不去。”

“肉体上的痛苦倒不算什么，重要的是把拱顶石弄到手。”

“你说的没错，我现在要你们赶快把它送过来。时间真的很宝贵啊。”

塞拉斯想到终于能够见到导师一面，心情急切起来。“好的，阁下。我很荣幸。”

“塞拉斯，我要雷米给我送过来。”

雷米？塞拉斯不由垂头丧气。他为导师赴汤蹈火效犬马之劳，他还以为会让他亲手把拱顶石交给导师哩。难道导师偏爱雷米？

“你是不是感到很失望，”导师说道：“这说明你还没明白我的意思。”他压低嗓门：“你要相信，我很愿意让你这位天主的子民——而不是让一名罪犯——把拱顶石送来，可我必须处理雷米。他没听从我的命令，因而犯下严重的错误，将我们整个的计划都搅乱了。”

塞拉斯打了个冷战，他回头瞥了雷米一眼。原来绑架提彬并没列入计划之内，而且如何处理他是他们将要面临的新的难题。

“你我都是天主的子民，”导师低声地说：“所以决不允许偏离我们的目标。”电话的另一端沉默了片刻，分明有种不祥的预兆。“就因为这个原因，我要雷米把拱顶石给我送来。你听懂了我的意思没有？”

塞拉斯察觉导师生气了，他很奇怪这人竟然如此的不近人情。他迟早会露面的，这是不可避免的，塞拉斯心想。雷米只不过是在尽义务罢了，毕竟拱顶石是他夺来的。“我明白了。”他敷衍了回去。

“那好，为了你自身的安全，你马上离开街道。警察很快会来寻找你们的汽车。我不想看到你被抓走。天主事工会在伦敦有栋房子对吧？”

“那当然。”

“那里的人喜欢你吗？”

“我跟他们情同手足哩。”

“那你赶快去。等我拿到拱顶石，处理好眼前的问题，我再打电话找你。”

“你在伦敦吗？”

“如果你照我吩咐的去做，那就什么事也没有了。”

“那好。”

导师长叹一声，似乎对目前必须做的事情也深感遗憾。“我来跟雷米说几句。”

塞拉斯把电话递给了雷米，觉得这可能是他——雷米·莱格鲁德最后一次接电话了。

雷米接过电话，他明白这个可怜的、备受折磨的修士还不知道前方会有怎样的命运在等待着他，因为他已经完成了自己的使命，变得毫无用处了。

塞拉斯，你是被导师利用了。

而你的主教，不过是他的爪牙罢了。

雷米还在为导师说服别人的高超技艺惊奇不已。阿林加洛沙主教相信一切，他完全被自己铤而走险的动机所迷惑了。*阿林加洛沙过于心急，让人难以相信。*虽然雷米并不是特别喜欢这位导师，但还是为自己赢得了此人的信任而感到自豪，并尽力去帮助他。*我的好日子就快到了。*

“你给我听好了，”导师开了腔：“你先把塞拉斯带到天主事工会的住处，等再过几条街道后才放他下去，然后把车开到圣詹姆斯公园，那里离议会大厦和大笨钟很近。你把车停在骑兵校阅场。我们就在那里碰头。”

说完，他就将电话挂了。

第九十二章

国王学院是国王乔治四世于1829年创建的，里面设有神学及宗教研究所，它离议会大厦很近，是由皇家出资运营的。国王学院的宗教部在宗教教学以及研究方面号称具有150多年的历史，而且在1982年，它还创办了宗教体系的研究机构，并拥有当今世界上最完善和最先进的宗教研究电子图书馆。

兰登与索菲冒雨来到了图书馆，他还在打着冷战。研究大楼跟提彬描述的一模一样：厅很大，呈八边形，里面一张巨大的圆桌子，煞是抢眼；要不是屋里放了十二个平面计算机工作台，就是亚瑟王和他的圆桌骑士坐上去，也不会觉得有什么不舒服。在离大厅门口很远的另一端，一位图书管理员正在给自己泡一壶茶，开始了当天的准备工作。

"多么美好的早晨啊，"她把茶晾在一边，走了过来，并操着欢快的英国口音说："需要我帮什么忙吗？"

"是的，谢谢，"罗伯特回答说："我叫——"

"罗伯特·兰登。"她开心地笑了笑："我知道你是谁。"

有一阵子，罗伯特担心是法希在英国的电视里通缉他了，然而这位图书管理员的微笑却表明并不是这么一回事。兰登出乎意料地做了回名人，对此，他一点也不习惯。再说，就算世界上还有哪个人能认出他这张脸，那也应该是宗教研究机构的图书管理员才对呀。

"我叫帕美拉·杰塔姆。"图书管理员伸出手来，温和地说。她有着一张书卷气的脸，还有一副甜美的嗓子。她的脖子上挂着一副角质架的眼镜，看起来度数很深。

"幸会幸会，"兰登有礼貌地说："这是我朋友索菲·奈芙。"

两个女人互相打了个招呼，然后杰塔姆立刻转身对兰登说："我不知道你会到这里来。"

"不要说你，连我们自己都不知道呢。如果你不嫌麻烦，我们真想让你帮忙查些资料。"

杰塔姆动了一下，似乎有些不安。“我们通常只向事先提出申请或预约的人提供服务，当然，如果你是这里的客人除外，你受到邀请了吗？”

兰登摇了摇头：“我们到这里来谁也没通知。我有位朋友对你评价很高呢。雷·提彬爵士，英国皇家历史学家，你认识吗？”兰登提到这个名字时，神情有些黯然。

听到这，杰塔姆眼睛一亮，笑了起来：“我的天，这还用说吗？他是个多么狂热的人呐！每次他来，总是要查找同样的东西。成天除了圣杯，还是圣杯！我真担心他这个人还没有放弃探索就不行了呢。”她眨了眨眼：“时间与金钱能给人带来如此高尚的享受，我这样说你不会反对吧？那家伙整个的是个堂·吉诃德。”

“那你能不能帮帮我们？”索菲问：“这对我们真的很重要啊。”

杰塔姆将空荡荡的图书馆扫视了一遍，然后向他们眨了眨眼：“那好，眼下我总不能找个借口说我很忙对吧？只要你们签个名，我想也不会有人感到不安的。说吧，你们想干什么？”

“我们到伦敦来是想找一座坟墓。”

杰塔姆满脸疑惑：“在伦敦大约有两万座的坟墓，你能不能说得再具体些呢？”

“是一位骑士的坟墓，可我们不知道他的名字。”

“骑士？那倒是大大缩小了搜索的范围，很不寻常嘛。”

“我们对要找的骑士的坟墓主人了解不多。”索菲说：“我们知道的就是这些。”说着，她从口袋里抽出一张纸条，上面只写了那首诗的前两句。

兰登与索菲起初犹豫着要不要把整首诗给一位外人看，最后他们决定，就让她看这首诗的前两句——即可以确定骑士身份的那两句。索菲将它称作“局部密码”。每当情报部门截获了含有敏感信息的密码时，破译密码专家们就会各自对密码的零散部分进行分析处理。这样，等他们将密码破译出来之后，他们当中的任何人都不会拥有完整的解码信息。

不过就此而言，这样的防范也许过分了一些，即使这位图书管理员读了整首诗，确定了这位骑士的坟墓，并且还知道失踪的圆球是什么样子，但如果没有密码筒，那也是无济于事。

杰塔姆从这位著名的美国学者眼中读到了一种急迫感，仿佛尽快找到那座坟墓，就是他生命中最重要的使命。那个和他一起来的、长着一双橄榄绿色眼睛的女人，看上去似乎也一脸的急切。

杰塔姆疑惑不解，她戴上眼镜，仔细审视着他们刚才给她的那张纸上的小诗。

伦敦骑士身后为教皇安葬。

功业赫赫却触怒圣意。

她瞥了客人一眼："这是什么？该不是哈佛玩的寻宝游戏吧？"

兰登有些勉强地笑了笑："嗯，我看差不多吧。"

杰塔姆停了下来，她觉得自己看到的只是一些片断，不过她倒是被它吸引住了，于是开始仔细琢磨起这两句诗来。"这首诗说的是一位骑士，他想必做了什么事情触怒了上帝，然而教皇对他还算宽待，将他葬在了伦敦。"

兰登点头说："你没有发现其他什么吗？"

杰塔姆走到厅里的一个工作台："暂时还没有，不过我们可以看看在数据库里能够搜索到什么东西。"

在过去的二十多年里，国王学院的宗教体系研究机构采用了光学人像识别软件以及语言翻译手段对大量的文本——诸如宗教百科全书、宗教传记、以十二种文字写就的圣教经典、历史书籍、梵蒂冈信札、牧师日记以及其他所有涉及到人类精神层面的作品——逐一进行数字化的处理，并编制了新的目录。正因为现在这些数额惊人的收藏典籍是以比特和字节的形式存在，才使得要搜寻有关方面的数据变得格外的容易。

杰塔姆调用了其中一个工作台，她看了看那张纸条，然后开始打字。"首先，我们将直接启动布尔检索系统，先输入几个关键词，看看能找到些什么。"

"谢谢。"

杰塔姆输入了几个关键词：

伦敦、骑士、教皇(London，Knight，Pope)。

然后她按了搜索键，这时，她能够听到楼上主机以每秒500兆字节的速率扫描数据时所发出的"嗡嗡"声。"我正在要求系统给我显示在完整文本中包含了这三个词的所有文件。虽然我们会受到过多的数据干扰，但仍不失为我们寻找想要的东西的好地方。"

电脑屏幕上现已出现了第一个匹配的数据。

《给教皇画像》,选自《乔舒亚·雷诺兹爵士油画收藏》,伦敦大学出版社。

杰塔姆摇摇头:“这显然不是你要找的东西。”

她又转到第二个数据。

《亚历山大·蒲柏伦敦文集》,作者:G.威尔逊·耐特。

杰塔姆再次摇了摇头。

电脑继续发出“嗡嗡”的声音,而数据出来的速度却比平常快多了。屏幕上出现了几十篇文章,其中大多是关于18世纪英国作家亚历山大·蒲柏的,他创作的反宗教、仿史诗的诗歌很明显在许多地方提到了骑士以及伦敦的相关内容。

杰塔姆飞快地瞥了一眼屏幕底部的数字栏。这台电脑,通过计算当前数据的数量并将它乘以尚待搜索的数据库的百分比,大致估算出将要找到的信息数目。这次详细的搜索似乎将会没完没了地向他们提供大量的数据。

估计的数据总数:2692个。

“我们必须重新设定参数,”杰塔姆停止了搜索,说:“有关这座坟墓的资料就这些吗?还有其他的没有?”

兰登看了看索菲·奈芙,神情有些不安。

杰塔姆觉得这决不是什么寻宝游戏。此前她已听说罗伯特·兰登去年在罗马的一些传闻。这名美国人被允许进入了世界上最安全的图书馆——梵蒂冈秘密档案馆。她不知道兰登是否有可能在那所档案馆里了解到了什么秘密,也不知道他眼下歇斯底里地寻找一座位于伦敦的神秘坟墓,是否跟他在梵蒂冈了解到的秘密很有关系。杰塔姆在图书馆干了多年,凭她多年的经验,她很清楚人们跑到伦敦来寻找骑士是出于什么样的动机——圣杯,就是他们前来的终极目的。

杰塔姆微微笑了笑,扶了扶眼镜,说:“你们和提彬是朋友,又跑到了英国来找什么骑士。”她双手绞缠在一起:“我敢打赌你们是来找圣杯的吧。”

兰登与索菲互相交换了惊讶的神色。

杰塔姆大声笑了起来："各位朋友，这座图书馆就是专门为圣杯寻找者提供的一个探险基地。雷·提彬爵士就是其中的一位。我真希望每次搜索'玫瑰、抹大拉的玛利亚、圣杯、郇山隐修会'等词语的时候，能收费一先令。每个人都喜欢彼此互惠互利嘛。"她取下眼镜，斜视着他们："快给我更多有关的信息。"

在片刻的沉默中，杰塔姆发现两位客人虽然出于谨慎还想考虑考虑，但最终很快做出了决定，因为他们迫切地希望能找出结果来。

"给你。"索菲·奈芙冲口说道："我们知道的就这些了。"她从兰登那里借了一支笔，又在纸条上添上了两行诗句，递给了杰塔姆。

所觅宝球曾在骑士墓上。
红颜结胎道明其中秘密。

杰塔姆会心地一笑。果然是冲着圣杯来的，她想——她注意到诗里有"玫瑰"以及"怀孕子宫"的提示。"我可以帮你。"她将视线从那张纸条上移开，抬起头来，说："我可不可以问问，这首诗是从何而来？你们为什么要寻找圆球呢？"

"当然可以，"兰登友善地笑了笑："不过说来话就长了，可我们又没有那么多的时间啊。"

"你好像是在委婉地对我说：'你别多管闲事'呢！"

"我们会永远感激你的，帕美拉。"兰登说："假如你能够帮我们找出这位骑士是谁，葬在哪里的话。"

"很好，"杰塔姆又开始打起字来："我就配合一下吧。如果这跟圣杯有关，那我们就得前后参照相关的关键词。我要加上一个近似参数，再除掉多余的标题。这样就会将搜寻到的数据仅限制在包含了那些与圣杯有关词语意义相近的关键词的文本范围里。"

搜索：骑士、伦敦、教皇、坟墓。(Knight, London, Pope, Tomb)

以及100个与圣杯有关的词：GRAIL、ROSE、SANGREAL、CHALICE……

"这要花多长时间？"索菲问。

"几百兆字节数据库，用多项交互参照搜索？"杰塔姆敲了敲搜索键，眼睛亮了起来:“也就大约需要十五分钟吧。”

兰登和索菲一言不发,然而杰塔姆觉得,这对他们来说似乎是一个极其漫长的时刻。

“两位想喝茶吗?”杰塔姆站起来,向刚才她泡好茶的茶壶走去。“雷一向很爱喝我沏的茶呢。”

第九十三章

伦敦的天主事工会活动中心位于奥姆宫街 5 号，它是一座外表朴素的砖房，从楼上可以俯瞰到肯辛顿花园的北大道。塞拉斯从未到过那里，然而当他以步代车向那栋房子走去时，他的心中逐渐有种越来越强烈的前来寻求避难的感觉。尽管下着雨，雷米还是把车停在离房子不远的地方，让他下车，为的是使豪华轿车远离热闹的大街。塞拉斯并不介意走路。雨，正在洗刷着天地间的一切。

塞拉斯听从了雷米的建议，他把枪擦拭干净，把它扔进路边下水道栅盖。他很高兴把它处理掉了，感觉轻松了许多。他的双腿因为一直被绑着，至今还有点疼，然而他曾经承受过的苦难远比这大得多。不过，他倒是在为被雷米绑在车子后面的提彬而感到惊奇。这个英国佬肯定要吃一番苦头了。

"你打算怎么处置他呢？"早在开车到这里来时，塞拉斯就已经问过雷米。

雷米耸耸肩："还是让导师做决定吧。"他以一种奇怪的果断语气说道。

此刻，塞拉斯向天主事工会的房子走去。雨下得更大了，将他身上的长袍淋了个湿透，他前天留下的伤口，因为雨淋的缘故，此时像针一样刺痛了他的神经。他正准备将过去二十四小时的罪孽统统抛诸脑后，以便净化自己的灵魂。如今，他的使命已经完成。

塞拉斯穿过小院，来到大门前。他发现门没有锁，却一点也不感到奇怪。当他从地毯上走过时，楼上的电子钟骤然响了起来。在这些居住者每天要花上大部分时间闭门祈祷的大厅里，钟，是再寻常不过的摆设。塞拉斯听到头上的木板发出"吱吱呀呀"的声音。

一位身披大氅的男人走下楼来。"有什么事需要我帮忙吗？"他的目光很和蔼，似乎毫不在意塞拉斯那令人吃惊的外表。

"谢谢。我叫塞拉斯，是天主事工会的成员。"

“你是美国人吗?”

塞拉斯点点头:“我来城里就呆一天。我可以在这里歇歇脚吗?”

“那还用说,四楼有两间房子空着呢。要不要我去给你拿些面包与茶来?”

“谢谢。”塞拉斯此时已经饿坏了。

塞拉斯上楼挑了一个有窗户的房间,他脱下身上被雨淋湿的长袍,只穿着贴身的衣服,跪在地上祷告。他听到主人上了楼,将盘子放在门边。塞拉斯做完祷告,吃完东西,便躺下睡觉。

三层楼以下,有人正打电话进来。接电话的,是刚才接待塞拉斯的天主事工会的那个人。

“这里是伦敦警察局,”打电话的人说道:“我们在寻找一名患了白化病的修士。我们已经听说,他可能就在你们那里。你见过他没有?”

天主事工会的人大吃一惊:“他是在这里。他闯了什么祸吗?”

“他真的在你们那里?”

“是的,他正在楼上祷告呢。到底出什么事了?”

“你别放他走。”那位警官下了命令:“也不要跟任何人说。我马上就派人过来。”

第九十四章

圣詹姆斯公园坐落在伦敦的市中心，是一片绿色的海洋。它是一座毗邻威斯敏斯特教堂、白金汉宫、圣詹姆斯宫的公园。国王亨利八世曾经把它封锁起来，并在里面养鹿供打猎取乐之用。如今圣詹姆斯公园面向公众开放。天气晴朗的午后，伦敦人在柳树下野餐，给逗留在池里的鹈鹕喂食，这些鹈鹕的祖先，是俄罗斯大使赠送给查理二世的礼物。

然而今天，导师却没看到一只鹈鹕。倒是暴风雨的天气，将一些海鸥从海洋上赶了过来。这些海鸥，密密麻麻地挤满了公园的草坪，成百上千的白色躯体，都面向着同一个方向，耐心地等待这阵潮湿的狂风过去。虽然早晨有雾，但在公园里依然能够看到议会大厦以及大笨钟等建筑的壮观景象。导师望着那倾斜的草坪，然后从池塘边以及那影影绰绰的垂柳下走过。他看到里头藏着骑士坟墓的建筑那尖尖的塔顶——而这，才是他让雷米到这里来的真正的理由。

导师来到那辆已经停下来的豪华轿车供乘客上下的前门，雷米俯过身去，给他开门。导师在车外停了片刻，拨弄了一下手中的白兰地酒瓶，然后抹抹嘴，侧身钻进车来，坐到雷米身边，并关上门。

雷米一把将拱顶石举到他的面前，似乎在炫耀一件战利品："我们差点失手了哩。"

"你干得真不赖！"导师赞许地说。

"我们都做得很不错。"雷米说着，把拱顶石放到早已急不可耐的导师的手中。

那位导师把玩了很长时间，才笑着问："枪呢？你把它擦拭干净了吗？"

"我已经把它放回到手套盒里去了。"

"太好了。"导师又呷了一口白兰地酒，然后将酒瓶递给了雷米。"为我们的成功干杯吧。已经接近终点了。"

雷米接过酒瓶，充满了感激。白兰地酒有点咸，然而他并没在意。现在，他和导师成了真正的合作伙伴。他觉得自己的人生即将登上一个更高的起点。*我再也不用给人家做仆人了。*雷米低头看着下面池塘的堤坝，威利特堡，此时已被他抛到九霄云外去了。

他又喝了一大口白兰地酒，觉得是酒精使他体内的血液沸腾起来。他发热的嗓子，很快变得燥热起来，令他非常的难受。他松开衣服上的领结，心里有种颇为不祥的痛苦滋味，他把酒瓶还给了导师。"也许是喝多了。"他强打起精神，虚弱地说。

导师接过瓶子，说："雷米，你要知道，你是惟一知道我身份的人，我给予了你莫大的信任。"

"是的。"他觉得热得快不行了，又把领结松开了一些。"我不会把你的身份泄露出去的，一直到死。"

导师沉默了良久，才说："这我相信。"他把酒瓶和拱顶石放好，将手伸进手套盒里摸索了一阵，然后拔出那把小型"美杜莎"左轮手枪。雷米马上恐惧起来，然而导师却把枪放进了裤子的口袋。

*他想干什么？*雷米顿时发现全身都冒汗了。

"我说过给你自由。"导师的话里有种懊悔的语调。"但考虑到你目前的状况，我只能这样做了。"

雷米的喉咙肿得厉害，仿佛在他体内，发生了一场地震。他斜着身子，靠着汽车的操纵杆，用手扼住自己的喉咙，尝到了想要呕吐的味道。他嘶哑而沉闷地叫着，然而声音不大，车外的人并不能听到。白兰地酒中的药性，终于发作了。

我遭人暗算了呀。

雷米觉得难以置信，他转身看着那位导师，此时，他正平静地坐在他的身边，直视着挡风玻璃的外面。雷米的视线逐渐模糊起来，他张着嘴，大口地喘气。*我为他这么卖命！他怎能如此的无情！*究竟是导师有心杀他，还是因为导师对他在圣殿教堂里的种种表现早就失去了信心，他不知道，也永远不会知道。恐惧和愤怒攫住了他。他挣扎着想冲到导师身边，然而他僵硬的躯体，却再也不能向前移。*枉我凡事都相信你啊！*

雷米紧握着拳头，企图向汽车喇叭砸过去。然而他没有砸个正着，他一个趔趄，滚到了座位上，手紧紧地掐着自己的喉咙，侧身倒在导师的旁边。雨下得更大了，然而雷米再也看不到了。他感到大脑里的氧气逐渐枯竭,意识也越来越模糊,直至消失。在周围的世界慢慢走向混沌的时刻,雷米·莱格鲁德或许发过誓,说他听到了南欧避暑胜地里维埃拉那温柔的海浪声。

导师走下车,他很高兴无人朝他的方向张望。*我也是被逼得没办法啊*,他安慰着自己。想到竟然对刚才做过的事情并不觉得有丝毫的懊悔,就连他自己都很吃惊。*雷米完全是咎由自取。*导师早就担心,一旦任务完成,要不要对雷米做出处理。然而雷米冒冒失失地闯进圣殿教堂,显然使他加强了除掉他的决心。罗伯特·兰登出乎意料地来到威利特堡,给导师带来了意想不到的发现,却又使他陷入不可名状的困境。兰登直接把拱顶石送到了行动的中心地带,这固然给了他一个惊喜,然而他也引来了一帮警察。雷米在整个威利特堡,到处留下了痕迹,即便在他偷听的地方,谷仓的听音哨上,也不例外。导师很庆幸他花了那么多的心思,才使人们没将他与雷米的所作所为联系起来。没有人会将他牵扯进去,除非雷米自己说出来,而这他已经没必要再去担心了。

这里还有一点儿事要解决呢,导师心里想着,便往豪华轿车的后门走去。*警察将无法知道这里发生了什么……也没有目击者告诉他们什么。*他环顾左右,确信没人在注意他,这才推开门,爬进汽车宽敞的后车厢。

几分钟后,导师穿过圣詹姆斯公园。*如今只剩两人需要我去对付了,那就是兰登与奈芙。*他们两人的情况要复杂得多,但也不是难以驾驭的。不过眼下,他所关心的只是密码筒。

他得意洋洋地环视了公园一圈,他似乎看到了朝思暮想的目的地就在前头。"伦敦骑士身后为教皇安葬。"一听到这首诗,他就已经知道了答案。但即使是这样,其他人如果还没想出来,那也没什么好奇怪的。*我有别人难以比拟的优势。*他监听索尼埃已经有好几个月,听到这位大师偶然提到了这位骑士,他所流露出来的敬意几乎可以与他对达·芬奇的尊敬相匹敌。人们一旦洞察了索尼埃的良苦用心,那么此诗对这位骑士的提示就变得非常简单了,不过,这座坟墓最终将会以什么样的方式将密码告诉给他们,目前还是个难解的谜。

所觅宝珠曾在骑士墓上。

导师依稀记得那座坟墓的一些照片,他记得特别清楚,坟墓有个最显著的特征，那就是它有个外形华美的圆球，这个硕大的圆球，安放在坟墓的顶上，跟坟墓的大小差不多。圆球的存在，对导师而言，既给了他鼓励，又增添了他的烦恼。一方面，它就像一个路标，然而据这首诗来看，这个谜的缺失项是一只本应在骑士墓里的圆球，而不是已在那里的圆球。为了解开这个谜，他准备到坟墓上去做进一步的调查。雨越下越大了，他将密码筒塞进右边口袋的深处，以防止雨水将它淋湿。他又将那把“美杜莎”小型左轮手枪藏进左边口袋里，防止让别人看见。没过几分钟，他就走进了这座全伦敦最宏伟的、具有九百年辉煌历史的建筑那静谧的礼拜堂里。

就在导师从雨中走出来的当儿，阿林加洛沙主教却奔进了雨中。飞机停泊在被雨淋湿的比金山机场，阿林加洛沙主教从狭窄的机舱里走了出来，他把身上的长袍扎紧，以抵御这寒冷的湿气。他本以为法希探长会到机场接他，然而走上前来的却是一位打着雨伞的年轻英国警官。

“你是阿林加洛沙主教吗？法希探长有事不在。他要我来接你，还要我把你带到苏格兰场，他认为那里是最安全的。”

最安全？阿林加洛沙主教低头看着手中装满了梵蒂冈银行证券的沉重的公文包。他差点把它忘了。“你说得没错，谢谢。”

阿林加洛沙主教爬上警车，寻思着塞拉斯可能会在哪里。没过几分钟，警车的扫描器发出尖锐的响声，紧接着就有了答案。

“奥姆宫街5号。”

阿林加洛沙主教很快便认出了上面的地址。

伦敦天主事工会活动中心。

于是他掉头对司机说：“带我去那儿，马上！”

第九十五章

自打搜索开始，兰登就紧盯着电脑屏幕，一刻也没有离开过。

五分钟，只搜到两个数据项，并且两者无任何的关联。

他开始担心起来。

帕美拉·杰塔姆就在隔壁的一个房间，准备给他们煮上些饮料。兰登和索菲不仅喝了杰塔姆给他们泡的茶水，还极不明智地问她能否再给他们煮上一些咖啡。隔壁的微波炉传来“嘟嘟”的声音，兰登怀疑杰塔姆是在给他们煮“雀巢”速溶咖啡，以此作为对他们提出的无礼要求的奖赏。

终于，电脑欢快地响了起来。

“好像又有了。”杰塔姆在隔壁房间大声喊道。“标题是什么？”

兰登看着屏幕：

中世纪文学中关于圣杯的寓言：论加文爵士和他的绿衣骑士。

“是关于绿衣骑士的寓言。”他大声地回答。

“这没用，”杰塔姆说：“神话中埋在伦敦的绿衣骑士并没有几个。”

兰登和索菲坐在电脑前静静地等待，却等来了两个更加难以确信的结果。不过，当电脑再次发出声音时，它提供的信息却是很出人意料的。

瓦格纳的歌剧。

“瓦格纳的歌剧？”索菲不解地问。

杰塔姆手拿一袋“雀巢”速溶咖啡，站在门口回头看了他们一眼。“那看起来很怪啊。瓦格纳是骑士吗？”

“不是。”兰登突然来了兴趣。“但他是位著名的共济会会员。”还有莫扎特、贝多芬、莎士比亚、作曲家格什温、魔术大师乌丹尼以及迪斯尼等等。讲述有关石匠们与圣殿骑士、郇山隐修会以及与圣杯之间联系的作品已是汗牛充栋。“我要看看全文，可怎么打开呀？”

“你不必看全文。”杰塔姆喊道。“你只要点击超文本标题，电脑就会显示包含关键词在内的数据，有前一节和后一节的内容。”兰登不知道她刚才说了些什么，但还是点击了一下。

一个新的窗口弹出。

……神话中名为帕西法尔的**骑士**，他……

……隐喻意义上的寻找**圣杯**之旅，可以用来证明……

……1855 年**伦敦**爱乐乐团……

……丽贝卡·**波普**(Pope)的歌剧作品选“首席女伶……

……位于德国拜罗伊特市的瓦格纳之**墓**……

“这里的 Pope 不是指教皇。”兰登说，有些失望。不过虽然如此，他还是为计算机竟是如此的便利而感到惊奇。带有上下文的关键词给了他足够的信息，提醒他瓦格纳的歌剧《帕西法尔》是一部通过讲述年轻骑士寻找真理的故事，专门献给抹大拉的玛利亚，以及耶稣基督后裔的艺术作品。

“耐心点儿。”杰塔姆敦促道：“不过是数字游戏罢了。让电脑忙去吧。”

接下来的几分钟，电脑又反馈了几个关于圣杯的信息，其中一篇是有关法国著名行吟诗人的文章。兰登知道，从词源学的角度上看，minstrels（行吟诗人）与 minister（牧师）具有相同词根决不是什么巧合。吟游诗人，本意是指抹大拉的玛利亚教堂里四处游走的圣职人员或者牧师，他们采用音乐的形式在普通民众中间传播有关神圣女性的故事。直到今天，他们还在唱歌赞美“我们的圣母玛利亚”的诸多美德。她是一位神秘而又美丽的女人，人们对她永远充满了敬意。

兰登急切地查看了超文本，然而一无所获。

这时，电脑又“嘟嘟”地响了起来。

骑士、流氓、教皇以及五芒星：

通过塔罗牌看圣杯的历史。

“这没什么可奇怪的，”兰登对索菲说：“有些关键词与单张牌的名字是一模一样的。”他抓过鼠标，点击了超链接。“我不敢肯定你祖父跟你玩塔罗的纸牌时是否提起过它，但这种游戏，类似于对‘失踪新娘以及她被邪恶教会镇压’的故事设置问题，然后再抽卡进行回答。”

索菲看着他，一脸怀疑地说："我怎么不知道？"

"那就是了。圣杯的追随者们，通过一种隐喻性的游戏方式进行传授，他们将真实的信息隐藏起来，以逃过教会警惕的眼睛。"兰登常常想，玩纸牌游戏的现代人，有多少人会想到纸牌的四种花色——黑桃、红桃、梅花及方块——是与圣杯有关的符号，并且它们的前身，直接脱胎于塔罗纸牌，即印有宝剑、金杯、王杖与五芒星符号的四组牌。

黑桃源自宝剑——即剑刃，它代表着男性。

红桃源自金杯——即基督的圣爵，代表着女性。

梅花源自王杖——即皇家血统，带有花饰的权杖。

方块源自五芒星——它象征着女神，即神圣女性。

四分钟后，就在兰登他们开始担心找不到要找的东西时，电脑里又蹦出了一个数据。

天才的万有引力，一位当代骑士的传记。

"天才的万有引力？"兰登冲着杰塔姆叫道："一位当代骑士的传记？"

杰塔姆从墙角探出头："怎么个当代法？请不要告诉我说这是你的鲁迪·朱利安尼爵士(指美国"九一一事件"中，纽约市长朱利安尼因处理得当，而获好评，2002 年获英国女王授予爵位。——编者注)哦。我看是有点跑题啦。"

兰登对新近被封为骑士的米克·贾格尔爵士自有一番疑虑，但眼下似乎还不是对现代英国骑士制度进行争论的时候。"让我看看。"兰登调出了几个关键词。

……尊敬的**骑士**，艾撒克·牛顿爵士……

……1727 年殁于**伦敦**……

……他的**墓**位于威斯敏斯特教堂……

……亚历山大·**蒲柏**，他朋友及同事……

"我看所谓的'现代'可能是个相对的概念。"索菲大声对杰塔姆说："这是本旧书，是关于艾撒克·牛顿爵士的。"

杰塔姆站在门口，摇了摇头。"那也没用，牛顿葬在威斯敏斯特教堂，英国清教的所在地，所以天主教的教皇是不会到那里去的。咖啡里要不要放奶酪和糖?”

索菲点了点头。

杰塔姆等了一会:“罗伯特你呢?”

兰登觉得自己的心仿佛被人用锤子敲了一下,他把视线移开电脑屏幕,站了起来。“艾撒克·牛顿爵士是我们的骑士!”

索菲依旧坐在椅子上,说:“你在胡说什么呀?”

“牛顿葬在伦敦,他在科学上的新发现触怒了天主教会。他还是位郇山隐修会的大师。有这些难道还不够,我们还想指望什么?”

“你认为够了吗?”索菲指了指那首诗:“那‘骑士身后为教皇安葬’你如何作出解释?杰塔姆刚才也已经说过,牛顿不是由天主教皇埋葬的。”

兰登伸手去摸鼠标:“我说了天主教皇什么吗?”他点击了“Pope”超链接,于是一个完整的句子冒了出来。

由王公贵族参加的艾撒克·牛顿爵士的葬礼,是由他的朋友兼同事,亚历山大·蒲柏主持的,他在往坟墓上撒土之前,朗诵了一篇感人肺腑的悼词。

兰登看着索菲:“我们在第二个数据里找到了正确的Pope。亚历山大。”他停了停:“亚历山大·蒲柏(A. Pope)。”

在伦敦葬了一位亚历山大·蒲柏为他主持葬礼的骑士。

索菲站了起来,大惊失色。

雅克·索尼埃,这位喜欢玩二元论游戏的大师,再次证明了他是位聪明得让人敬畏的大师。

第九十六章

塞拉斯突然被惊醒过来。

他不知道是什么东西惊醒了他，也不知道他睡了多久。*我是在做梦吧？*他坐起来，半躺在草席上，聆听着天主事工会活动中心大楼里熟睡的人们那平静的呼吸，以及寂静中偶尔传来的由楼下房间里大声祈祷的人们转化而来的温柔的话语声。这些熟悉的声音，本应该给他带来些许的安慰。

然而他却出乎意料地突然警惕起来。

塞拉斯站着，只穿着内衣，他走到窗前。*有人在跟踪我吗？*楼下的小院空无一人，一如他刚才进来所看到的情景。他仔细地倾听，却没听到什么。*那我为什么会感到不安呢？*塞拉斯很早就学会了要相信自己的直觉。早在他进监狱之前——那时，他还是个成天在马赛市的街道上四处瞎逛的孩子……而且也是在阿林加洛沙主教给了他新生之前，他就已经知道要相信自己的直觉。他偷偷地看着窗外，这时，他模模糊糊地看到一辆藏在树篱深处的汽车的轮廓。在它的顶篷上，安装了一个警察应急用的报警器。这时，走廊上的地板发出"咯吱咯吱"的声音，门闩突然被拉开了。

对此，塞拉斯本能地作出了反应。还没等门被撞开，他已经冲到房间对面，飞快地溜到门边，躲在里面。第一位进来的警官如疾风骤雨般地闯了进来，他忽左忽右地晃动着手中的枪，小心翼翼地查看似乎空无一人的房间。他还没来得及弄清楚塞拉斯在哪里，塞拉斯用肩膀猛击房门，将紧跟其后的警官抵住。第一位进来的警官转身准备开枪，塞拉斯急忙猫下腰。子弹射偏了，从他的头顶呼啸而过。塞拉斯抱住警官的胫骨，将他的双腿拖了过来，把他摁倒在地。不料自己的头却撞倒在地。紧跟着第一位进来的警官踉踉跄跄地站起来，塞拉斯照他下身就是一脚，然后跃过警官扭动的躯体，冲进大厅。

塞拉斯几乎一丝不挂，他拖着苍白的身子拾阶而下。他明白自己被出卖了，但是谁呢？他跌跌撞撞地冲到休息室，看到更多的警察从前门涌了进来。于是他立即掉过头，急速奔向大厅的里头。*妇女专用通道。天主事工会修建的每幢建筑，几乎都有这样的通道。*塞拉斯冲过曲折而又狭窄的走廊，像蛇一样钻进厨房，厨房里干活的人都被吓坏了，他们赶忙躲避，以避免与这位赤裸着身子的白化病患者撞在一起。塞拉斯把碗和银器餐具撞了个满地，随后一头钻进了锅炉房旁边的一条走廊。他终于看到要找的门，在他的眼前，终于出现了一线希望。

塞拉斯以最快的速度夺门而出，跑入雨中，跳到更低一点的平地，然而等他注意到迎面赶来的警察时，一切都已经迟了。两个大男人撞在了一起，塞拉斯宽阔而裸露的肩膀狠命地顶在那人的胸脯上，令那人痛苦不已。他逼着警官退到了人行道，狠命地捶打他的头部。警官的枪走火了，"砰砰"的响个不停。塞拉斯听到许多人大喊着从大厅里跑了出来。就在警官们出现时，他已经滚到一边，迅速捡起走火的手枪。楼梯上有人向他开枪，塞拉斯直觉得肋骨下一阵钻心的疼痛。他勃然大怒，端起枪朝着三名警察就是一阵劲射，刹那间，鲜血溅得满地都是。

这时，一个不知从哪里冒出来的黑影，在他身后若隐若现。那人愤怒地抓住塞拉斯裸露的肩膀，双手仿佛充满了魔鬼的力量。他的吼声在塞拉斯的耳边回响。"塞拉斯，别开枪！"

塞拉斯回头就是几枪，他们的目光终于相遇。等他发现倒下去的是阿林加洛沙主教时，他不禁失声大叫，惊恐异常。

第九十七章

迄今为止，大约有三千多人的遗体安葬在威斯敏斯特教堂里，供世人凭吊。以石头砌就的庞大内室里遍布了国王、政治家、科学家、诗人以及音乐家们留下的遗骸。他们的坟墓，分布在所有壁龛和洞中的凹室，从最具皇家气派的陵墓，伊丽莎白一世之墓——她那带有顶棚的石棺安放在私人专用的半圆室的祭室里——到外表最朴素的雕刻过的地面石砖，可谓应有尽有。这些地砖上雕刻的碑文，由于几百年来人们踩踏的关系，到现在已经破败了，让人不由浮想联翩，什么人的遗骸有可能就藏在教堂墓室的地砖下。

威斯敏斯特教堂沿循了法国亚眠、夏特尔以及坎特伯雷大教堂的建筑风格，然而它既不是大教区的主教堂，也不是教区里的教堂。它是王室专属的教堂，直接接受国王的管理。自1066年的圣诞日在这里为“征服者”威廉一世举行加冕仪式以来，这个光彩夺目的礼拜堂，不知亲眼目睹了多少皇家仪式在这里举行，目睹了多少国家事务在这里得到解决——从“忏悔者”爱德华的加冕礼，到安德鲁王子与莎拉·弗格森的婚礼，直到亨利五世、伊丽莎白一世以及黛安娜王妃的葬礼，无一不在此地举行。

虽然如此，罗伯特·兰登眼下对它的古代历史毫无兴趣，不过对艾撒克·牛顿爵士的葬礼除外。

在伦敦葬了一位亚历山大·蒲柏为他主持葬礼的骑士。

兰登与索菲急急忙忙经过教堂北面交叉通道上雄伟的门廊，很快就有保卫人员走上前来，彬彬有礼地将他们带到该教堂新近增添了一台大型金属检测装置的通道前。这样的检测器，如今在伦敦许多著名的历史建筑物里都能找到。检测器没有发出警报，于是他俩平安无事地经过通道，继续向该寺的入口处走去。

兰登跨过门槛，进入威斯敏斯特教堂，他感到外面喧嚣的世界顷刻安静下来。既没有过往车辆的轰鸣声，也听不到“滴滴答答”的雨声，有的是死一般的沉静。这幢古老的建筑，仿佛是在喃喃自语，它的沉寂，在不断发出经久不息的回声。

几乎和其他所有游客一样，兰登和索菲马上抬头张望，威斯敏斯特教堂那巨大的穹窿，仿佛就要在他们的头顶上撒下一张大网。灰色的石柱，宛如红杉一般，一根接一根地向高处延伸，直至消失在阴影里。这些石柱，在令人晕眩的高空里构成优雅的弓形，然后直落而下，没入地面的石头里。教堂北面的通道，在他们面前向外伸展开去，就像深不可测的峡谷，两侧都是林立的镶满彩色玻璃的高墙。晴朗的日子里，教堂的地面，会反射出七彩的光芒。然而今天，外面的大雨以及由此带来的无边的黑暗，为这个巨大的空间增添了几许鬼魅般的气氛……使人觉得更像是在真正的地下墓穴里。

"果然是空无一人。"索菲低声地说。

兰登有些失望。他倒希望这里有更多的人，希望这里是一个更热闹的场所。他不想重复在空旷的圣殿教堂里的那次经历。他一直盼望着能在旅游场所里找到某种安全感，但他知道，在光线明亮的寺庙里，游客摩肩接踵，这样的情景只有在夏季旅游高峰期间才有可能出现。而今天——何况是四月里一个下雨的早晨，兰登既没看到熙熙攘攘的人群，也没看到闪烁亮光的彩色玻璃墙，他看到的是一望无垠的空旷的地面，以及若隐若现的空荡荡的洞穴。

"我们通过了检测器的检查，"索菲提醒兰登说，她明显感觉到他的忧虑。"即使这里有人，也不可能有枪的。"

兰登点了点头，但还是显得很谨慎。他本想带伦敦警察一块到这里来，但索菲担心警方的参与将会妨碍他们日后与官方的联系。我们需要重新夺回拱顶石，索菲一直这样认为。*因为拱顶石，是可以揭开所有神秘的一把钥匙。*

当然，她是对的。

它是使雷·提彬安然无恙回来的一把钥匙。

它是成功寻找到圣杯的一把钥匙。

它是找出谁是幕后主使者的一把钥匙。

不幸的是，如果他们要夺回拱顶石，眼下惟一的机会似乎就得看他们在这里……在艾撒克·牛顿爵士的坟墓旁边的表现了。不管是谁，只要他有了密码筒，都会找到这座坟墓上来，查寻最后的线索。但他们如果还没有来，兰登与索菲就打算在中途阻止他们。

他们大步流星向左面的墙壁走去，出了开阔地带，步入了一排壁龛柱后面的一条昏暗的侧廊。兰登总想起雷·提彬被人抓起来的情景，兴许他正被绑在他自己的汽车后面呢。那些曾经下令暗杀郇山隐修会高层领导人员的人，无论是谁，一旦碰到有人要挡住他们前进的步伐时，是从不会手软的。雷·提彬爵士，一位当代的英国骑士，在寻找自己的同胞艾撒克·牛顿爵士之墓时，竟然沦为别人的人质，这似乎是个有点残酷的讽刺。

“我们该往哪里走呢？”索菲四处看了看。

坟墓到底在哪个方向，兰登自己也不知道。“我们去找个讲解员来问问。”

他知道，在这里漫无目的地游荡并没有什么好处。威斯敏斯特教堂里犬牙交错地遍布着一些大型的陵墓、圆形墓室，以及许多大到能让人进去的坟墓壁龛。与卢浮宫博物馆的大陈列馆一样，它有一个独立进口——也就是他们刚刚经过的入口——你要进去很容易，但要出来可就难了。正如兰登一位被弄得糊里糊涂的同事所言，它是一个名副其实的旅游陷阱。威斯敏斯特教堂保留了传统的建筑风貌，它的外形呈巨大的十字形。不过，它跟大多数教堂不一样的是，它的入口处设在教堂的一侧，而不是设在经过教堂正殿底部前廊的正后方。并且该教堂还附有许多迂回曲折的游廊。倘若走错一步，走错了拱门，游客就会迷失在四周被高墙围着的户外走廊形成的迷宫里。

“讲解员穿的是绛色长袍。”兰登说着，来到了教堂中央。他斜着眼睛越过那高耸的镀金圣坛，将目光投到教堂的南端，他看到几个人正伛偻着身子，慢慢地往前爬。这般五体投地的朝圣，在“诗人角”是稀松平常的现象，尽管它远没有看上去的那样神圣。都是些在摹拓坟墓碑文的游客。

“讲解员我一个也没看到，”索菲说：“或许我们还是自己去找，你看怎么样？”

兰登不搭一言，领着她又走了几步，来到教堂的中央，指着右边给她看。

索菲顺着他指的方向，从长长的教堂正殿望过去，终于看到这座巨大的建筑物，不由倒抽了一口气。“天哪，我们还是去找个讲解员来吧。”

就在此时，一位参观者来到离教堂正殿一百码、内坛后面看不见的地方，庄严肃穆的艾撒克·牛顿爵士的墓旁。这位导师，在这里审视墓碑已经有十分钟了。

艾撒克·牛顿爵士的坟墓，其实是一个用黑色大理石建造的庞大石棺，上面安放着他的雕像，他穿着古典服装，一脸自豪地靠在他自己的一堆作品上——有《论神性》、《论运动》、《光学》以及《自然哲学中的数学原理》等。在他的脚下，站着两个长着翅膀手拿书卷的孩童。在他斜靠的身子后面，耸立着一个肃穆的金字塔。虽然模样看上去有些古怪，但镶嵌在它半中腰的硕大的圆球却激起了导师的浓厚兴趣。

一个圆球。

他思考着索尼埃编造的蛊惑人心的谜。"所觅宝珠曾在骑士墓上。"这个从金字塔表面突出来的庞大的圆球，上面布满了浮雕，以及各种形状的天体——有各种星座，黄道十二宫，也有彗星、恒星和行星。球的上面，有一位站在群星下的天文女神。

星球，无数的星球。

导师此前一直相信，一旦他找到这座坟墓，就会很容易地找到那个失踪的圆球。但现在，他却不敢那么肯定了。他凝视着一张由各种星球组成的错综复杂的地图。有没有哪个行星不见了？或者在这些星座里，有哪个星体给漏掉了呢？他无从知道。即使是这样，他还是怀疑解决这个谜的方法其实既巧妙，又很简洁明了。"骑士身后为教皇安葬。"我在寻找什么样的星球呢？当然喽，精通天体物理学并不意味着就一定能够找到圣杯。

红颜结胎道明其中秘密。

导师正在聚精会神，突然走来几位游客。他急忙把密码筒放回口袋里，警惕地望着这几位游客走向附近的一张桌子，把钱投进桌上的杯子里，并重新添上一些由教堂免费赠送的专门用于摹拓墓上碑文的文具。这几位游客，手拿着新领来的炭笔和好几张又大又厚的纸，朝教堂前面走去，他们也许是去"诗人角"，到乔叟、丁尼生，以及狄更斯的墓前，兴奋地摹拓他们坟墓上的碑文，以此来表达他们的敬意。

现在又剩下他一个人，他向坟墓走近了几步，自上而下把它打量了一番。他先是观察石棺下面刻有爪子的底部，随即将视线从牛顿的雕像、他的科学论著、两名手拿数学文稿的儿童像上移了过去，他的目光从金字塔的表面移向那刻有无数星体的圆球，最后落到壁龛的刻满星星的天篷上。

什么样的圆球原本应该在这里……然而又失踪了呢？他摸了摸口袋里的密码筒，仿佛他能够从索尼埃制作精巧的大理石上预测出他要寻找的答案。只有找到那由五个字母组成的词语，才能将圣杯弄到手。

他在靠唱诗班席屏风处内坛一角附近来回地踱步，深吸了一口气，随后抬头越过那长长的正殿，将目光落到远处的主圣坛上。他把镀金圣坛打量了好一会儿，然后将视线直落到一位身穿绛色长袍的讲解员身上，他看到两个看上去很熟悉的人，正在向讲解员招手。

他想起来了，他们是罗伯特·兰登和索菲·奈芙。

导师极为镇静地往后退了两步，躲到了内坛的后面。他们未免来得太快些了吧。他早就估计到兰登与索菲最终会破解这首诗的含义，然后跑到牛顿的坟墓上来。但现在看来，这比他想象的还要快。他深吸了一口气，在心里盘算对策。他早已经习惯了如何应付突发事件。

密码筒在我手上哩。

他将手伸进口袋，摸到了另外一件能够长他志气的东西，即他随身带着的“美杜莎”牌左轮手枪。果然不出所料，当他携带这把藏在口袋里的手枪从装有金属检测器的通道经过时，检测器顿时响了起来。同样不出所料，保卫人员们一看到他愤怒地瞪着双眼，飞快地亮出证明其身份的证件，就立刻向后退去。不管怎么说，有地位的人总是让人肃然起敬的。

尽管一开始他想独自解决密码筒的问题，以避免面对更多的麻烦，然而现在，他倒是很欢迎兰登与索菲的到来。考虑到他目前缺乏成功找到失踪圆球的把握，他想也许可以把这两人的专业技能拿来为我所用。不管怎么说，如果兰登能够通过诗来找到牛顿爵士的坟墓，那他对失踪的圆球也应该略知一二。而且，如果兰登知道密码，那么剩下的问题，不过是适当地向他施加压力罢了。

当然不是在这里。

也许是在某个隐秘的地方吧。

导师想起刚才在来威斯敏斯特教堂的路上时，看到一块公告牌。他很快便想到，哪里是引诱他们上钩的最佳地点了。

剩下的问题是——拿什么做诱饵呢？

第九十八章

兰登与索菲沿着北边的侧廊缓缓而行，他们的身体一直隐没在将侧廊与空旷的教堂正殿分开的诸多石柱后面的阴影里。虽然他们沿着正殿已经走了大半的距离，但还是没能看到牛顿坟墓的踪影。他的石棺隐藏在壁龛里，从这里斜眼看过去，显得模糊不清。

"至少那边应该没人吧。"索菲低声地说。

兰登点点头，轻松了许多。在教堂正殿靠近牛顿坟墓的那整块地方，现在是人影全无。"我先过去看看，"他小声对索菲说："你最好还是躲起来，万一有人——"

索菲已经从石柱的阴影里走了出来，从开阔的地面向对面走去。

"——在盯梢的话。"兰登叹了口气，急忙跟上了她。

他们沿教堂正殿的斜对面走去，当他们看到那造型精致的坟墓一下子冒出来时，彼此都保持着沉默。黑色大理石的石棺、牛顿爵士斜着身子的雕像、两个长有翅膀的孩童像、巨大的金字塔……还有一只庞大的圆球。

"你知道那东西是什么吗？"索菲关切地问。

兰登摇了摇头，也有点惊讶。

"它们像是刻在上面的星球。"索菲说。

他们朝壁龛走去，这时，兰登的心逐渐下沉。牛顿的坟墓上布满了各种各样的星球——有恒星、彗星、还有行星。*所觅宝珠曾在骑士墓上？*这看起来有点像是在大海里捞针呐。

"星球，都是星球，"索菲满脸关切地说："有很多呢。"

兰登皱起眉头。他能想起来的行星与圣杯的惟一联系，就是金星(Venus)的五芒星形，况且他在去圣殿教堂的路上已经试过"Venus"这个词。

索菲径直向石棺走去，然而兰登却在几步之后的地方畏缩不前，他将身边的教堂巡视了一遍。

“《论神性》,”索菲歪着头,读着牛顿倚靠着的那些书的名字。“《论运动》、《光学》以及《自然哲学中的数学原理》?”她转向他说:“你听出什么来了吗?”

兰登走上前,仔细斟酌着。“我记得数学原理跟行星之间的引力有点关系。老实说它们也是球体,但总让人觉得有点牵强。”

“那黄道十二宫呢?”索菲指着圆球上的星体说。“你刚才说的是双鱼和宝瓶星座吧?”

是世界末日,兰登心想。“双鱼座的尾和宝瓶座的头据说是郇山隐修会计划将圣杯文献公开给世人的历史性标志。”然而千年禧来了又去了,却平安无事,让历史学家们不能确定真相何时能够大白。

“这有可能,”索菲说:“郇山隐修会计划将真相泄露出去也许跟诗的最后一句有关系。”

红颜结胎道明其中秘密。兰登不禁打了个冷战。他以前还没有这样想过呢。

“你以前告诉过我,郇山隐修会计划将‘圣洁的玫瑰’以及她怀孕的事实泄露出去的时间安排与行星位置直接有联系。”

兰登点了点头,表示同意,开始觉得出现了些微的可能性。虽说是这样,但直觉告诉他,天文学并不是揭开真相的关键。这位大师以前设置的解决方案,都具有说服力且具有象征性的意义——如《蒙娜丽莎》、《岩间圣母》以及 SOFIA 等。这种说服力在占星学的星座以及黄道十二宫的概念中显然是缺乏的。所以,到目前为止,雅克·索尼埃证明了他是一位细心的编码者,而兰登不得不相信他最后编制的密码——那个能揭开郇山隐修会绝对隐私的由五个字母组成的词——到头来将不仅很具有象征意义,而且也非常简单明了。假如这种解决方法跟其他一样的话,那么一旦弄清楚,它也许会浅显得不得了。

“快看。”索菲气喘吁吁地说,她一把抓住兰登的胳膊,将他纷飞的思绪给打断了。从她惊恐的触摸里,兰登感到肯定有人向他们走来,然而当他转身面对她时,他发现她正吃惊地瞪大着眼睛,看着黑色大理石石棺的顶部。“有人刚来过这里了。”她指着牛顿爵士张开的右脚附近的一个地方,轻声地说。

兰登并不知道她在关心什么。一位粗心的游客,将摹拓碑文的炭笔忘在牛顿脚下附近的石棺盖上了。那算什么。兰登伸出了手,将它捡起来，然而当他向石棺俯过身，一束光线照射在擦拭一新的黑色大理石的石棺上，他顿时呆住了。很快，他明白了索菲害怕的根由。

有人在石棺的棺盖上，牛顿塑像的底部，用炭笔潦草地写了几行几乎难以看清的字，散发着微弱的光。

提彬在我手上。
你们穿过牧师会礼堂，
出了南门，再到花园里。

兰登读了两遍，他的心剧烈地跳了起来。

索菲掉转身，迅速地将正殿扫视了一遍。

兰登看到这几行字，虽然恐惧不已，但还是努力说服自己这是一个很不错的消息。雷·提彬还活着呢；当然其中还有另外一层含义。“他们也不知道密码。”兰登低声地说。

索菲点了点头。要不然他们怎么会让别人知道他们的行踪呢？

“他们可能要拿雷·提彬来交换密码。”

“也许是个陷阱呢。”

兰登摇摇头。“我不这样认为。花园就在教堂外面，是个很公开的地方。”他曾来过该教堂有名的学院花园一次——那是个很小的果园，也是一个种植药草的花园——它是自修道士们种植天然药材之日起留下来的。学院花园号称拥有全英国至今仍然存活的最古老的果树，它是一个极受游客欢迎的地方，不需要跑到教堂里去，在外面就可以看到。“我想把我们叫到外面去是有信用的表现，所以我们用不着担心安全。”

索菲却不相信：“你是说到外面去对吧？那里可没有什么金属检测器呢。”

兰登满面愁容，因为索菲说到了点子上。

他回头凝视着刻满星球的坟墓，希望能从中找出破译密码筒密码的线索……并想出了一些讨价还价的对策。*是我把雷·提彬牵连了进来，如果还有机会，我一定要想方设法救他出来。*

“那留言要我们穿过牧师会礼堂再到教堂的南面出口，”索菲说：“或许我们从出口处就可以看到花园呢？那样的话，在从那里出去并陷入到危险处境之前，我们也许可见机行事呢。”

这倒是个不错的主意。兰登隐约记得，牧师会礼堂是一个偌大的八角形大厅，那里是现代英国议会大厦建成之前最初举行议会的地方。他已经很多年没去那里了，但他记得是从某个游廊穿过去的。他往后退了几步，沿着右边的内坛巡视了一圈，又将目光投向对面他们刚才上来的教堂正殿南神廊之处。

一座带有许多洞眼的拱顶门就在附近，可以看到一块很大的招牌。

从这里通往：
各处游廊
牧师住宅
教士厅
博物馆
圣体存放室
圣费斯教堂
牧师会礼堂

兰登与索菲是一路小跑从那招牌下经过的，他们跑得太快了，所以没看到告示上阐明有些地方正由于内部装修而暂时关闭的道歉性文字。

他们立刻来到四面都是高墙，没有屋顶的院子里。清晨的雨正下着，风从他们的头上掠过，发出阵阵"嗡嗡"的低鸣，仿佛有人用嘴在对着瓶口吹奏。他们进入那狭窄的、稍微有点倾斜的、紧挨着院子的过道里。兰登感到每次在密闭的空间里时那种熟悉的不安又在心底升腾。这些过道，又叫做游廊。兰登也不安地注意到这些别致的游廊(cloisters)与幽闭恐怖症(claustrophobic)这个拉丁词间的某种联系。

兰登一心朝隧道的尽头走去，他按照招牌上的提示，找寻着通往牧师会礼堂的方向。春雨霏霏，走廊上又湿又冷。一阵阵雨，从走廊光线的惟一进口——那堵孤单的柱形墙外面灌了进来。这时，有两个人从对面匆匆地跑来，急于摆脱眼下难堪的处境。游廊上现在冷冷清清，诚然，在刮风下雨的日子里，这座教堂最不吸引人的地方，恐怕就是游廊了。

他们沿着东边游廊走上四十码，在他们的左边出现了一座拱门，拱门又通向另一条走廊。尽管这是他们正要寻找的入口，但进口处却被悬挂的饰物和公告牌封闭起来了。牌子上写着：

以下几处内部改造，暂停开放：
圣体存放室

圣费斯教堂

牧师会礼堂

从那幅帷幔看过去，那条漫长而又冷清的走廊，乱七八糟堆满了脚手架和废弃的帆布。兰登透过帷幔的间隙，很快看到了分别通往圣体存放室和圣费斯教堂的一左一右的两个入口。不过，牧师会礼堂的入口离这里要远得多，就在那长长的走廊尽头。不过，即使是从这里，兰登也能看到它敞开着的厚重的木门，而它的八角形内厅，则沐浴在从巨大的窗户外面照进来的灰蒙蒙的自然光线里。这些窗户正好面对学院花园。你们穿过牧师会礼堂，出了南门，再到花园里。

"我们刚离开东边的游廊，"兰登说："所以通往花园的南面出口一定要经过那里，然后向右行。"

索菲这时已经从帷幔间走过去，一路向前行。

他们沿着昏暗的走廊迈着匆匆的步子，游廊上的风雨声渐渐远去了。牧师会礼堂是一种类似于卫星般陪衬的建筑结构——它是矗立在这条长长的走廊尽头独立于其他房子的附属建筑物，这是为确保议会活动能在这里秘密举行。

"看来很大啊。"索菲边走边轻声地说。

兰登已记不清这间屋子到底有多大。因为即使站在大门外面，他也能够越过宽阔的地面看到远处这间八角形大厅对面大得惊人的窗户。这些窗户有五层楼高，一直伸展到有拱顶的天花板上，所以他们当然可从这里清楚地看到花园。

他们跨过门坎，发现自己只能眯着眼睛看了。与阴沉沉的游廊相比，牧师会礼堂就像是一间日光浴室。他们朝厅里足足走了十步，寻找南面的那堵墙，这才发现所要找的那道门并不在那里。

他们正站在偌大的死胡同里。

突然，那扇沉重的木门"吱呀"一声开了，又被重重地关上，随即门闩也被插上，惊得他俩赶忙转过身来。

那个一直站在门背后的男人神态自若，手持一把小型左轮手枪，正对准了他们。他身材粗壮，倚靠在两根铝制拐杖上。

兰登一时还以为自己是在做梦呢。

此人不是别人，正是他要找的雷·提彬。

第九十九章

雷·提彬爵士从他的“美杜莎”左轮手枪枪口望过去，盯着罗伯特·兰登与索菲·奈芙，觉得有些懊悔。“朋友们，”他开口说：“自从昨晚你们闯进我家，我已经尽了最大的努力使你们免于受到伤害。然而现在，你们的执着已让我陷入了困境。”

他看到索菲与兰登脸上露出震惊与被人出卖的无辜表情，然而他还是相信他俩很快就会明白，就是这一连串的事件，将他们三人带到了这些看似不太可能的十字路口上。

我有很多的东西要跟你们两个人说……你们不明白的事情也有很多。

“请相信我，”提彬继续说：“我从没想过要把你们牵扯进来。你们跑到我家，是你们来找我的。”

“是吗，雷？”终于，兰登勉强接过话茬：“你到底要干什么？我们还以为你目前的处境很危险呢。我们是来帮你的啊。”

“我相信你们会来帮我，”提彬说：“有很多事情我们还需要一起讨论呢。”

兰登与索菲惊慌失措地紧盯着那把对准他们的左轮手枪，一时似乎无法将视线从它身上移开。

“我只想引起你们充分的注意，”提彬说：“如果我想伤害你们，那现在你们的小命早玩完了。昨晚你们闯到我家，我拼了老命把你们救出来。我是讲信义的人，我凭良心起誓，我只会让那些出卖圣杯的人沦为牺牲品。”

“你在胡说什么啊？”兰登说：“谁出卖圣杯了？”

“我发现了一个可怕的事实，”提彬叹了口气：“我知道为什么圣杯文献从没公开于世人。我也知道为什么郇山隐修会决定，无论如何也决不泄露真相。所以千禧年才能平静地过去，人们没看到任何神示，‘世界末日’来临时却什么事也没有发生。”

兰登深吸了一口气，想要争辩几句。

"郇山隐修会，"提彬继续说下去，"接受了要将真相与世人分享的神圣任务，即在'世界末日'来临之际将圣杯文献公之于众。几百年来，像达·芬奇、波提切利，以及牛顿这样的人，不顾一切地保护这些文献，并执行那项神圣的任务。然而在真相即将大白的紧要关头，雅克·索尼埃却突然改变了主意。这位担负了基督教历史上最重大使命的人，最终逃避了自己的责任。他认定将真相公布的时间不很合理。"提彬转向索菲说："他辜负了圣杯，辜负了郇山隐修会，也辜负了曾经努力使这个时刻早日来临的无数代人。"

"你？"索菲大声叫道，她终于抬头瞥了他一眼，她绿色的眼睛愤怒地逼视着他，她显然意识到什么了。"是你害死了我祖父？！"

提彬冷笑道："你祖父和他的主管是圣杯的背叛者。"

索菲顿时觉得怒从心起。*他在撒谎！*

提彬的语调很是无情："你祖父投靠了天主教会，很明显是他们逼他不要泄露真相的。"

提彬冷冷地笑了："亲爱的，教会镇压那些企图威胁揭穿谎言的人，有着两千多年的历史经验。自康斯坦丁时代以来，教会成功隐瞒了抹大拉的玛利亚与耶稣基督的有关事实。如果他们现在再次要花招欺骗世人，那也用不着大惊小怪。教会也许不会再次雇佣十字军去屠杀异教徒，但它们的影响却丝毫未减，而且采用的手段也同样的阴险。"他顿了顿，仿佛是要强调接下来的观点："奈芙小姐，你祖父想把你家庭的情况告诉你，这已经有一段时间了吧。"

索菲大吃一惊："你怎么知道？"

"我怎么知道的并不重要。眼下对你来说重要的是知道这个。"他深吸了一口气："你父母、你奶奶以及你的兄弟都不是死于意外的车祸。"

索菲乍听此言，百感交集。她张嘴想说，却开不了口。

兰登摇了摇头："你在胡说什么呀？！"

"罗伯特，它可以解释一切。所有的细枝末节都能够说明这一点。历史往往会重复上演。教会每次在要别人对圣杯文献保持沉默前，都要暗杀一些人。随着'世界末日'的临近，害死大师的亲人等于向他传达了一个明确的信息，嘴巴闭紧一点，否则，接下来遭殃的就是你和你的孙女了。"

“可他们死于车祸。”索菲结结巴巴地说，她觉得童年时代遭受的那种痛苦又在心里蔓延开来了。“是一次意外。”

“你这是在编造晚间的催眠故事骗你自己呢！你想，一家子就剩下两个人——郇山隐修会的大师和他惟一的孙女——这是一对能让教会得以控制隐修会的完美组合。我只能想象在过去的这些年里天主教会对你祖父造成了多大的恐惧。他们威胁说，如果他胆敢将圣杯秘密透露出去，就杀死你；他们还威胁说，除非他使郇山隐修会重新考虑他们先前的誓约，否则将即刻来个了断。”

“雷，”兰登终于明显被激怒了：“你肯定没有证据，证明教会跟这些人的死有关，你也没证据证明，是它让郇山隐修会决定保持沉默。”

“证据？”提彬激动地反驳道：“你想要郇山隐修会受到外来影响的证据？新的千禧年已经来临，而世人却依然懵懂无知！这样的证据难道还不够吗？”

索菲在提彬说话的余音里，听到了另外一个声音。索菲，我必须把你家里的情况告诉你。她意识到自己全身在发抖。这会不会就是祖父一直想告诉她的真相？会不会对她说她的家人是遭人暗算？对于那次夺走她亲人生命的车祸，她又真正了解多少呢？只是一些支离破碎的细节而已。甚至报纸上的报导也已经变得模糊起来。是车祸？抑或是晚间的催眠故事？索菲头脑里闪电一般，突然，她想起祖父一直对她严加保护。在她还小的时候，祖父从不轻易丢下她一个人。甚至在她长大成人，离家上大学期间，她也觉得祖父时时在关注着她。她不知道，在她整个的一生当中，是不是都有郇山隐修会的成员在暗中照顾着她。

“你怀疑他被人操纵了，”兰登满腹狐疑，朝提彬瞪大了眼睛：“所以你就把他杀了？”

“不是我开的枪。多年以前，当天主教会夺走他的亲人时，索尼埃其实就已经死了。他终于屈服了。现在，他总算摆脱了无法完成神圣使命的耻辱给他带来的痛苦。你想，他必须在二者之间作出选择。他总得做些什么吧。难道世人愿意永远被蒙蔽下去吗？难道世人会允许教会将他们的谎言永远载入历史教科书里去吗？难道世人会允许天主教会以谋杀及巧取豪夺的手段对外施加影响吗？不，我们必须采取一些应变措施。现在，我们正准备继承索尼埃先生的遗志，将犯下的可怕错误纠正过来。”他停了片刻，又说：“而这就得看我们三人是否齐心协力了。”

索菲除了怀疑还是怀疑:“你怎么知道我们会帮你?”

“亲爱的,因为你的缘故,郇山隐修会才没能将圣杯文献公之于众。你祖父对你的关爱,使他没有勇气去挑战天主教会,因为他担心教会会对他惟一的亲人进行报复,这种恐惧挫败了他。然而他从未找到机会跟你解释,因为你排斥他,从而束缚了他的手脚,让他只有耐心地等了。现在,你必须向世界澄清一个事实,以告慰你祖父的在天之灵。”

罗伯特·兰登已经放弃了准备弄清自己的处境努力。尽管在他的脑海里闪过无数的疑问,然而他知道,眼下只有一件事情对他是重要的了——那就是让索菲从这里活着出去。他所有的内疚,所有原先误以为是他连累了提彬而引发的内疚,现在统统转移到索菲的头上去了。

是我带她去威利特堡,我必须承担起这个责任。

兰登揣摩不透,不知道雷·提彬究竟有没有能力,将他们残忍地杀死在牧师会礼堂里。不过,在被人误导的探索过程中,他肯定参与过杀人。一想到在这间偏僻的、四周都是厚厚高墙的屋子里,即使枪声响起外面也听不到时——更糟糕的是外面还下着雨,兰登就不安起来。*何况提彬的罪行他刚才向我们坦白过了。*

兰登瞥了索菲一眼,她全身似乎还在发抖。*难道教会杀害索菲的家人,就是为了堵上郇山隐修会的嘴吗?*兰登确信现代的天主教会是不会杀人的,因此其中必定有其他的缘由。

“放索菲走,”兰登怒视着提彬,大声喝道:“你我两人得就这个问题私下里谈谈。”

提彬极不自然地笑起来:“这恐怕涉及到信誉问题了,这样的风险我赔不起,不过我可以把这个给你。”他将整个身子都靠在拐杖上,却仍然毫无绅士风度地拿枪对准了索菲。他从口袋里掏出拱顶石,晃了晃,这才把它递给了兰登。“罗伯特,这是我信得过你的表现。”

兰登·罗伯特满怀戒心,没有伸手去接。*雷·提彬打算把拱顶石还给我们?*

“你快拿着。”提彬说着,笨拙地把拱顶石硬塞过来。

兰登只想到一个提彬愿意将拱顶石还给他们的原因。“你已经把它打开过了。你把地图拿走了是吧?”

提彬摇摇头说:“如果我解开了拱顶石的谜,我也许早就不在这里,而是独自去寻找圣杯,不需要让你们插手了。真正的骑士在圣杯面前学会了谦卑。他学会了该如何根据出现在他面前的征兆行事。当我看到你们走进教堂,我便明白了,你们是来帮我的忙的。我并不是为了维护我的尊严,而是为真相这位更伟大的主人服务的。人类有权知道历史的真相。是圣杯找到了我们,现在它在请求我们将它向世人公开,因此我们应该携起手来。”

虽然提彬一再要求合作、彼此信任,然而当兰登走上前去接过冷冰冰的拱顶石时,他始终把枪对准了索菲。兰登猛地抓过拱顶石,往后退去,这时瓶里的醋发出“咕咚咕咚”的响声。刻度盘依然杂乱无章,然而密码筒原封不动。

兰登看了看提彬,说:“你怎么知道我现在不会把它砸碎?”

提彬发出一阵得意的怪笑:“你威胁说要砸毁拱顶石,还在圣殿教堂时我就已经意识到你不过是在虚张声势罢了。罗伯特·兰登怎么会砸毁拱顶石呢?你是位历史学家,你手中掌握了开启两千年历史的关键——是一把借以找到圣杯的失而复得的钥匙。从中你能感受到为严守它的秘密而被活活烧死在火刑柱上的所有骑士的灵魂。你会让他们死得毫无价值吗?不,你不会的。相反,你会维护他们。你会加入你所崇拜的伟人,如达·芬奇、波提切利、牛顿他们的行列。他们当中的每一个人,都会对你眼下的处境感到光荣。拱顶石在大声召唤着我们,它渴望得到自由。这时刻现在已经来到了。是命运,给了我们这样千载难逢的机会。”

“雷爵士,我不能帮你,我不知道怎么把它打开。牛顿爵士的坟墓我也只看了一会儿。再说,就算我知道密码——”兰登停了下来,意识到自己说得太多了。

“你也不会告诉我是不是?”提彬叹了口气:“罗伯特,我很失望,也很奇怪,你竟然毫不买我的账呢。要是在你们闯入威利特堡之前,我和雷米把你们结果了,那我现在的任务就简单多了。可我当时却不顾一切,选择了一条正道,更为光明磊落。”

“你这也叫光明磊落?”兰登盯着枪质问道。

“这都是索尼埃的错。”提彬继续说道:“他和他的主管们向塞拉斯撒了谎。要不然我也许会毫不费事地将拱顶石弄到手。我怎会想到这位大师竟然欺骗我,把拱顶石留给与他素来不和的孙女儿?”他轻蔑地看了索菲一眼:“掌握这种一个没有知识资格的人,还要一个符号学家当老师罗伯特，幸好有你参与进来，多少给了我一些补偿。你没让拱顶石永远被锁在银行的保险柜里，而是将它取出，并跑到我家来。”

兰登心想，我还能去哪里呢？对圣杯史有所了解的历史学家少而又少，还有提彬和我合作过。

提彬看上去有点得意：“当我得知索尼埃临死之前给你留下话时，我就清楚，你手中一定掌握了很有价值的郇山隐修会的资料。至于是不是与拱顶石有关，或者与到哪里去寻找拱顶石有关，我就不敢肯定了。不过，当我看到警察在后面追踪你们，我就在心里怀疑你们可能会来我家了。”

兰登怒目而视：“要是我们没去你家呢？”

“我当时就在想方设法向你们伸出援手，不管怎样，拱顶石最后还是来到了威利特堡。你们把它送到我期待已久的手中，这只能证明我当初的方向是正确的。”

“你说什么！”兰登大惊失色。

“塞拉斯按照预先定好的计划，突然闯进威利特堡，从你们手中夺走了拱顶石，因此一方面使你们免于受到伤害，另一方面也给我开脱了罪责，也使你们不至于怀疑我在跟塞拉斯串通一气。不过，当我看到索尼埃设置的密码有多复杂时，我决定再利用你们一会。一旦我知道可以单独干下去时，稍后我也许就会派塞拉斯来盗走拱顶石。”

“所以你选择在圣殿教堂下手。”索菲愤愤地说，语气里充满了被人出卖的懊恼。

曙光就要来临了，提彬心想。圣殿教堂无疑是他从罗伯特·兰登和索菲·奈芙手中夺取拱顶石的最佳地点，而教堂与那首诗的明显联系又使它成为一个似是而非的陷阱。他对雷米交代得很清楚——那就是在塞拉斯夺回拱顶石时躲起来。然而不幸的是，当兰登威胁着要把拱顶石砸烂时，雷米吓坏了。要是雷米没有露脸，那该多好啊！提彬回想起自导自演的那场绑架游戏，不由懊悔地想。雷米是我对外的惟一联系人，可他竟然暴露了自己的身份！

幸运的是，塞拉斯还不知道提彬的真实身份，因而轻而易举地受了骗，并将他带离教堂，然后又傻乎乎地在一边看着雷米假装将人质绑在轿车的后面。隔音的屏障在他们中间一竖起来，他就可以给坐在汽车前排的塞拉斯打电话了，他模仿导师的法国口音，命令塞拉斯径直去天主事工会。然后，他只需要向警方挂个匿名电话，就可以让塞拉斯永远地从他的视线里消失。

一个小问题解决了。

但更难对付的是另一个，那就是雷米。

提彬内心激烈地挣扎着，想尽快做出决定，但雷米最终证明自己是个沉重的包袱。在找寻圣杯的过程中，每次总得有人做出牺牲。早在提彬看到车中酒吧柜里的酒瓶、法国白兰地酒以及一听花生罐头时，他就想好了最妥帖的解决方法。罐子底下的药粉会更有效地触动雷米过于敏感的神经，并给他致命的一击。雷米把车停在骑兵校阅场时，提彬从后面爬了出来，走到供乘客出入的车门，然后坐到前排靠近雷米的座位。几分钟后，提彬从车里钻出来，又重新爬到车子后面。他清除掉所有可疑的痕迹，然后着手完成最后的计划。

威斯敏斯特教堂并不远。尽管提彬绑在腿上的支架、拐杖和手枪引起了金属检测器的反应，然而那些酒囊饭袋一碰到事情就不知该如何处理。我们要不要让他解下支架爬进去？要不要搜查他有残疾的身体呢？倒是提彬教给这些狼狈不堪的保卫人员一个更简便的解决方法——他拿出一张表明自己是王国骑士的印有浮凸印章的身份卡，这些可怜的家伙差点没被吓得晕倒，便手忙脚乱地将他放了进去。

此刻，提彬看着茫然不知所措的兰登和索菲，拼命抑制住内心的冲动，他本想告诉他们，他是如何巧妙地把天主事工会卷入到即将给天主教会带来灭顶之灾的阴谋中来。但他们还得等待一段时间。现在，他们还有其他事情要先去做。

“朋友们，”提彬用极纯正的法语大声说：“不是你找到圣杯，而是圣杯找到你。”他微笑了一下：“现在我们只有通力合作，这是再清楚没有的了。圣杯已经找上门来了。”

没有人搭他的话，只有沉默。

他转而低声地说：“听着，你们听到我说话吗？圣杯穿越了数个世纪，正在跟我们说话哩。它要求摆脱郇山隐修会的愚弄。我恳求你们抓住这个机会。现在，是不可能找得到三个比我们更能干的人聚在一起，破译最后的密码，来打开这个密码筒了。”他停下来，双目低垂。“我们得一起发誓。彼此之间信守诺言。我将以骑士的拳拳之心，努力揭开历史的真相，告知于世人。”

索菲深深地望了提彬一眼，斩钉截铁地说：“我决不会和杀害我祖父的凶手一起宣誓。我只希望他日能在监狱里看到你。”

提彬神情顿时变得凝重，然后又果断起来：“女士，我对你的想法深感抱歉。”他转过身，拿枪对准了兰登：“罗伯特，你怎么样？你到底是跟我，还是不跟我？”

第一百章

曼努阿尔·阿林加洛沙主教经受过各种各样肉体上的苦难,然而子弹射入胸膛冒出来的灼人热气,却使他产生一种非常异样的感觉。它深入肺腑,却又痛彻心扉。令人觉得这不是肉体上的伤痛,而是近乎于精神上的磨难了。

他睁开双眼,努力想看看面前有些什么,然而雨水落在他的脸上,模糊了他的视线。*我在哪里呢?* 他觉得有双强壮有力的胳膊托住了他,那人抱住他虚弱的身体,就像抱着一个破旧的布娃娃。他的黑色长袍,被风"呼啦啦"地吹了起来。

他抬起虚弱的胳膊,抹去脸上的雨水,终于看清了那人是塞拉斯。这位块头硕大的白化病患者,正沿着雨雾缭绕的人行道,踉踉跄跄地走着,他大声呼喊,希望有医院闻声前来搭救。声音撼人心魄,仿佛是痛苦的哀鸣。他通红的眼睛,坚定地望着远方;止不住的泪水,从他苍白的、血迹斑斑的脸上流了下来。

"孩子,"阿林加洛沙主教轻轻地说道:"你受伤了。"

塞拉斯低头看看,脸上的表情由于极度痛苦而扭曲。"神父,我真的很抱歉。"他似乎快要痛苦得说不出话来。

"塞拉斯,你快别这么说,"阿林加洛沙主教赶忙回答:"说对不起的应该是我。这都是我的错。"*导师答应过我,说不会有人死的;而我也叫你完全听命于他。*"我太急于求成,也太担惊受怕。结果我们两人都被人骗了。"*导师根本就未曾打算把圣杯交给我们啊。*

阿林加洛沙主教躺在这位多年前他收留的男人的怀里,觉得自己纷飞的思绪立刻又回到了从前,回到了西班牙,回到了当年他辛苦起家的地方——在奥维耶多市,他带着塞拉斯建造了一座很小的天主教堂;再后来,他的思绪又飞到了纽约,在那里,他与坐落在莱克星顿大街上的高耸入云的天主事工会中心一起演绎了天主的辉煌。

五个月前,阿林加洛沙主教得到了颇令他气馁的消息。他终生的事业由此走到了危险的边缘。他至今还能想起那次在岗道尔夫堡会面的每一个细节，他的人生由于那次会面而彻底被改变了……那条引发这场灾难的消息，他至今依然记得。

那天，阿林加洛沙主教高昂着头颅，走进了岗道尔夫堡的天文图书馆，他满以为会有无数人前来迎接他，急不可待地走上前来，拍拍他的后背，然后对他在美国为基督教作出的杰出贡献倍加赞美。

然而，使他失望的是，里面迎接他的只有三个人。

一位是梵蒂冈罗马教会的书记，他身材臃肿，脸色阴沉。

还有两位意大利的红衣主教，洋洋得意，却假装非常的虔诚。

那名身材圆嘟嘟的罗马教廷法律事务负责人，握了握阿林加洛沙主教的手，然后示意他在对面的椅子上坐下。"请坐，不要有什么拘谨。"

阿林加洛沙主教坐到椅子上，然而他总觉得有什么地方不对劲。

这位秘书又开口了："主教，我这人不太善于唠叨家常，所以，还是让我直接挑明叫你来的原因吧。"

"那你就直说吧。"阿林加洛沙主教瞥了瞥两位红衣主教，他们似乎正在掂量着他，表情很是自持，却又满怀期待。

"你应该非常清楚，"秘书说道："最近教皇陛下以及罗马教廷的其他人，一直很关注天主事工会颇有争议的做法所带来的政治影响。"

阿林加洛沙主教顿时气得连毛发都竖了起来。这件事，他已经不知在多少次的场合里跟这位新任的教皇交代过了，然而，令他沮丧的是，他原来还以为这位新教皇是在教会中实行民主改革的热烈拥护者呢。

"我向你保证，"那位秘书很快地补充了一句："教皇陛下对你的管理方式，并没打算作任何的改变。"

*我倒不希望有什么改变呢！*阿林加洛沙主教心想。"那叫我到这里来，又是什么意思？"

这位身材庞大的男人叹了一口气，说："主教，我不知道怎样说才能说得得体，所以我不妨直说了吧。两天前，我们书记处进行无记名投票，否决了梵蒂冈颁布的针对天主事工会的法令。"

阿林加洛沙主教怀疑是自己听错了。"你说什么？"

"说白了，就是从今天起以后六个月，罗马教廷将不再将天主事工会视为它麾下的自治社团。你的教会是你自己的教会，圣座也将与你脱离干系。教皇业已同意，我们也已经在起草相关的法律文件。"

“但——但那是不可能的!”

“恰恰相反,这很有可能,也是很有必要的。教皇陛下已对你咄咄逼人的招收教徒的政策以及肉体苦修的做法深感不安。”他停顿了一下。“还有,他对你们的妇女政策也非常的不满。坦率地说,天主事工会已经成了罗马教廷的负担,也使它感到难堪!”

阿林加洛沙主教呆住了:“使它难堪?”

“事情发展到今天这个地步,你肯定很奇怪吧?”

“但天主事工会是惟一的教徒在不断增加的天主教组织。迄今为止我们已有1100多名神父。”

“不错,但却使我们陷入了困境。”

阿林加洛沙主教忽地站了起来:“你去问教皇陛下,1982年天主事工会协助梵蒂冈银行摆脱困境时,有没有使他难堪?”

“对那件事,罗马教廷会永远感激你们的。”秘书语气平静地说:“不过还是有人相信,你之所以被优先封为主教,惟一的原因就是因为1982年你的那次慷慨的馈赠。”

“这不是真的。”阿林加洛沙主教觉得自己被深深地伤害了。

“不管怎样,我们确实有这个打算。我们正在起草脱离彼此关系的条款,其中也包括对那笔钱的偿还。我们将分五次付清欠款。”

“你们想用钱打发我吗?”阿林加洛沙质问道:“你们给我钱,好让我安安静静地走开?眼下,也就剩下天主事工会在发出理性的声音了!”

其中一位红衣主教抬起头:“对不起,你是说理性?”

阿林加洛沙主教俯到桌子上,声音提高了八度:“你们果真不知道教徒们脱离天主教会的原因么?还是看看你周围吧,大主教。人们已经对它失去了敬重。过去恪守信仰的作风已不见了,教规也成了一纸空文。什么禁欲、忏悔、圣餐、洗礼,还有弥撒——你们挑来拣去——选择了其中的几样,然后就将其余的清规戒律抛在脑后。你说,在精神上,天主教会又能给人们指点什么样的迷津呢?”

“那都是一些3世纪的陈规陋习了,”另外一位红衣主教说:“不适用于现代的基督徒。这些法规,在今天这个社会里已经行不通了。”

“是吗?不过似乎对天主事工会还有用呢!”

“阿林加洛沙主教,”秘书好像在做总结性陈词似的说道:“教皇陛下出于对贵组织与前任教皇关系的尊重,将给天主事工会六个月的时间,主动与罗马教廷断绝关系。我建议你利用你与圣座之间的分歧,创立属于你自己的基督教组织。”

“我反对。”阿林加洛沙大声宣称:“我要亲自质问教皇陛下。”

“只怕教皇陛下不想再见到你了。”

阿林加洛沙主教站了起来:“谅他也不敢轻易罢免前任教皇赐封的主教职位吧。”

“对不起,”秘书的眼皮没眨一下。“赏赐的是耶和华,收取的也是耶和华。”

阿林加洛沙主教跌跌撞撞地走了出来,内心一阵恐惧与茫然。他回到纽约,万念俱灰,整天望着天空发呆。一想到基督教的未来,他的内心就充满了悲哀。

他是在几个星期之后,才接到那个改变了一切的电话的。打电话的人说话听起来很像是法国人,并自称是导师——这是高级教士之职中极为普通的头衔,他说他知道罗马教廷不打算再给予天主事工会任何的支持。

他怎么知道的?阿林加洛沙主教大惑不解。他原本希望只有一小撮罗马教廷的政治掮客知道天主事工会即将与罗马教廷断绝关系的消息,显然是有人走漏风声了。说到遏制流言蜚语,那么除了梵蒂冈城四周的围墙,世上还没有哪个地方的高墙能具有如此强的渗透力。

“我在各处都有耳目。”导师低声地说:“通过这些耳目我总能得到某些信息。如果你愿意帮忙,我就能找到藏有神圣遗迹的地方,它将给你带来巨大的影响,你将获得足够的力量,使罗马教廷对你俯首称臣;你也将获得足够的力量,来拯救我们的信仰。”他略微停了停:“这不仅对天主事工会有利,也是为我们大家着想。”

赏赐的是耶和华,收取的也是耶和华。阿林加洛沙主教仿佛看到了希望的曙光。“那你给我说说,你有什么打算。”

圣玛丽医院的门“吱呀”一声打开了,此时,阿林加洛沙主教已经失去了知觉。塞拉斯筋疲力尽,一下子扑倒在进门的通道上。他双膝跪地,大声地呼救。接待室里的所有人,看到这位半裸着身子的白化病患者怀抱着一位满身是血的神父,都吓得目瞪口呆。

那名来帮塞拉斯将昏迷不醒的主教抬上轮床的大夫,在给阿林加洛沙把脉时，脸上的神情很是令人沮丧。“他失血过多，我看没有多少生还的希望。”

阿林加洛沙主教的眼睛忽然闪动了一下，他又清醒了片刻，眼睛直勾勾地看着塞拉斯：“孩子——”

懊悔与愤怒，如闪电般将塞拉斯淹没。“神父，我就是花上一辈子的时间，也要找到那个欺骗我们的人，亲手宰了他。”

阿林加洛沙主教摇了摇头，神情很是悲伤，这时医院的人过来准备把他推走。“塞拉斯……如果你没从我这里学到什么，那请你——请你看看这个吧。”他抓住塞拉斯的手，用力掐了一下：“记住，宽恕是天主赐给我们的最好礼物。”

“可是神父——”

阿林加洛沙主教闭上眼睛，说：“塞拉斯，你应该做祈祷。”

第一百零一章

罗伯特·兰登立在冷冷清清的牧师会礼堂庄严肃穆的圆屋顶下,眼睛定定地看着提彬握在手中的枪。

"罗伯特,你到底是跟我呢,还是不跟我?"这位皇家学会的历史学家的话还在兰登寂静的脑海里回荡。

兰登知道,他绝不可能给出什么行得通的答案。如果他答应提彬,那无异于出卖了索菲。而如果他严辞拒绝,那提彬除了将他们杀死,将别无选择。

虽说兰登在学校里呆过多年,但他毕竟没在课堂上学过什么如何在枪口的威胁下应付冲突的技巧,不过学校倒是教会了他如何提供一些似是而非的答案。当一个问题没有正确的答案时,那就只有如实地作出回应了。

兰登徘徊在"是"与"否"之间那个灰色的区间。

他只好选择了沉默。

他盯着手中的密码筒,只是选择了走开。

他头也不抬地向后退去,进入到大厅里空旷的地带。这可是中立地带呢。他希望他对密码筒的关注能给提彬一个暗示,也许合作不失为一个理性的选择;但同时,他也希望他的沉默,会让索菲明白他并没将她抛弃。

我所做的一切都是为了多争取一点考虑的时间啊。

兰登私下里怀疑,或许花点时间考虑,也正是提彬要他做的事情呢。所以他才将密码筒给我,这样好让我感觉到做出决定的分量。这位英国皇家历史学家,希望通过让兰登实实在在地触摸到大师留下的密码筒,能让他完全领会到里面的东西对他们有多重要,从而激发他对学术的好奇心,并使他认识到:如果他不能将拱顶石打开,将意味着给历史本身带来巨大的损失。

在大厅对面,索菲仍处在枪口的威胁之下。兰登担心,找到密码筒里尚未破译的密码，恐怕将是他借此解救她的惟一希望了。如果我能解读这张地图，那么提彬就愿意跟我讨价还价。兰登将整个心思都用在这项重要的任务上，他慢慢踱着步子，走到更远的窗前……任凭他的头脑塞满了牛顿墓上众多的天体形状。

所觅宝珠曾在骑士墓上。

红颜结胎道明其中秘密。

兰登转身背对着其他人，向那些巨大的窗户走去，他想在墙上的彩色拼花玻璃里寻找灵感的火花，然而却一无所获。

站在索尼埃的角度去想一想吧，他这样敦促自己。他把目光投向外面的学院花园。索尼埃认为应该将什么样的球形物放入牛顿爵士的坟墓里呢？纷飞的雨中闪过无数恒星、彗星以及行星的形象，然而兰登并没在意它们。索尼埃不是研究科学的学者，而是人文学家、艺术家、历史学家。神圣女性……圣爵……圣洁的玫瑰……被放逐的抹大拉的玛利亚……女神的衰落……以及圣杯。

传说中的圣杯，经常被描绘成一位无情的女人，她在刚好让你看不见的黑暗中翩翩起舞，在你的耳边窃窃私语，诱惑着你再走近一步，最后消失在迷雾中。

兰登凝视着学院花园里那片沙沙作响的树林，觉得顽皮的她此刻就在身边。征兆无处不在，就像在迷雾里嘲弄似的凸显出来的轮廓。这些英国最古老的苹果树的树枝，开满了五朵花瓣的花，它们全都像金星一样，闪着微光。女神来到了花园。现在她正在雨中跳舞，唱着那历经不知多少世纪的歌曲。她从开满花朵的树枝后面偷偷地探出头，似乎在提醒兰登，知识之果蓬勃生长，远远超越了他力所能学的范围。

在大厅的对面，雷·提彬爵士踌躇满志地望着仿佛被魔法镇住了的兰登凝视窗外。

果然不出所料，他会回心转意的。提彬心想。

一段时间以来，提彬一直怀疑兰登可能找到了开启圣杯的钥匙。就在他准备开始行动的当天晚上，兰登也安排了与雅克·索尼埃见面，这决不是什么巧合。提彬窃听这位博物馆的馆长已有很长一段时间，他确信，这位馆长急于与兰登私下会面只能意味着一件事情——即兰登的神秘文稿触动了郇山隐修会敏感的神经，他误打误撞地触及到其中的真相，而索尼埃又害怕它被泄露出去。提彬确信这位大师把兰登叫去，就是要堵他的嘴。

真相已经隐藏得太久了！

提彬知道，他必须赶快采取行动。塞拉斯的袭击将有助于完成两个目标：一方面，它可以阻止索尼埃说服兰登保持缄默；另一方面，它也可以确保如果拱顶石落入提彬的手中，一旦他需要兰登，他就会跑到巴黎随时待命。

安排索尼埃与塞拉斯的那次带来致命性灾难的会面实在是太容易了。我掌握了索尼埃最为之恐惧的内幕消息。昨天下午，塞拉斯打电话给这位馆长，把自己装扮成一位心烦意乱的神父。他说："索尼埃先生，请你宽恕我，有些事我必须马上跟你说。我本不应该破坏忏悔室的圣洁，然而眼下这种状况，我也只好这样做了。我刚才听到有个男人在忏悔，说是他谋害了你的家人。"

索尼埃惊讶万分，但还是警惕地说："我的家人死于车祸。这是警方经过调查做出的结论。"

"是的，他们是死于车祸。"塞拉斯抛下了诱饵："可那人跟我说，他是故意将他们的车子撞到河里去的。"

索尼埃在电话的另一端没有作声。

"索尼埃先生，要不是那人说了一句让我担心你安全的话，我是不会打电话找你的。"他停了片刻，说："那人还提到你的孙女索菲。"

索菲名字的提及，无疑起到了催化剂的作用。这位馆长立即采取行动。他让塞拉斯立刻赶到他所知道的最安全的地方——即他在卢浮宫的办公室——见他。然后又打电话给索菲，警告她可能会有危险。他原先打算与兰登见面的计划也很快被取消了。

此刻，在大厅的另一头，兰登与索菲隔得远远的。提彬觉得已成功地将这对搭档分开了。索菲·奈芙依然不愿从命，但兰登的眼光明显就看得远了。他正努力地找寻密码。他深知找到圣杯，并使它得以从束缚中解脱出来的重要性。

"即使他能够找到密码，也不会帮你。"索菲冷冷地说。

提彬瞥了一眼兰登，却仍没忘记将枪对准索菲。他终于明白，他必须动用手中的武器。虽然这个想法困扰着他，但他知道，如果一旦下定了决心，他是决不会犹豫的。我已给了她许多改过自新的机会，圣杯可比我们中间的任何人都更重要啊！

就在这时，兰登从窗户边转过身来。“那坟墓——”他突然面对他们说，眼中有淡淡的希望之光在闪烁。“我知道该站在哪个角度看牛顿爵士的坟墓。是的，我想我能找到密码。”

提彬的心立即提到了喉咙口：“罗伯特，在哪里？你快告诉我！”

索菲似乎被吓坏了：“罗伯特，不要！你不会帮他是不是？”

兰登迈着坚定的步子，大步流星地走过来，将密码筒举到面前。“不，”他说，转身面对着雷·提彬，目光变得强硬起来。“他如果不放你走，我是不会说的。”

提彬的乐观情绪立刻黯淡下来：“罗伯特，我们离得这么近。你该不是想跟我玩什么游戏吧？！”

“谁跟你玩游戏了？”兰登说：“你放她走，然后我就带你去看牛顿墓，一起把密码筒打开。”

“我哪儿也不去，”索菲大声宣布，她愤怒地眯上眼睛。“密码筒是我祖父给我的，你们没资格把它打开。”

兰登猛地转过身，脸色阴森可怕。“索菲，我求你了！你现在处境很危险，我是想帮你呀！”

“你怎么帮？你想将我祖父拼了命也要保护起来的秘密泄露出去？他相信你，罗伯特。我以前也相信你呐。”

兰登蓝色的眼睛此刻流露出一丝恐惧，提彬看到他们两人作对，不由暗暗地笑了。兰登试图向一个不值得同情的女人献殷勤，这比去做其他任何事情还要让人可怜。我们马上就要揭开历史上最大的秘密，可是他竟然还在跟一个已经证明了自己不配参与这次探索的女人纠缠不休。

“索菲，”兰登恳求道：“我求你了——你必须走！”

索菲摇摇头：“我不会走的，除非你把密码筒给我，或者把它砸掉。”

“你说什么？”兰登目瞪口呆。

“罗伯特，我祖父宁愿看到秘密永远消失，也不愿看到它落入凶手之手。”索菲的双眼看似充盈了泪水，其实却没有。她径直转过身，瞪着提彬，说：“你想杀我就开枪吧。我是不会让我祖父的遗物落入你手中的。”

很好。提彬用枪对准了她。

“别开枪！”兰登大声喊道，他举起胳膊，将密码筒悬在坚硬的石板上方，摆出摇摇欲坠的模样。“雷爵士，如果你敢开枪，我就把它丢在地上。”

提彬大声笑起来：“你这样虚张声势，吓得倒雷米，可吓不倒我。我对你是再了解不过的了。”

“是吗？”

是的，我了解。我的朋友，你需要活动活动你僵硬的脸庞。虽然浪费了我一点时间，但我还是看出来了，你在撒谎。你不知道密码藏在牛顿坟墓的哪个地方。“你真的知道吗，罗伯特？你知道藏在坟墓的哪个地方吗？”

“我知道。”

然而兰登游移不定的眼神还是被提彬捕捉到了。他在撒谎，是为了解救索菲铤而走险玩弄的拙劣的伎俩。提彬不由对罗伯特·兰登深感失望。

我是一位孤单的骑士，身边都是一些微不足道的人。我将不得不依靠自己，去破译开启拱顶石的密码。

现在，罗伯特·兰登与索菲·奈芙对提彬而言除了是威胁还是威胁……而且他们的存在，对圣杯本身也是威胁。他的内心不亚于接下来寻找密码的过程那般痛苦，他知道自己可以凭良心行事。不过眼下惟一的难题，就是如何说服兰登放下拱顶石，这样，提彬就可以平安无事地结束这场游戏。

“让我们展示真诚吧，”提彬说到，枪口不再正对着索菲，“放下拱顶石，让我们谈谈吧”。

兰登知道自己撒的谎露馅了。

他看到提彬露出可怕的然而坚毅的神情，他知道这样的时刻就要来临了。如果我松手把拱顶石掉在地上，他就会杀死我们。他即使不看索菲，也能够听到她在无言地拼命向他祈求。罗伯特，这个人是不配得到圣杯的。别让它落到他的手中，不管要付出多大的代价。

几分钟前，兰登独自站在窗前俯视学院花园的时候，就已经拿定了主意。

我要保护索菲。

也要保护圣杯。

兰登差点绝望地喊出声来。可我不知道该怎么办啊！

就在他完全绝望之时,他的思路反倒前所未有地变得清晰起来。罗伯特,真相就在你的眼前。他也不知道是从哪里领悟来的。圣杯并未嘲弄你,它只是在呼唤能够配得上它的人。

于是,他像一位顺从的臣民,在雷·提彬前面几码之外的地方弯下腰,将密码筒放到离石头地面只有几英寸的上方。

"是的,罗伯特,"提彬轻声地说,用枪对准了他。"把它放下。"

兰登眼望天空,注视着牧师会礼堂圆顶上的许多空洞。他将身子蹲得更低了,低头盯着提彬手中笔直对准了他的枪。

"雷,对不起了。"

他利索地跳起来,胳膊往天空一挥,将手中的密码筒径直朝头上的圆顶上掷去。

雷·提彬觉得自己并没有扣动扳机,但"美杜莎"手枪还是发出了震耳欲聋的响声。此刻,兰登蜷缩的身子已站了起来,差不多跟地面垂直了。子弹落在兰登脚下附近的地面上。提彬企图调整瞄准的方向,气急败坏地再次开枪,然而似乎却有一种更强大的力量,将他的目光吸引到头顶的圆形篷顶上。

我的拱顶石!

时间仿佛顿时凝固了,变成了一个缓慢移动的梦。此时此刻,提彬整个的身心,都转移到空中的拱顶石上去了。他注视着在空中飞行的拱顶石的顶部……它在空中盘旋了一会……然后迅即跌落,翻着跟头,朝石头地板上砸了下来。

提彬所有的希望与梦想,随着拱顶石骤然跌落到地上。它可不能掉下来啊!我得去接住它!提彬本能地作出了反应。他放下枪,飞身上前。他扔下拐杖,伸出他柔软的、修过指甲的手去接,舒展了胳膊和手指头,在空中一把将拱顶石抓在了手里。

他以一副胜利者的姿态,紧紧地把拱顶石攥在手中,向前倒了下去。但他觉得似乎倒下得太快了。由于没有什么东西能够阻止他倒下,他张开的胳膊首先碰到了地面,密码筒猛地撞到地板上,里面的玻璃瓶立刻发出令人难受的"嘎吱嘎吱"支离破碎的声音。

提彬足足有一秒钟屏住了呼吸。他张开手脚,躺在冰冷的地板上,眼睛顺着伸展的胳膊望过去,呆呆地盯着掌心里的大理石圆筒,默默地祈祷里面的玻璃瓶子仍然完好无损。紧接着，一股刺鼻的醋的气味弥漫在空气里。提彬感到那冰凉的液体，正经过刻度盘流到他的手心里。

极度的恐惧攫住了他。不要！醋汩汩地流出来，提彬的脑海中闪过了瓶子里莎草纸在溶释的镜头。罗伯特，你这个傻瓜！完了，看来秘密是找不到了！

提彬情不自禁地抽泣起来。如果找不到圣杯，一切全完了。他真不敢相信，兰登竟会做出这样的事来。他全身颤抖着，拼命想把圆筒掰开。他强烈地希望，能赶在莎草纸永远溶释在醋里之前，飞快地将藏在它身上的历史看上一眼。然而，令他震惊的是，当他使劲拉住拱顶石的两头时，圆石筒突然分开了。他喘着粗气，注视着里面。不过，里面除了玻璃的残渣碎片外，什么也没有。他并没看到有什么正在溶解的莎草纸。提彬翻了个身，抬头看着兰登。索菲站在兰登的身边，正拿枪朝下对准了他。

提彬一脸茫然，他回过头，看到了拱顶石。奇怪的是，刻度盘已不再如方才那样杂乱了。它们组成了一个由五个字母组成的单词：APPLE。

"当年夏娃吃下苹果，"兰登冷静地说："触犯了上帝的圣怒，因此犯下了原罪。于是苹果就成了神圣女性堕落的象征。"

提彬觉得真相突然以一种质朴得让人难受的方式朝他劈头盖脸地袭来。那个本来应该放在牛顿坟墓上的圆球竟然是从天而降，砸在牛顿头上并给他终生事业带来灵感的红艳艳的苹果。是他辛勤劳作的果实！是有着玫红的果肉和结实种子的果核！

"罗伯特，"提彬结结巴巴地说，他已被震惊的情绪所淹没了。"原来你把拱顶石打开过了。地图在——在哪里？"

兰登眼皮不眨一下，将手伸进斜纹软呢大衣靠近胸部的口袋里，小心翼翼地拿出一张卷起来的似乎一碰即碎的莎草纸。兰登就在提彬躺着的几码之外，将莎草纸往地上摊开，认真地看起来。过了很长时间，才看到他脸上露出一丝会心的微笑。

他知道了！提彬渴望自己也能知道。他终生的梦想此刻就在眼前。"告诉我！"提彬请求道："我求你了，上帝啊，求你告诉我。现在还不算太晚吧？"

这时，沉重的脚步声如雷鸣一般，从通往牧师会礼堂的大厅里传来，兰登平静地将莎草纸收好，塞回到口袋里。

“不要!”提彬大声喊道,他拼命想站起来,然而却是徒劳。

屋里的门“砰”的推开了,贝祖·法希像只闯进竞技场的公牛一样闯了进来,他凶狠的目光飞快地扫视了一周,这才发现所要寻找的目标——正无助地躺在地上的雷·提彬爵士。他轻松地吐了一口气,将“马纽因”牌手枪放进皮套里,转而向索菲说:“奈芙侦探,看到你和兰登安然无恙,我就放心了。你们本该在我要求你们过来的时候就与我会合的。”

英国警察紧跟在法希后面进来,他们一把捉住这只沮丧的瓮中之鳖,给他戴上了手铐。

索菲看到法希,似乎惊讶万分:“你是怎么找到我们的?”

法希指了指提彬,说:“他进教堂时犯了个错误,因此泄露了他的身份。教堂里的保卫人员听到警方寻找他的广播,便告诉了我们。”

提彬像疯子一样大喊起来:“寻找圣杯的地图,就在兰登的口袋里!”

警察们将提彬举起来,架了出去。他掉转头,像狼一样吼道:“罗伯特,你快告诉我圣杯藏在哪里!”

兰登在他经过身边时,直盯着他的眼睛:“雷,只有配得上的人才能找到圣杯。这还是你教我的呢。”

第一百零二章

塞拉斯一瘸一拐地走进一个看不见的寂静空间里。这时薄雾已经在肯辛顿花园中弥漫开来。他跪在湿漉漉的草地上,感到有股热血正从他肋骨以下的伤口里流了出来。然而他还是坚定地望着前方。

雾,使这里似乎变成了天堂。

他举起沾满鲜血的双手祈祷,注视着雨滴抚摸着他的手指头。雨水使他的手都变白了。由于雨滴更加猛烈地落在他的后背与肩膀上,他觉得自己的身体正逐渐地融化到薄雾里去了。

我快变成鬼了!

一阵风从他身边吹过,沙沙作响,带来了潮湿的泥土的芬芳,这是孕育了新生命的芳香。塞拉斯拖着散了架的身子祈祷。他祈祷天主能给他宽恕,祈祷天主能给他怜悯。他尤其要为他的恩师——阿林加洛沙主教祈祷……他祈祷天主不要过早让这位主教离开这个世界。还有许多事情,在等着他去做呢。

雾,此刻在他身边缭绕,塞拉斯感觉是那么的轻盈,以至于他相信这缕缕烟雾会把他带走。他闭上眼睛,做完了最后的祷告。

从雾中的某个地方,传来曼努埃尔·阿林加洛沙主教的低语。

我主是和蔼仁慈的神。

塞拉斯的痛苦终于慢慢地消失了,他知道这位主教说的是对的。

第一百零三章

伦敦的太阳，直到快近黄昏时才从薄雾里探出头来，城市开始变得干燥起来了。贝祖·法希感到筋疲力尽，他从审讯室里出来，招了一辆的士。雷·提彬爵士一再咆哮着声称自己是清白的，然而从他关于圣杯、秘密文献，以及神秘团体的夸张性的描述看来，法希怀疑这位诡计多端的历史学家很可能正准备让他的律师以精神错乱为由为他进行辩护。

这是肯定无疑的，*好一个精神错乱！*法希心想。每逢紧要关头，提彬总能想出一些很巧妙的办法来开脱他的罪名。他曾经利用过罗马教廷和天主事工会，事实证明这两个组织完全是无辜的。他让一位狂热的修士以及一名铤而走险的主教神不知人不觉地去从事那些见不得人的勾当。这还不算，他还把电子监听器放在一个患有小儿麻痹症的男人根本不可能接触到的地方。事实上，电子窃听器是由他的男仆雷米安放的，他是惟一知道提彬真实身份的人——不过如今这人已经因药物过敏致死，他可死得真是时候。

法希心想，*人如果要干坏事，真是什么办法也想得出来。*

科莱从威利特堡搜来的情报表明，提彬狡猾的程度甚至法希也前所未闻。这位英国历史学家成功地在巴黎一些要员的办公室里安置了窃听器，他竟然仿效希腊人，玩起"特洛伊木马"的把戏来。被提彬盯上的一些人，都会收到他慷慨赠与的艺术品，其他人则会在并不知情的情况下，参加某些经提彬做过手脚的拍卖会的竞拍活动。就拿索尼埃来说吧，这位卢浮宫艺术博物馆的馆长，就收到过提彬邀他到威利特堡赴宴的请柬，说是要跟他讨论为在卢浮宫开辟新的达·芬奇展览厅筹措资金的可行性。索尼埃收到的请柬里还加了一则不会让人起疑的附言，表达了他对据传是索尼埃造的骑士机器人的浓厚兴趣。提彬要索尼埃赴宴时将它带来，其用意再清楚不过。显然索尼埃也依此照办了，并把那骑士机器人放在一边，这就使得雷米·莱格鲁德有足够的时间趁人不注意时偷偷做一些手脚。

此刻，法希坐在计程车后面，闭上了眼睛。在回巴黎前，我还得去办一件事情。

圣玛丽医院的诊所里一屋温暖的阳光。

“你太让人敬佩了。”护士低头微笑着说。“这简直是奇迹。”

阿林加洛沙主教勉强地笑了笑：“我有上帝一直在保佑我啊。”

护士停止了唠叨，留下主教，一个人走了。阳光照在他的脸上，温暖而舒适。昨天晚上，是他生命中最黑暗的一段时光。

他有些垂头丧气地想起了塞拉斯，他的尸体是在公园里找到的。

孩子，请你原谅我吧。

阿林加洛沙主教本想让塞拉斯参与到他的辉煌计划当中来。然而昨天，阿林加洛沙主教接到贝祖·法希的电话，他向主教询问塞拉斯与一位被杀死在圣叙尔皮斯修道院里的修女之间明显存在的关系等事宜。阿林加洛沙主教意识到，那天晚上的形势已发生了可怕的转折。新增加了四宗谋杀案的消息使他由恐惧转而痛苦到极点。塞拉斯，你看你做的好事！由于无法跟那位导师取得联系，阿林加洛沙主教明白他已经被人抛弃，被人利用完了。要阻止这一连串他曾经起过推波助澜的可怕事件再次发生，惟一的办法就是向法希彻底坦白。而从那时起，他与法希就一心想赶在那位导师说服塞拉斯再度杀人之前将他逮住。

阿林加洛沙主教感到骨头都快散架了，他闭上眼，聆听电视上正在报导的著名的英国骑士，雷·提彬爵士被逮捕的消息。这位导师的真面目终于大白于天下了。提彬早就得到罗马教廷要与天主事工会断绝关系的风声，所以在实施计划的过程中，他选择了阿林加洛沙主教作为最佳赌注。不管怎么说，跟我这样一无所有的人比起来，还有谁更有可能会去盲目地找寻什么圣杯呢？不管是谁，一旦拥有了圣杯，他将从它那里获得巨大的力量。

雷·提彬狡猾地隐藏了他的真实身份——他操着足以以假乱真的法国口音，假装有颗虔诚的心灵，并勒索金钱——这其实是他根本不需要的东西。阿林加洛沙一向过于心急，竟没有丝毫怀疑。一旦找到了圣杯，那由此得到的奖赏，再加上罗马教廷分期还给天主事工会的款项，那么资金周转起来就灵便多了，所以两千万欧元的要价根本不值一提。盲人能看到他们想看的东西。当然，最让人感到侮辱的是，提彬竟然要求以梵蒂冈银行的无记名债券支付，这样，一旦某个环节出事，调查人员就会顺藤摸瓜追到罗马。

“主教大人，看到你安然无恙，我真的很高兴。”

阿林加洛沙主教听出了门口那个沙哑的声音，然而那张脸看上去却让他深感意外——它神色严峻，轮廓分明，光溜的头发被拢到脑后，粗粗的脖子从黑色衣服里探出来。“你是法希探长吧？”阿林加洛沙主教问道。从昨晚这位探长对他的不幸遭遇表示同情与关切看来，阿林加洛沙主教还以为他是个远比眼前站着的要温和得多的人呢。

法希走到床前，将一个熟悉的沉重的黑色公文包放到椅子上。“我想这肯定是你的吧。”

阿林加洛沙主教瞥了那个装满票券的公文包一眼，很快转移了视线，他只是感到羞辱。“是的……谢谢你！”他暂停下来，将手指伸进床单的空隙里来回绞弄着，然后继续说：“探长，我已经考虑很久了，想让你帮一个忙。”

“没问题。”

“塞拉斯在巴黎杀害的那些死者家庭——”他停顿了一下，以便能抑制住内心激动的心情。“我知道，无论多少钱也不能安抚他们受伤的心灵，然而，我还是希望你能帮我把公文包里的钱分发给他们——分发给那些死者的家庭。”

法希黑色的眼睛打量了他好一阵子。“我的上帝，你真是个善良的人。我会负责帮你了却心愿的。”

屋内一阵令人窒息的沉默。

电视屏幕上，一位瘦瘦的法国警官正在一幢向四面延伸的大厦前举行记者招待会。法希认出了那人是谁，于是他把注意力集中到电视屏幕上。

“科莱侦探，”英国广播公司的一位记者带着责难的语气说：“据我所知，贝祖·法希探长很少犯错误。就此事我虽没跟他谈过，但我知道他会怎样做。我怀疑他兴师动众到处追捕奈芙侦探与兰登先生的真实意图，是为了引出真正的杀人凶手。”

在场的记者们面面相觑，惊讶不已。

科莱继续说道：“我不知道兰登先生与奈芙小姐是不是一个愿打一个愿挨的参与者。法希探长总能够坚持他那一贯具有创造性的做法。目前我可以向各位证实的是，探长已经成功逮捕了应该承担责任的那个人，兰登先生与奈芙小姐两人是无辜的，并且两人都没受到伤害。”

法希的嘴角露出一丝淡淡的微笑，他转身对阿林加洛沙主教：“科莱那家伙，真是个好人呐。”

一段时间过去了。终于，法希用手摸了摸前额。他一边将光溜溜的头发理到脑后，一边低头注视着阿林加洛沙主教。“主教大人，在回巴黎之前，我还有最后一件事情没有处理呢。我要跟你谈你突然改道伦敦的那次飞行。你贿赂了驾驶员，让他改变航线。你这样做触犯了好几条国际法规呢。”

阿林加洛沙顿时有气无力地瘫倒在床上：“我也是被逼急了啊。”

“我知道。我手下的人审问那个驾驶员时，他也是这么说的。”法希将手伸进口袋，摸出一枚紫石英戒指。戒指上手工雕制的教士冠，以及权杖嵌花，是那样的熟悉。

阿林加洛沙主教热泪盈眶，他接过戒指，戴到手指上。“你这人总是这么好。”他伸出手，紧紧抓住了法希的手，由衷地说：“谢谢你。”

法希摆摆手，走到窗前，凝望着窗外这个城市，他的思绪显然已飞得很远很远。等他转过身，他流露出疑惑的神情：“主教大人，你以后有什么打算？”

就在前一天晚上，阿林加洛沙主教离开岗道尔夫堡之前，也有人问过他同样的问题。“我怀疑我以后要走的路，会和你一样捉摸不定呢。”

“是啊，”法希停了停：“我想我很快就要退休了。”

阿林加洛沙主教微微笑了笑，说：“探长，只要你对上帝保持一点点信仰，也是能创造奇迹的，真的。”

第一百零四章

罗斯林教堂，又被称作“密码大教堂”，它坐落在苏格兰爱丁堡市以南的七英里处，其旧址是一座崇拜密特拉神的神庙。该教堂是圣殿骑士团于1446年建造的，教堂各处，雕刻了令人叹为观止的、有着犹太教、基督教、埃及人、共济会以及异教传统的标志物。

教堂正处在南北交叉子午线经过格拉斯顿伯里的位置。这条纵向的“玫瑰线”，是传说中亚瑟王死后移葬的阿瓦隆岛的传统性标志，它被认为是英国这块神圣领域的中流砥柱。罗斯林(Rosslyn)，最早的拼法是Roslin，就是从这条被神化的“玫瑰线(Rose line)”得来的。

罗伯特·兰登与索菲·奈芙开着租来的轿车，驶入悬崖绝壁下面杂草丛生的停车区域。罗斯林教堂就屹立在悬崖绝壁上。它那饱经风雨的塔尖，正投下悠长的背影。在从伦敦飞往爱丁堡的短暂旅程中，他们恢复了精力，尽管俩人谁也没有睡个好觉，因为他们对即将发生的事情充满了期待。兰登抬头凝望着那座荒凉的建筑物，它高高耸立在没有一丝云彩的天空。兰登觉得自己就像梦游仙境的爱丽丝，一头栽进了兔子洞。这一定是梦吧！然而他知道，索尼埃所给的最后提示是再具体不过了。

圣杯在罗斯林教堂下静待。

兰登本以为索尼埃的“圣杯地图”会是一张绘图，是一张用各种各样符号标明位置的地图，然而揭开郇山隐修会最终秘密的方式，竟然跟索尼埃开始说的是一样的。都是些简单的诗句。四行含义清楚的诗句，毫无疑问就是指这个地方。除了通过提到的名字可以确定是罗斯林教堂之外，诗里还提到这座教堂若干有名的建筑特征。

尽管索尼埃在他的最终暗示里已经说得很清楚，然而兰登心里还是七上八下，全然没有茅塞顿开之感。对他而言，罗斯林教堂似乎是太引人注目的地方了。几百年来，在这座石头砌就的教堂里，就一直回荡着人们私下议论圣杯就在此地的声音。最近几十年，由于人们利用能探测地下的雷达技术，在教堂底下发现了一座大得惊人的地下宫殿，使得这样的低声议论逐渐汇集成震耳欲聋的一片呐喊。这个离地面极深的地下宫殿，不仅使建在其上的教堂相形见绌，而且似乎找不到什么进出口。考古学家们纷纷要求在它下层的基岩炸开一个洞，以便能进到里面去，然而罗斯林监管会明文禁止在这块神圣的土地上进行任何挖掘文物的活动。这当然只会引起人们更多无端的猜测。罗斯林监管会究竟想隐瞒什么呢？

罗斯林教堂现已成为喜欢冒险的猎奇者们朝圣的圣地。有人声称，他们是被它独特的地理位置产生的让人说不清道不明的强大磁场吸引到这里来的；有人则声称他们是为到山坡上寻找地下宫殿的入口而来的；但大多数人承认，他们到此地来转悠，不过是想来听听有关圣杯的故事，增长点见识罢了。

虽然此前兰登从未来过罗斯林教堂，但每当听人说起眼下圣杯就藏在这里时，他总是付之一笑。老实说，它或许曾经是圣杯的栖身之所，但这早已是多年前的事了；然而现在，它肯定不在那里了。在过去的几十年里，人们将过多的注意力集中在罗斯林教堂上，迟早有一天，人们会想方设法闯入这座地下宫殿的。

研究圣杯史的正统学院派，同意罗斯林教堂只是一个掩人耳目的陷阱的观点，认为它是郇山隐修会精心设计、颇具说服力而又迂回曲折的死胡同。不过今晚，由于郇山隐修会在诗中清楚指明圣杯就藏在这个地方，兰登便不再自以为是了。然而有个问题仍令他百思不得其解，并在他脑海里盘桓了一整天。

为什么索尼埃要如此煞费苦心将我们带到这么一个引人注目的地方来呢？

答案似乎只有一个。

罗斯林教堂的某些情况我们还没有充分了解。

"罗伯特？"索菲站在车外，回头对他说。"走吗？"她手拿紫檀木盒子，这是法希探长还给他们的。里面两个密码筒被重新放在一起，就跟当初找到它们时一样。那张写有诗文的莎草纸被稳妥地锁在里面——只是盒里被打碎的玻璃醋瓶子已不见了。

兰登和索菲沿着长长的砾石路向山上走去，他们经过教堂有名的西墙。漫不经心的游客们也许会武断地认为，这堵模样古怪、向外突出的墙壁是这座尚未竣工的教堂的一部分。兰登想，真相本身远比这种主观臆断要有趣得多。

所罗门圣殿的西墙。

圣殿骑士团当初建造罗斯林教堂时，就是完全按照位于耶路撒冷的所罗门圣殿的建筑风格设计的——在它竣工之初，就有一堵西墙，一个狭长的长方形礼拜堂，还有一座与至圣所相似的地下宫殿，在这座宫殿里，最初的九位骑士首先发现了无价之宝。兰登不得不承认，这些骑士，当初在为圣杯建造与它最早藏身之所遥相呼应的储藏所时，头脑里就已存在了某些有趣的几何概念。

罗斯林教堂的入口，比兰登原先估计的要质朴得多。小小的木门上，挂着两条铰链和一个粗糙的橡木标志，上面写着：

罗斯林(ROSLIN)

兰登向索菲解释说，这种古代拼法，是从这座教堂建于其上的“玫瑰”子午线演化而来的；或者如研究圣杯史的学院派宁愿相信的观点所言，是由“圣母族谱”——即抹大拉的玛利亚一脉相承的家族谱系演变而来的。

教堂马上要关门了。然而兰登推开木门，一股热气迎面飘来，仿佛是这座古老建筑，在漫长的白天行将结束时，发出的一声疲惫的叹息。教堂的拱形门上，满眼都是梅花形的雕饰。

它们是玫瑰，是女神子宫的标志。

兰登与索菲走进去，望向那间赫赫有名的礼拜堂的尽头，将它尽收眼底。尽管他读过许多关于罗斯林教堂里引人入胜却又错综复杂的石雕的文章，但亲眼所见的感觉，毕竟有很大的不同。

这是符号学研究的天堂，兰登的一位同事曾做过如是的评价。

教堂各处都雕刻了各种各样的符号，其中有基督教的十字、犹太人的星状物、共济会的印章、圣殿骑士团的十字架、丰饶角、金字塔、占星学符号星座、各种植物、蔬菜瓜果、五芒星以及玫瑰等等。圣殿骑士团以前都是技术娴熟的石匠出身，他们在欧洲各地建造圣殿教堂，然而惟有罗斯林教堂被认为是他们赢得人们热爱与崇敬的顶峰之作。这些能工巧匠精雕细刻，不放过任何一块石头。罗斯林教堂是所有宗教信仰的供奉所，是沿循所有传统的供奉所，尤其是自然与女神的供奉所。

礼拜堂里空荡荡的，只有几位游客，在聆听一位领着他们作当天最后一游的年轻人给他们讲解。他带着他们排成一行，沿着地上一条非常有名的路线行走——那是条将礼拜堂内六个主要建筑区域连在一块的无形的小道。一代又一代的游客，从这些将六个建筑区域连起来的直线上走过，而他们留下的数不清的足迹，在地面上形成一个巨大的六角星形。

这是大卫之星，兰登心想。*这里面绝不是什么巧合*。这个六角星形，又被称作所罗门之印，它曾经是观星神父秘密的符号，只是后来又被以色列的国王——大卫与所罗门相继采用过。

虽然已到关门时刻，但那位年轻的导游，看到兰登与索菲进来，还是露出了令人愉悦的微笑，并示意他们可以随便到各处去转转。

兰登点头表示感谢，然后向礼拜堂的里头走去。然而索菲站在门口，仿佛被钉住了，她的脸上，写满了迷惑。

"你怎么啦?"兰登关切地问。

索菲打量着教堂外面："我想……我曾经到过这里。"

兰登有点惊奇："可你不是说，罗斯林教堂你甚至连听都没听过?!"

"我是说过的……"她扫视了礼拜堂一眼，似乎有点不敢肯定。"我祖父在我很小的时候，肯定带我来过这里。我不知道事实是不是这样。但我觉得它真的非常眼熟。"她将大厅巡视了一遍，然后开始更加肯定地点头说："是的。"她指了指礼拜堂的前面，说："那两根柱子……我见过。"

兰登望着礼拜堂远处两根经过精雕细刻的柱子。它们上面的白色花纹，仿佛被西边窗户里投射进来的最后一束阳光燃烧起来了，散发出通红的光芒。那两根柱子，建造在通常应该是圣坛所处的位置，因此总体上显得极不和谐。左面的柱子上，雕刻了一些简单垂直的线条，而右边的柱子上，则装饰了华丽的螺旋型花纹。

此时索菲已经朝那两根柱子走去，兰登急忙跟在后面。当他们来到柱子前，索菲半信半疑地点点头。"是的，我敢肯定我见过这些柱子。"

"我并不怀疑你见过它们。"兰登说："但你不一定是在这里看到的啊。"

索菲转过身："你这是什么意思?"

"这两根柱子，是历史上被仿制最多的建筑物。它们的仿制品满世界都能找到。"

"你是说仿造罗斯林教堂?"索菲满腹狐疑。

“不是，我是指这两根柱子。你还记得刚才我跟你说的，罗斯林教堂是仿造所罗门圣殿的话吗？这两根柱子，就是所罗门圣殿前两根柱子的翻版。”兰登指了指左边的柱子，说：“那根柱子被称作波阿斯——又叫石匠之柱，另外一根柱子，被称作亚钦——或称作学徒之柱。”他稍停片刻，又说：“实际上，世界各地所有由共济会建造的神殿都有两根这样的柱子。”

兰登曾给她解释过，圣殿骑士团与现代共济会的秘密组织之间，存在着某种密不可分的历史联系。这些秘密组织几个最基本的等级——石工学徒、石工能手，以及石工大师——都会令人想起早期圣殿骑士团的石工生涯。索菲的祖父在最后一首诗里，就直接提到以高超的雕刻技巧装扮了罗斯林教堂的石匠大师们。他在诗里还提到罗斯林教堂的中心顶篷，雕刻了各种各样的星球。

“我从未去过共济会建造的神殿。”索菲说着，眼睛却仍盯着柱子。“我几乎可以肯定，我是在这里见到这些柱子的。”她回头又朝教堂里面张望，仿佛想寻找什么能唤起她记忆的东西。

其他的参观者现在都要走了，年轻的导游一脸灿烂的微笑，从教堂对面向他们走来。他是个相貌英俊，大约二十八九岁年纪的年轻人，操一口苏格兰口音，长着一头红褐色的头发。“教堂马上要关门了。需要我帮什么忙吗？”

*那你帮我们寻找圣杯，你看怎么样？*兰登很想跟他这样说。

“密码。”索菲脱口而出，突然发现什么了：“这里有个密码。”

导游似乎被她的热情劲儿逗乐了：“是密码呀，女士。”

“它在天花板上。”她转身面对右边的墙，说：“在那边的……某个地方呢。”

导游笑了：“我看得出来，你不是第一次到这里来的吧。”

*是这个密码啊，*兰登心想。他已把这方面的知识忘得差不多了。罗斯林教堂拥有众多神秘的东西，其中有座拱顶门，数百块石头向外凸出来，一直向下延伸，形成一个奇异的多面体。每一块石头上都雕刻了符号，表面上看来似乎漫不经心，然而由这些符号设置的密码却深不可测。有人相信，这个密码将为人们开启通往教堂下面的地下宫殿的大门；其他人则相信，它向人们讲述了一个真实的圣杯故事。那倒是没什么关系——几个世纪以来，密码专家们就一直在努力寻找它的含义，而且直到

今天，罗斯林监管会还许诺给任何能够解释其内在含义的人以丰厚的奖赏，但这个密码，至今仍然是一个谜。

“我很乐意带你们到各处去转转……”

导游的声音逐渐变弱了。

那是我平生接触的第一个密码，索菲心想。她恍恍惚惚独自朝藏着密码的拱门走去。她把紫檀木盒子递给兰登，很快就把圣杯、郇山隐修会，以及过去诸多难解之谜什么的统统抛在了脑后。她来到那块镶嵌着密码的天花板下面，注视着头上各种各样的符号，记忆如潮水一般涌上心来。她在回忆第一次到这里来的情景。不过奇怪的是，这些记忆却意外地令她伤心。

那时她还小——大约就是在她家人死后的一两年，祖父带着她到苏格兰去短期度假。在回巴黎之前，他们去了罗斯林教堂。当时天色已晚，教堂都已关门。但他们还是进去了。

“祖父，我们回家去好吗?”索菲觉得累了，于是她请求道。

“快了，宝贝，快了。”他的声音听起来很忧郁。“我还有件事要在这里办完，你在车里等我怎样?”

“你又要去做大人的事情吗?”

他点了点头，说：“我答应你，我很快就回来的。”

“那我可不可以再去猜一猜拱门上的密码呢？很好玩哩。”

“我不知道，我要到外面去。你一个人在这里不害怕吧?”

“当然不啦!”她很不高兴地说：“天还没有黑呢!”

他微笑着说：“那好。”他领着她来到先前带她看过的精雕细刻的拱门前。

索菲立刻“扑通”一声扑倒在石地板上，仰面朝天地躺着，瞪着眼睛注视头上由各种谜组成的图案。“我要在你回来前找到这个密码。”

“那咱们来比赛吧。”他弯下腰，吻了她的前额，然后朝附近的侧门走去。“我就在外面，我把门开着，有事就叫我。”随即，他走进了柔和的夜色里。

索菲躺在地上，抬头凝视着密码。很快，睡意上来了。过了一段时间，头上的符号逐渐变得模糊，然后消失了。

索菲醒过来时，觉得地面很是冰凉。

"祖父!"

然而没有回音。她站起来,拂去身上的灰尘。侧门仍然开着。夜色更暗了。她走出去,看到祖父正站在附近一栋房子的走廊上,这栋房子就在教堂的后面。她祖父正跟一个站在纱门里几乎看不清楚的人悄悄地说话。

"祖父!"她叫起来。

祖父转过身,向她挥了挥手,示意她再等一会。然后,他跟站在门里的人缓缓地说完最后几句话,并朝纱门给了一个飞吻,这才眼泪汪汪地走了过来。

"祖父,你怎么哭了?"

他把她举起来,紧紧抱住了她。"哦,索菲,今年,我和你要跟这么多人告别。我很难受啊。"

索菲想到了那次车祸,想到了跟她爸爸妈妈、奶奶还有尚在襁褓中的弟弟告别的情景。"你是说又要跟另外一个人告别是吗?"

"是跟我一位挚爱的朋友。"他充满感情地回答说:"我恐怕要很长时间见不到她了。"

兰登站在导游身边,眼睛一直在教堂的墙上扫视着,他越来越担心又走进了一个死胡同。索菲已走开去,留下兰登端着紫檀木盒子,里面的地图,现在看来是没啥用处了。虽然索尼埃的诗里明显提到了罗斯林教堂,并且他们也已经来到了这里,兰登还是不知道怎么办才好。诗里提到的"剑刃和圣杯",兰登却没在哪里看到。

圣杯在罗斯林教堂下静待。

剑刃圣杯守护着她的门宅。

兰登再次感到,这个谜的某些庐山真面目尚待他们去揭开。

"我并不喜欢打探别人的事情,"导游看着兰登手中的紫檀木盒子,说:"但这个盒子……我可以问问是从哪里弄来的吗?"

兰登疲倦地笑了:"这个嘛,说来可就话长了。"

年轻人犹豫了一下,他的眼睛又盯着盒子看。"这就怪了。我奶奶有个珠宝盒跟你的一模一样。同样光亮的紫檀木,镶嵌着同样的玫瑰,甚至连搭扣都一样。"

兰登心想，这位年轻人想必是弄错了。如果有什么盒子是这种款式的话，那就是这个盒子了——这可是为了放置郇山隐修会的拱顶石而特意定做的盒子。“两个盒子也许相似，可是——”

突然，侧门重重地被关上了，他们两人不由自主地望过去。索菲一言不发，走了。她正沿着悬崖峭壁，朝附近的一幢大卵石砌就的房子走去。兰登的目光追随着她。她要到哪里去呢？自他们进得教堂来，她的行为就一直很古怪。他转向年轻的导游，说：“你知道那房子是做什么用的吗？”

导游点点头，看着索菲朝那边走去，心里很是疑惑。“那是教堂管理人的住宅。教堂的管理人就住在那里。她恰好也是罗斯林信托基金的会长。”他停下来又说：“也是我的奶奶。”

“你奶奶是罗斯林信托基金的会长？”

年轻人点了点头。“我跟她一起住在那栋房子里，帮她管理教堂，顺便给游客们做导游。”他耸耸肩，又说：“我在这里住了大半辈子，我是奶奶一手养大的。”

兰登心里惦记着索菲，他穿过教堂，向门边走去，想把她叫住。他走到半路上，猛地停住。年轻人刚才说的话提醒了他。

我是奶奶一手养大的。

兰登望着走在外面悬崖上的索菲，然后低头看着手里的紫檀木盒子。这是不可能的！慢慢地，兰登转身面对着那位年轻人，问道：“你刚才说，你奶奶也有一个同样的盒子？”

“差不多吧。”

“她是从哪里弄来的？”

“是我祖父给她做的。他死的时候，我还很小，可我奶奶至今仍经常谈到他，说他有双天才般的巧手。他经常给她做各种各样的东西。”

兰登仿佛看到一张各种关系盘根错节的大网在眼前出现了。“你说你是奶奶抚养长大的。那你介不介意告诉我，你父母怎么啦？”

年轻人看来很惊讶。“我很小的时候他们就走了。”他停了停又补充说：“是与我祖父同一天去世的。”

兰登的心怦怦地跳了起来：“是死于车祸吗？”

年轻的导游退缩了一下，他那橄榄色的眼睛闪过一丝茫然：“是的，他们是死于车祸。我全家人都死于那一天，我祖父、父母，还有——”他迟疑了片刻，低着头望着脚下的地面。

“还有你姐姐。”兰登接口说。

在外面的悬崖上，那幢大卵石房子跟索菲记忆中的毫无二致。深夜正在降临，而烤熟的面包，正从那栋房子里散发出一股温暖而又诱人的香气，正透过那开着的纱门，弥漫在无尽的夜色里。一盏金黄色的灯，将窗户都照亮了。索菲走近那幢房子，这时，她听到里面传出低低的饮泣声。

透过纱门，她看到走廊里坐着一位上了年纪的女人。她背对着门，但索菲还是看到她哭了。那女人长着一头长而茂密的银发，这使她猛然想起了什么。索菲觉得自己受了什么力量的牵引，因而走得越发近了，她跨上了走廊台阶。女人将一张镶入镜框的男人相片紧紧抓在手上，不时用手指充满爱怜地触碰着他的脸，神情十分悲伤。

这是一张索菲十分熟悉的脸。

是祖父。

这女人，显然已听说他昨晚被谋杀的噩耗了。

索菲脚下的木地板“吱吱呀呀”地响起来，那女人这才慢慢转过身。她悲伤的眼神，终于注意到了索菲。索菲想跑开，但脚下似乎被什么东西钉住了，终究没有动。女人放下照片，朝纱门走来，她炽烈的眼神一刻也没移开。当两个女人隔着薄薄的纱门网眼盯着对方互相看时，那一刻似乎定格成了永远。接着，那女人的表情犹如蓄势待发冲向浪尖的海浪，她先是半信半疑……然后又难以置信……接着又充满希望……最后又惊喜异常。

她一把推开门，走了出来，伸出柔软的双手，抱住索菲被惊呆了的脸。“哦，亲爱的孩子，看看你！”

索菲虽然没有立刻认出她，但却知道这女人是谁。她竭力想说什么，却发现自己快要停止了呼吸。

“索菲。”女人吻着她的前额，抽泣起来。

索菲轻声地说，似乎被噎住了：“可是……祖父说你是……”

“我知道。”女人慈爱地将手搭在索菲的肩膀上，用那种熟悉的眼神把她打量。“你祖父和我被迫说了很多谎。我们做了我们以为是正确的事情。我很抱歉。可那是为你的安全着想，我的小公主。”

索菲听到最后一句话，马上想起了祖父，多少年来，他一直把她称作公主。此刻，他熟悉的声音似乎又在罗斯林教堂这座古老的石头房子里回荡，并侵入地下，在无名的空穴里产生回响。

女人张开双臂抱住索菲，眼泪流得更快了。“你祖父好想把一切都告诉你。可你们两人的积怨太深。他努力想缓和你们之间的关系。要跟你解释的东西实在是太多，太多了。”她再次吻了吻索菲的前额，然后在她耳边轻声地说：“公主，再没有什么秘密了。现在，是该让你知道我们家中情况的时候了。”

索菲和她的奶奶，就这样你抱着我，我抱着你，泪流满面地坐在走廊的台阶上。这时，那位年轻的导游从草坪对面急奔过来，眼睛里闪烁着希望，还有怀疑的光芒。

“你是索菲？”

索菲透过泪光，点点头，随即站起来。她并不认识这位年轻人，但在他们拥抱时，她分明感到血液在他血管里汹涌地扩张……她终于明白，一样的血液，在他们两个人的身上流淌。

当兰登走过草坪来到他们身边时，索菲无法想象，就在昨天晚上，她还觉得自己是那么孤单，然而现在，在这个陌生的地方，竟然有三个几乎说不上很熟悉的人相伴，她感到自己终于回到了故乡。

第一百零五章

深夜已经降临了罗斯林教堂。

罗伯特·兰登独自站在大卵石房子外面的走廊上，愉快地聆听着纱门后面传来的久别重逢的笑声。他手中托着一杯浓烈的巴西产的咖啡，这使他暂时消除了逐渐袭来的倦意，然而他觉得咖啡很快就会失去功效，因为疲惫已经深入到他的骨髓里。

“你怎么悄悄溜出来了？”突然背后有人在跟他说话。

他转身去看。原来是索菲的奶奶，她那银色的头发，在夜色里闪烁着微弱的白光。她原名玛丽·肖韦尔，在过去的岁月里，至少有二十八年是这样。

兰登慵懒地给她一个微笑：“我只想让你们单独聚一聚罢了。”他透过窗户，看到索菲在跟她的弟弟说话。

玛丽走过来，站在他的身旁。“兰登先生，我一听说索尼埃被谋杀，就特别担心索菲的安全。然而今天晚上，当我看到她站在家门口，真是再放心不过了。真的谢谢你。”

兰登一时不知道该如何作答。尽管他本想让索菲和她奶奶多一点时间私下里谈谈，然而玛丽却让他留下来。“兰登先生，我丈夫显然信得过你，我也一样啊。”

兰登就这样留了下来，他站在索菲的身边，不发一言，却惊讶万分地倾听玛丽讲述索菲已故父母的故事。令人不可思议的是，他俩都来自墨洛温家族——即抹大拉的玛利亚与耶稣基督的嫡亲后裔。索菲的父母与他们的祖辈，出于安全的考虑，将他们家族的姓普兰塔得和圣·卡莱尔给改了。他们的子女是皇家血统至今仍然健在的最嫡亲的家属，因此得到了郇山隐修会的严密保护。当索菲的父母死于无法确定是什么原因造成的车祸时，郇山隐修会开始担心他们皇家血统的身份是不是被发现了。

“我和你祖父，”玛丽解释说，她痛苦到几乎要哽咽的地步：“一接到电话，就不得不做出重要决定。我们是在河里找到你父母的车的。”她抹去眼中的泪水，继续说："我们六人——包括你们孙子孙女两个——原打算一块坐车出去旅行。不过，幸运的是，我们在最后时刻改变了计划，结果就你们父母两人去了。雅克和我听说出了车祸，根本不知道究竟发生了什么事情……也不知道究竟是不是真的车祸。"玛丽注视着索菲说："但我们知道，我们必须保护好孙子孙女，于是采取了自认为最可靠的办法。你祖父打电话报了警，说你弟弟和我都在车上……我们两人的尸体显然是被湍急的水流冲走了。然后我和你弟弟与郇山隐修会一道隐蔽起来。雅克是很有名望的人，所以就难得有隐姓埋名的幸运了。不过，最主要的原因还是索菲你作为家里的老大，要留在巴黎接受教育，由雅克抚养长大，这样就更靠近郇山隐修会，以便能得到他们的保护。"她转而低声地说："将一家人分开是我们做出的最艰难的选择。雅克和我很少会面，即使见面，也是在最隐蔽的场合……在郇山隐修会的保护下。这个组织的规章制度，其成员总是能严格遵守的。"

兰登感到她叙述的故事越来越切入主题了，但他同时觉得，这不是讲给他听的，于是他来到了外面。此刻，他凝视着罗斯林教堂的尖塔，它身上藏着的不解之谜尚未解开，这样的事实折磨着他。*圣杯果真在罗斯林教堂里吗？如果答案是肯定的，那索尼埃在诗中提到的剑刃与圣杯又在哪里呢？*

"让我来拿吧。"玛丽朝兰登的手打了个手势。

"哦，谢谢。"兰登把空咖啡杯递了过去。

玛丽盯着他："兰登先生，我是指你另一只手拿着的东西呢。"

兰登低下头，这才意识到手里正拿着索尼埃留下的莎草纸。他又把它取出来，希望能找出一些以前忽略的东西。"对不起，这当然要给你。"

玛丽接过莎草纸，似乎被逗乐了。"我在巴黎时认识一个人，他可能急于想找回这个紫檀木盒子呢。安德烈·韦尔内是雅克的好朋友，雅克显然信任他。为了不负雅克的托付，保管好这个盒子，安德烈愿意做任何事情。"

*甚至也愿意朝我开枪。*兰登回想往事，他决定还是不提他可能砸坏了那可怜家伙鼻子一事。一想起巴黎，他的脑海中就闪现出前天晚上被杀死的三名隐修会主管的身影。"郇山隐修会呢？现在怎么啦？"

"兰登先生，历史的巨轮已经启动了。这个组织已经忍耐了数百年，它会经受住这个考验，总会有人挺身而出，来进行重建工作。"

兰登整个晚上都在怀疑，索菲的奶奶是否和郇山隐修会的运转有着千丝万缕的联系。不管怎么说，这个组织历来都有女性的加入。在它历任的领导者当中，就有四位是女性。护卫长传统上由男性充任——即担任保卫工作——而女人则占据了更高的地位，并可能担任最高的职务。

兰登想到了雷·提彬以及威斯敏斯特教堂。这似乎已是上辈子的事情了。“莫非是天主教会胁迫你的丈夫，叫他不要在‘世界末日’来临时将圣杯文献泄露出去？”

“我的上帝，当然不是。所谓‘世界末日’，不过是一些偏执狂臆想出来的东西罢了。在郇山隐修会的文献里，根本没有确定将圣杯公之于众的明确日期。实际上，郇山隐修会从不赞同将圣杯予以公开。”

“从不？”兰登目瞪口呆。

“为我们灵魂服务的不在于圣杯本身，而是它身上藏着的谜，以及令人惊叹的东西。圣杯美就美在它非世俗的本质。”玛丽·肖韦尔这时抬起头，凝望着罗斯林教堂，继续说道：“对某些人来说，圣杯将使他们永生；而对其他人来说，它是寻找记载了一段鲜为人知的历史但却已经散失的文献的旅程。但对大多数人而言，我怀疑圣杯只是寄托了一种崇高的理念……是遥不可及的绚丽瑰宝，即使在今天这个喧嚣的世界里，它也能给我们带来某些有益的启迪。”

“不过，如果继续让圣杯文献秘而不宣的话，那么，抹大拉的玛利亚的历史不就永远消失在历史的尘埃中了吗？”兰登说。

“是吗？还是看看你身边吧。你会看到，人们正通过艺术、音乐以及著书的形式讲述她的历史。而且天天这样，日日如此。时钟的钟摆在摇摆，我们开始感到历史所面临的危险……感到我们已走上了毁灭性的道路。我们开始觉得有必要恢复神圣女性的原来面貌。”她停了片刻，又说：“你跟我说过你在写一本有关神圣女性符号的作品是不是？”

“是的。”

她微笑着说：“兰登先生，那你就把它写完，继续吟唱赞美她的歌谣，我们的世界需要当代的吟游诗人。”

兰登沉默了，他感到了她话里的分量。在空旷的天那头，一轮新月正从树梢上冉冉升起。他把目光转移到罗斯林教堂，心里升腾起一股孩子般的渴望，渴望能了解蕴藏在它身上的诸多谜团。“别问了，现在还不是时候。”他这样告诉自己。他瞄了一眼玛丽手中的莎草纸，然后又望着罗斯林教堂。

“兰登先生，有什么问题你就提吧。”玛丽高兴地说：“你有这样的权利。”

兰登不觉脸红了起来。

“想知道圣杯是不是在罗斯林教堂对吧？”

“那你能告诉我吗？”

玛丽假装愠怒地叹了口气：“为什么人们就不能放圣杯一马呢？”她笑出声来，显然被自己逗乐了。“你凭什么认为圣杯是在这里呢？”

兰登指了指她手里的莎草纸，说：“你丈夫在诗里清楚地提到了罗斯林教堂，此外他也提到守护着圣杯的剑刃与圣杯。可我在这里却没有看到什么剑刃与圣杯的标志。”

“剑刃与圣杯？”玛丽问道：“那它们到底是什么样子呢？”

兰登知道她在戏弄他，但还是配合着将戏一路演了下去，迅速地对这些符号描述了一番。

玛丽的脸上露出若有所思的神情：“啊，是的，当然了。剑刃代表的是具有男性特征的东西，我相信画出来就是这个样子，对不对？”她用食指在手心里描画了一个图形。

△

“对的。”兰登说。玛丽给他画了一个不同寻常“封闭”的剑刃的图案，尽管他曾经看过别人用不同方式来描绘这个图形。

“而倒过来，”她说着，又在手心里画起来：“就是圣杯了，它所代表的是女性。”

“你说得没错。”兰登说。

“可你却说在我们罗斯林教堂成百上千的符号里，竟然看不到这两种形状的东西。”

“我是没见过。”

“那如果我告诉你，你就会安心睡个稳觉吧？”

兰登还来不及回答，玛丽·肖韦尔已经离开走廊，向教堂走去。兰登急忙跟在她的后面，进入了那座古老的建筑物。玛丽拧亮灯，指着礼拜堂的中心地面。“兰登先生，你快过来看看你要找的剑刃与圣杯。”

兰登注视着那被磨损了的石板地面，却是空空如也。“这里什么东西也没有啊……”

玛丽叹了口气，开始沿那条有名的破旧的小道往教堂的地面走去。今天晚上天刚黑时，兰登看到游客们也从这同一条小道上走过。他转移了视线去看那巨大的符号，然而还是感到茫然。“可那是大卫之星——”在心里暗暗称奇。

剑刃与圣杯。合二为一。

大卫之星……男女之间的完美结合……所罗门之印……被认为是男性之神与耶和华与女性之神的舍金纳居住的地方，至圣所的标志物。

过了一分钟，兰登才想出一句话来：“这首诗确实是指罗斯林教堂，一点没错。”

玛丽微微一笑：“显然是这样嘛。”

然而这些提示却让他感到心寒：“这么说圣杯就在我们脚下的地下宫殿里了？”

玛丽笑起来：“它只存在于我们的灵魂里。郇山隐修会肩负了一项最古老的使命，就是希望有朝一日将圣杯送回到它的故土法国，并希望它能够在那里永远得到安息。几百年来，我们为了保护它的安全，不得不带着它在乡间辗转，这样做实在有损它的尊严。雅克自担任大师以来，就一心想将它带回法国，并为它建造一处女王规格的安息之所，希望以此来恢复它的名誉。”

“那他成功了没有？”

玛丽的表情变得严肃起来：“兰登先生，考虑到今晚你帮了我大忙，作为罗斯林监管会的会长，我可以明确地告诉你，圣杯已经不在这里了。”

兰登决定穷追不舍：“但拱顶石所指的地方应该是圣杯藏着的地方。可它为什么偏说是罗斯林教堂呢？”

“也许你误解它的含义了。要知道，圣杯也会骗人的，就像我丈夫有时也会骗人一样。”

“但他怎会说得这么清楚呢？”他问道：“我们站在一座以剑刃与圣杯为标志的地下宫殿之上，雕满各种星球的天花板之下，石匠大师们创作的艺术结晶的包围之中。这一切都是在暗指罗斯林教堂。”

“那好，还是让我们来看看这首神秘的诗吧。”她展开莎草纸，并拿腔拿调地大声读了起来。

“圣杯在罗斯林教堂下静待。
剑刃圣杯守护着她的门宅。
大师杰作掩映中相拥入眠，
星空下她可安息无碍。”

她读完后，怔了几秒，嘴角方露出一丝会意的微笑。“哦，雅克啊雅克。”

兰登满怀期待地望着她：“你知道了？”

“兰登先生，教堂的地面你也亲眼看见了，我们看待简单的东西，可以有许多种方法。”

兰登努力想明白她的话。有关雅克·索尼埃的一切，似乎都有双重含义，然而兰登却看不出来。

玛丽倦了，她打了一个呵欠，说：“兰登先生，我全跟你说了吧。圣杯现在埋藏的地方，我从未正式过问过。不过我可以肯定的是，我嫁给了一位声名显赫的男人……女人的直觉往往是很敏锐的。”兰登想开口说上几句，然而玛丽没有停。“让我难过的是，你在付出了诸多努力之后，却还得一无所获地离开罗斯林教堂。不过我知道，你最终会寻找到你要寻找的答案。有朝一日你终会明白的。”她微微笑了笑：“而等你醒悟过来时，我相信所有像你这样的人，都会将它的秘密藏在心底。”

这时传来有人走到门口的声音。“我说你们俩跑哪里去了哩。”索菲走了进来，说。

“我正想走呢。”她奶奶回答说，一边向站在门口的索菲走了过去。“晚安，我的公主。”她吻了索菲的额头，嘱咐着说：“别让兰登先生在外面耽搁到很晚。”

兰登与索菲看着她的奶奶回到那幢大卵石房子里。随后，索菲掉头注视着他，眼里充满了深情。“我真没想到结局竟然是这样。”

不过倒是撮合了我们两个呢，兰登心想。他看得出索菲百感交集。今天晚上，她得到的消息已将她的一生都给改变了。“你还好吧？还有许多东西需要你慢慢领会呢。”

索菲恬静地笑了。“我有家了。那将是我开始的地方。我们是什么人,又是从哪里来,都需要花些时间去理解。”

兰登保持着沉默。

“过了今晚,你还会和我们呆在一起吗?”她问道:“你至少会跟我们住几天吧?”

兰登叹了口气,他已无所求了。“索菲,你需要花一点时间陪你的家人。早上我就回巴黎去。”

她看起来有些失望,但似乎知道他说得没错。很长一段时间,两人都不说话。终于,索菲探过身子,抓住他的手,带他走出了教堂。他们来到这座悬崖峭壁上的一块小高地。他们从这里看过去,苏格兰的乡村,正沐浴在从散开的云中泄漏出来的银色月光里。他们就这样一言不发地站着,手牵着手,共同抵御这突如其来的倦意。

这时星星也出来了,但在西方的天空里,有一颗星星发出清冷的光,比其他任何星星发出的光都要明亮。兰登看到它,默默地笑了。那是金星——这位古老的女神,正一如既往而有耐心地散发出皎洁的光芒。

夜渐渐凉了,清爽的风,正从下面的山谷里涌了上来。过了一会,兰登才看了看索菲,她紧闭着双眼,嘴角松弛,流露出一丝满足的微笑。兰登感到眼皮逐渐沉重起来。他很不情愿地抓住了她的手:“索菲?”

她缓缓地睁开眼睛,面对着他。她的脸,在银色的月光下,是那么的美。她露出疲倦的微笑。“嗯。”

想到将独自一人回巴黎,兰登突然莫名地悲哀起来。“你醒来之前我可能就走。”他停住了,喉咙像是打了一个结。“我很抱歉,我并不是很擅长——”

索菲伸出手,放在他的脸上,然后俯过身,温柔地吻了他的脸庞。“我什么时候能再见到你呢?”

兰登很快地在心里盘算起来,脸上却露出一副茫然的神态。“什么时候?”他停下来,心里很是好奇,她莫非知道他一直在考虑同样的问题?“这个嘛,实际上,下个月我要去佛罗伦萨参加一次会议。在那里有一个星期我将无所事事。”

“你是在邀请我吗?”

“我们将在那里过奢华的生活。他们将在布鲁内莱斯基酒店给我预订一间房间。”

索菲顽皮地笑了:“兰登先生,你太自作主张了吧。”

他讨好地说:“我是想——”

“罗伯特,我十二分的愿意到佛罗伦萨去见你。不过你得答应我一个条件。”她的语气变得严肃起来:“你可别带我到处去看什么博物馆啦、教堂啦、坟墓啦,或者去看绘画及文物什么的。”

“你是说在佛罗伦萨?我们就这样打发一个星期的时间?不过我们也没其他事情可做啊。”

索菲俯身向前,又吻了他,不过这次吻的是嘴唇。俩人的身子缠绕在一块,起初是轻柔地接触,最后完全贴在一起。索菲抽身走开时,她的眼里充满了憧憬。

“好啦。”兰登故作轻松地说道:“我们的约会就这么定了。”

尾　声

罗伯特突然惊醒过来，他方才一直在做梦。床边放着一件浴衣，上面标有“巴黎丽兹酒店”的字样。他看到一束微弱的光，从百叶窗的缝隙里射进来。“是早晨还是晚上？”他疑惑地想。

他感到身体既温暖，又相当的惬意。过去两天大部分时间他一直在睡眠。他缓缓地从床上坐起，终于明白是什么东西将他惊醒——原来是萦绕在他头脑中最稀奇古怪的想法。几天来他一直试图从林林总总的信息里理出个头绪来，然而现在，兰登发现他一心专注于他以前未曾考虑过的东西。

可能吗？

他坐着一动不动，就这样坐了良久。

他终于爬下床，向大理石淋浴器走去。他走过去，让强劲的水流摩挲着他的肩膀。然而那种想法仍然在心里缠绕着他。

那是不可能的。

二十分钟后，兰登走出了丽兹酒店，来到旺多姆广场。夜色降临了。几天来过多的睡眠使他迷失了方向感——然而他的头脑却异常地清晰。他原本许诺自己在酒店大厅里喝上一杯牛奶咖啡，以便能忘却那些稀奇古怪的想法，然而他的双腿却不听使唤，他径直走出前门，走进了巴黎暮色渐拢的苍茫里。

兰登向东行走在碎田街上，心情越发激动起来。他掉转方向，往南面的黎塞留大道走去，正在盛开的茉莉花，从庄严肃穆的皇宫花园里散发出淡淡的清香，使一路上的空气也弥漫着无比的芬芳。

他继续朝南走去，直到看见他要寻找的那座有名的皇家拱廊。一大片被擦过的黑色大理石，闪烁着熠熠的光芒。他走上前，飞快地打量着脚下的地面。不一会，他便发现他所知道的东西就在那里——几枚铜徽章镶嵌在地上，排成了笔直的一行。每个徽章的直径有五英寸长，并突显出许多N和S的字母。

N代表北，S代表南。

他转向正南方，眼睛循着由大徽章组成的向外伸展开去的直线望去。他再次挪动了脚步，沿着大徽章留下的踪迹，他一边走，一边注视着人行道。当他抄近路经过法兰西剧院的角落时，他的双脚又踩到了另一块铜质徽章。"对了！"

许多年前，兰登就已经听说，在巴黎的大街小巷上，镶嵌了135个这样的铜质徽章，它们散布在人行道、庭院及各条大街上，组成南北交叉的轴线，横跨了整个城市。他曾经从圣心大教堂出发，沿着这条线往北穿过塞纳河，最后来到古老的巴黎天文台。在那里，他发现了这条神圣的道路所具有的意义。

它是地球上最早的本初子午线。

是世界上第一条零度经线。

也是巴黎古老的"玫瑰线"。

此刻，当兰登匆匆地经过里沃利大道，他感到自己所要寻找的目标唾手可得，它就在还不到一个街区开外的前方。

圣杯在罗斯林教堂下静待。

这时，各种各样的启示，如索尼埃沿用Roslin这一古老的拼法……剑刃与圣杯……装饰了能工巧匠们的艺术结晶的坟墓，恰如潮水一般向他涌来。

那就是索尼埃之所以找我谈话的原因吗？我无意中触及到了历史的真相吗？

他突然小跑起来，觉得那条神圣的"玫瑰线"就在他的脚下，指引着他，推动他向前方的目标奔去。当他进入黎塞留路下面那条长长的隧道时，他感到脖子上的毛发因为期待而直竖起来。因为他知道，在这长长的隧道尽头，耸立着巴黎最具神秘色彩的一座纪念碑——它是20世纪80年代有"斯芬克司"之称的弗朗索瓦·密特朗构想并委托建造的；根据谣传，密特朗参与了秘密社团的内部活动，他给巴黎留下的最后一份遗产，就位于兰登仅仅几天前曾参观过的地方。

却似乎已是前世今生。

兰登使尽最后的力量，从过道上冲进那个熟悉的庭院，然后停了下来。他气喘吁吁，慢慢抬起双眼，有点不相信地看着竖立在他面前并闪烁着光芒的建筑物。

那是卢浮宫的金字塔。

在黑暗中闪着微弱的光。

他只是欣赏了片刻。不过，他更感兴趣的是它左边的东西。他转过身，觉得自己的脚步又开始沿着古老的“玫瑰线”这条看不见的道路移动起来，并领着他走过那间庭院，来到了卢浮宫地下购物商场——这块四周被修剪整齐的篱笆包围起来，宽阔而长满青草的圆形地带，它曾经是巴黎最古老的崇拜自然神进行节日庆祝的所在地……是为了歌颂生命力以及女神而举行欢乐仪式的所在地。

兰登走过灌木丛林，来到那片被萋萋芳草围起来的圆形地带，他觉得自己仿佛来到了另一个世界。这块圣地，如今已被这座城市最不同寻常的一座纪念碑打上了鲜明的标记。在这块圣地的中央，一座巨大的倒立杯形金字塔，张着大口，像是在地上挖了一个水晶玻璃的深坑。在几天前的晚上，这个倒立的金字塔，他在进入卢浮宫的地下阁楼时就已经看过了。

倒立的金字塔。

兰登颤颤巍巍地走到金字塔的边缘，低头看着卢浮宫内向外延伸开去的地下建筑，它发出琥珀色的光芒。他的视线并没停留在庞大的倒立金字塔上，而是直接锁定在正处于金字塔下方的那些物体上。在它之下宫殿的地面上，矗立着一幢很小的建筑物——这是他曾在书稿里提到的一幢建筑物。

兰登觉得自己此时已完全清醒过来，一想到那种不可思议的可能性，他就激动得几乎要发抖。他再次抬头望着卢浮宫，觉得自己仿佛被博物馆巨大的双翼包围起来了……被两侧装饰了世界上最优秀的艺术作品的走廊包围起来了。

在这些著名的艺术家中，有达·芬奇……波提切利……

大师杰作掩映中相拥入眠。

他满怀疑惑，再次低下头，透过玻璃注视着下面的小型建筑物。

我得下去看看！

他走出那个圆形草地，匆匆地穿过庭院，往后撤回到卢浮宫那高耸入云的金字塔形入口。当天的最后一批游客，正稀稀拉拉地从这家博物馆里走了出来。

兰登推开旋转的门，沿着弯弯曲曲的阶梯走进了金字塔。他感到空气更加凉爽起来了。他来到金字塔的底部，进入向卢浮宫博物馆院子下面延伸的长长的地下通道，往回向倒立的金字塔走。

他来到通道的尽头，走进一间巨大的地下室。就在他的面前，倒立的金字塔闪着光芒，从上面垂下来——那是一个呈V字形的大得惊人的玻璃杯的轮廓。

圣杯！

兰登从上而下，顺着逐渐变小的圣杯望过去，直到它的底部。圣杯离地面只有6英尺高。就在它的下方，矗立着小型的建筑。

那是一个微型金字塔。只有3英尺高。这座庞大的地下室里惟一的建筑物，是以很小的规模建造起来的。

兰登的书稿，在谈到卢浮宫里有关女神艺术的精致收藏品时，就顺带浮光掠影地提到了这个小小的金字塔。“这座小小的建筑物从地底下凸出来，仿佛是冰山上的一角——是一个巨大的金字塔形拱顶的顶部，其绝大部分淹没在它的下面，就像是一个隐秘的房间。”

在已废弃的阁楼里微弱光线的照耀下，两个金字塔彼此相对，它们的塔身组成一条完美的直线，两者的顶部也几乎靠在了一起。

圣杯在上，剑刃在下。

剑刃圣杯守护着她的门宅。

这时，兰登听到了玛丽·肖弗尔说过的话。“有朝一日你终会明白的。”

现在，他就站在这条古老的、四周被大师们的杰作所环绕的“玫瑰线”的下面。对索尼埃而言，还能找到比这更好的地方来保护他的秘密吗？他终于明白这位大师留下来的诗歌的确切含义。他抬头望着天空，透过那些玻璃，凝视着壮观的、星光满天的夜空。

星空下她可安息无碍。

那些曾被遗忘的诗句，犹如黑暗中幽灵的喃喃自语，此刻在兰登的脑海里回响着。“寻找圣杯之旅，就是希望能到抹大拉的玛利亚坟墓前跪拜的探索之旅，是想在这位被放逐者脚下祈祷的探索之旅。”

罗伯特陡然升起了一股敬意，他不由自主地跪了下去。

他仿佛听到了一个女人的声音……古老的智慧之语……轻轻地，从地面的裂口处朝上方悄然低语……

图书在版编目(CIP)数据

达·芬奇密码/[美]布朗(Brown,D.)著,朱振武等译—上海:上海人民出版社,2004
书名原文:Da Vinci Code
ISBN 7－208－05003－1

Ⅰ.达... Ⅱ.①布...②朱... Ⅲ.长篇小说—美国—现代 Ⅳ.I712.45

中国版本图书馆 CIP 数据核字(2003)第 122486 号

出 品 人 施宏俊
责任编辑 尹晓冬 周 运

达·芬奇密码
[美]丹·布朗 著
朱振武 吴 晟 周元晓 译

出 版 世纪出版集团 上海人民出版社
(200001 上海福建中路 193 号 www.ewen.cc)
出 品 世纪出版集团 北京世纪文景文化传播有限公司
(100027 北京朝阳区幸福一村甲 55 号 4 层)
发 行 世纪出版集团发行中心
印 刷 山东新华印刷厂临沂厂
开 本 890×1240 毫米 1/32
印 张 13.75
插 页 6
字 数 400,000
版 次 2004 年 1 月第 1 版
印 次 2005 年 10 月第 27 次印刷
ISBN 7－208－05003－1/I·125
定 价 28.00 元